rowohlt
BERLIN

Ron Leshem

Der geheime Basar

Roman

Aus dem Hebräischen von Barbara Linner

Rowohlt • Berlin

1. Auflage März 2011

Die Originalausgabe erschien 2005 unter dem

Titel «Megilat zchujot hajareach» im

Verlag Kinneret/Zmora-Beitan/Dvir, Tel Aviv

Satz Arno Pro Opentype (InDesign) bei

Pinkuin Satz und Datentechnik, Berlin

Druck und Bindung CPI – Clausen & Bosse, Leck

Printed in Germany

ISBN 978 3 87134 693 4

Für meine Großmütter

Prolog

◆ ◆ ◆

◆

Ich erinnere mich an die Stadt des Regens und an Herrn Ali Samimi, der uns immer ermunterte fortzugehen. Wir sagten stets zu ihm: «Aber es geht uns gut hier.» Worauf er dann antwortete: «Es wird euch noch an vielen Orten gutgehen, wenn ihr nur rechtzeitig wegzugehen versteht.» In den Nachmittagsstunden umlagerten wir seinen Melonenstand und verleiteten Kunden zum Kauf. Am Abend ruderten wir ihn nach Hause, zu der violetten, verbeulten Hütte, die am Ende des Wellblechviertels auf dem Wasser trieb. Der Alte wurde immer wütend und schrie: «Haltet euch am Ufer, ihr Dummköpfe, gegen den Strom rudern ist nur am Rand erlaubt», doch Amir Teimuri und ich liebten es, wie eine kaputte Düse herumzuschleudern, fern der Schilfrohre und Wasserlilien. Ein gutes Herz hatte Herr Ali Samimi, bedachte uns immer mit einer Handvoll Münzen, obwohl wir bereit waren, umsonst für ihn zu arbeiten. «Hauptsache, ihr geht endlich fort, ihr zwei», brummelte er. «Das ist eine Stadt für die Kindheit, nicht fürs ganze Leben.»

Unser orangefarbenes Schnellboot war ein gelbes Floß, das wir rot anzustreichen versucht hatten. Wir hatten die Seiten mit Brettern geschlossen und vorne zwei Stangen gekreuzt, um eine Art Bug zu bilden. Den Motor hatten wir aus den Überresten einer russischen Ural zusammenmontiert, die an der Fischerstatue am Mala-Platz zerschmettert war. Im Herbst zogen wir ihm ein weißes Laken als Segel auf und stahlen uns des Nachts in die Werften – nur so, ohne Grund. Im Winter durchschnitten wir mit dem Boot die brüchigen Eisflächen, die Pumpe gefror, der Motor spuckte Flammen. Im Frühling, in der Abendsonne, steuerten wir mit Holzrudern, um in kurzer Hose und Unterhemd fernab von gierigen Sittenpolizisten einzuschlafen. «Sei züchtig und achte die Gesetze des Islam», zwinkerte ich Amir immer zu und lachte. Im Sommer aber, wenn die Hitze kochte, liebte ich es, mich wie ein Pfeil von den hohen Brücken zu stürzen. Amir kam dann mit dem Boot angeprescht, um mich aufzulesen und auszuwringen, und gemeinsam hängten wir uns an das Raketenboot «Huang-Phang» oder an den Wellenbrecher, hinter dem der Schaum schreckenerregend hochschlug. Freitags umrundeten wir die Insel Beheschti. Und am Samstag – der lebhafteste Tag der Melonenverkäufer – verdingten wir uns bei Herrn Ali Samimi auf dem Markt. Er sagte immer, die wichtigste Wahl im Leben ist, welche Brücken man überqueren und welche man verbrennen soll. Also kletterten wir auf die Katschian-Brücke, um die Zeit mit Nachdenken über die wichtigste Entscheidung im Leben zu verbrennen – wegzugehen.

Beim Blick von der Brücke flutete die Welt. Elf Flüsse ergießen sich in die Lagune, vier träge Rinnen vereinen sich zur Bucht, und die Sonne des Kaspischen Meeres taucht wie eine Blutorange hinter den Berggipfeln ab. Dort hängten wir uns über das blaue Eisengeländer, ließen die Füße im Windkanal baumeln und warfen mitleidige Blicke auf die Hafenarbeiter, die in gestreiften Overalls zwischen den Hafenkränen herumwuselten. Ein Strom erschöpfter Fischer kehrte von einem Tag zurück, der nicht anders war als jeder andere, und wir schwebten darüber, dachten an das große Leben und ergingen uns in den kleinen Details – so würde unser Teheran sein: Beim Blick aus dem Fenster würden weiße, dichtgedrängte Türme zu sehen sein. Zehnspurige Straßen würden darum betteln, dass wir uns ein Moped anschafften. Flugzeuge würden aufsteigen. Mädchen mit gefährlichem Lächeln würden sich zu uns in die Studentenwohnheime in Kargar schmuggeln. Im Cyber-Café Golestan würden wir berühmte Freunde sammeln. Oder sogar auf der Straße, denn Berühmtheiten spazierten dort auf der Straße herum. Oder im Thaiboxclub. Oder an der Kletterwand in Amir Abad. Wir markierten Orte auf zerschlissenen Stadtplänen und prägten sie uns ein. Einmal die Woche, Metro Nummer fünf, würden wir im Sportdress antreten, ein Ausscheidungsspiel im Azadi-Stadion. Und Weltfußball schauen, auf Kanal drei um vier Uhr morgens, samt Cashewnüssen und Eis im Bett – Dinge, die Mama auf die Palme brachten. Wir würden rechtzeitig weggehen. Das war das Wichtigste im Leben. Wir würden Arbeit in der Hightech-Branche finden und viel Geld scheffeln, eine Wohnung am Stadtrand mieten, im wilden Süden, im Viertel der Bahnarbeiter. Im Sommer würden wir nach Goa fliegen. Oder nach Malaysia. Und am wichtigsten im Leben war es, sich auszuzeichnen; wir würden zu den Besten gehören. So malten wir es uns aus. Und beschlossen jeden Abend aufs Neue: Nichts zu machen, Amir Teimuri und ich gehen fort. Kein Ozean trennte uns von den Wolkenkratzern Teherans, nur eine gewundene Straße und ein Gebirgsmassiv, doch wenn man vorwärts schwimmt, muss man überzeugt sein – es ist schließlich unmöglich, rückwärts zu schwimmen, wie Herr Ali Samimi immer zu sagen pflegte.

Das war drei Jahre vor dem letzten Jahr, in welchem die Stadt ein schneereicher, mörderischer Winter lähmte, wie wir ihn seit 1352, also seit 1974, in der Provinz Gilan nicht mehr hatten.

Und als der Frühling kam, starb Herr Ali Samimi. Danach kam der Sommer, heiß, feucht, unerträglich, brachte die Plastiksitze des Floßes zum Schmelzen und überschwemmte die Plätze mit Schweiß. Wer wartete nicht darauf, dass dieser Sommer verginge?

Und genau vor einem Jahr, in den letzten Stunden des Schahriwar, in der zweiten Septemberhälfte, hielten wir am Tachti-Stadion zu unserem ganz persönlichen Schlusspfiff an. Wir waren aufs Fahrrad gestiegen, um uns von der Stadt des Regens zu trennen, und an unseren Rücken leckten die Winde des Hafenbeckens, stachen mit salzigen Tropfen. Weinrote Wolken krochen zur Promenade und zogen einen dichten, dunklen Schweif hinter sich her, der sich ausdehnte wie eine dunkle Welle, die zum Sand schwappte. Der einen Schatten über den Uhrturm warf, über den Palmenplatz, und die knalligen Sonnenschirme des Basars zuklappte. In den Höfen war es fröhlich, alle Türen standen offen, bunte Lichterketten, die sich seit Schabe jalda, der längsten Nacht des Jahres, zwischen den Strommasten wanden. «Es wird keine Tage wie heute mehr geben», sagte ich. Ich wusste, wir durften auf keinen Fall glauben, es könne sie geben. Mein Herz raste, denn ich hatte Angst, es zu bereuen. Und ich verspürte bereits Sehnsucht, nach den Lotusblüten, nach den Wasservögeln, nach dem herben Geruch verbrannten Gummis bei den Fabriken. Amir redete pausenlos, wollte noch einmal den ganzen Plan herunterbeten, wann, um Mitternacht, aber wo, an welcher Stelle würde man sich sammeln und wie genau fahren, wie viele würden noch dabei sein, und was hieße es, dass wir dann und dann ankämen, wo kämen wir denn überhaupt an – als würde er sich leichter selbst überzeugen, wenn der Weg im Voraus bekannt war.

Als es dunkelte, begruben wir das orangefarbene Schnellboot unter der Hütte des verblichenen Herrn Ali Samimi. Die Blechbüchse, die er verlassen hatte, blieb erstickt in einem Dickicht aus gelbem Unkraut zurück, sogar das blaue Fenster war von aggressiven Kletterranken zugewuchert. Dort wollten wir das Floß, angebunden an einen alten Eisenschwimmer, bis zu unserer Rückkehr lassen. Aber wir würden ja nicht zurückkehren, Menschen schwimmen nicht rückwärts. Doch warten sollte es dort auf uns, es war gut zu wissen, dass es da war.

Nach Sonnenuntergang kletterten wir auf die Katschian-Brücke, unter der weich fließende, gelbe Lichterschlangen im Wasserstrom den Kai entlangtanzten. Amir ließ auf einmal den Kopf hängen. Er wölbte die Brauen wie ein gutmütiger Tiger, der gerade aus Versehen eine ganze Lämmerherde verschlungen hat und zerknirscht vor dem Schäfer steht.

«Was ist los?», fragte ich.

«Nun, was ist wohl los? Ich bleibe hier.»

Polinnen, seid ihr noch wach?

1

◆

Ein rosa Bus entließ mich gegen Morgen am Argentina-Platz, hinter einem Beet mit dicken, glockenförmigen Tulpen. Ich fand es eine Beleidigung, dass die öffentlichen Toiletten dort sauberer waren als bei uns zu Hause. Und auch die Mülleimer von einem kräftigeren Rot, und die Antenne des Milad Tower durchstach die Federwolken wie ein Raumschiff mit gezückter Lanze. Zögernd schritt ich die Bukareststraße hoch, spiegelte mich in Mauern aus Glas, kämpfte vor dem blankgeschliffenen Nokia-Gebäude mit meinen Haaren, die vom Nachtwind zerzaust und vom grauen Dunst des Morgenanbruchs verklebt waren. Ich ging Richtung Süden, nun war es klar und kühl. Ich studierte die Kleider der Schaufensterpuppen – gestreifte Hemden, das war gut, Orange, viel Orange, und schwarze Gürtel, ausnahmslos mit breiter Schnalle. Ein Graffiti sprang mich auf Englisch an: «Fuck You.»

Ich war angespannt. Der lange, schmale Kletterrucksack drückte, der Hüftgürtel scheuerte, die grüne Tasche verkrümmte meine Haltung. Ich versuchte, mich an Kreuzungen und Straßen zu erinnern und an Wohntürme, die sich wie magere Staubhügel gegen die drohend endlose Horizontlinie der Berge ausnahmen, von denen die Stadt umschlossen war – die Berge warteten still auf den Schnee, und die Sonne knallte auf die Wolkenkratzer, die einander mit weiß phosphoreszierenden Flecken blendeten.

Der Geruch nach heißem Kebab drang mir noch vor den morgendlichen Verkehrsstaus in die Nase, und ich verlängerte den Weg mit überflüssigen Schlenkern, kroch so langsam, wie ein Mensch einem Neuanfang überhaupt nur entgegenkriechen kann, denn es ist nicht schön, um sechs Uhr morgens an die Tür einer fremden Frau zu klopfen – ältere Frauen wachen zwar früh auf, doch berühmte Frauen spät, und ich hatte keine Ahnung, zu welcher Sorte Zahra gehörte.

Einige Stunden zuvor das letzte Abendessen mit meinen Eltern. Mamas Choreschte Karafs mit Rind in Selleriesauce und Minze, gewürzt mit Safran, aber nicht scharf. Und Mais. Und Fisch. Sie ist so pragmatisch, dachte ich, sie regt sich nicht genug auf, das ist ärgerlich. Oder vielleicht regt sie sich zu sehr auf und leidet still, weil sie es mir ersparen will.

Ich war aufgewühlt und durcheinander, das Gespräch auf der Katschian-Brücke hallte noch in meinem Kopf wider, stach mir ins Herz. Ich wartete, bis meine Mutter den Mund voll hatte, und dann, in einem Moment der Stille, murmelte ich die Botschaft: «Amir Teimuri hat abgesagt, ich fahre allein.» Meine Mutter erhob sich sofort, ging zum Telefon und wählte ungeduldig, tuschelte anbiedernd in den Hörer: «Ich grüße dich, Zahra, Kami wird in der Früh bei dir eintreffen, ja, ich bitte dich sehr, ich danke dir sehr.» Und mein Vater senkte mit entschuldigendem Blick die Augen. «Zahra?» Ich fuhr in die Höhe. «Wieso denn Tante Zahra? Das geht nicht, ich habe schon einen Platz im Studentenwohnheim.»

«Sie werden einen Ersatz für dich finden. Keine Diskussionen.» So bestimmte es meine Mutter; entschieden, aber mit ihrer verletzlich benachteiligten Stimme, die Entscheidungen vorbehalten war, die ihr wirklich wichtig waren und viel überzeugender als ihr für gewöhnlich stures und eigensinniges Gesicht. «Welcher Junge schläft denn allein im Studentenheim?», ereiferte sie sich und versuchte, mich zum Schweigen zu verdonnern. «Das ist überhaupt nicht schlimm, du wirst gern bei ihr wohnen, deine Tante wird dir ein wunderbares Zimmer zur Verfügung stellen, sie wird aufpassen, dass du dich nur im Nordteil der Stadt aufhältst und dass du nicht von irgendeiner Gruppe vereinnahmt wirst.» Dann schenkte sie mir Cola ein, füllte noch einmal die Teller, und kein Spalt tat sich in ihrem entschlossenen Blick auf. Überrumpelt steckte ich Schlag um Schlag ein, ergab mich kampflos. «Wohnt sie überhaupt im Uni-Viertel, diese Zahra?», fragte ich schließlich. «Ich kenne sie überhaupt nicht, ich habe diese Frau noch nie im Leben getroffen, und dem Klatsch nach, der über sie die Runde macht, ist sie ein verbittertes und ungeduldiges Geschöpf. Wieso muss ich bei ihr wohnen? Ich will allein dort sein. Das macht alles kaputt. Warum denn jetzt, im letzten Moment?»

Doch ich versuchte, meine bittere Enttäuschung zu dämpfen. Ich bereitete meiner Mutter nicht gern Kummer, und welches Recht hatte ich schon, Einwände zu erheben, wenn meine Eltern die Familienersparnisse plünderten, um dem Sohn ihres Alters ein Studium in einer Stadt zu finanzieren, in der alles das Dreifache kostete, nur weil alle dreifach davon träumten, dort zu wohnen?

Meine Mutter ging zum praktischen Teil über. Instruktionen. «Du darfst nicht so verträumt sein, Kami, versprich mir das. Und auch nicht so naiv, sonst werden sie dich verschlingen. Und lächele nicht so viel, denn das wird dich dort nicht vor den Fängen der Raubtiere retten. Lächeln zieht sie höchstens an, alle miteinander. Du bist eine leichte Beute. Ein verschlagener Wolf ist diese Stadt.»

«Keine Sorge», nickte ich.

«Und tu mir einen Gefallen, Kami, versuch nicht, Recyclingflaschen bei deiner Tante in der Wohnung einzuführen, es ist unverschämt, einer Frau wie Zahra mit deinem Gerede von der globalen Erwärmung in den Ohren zu liegen. Wieso sollte es sie auch kümmern? So wie die Erde mit ihr umgesprungen ist. Sie hat eine Katze, das ist mehr als genug, was ihren persönlichen Beitrag zur Natur angeht.»

«Ja, Mama.»

«Und stell viele Fragen, Kami, wenn ihr zusammen beim Essen sitzt, frag sie ganz viel. Das ist das Mindeste, was man für sie tun kann. Sie hat nichts außer Geschichten, und nach ihr wird auch nichts überdauern, alle Freunde haben sie verraten, alle Scheinwerfer im Stich gelassen, sie möchte sterben, sie ruft die ganze Zeit an, um zu sagen, dass sie sterben will. Grausam. Aber noch lebt sie.»

«Wenn sie wirklich sterben will», fragte mein Vater, «warum ruft sie uns dann bei dem kleinsten Druckgefühl in der Brust an? Soll sie doch froh darüber sein! Wieso macht sie sich Sorgen?»

Meine Mutter wurde böse, dass er mich im unpassendsten Moment aufhetzte, und zischte: «Sie ist deine Schwägerin, Behruz, hab ein bisschen Mitleid!»

«Nein, ich habe kein Mitleid», erwiderte er aufgebracht und fuchtelte mit dem Messer herum. «Sie hat genug Mitleid mit sich selbst für uns alle zusammen. Und wieso ist es so schwierig für sie, Arian zu besuchen? Ist es ihr etwa zu weit – achtzehn Stationen mit der Metro für den Mann, der ihr alle Träume verwirklicht hat? Der sogar ein Mietshaus auf ihren Namen hinterlassen hat, der Schwachkopf, damit sie keine Sorgen hat, aber nein, sie verlässt das Haus nicht bei Tageslicht, damit sie von den Leuten, Gott bewahre, nicht mit Blindheit geschlagen wird, und sie durchquert natürlich ganz bestimmt nicht den schmutzigen Süden der Stadt für ihn bis zum Militärfriedhof. Sie sehnt sich nicht nach ihm, sie sehnt sich nach sich selbst. So sind sie, die Menschen, die den Himmel berührt haben. Glaub mir, Kami, du willst den Himmel nicht berühren, also berühr ihn nicht. Bei Allah, wenn sie sterben will, dann soll sie doch endlich.»

Worauf Mama erwiderte: «Leg sofort das Messer hin.»

Um Viertel nach sechs am Morgen, angekommen in der großen Stadt, ich saß auf den Stufen des Azadi-Kinos, da hasste ich Amir Teimuri. Ein Sänger mit einer Daf-Trommel richtete sich gerade unter einem rot blühenden Baum ein, verjagte die Tauben und wartete auf Kundschaft. «Sie haben ein hübsches Lächeln», sagte er zu mir, «nicht bei jedem ist das Lächeln hübsch, mein Herr», und lächelte. Wieso nannte er mich «mein Herr», ärgerte ich mich und lächelte überhaupt nicht. Ich setzte mich abseits an eine Mauer. Die neuesten Modelle von Sony Ericsson tanzten für mich auf einem riesigen Bildschirm. Wer braucht eigentlich sieben Etagen mit Werbung? Und wie seltsam war das, plötzlich ganz mutterseelenallein zu sein, wie nach einem lärmenden Schulausflug, der sich zerstreut hat. Es war schon immer ein beklemmendes Gefühl für mich gewesen, mich zu trennen und allein weiterzuziehen. Ich hoffte, dass es Amir noch saurer aufstieß.

Ich verharrte unter Zahras Haus, drei Stockwerke mit Steinbalkonen verbargen sich hinter einem Pappeldickicht. Eine breite Fassade, große Türen mit weißen Eisengittern, beschmiert mit Fingerabdrücken. Und dahinter, im Treppenhaus, hing der Geruch nach regenfeuchter Straße wie aus einem Schwarzweißfilm, kühles Moos auf nassen Felsen, eigenartiger Moder wie in einer alten Bibliothek, und ein Hauch von übertrieben süßem Parfüm lag in der Luft. Ich fragte mich, ob das romantisch war. Auch die aufdringliche Duftnote einer Katze machte sich bemerkbar. Es gab eine Reihe grauer Türen und weißer Wände. Blumentöpfe mit Kletterpflanzen und schiefe Bücherregale ohne Inhalt standen unmotiviert zwischen den Stockwerken. Die Marmortreppen waren mit altem, bereits versteinertem Schmutz überkrustet. Da stand ich und fragte mich: Wie würde wohl das Leben bei ihr aussehen?

Als ich es nicht mehr länger aushalten konnte, stieg ich ins letzte Stockwerk hinauf, zu der nackten Tür, die kein Schild aufwies. Obwohl ich nur zaghaft klopfte, öffnete sie sich sofort, hieß mich mit lautem Quietschen willkommen. Eine Menge großer Bilder – meine Augen schossen schnell in alle Richtungen –, ja, mein Vater hatte recht, an Zahras Wänden gab es mehr Erinnerungen an ihr eigenes Leben als an den verstorbenen Arian. Ich zählte das Verhältnis der Bilder zueinander, als wollte ich sie als böse Witwe entlarven und damit beweisen, dass sie tatsächlich eine erstarrte Seele war. Doch die Frau, die mich in die Wohnung führte, lächelte mich mit verwundbaren Augen an, dem Blick eines stillen kleinen Mädchens, herzerweichend. Ihre Stimme klang melodiös, sie sang fast in ihrem Bemühen, die Spannung der ersten Begegnung zu lösen. Wir drehten eine Besichtigungsrunde durch die Wohnung. Der Salon war in dunklen Tönen und in Samt gehalten. Der Balkon versank im Dunst, obwohl die Straße unten nicht belebt war, doch die Vögel auf dem orangefarbenen Baum davor zwitscherten direkt herein, und am Horizont konnte man die Berggipfel erspähen. Im Wohnzimmer waren weiße, transparente Vorhänge zugezogen, die gelbliches Licht hereinsickern ließen. Und dahinter eine Schiebetür. Nicht immer, erklärte sie, nur an den Tagen, an denen die elektronischen Anzeigetafeln auf der Straße vor Smog warnten und alte Menschen gebeten wurden, zu Hause zu bleiben. Zahra war fünfundfünfzig.

Die Schuhe ziehe man bei ihr in der Diele aus, sagte sie, wie früher in den Häusern. Der Fußboden lag unter dicken, schmiegsamen Teppichen verborgen. In den Salon führte eine mit mückenabweisendem Stoff getränkte Fußmatte, angeschlossen an einen Elektrostecker. In einer Schale türmten sich Früchte, Pfirsiche, Äpfel und dunkle Trauben. Auf einem kleinen Schemel, der für die Fernbedienung bestimmt war, standen Schälchen mit Rosinen, Pistazien und anderen Nüssen und Trockenfrüchten, freitags gebe es auch Dörrfeigen, Beeren und Pecannüsse – Babak, der Nachbar, erledige die Einkäufe. Aber Zahra achtete auf ihre Linie, als könnte sie jeden Augenblick wieder der Ruf zu einem Comeback ereilen, und Mama hatte sogar behauptet, sie habe drei Schönheitsoperationen machen lassen. Zwei Vasen, antike Stühle, eine vergoldete Wanduhr. Ein Schaukelstuhl. Eine große, schwarze Bücherwand aus Holz, überladen mit Bänden, die seit Jahrzehnten offensichtlich niemand angerührt hatte. Als ich mich ihnen näherte, sagte Zahra: «Lies nicht zu viel, damit du dir keine Depression einhandelst.»

Die Marmorfliesen waren von einem hellen Braun mit dunkel gebrannten Rändern, weiße Steinbögen trennten die Räume, und hier und da standen kleine runde Blumentöpfe, aus denen dünne, lange Stängel ragten, nackt, ohne Blüten, vielleicht jahreszeitabhängig. Eine schmale Holztreppe führte in die zweite Etage hinauf, in der sich Zahras Schlafzimmer befand. Ein ausgeblichener roter Lampenschirm dämpfte das Licht, Läufer in einem dunklen Pfirsichton wärmten jeden Schritt, und die Betten waren mit feinen Stoffnetzen umspannt. Auch ein geräumiges Badezimmer gab es dort. Und ich würde meine eigene kleine Duschzelle haben, in der Zahra zarte Porzellantiegel und Duftkerzen verteilt hatte. In dem Zimmer, das meins sein würde, war ein alter Teppich in Türkistönen ausgebreitet, den Arian geliebt hatte, wie sie mir erklärte. Am Fenster ein Plastikblumenkasten, aus dem grünes Strauchdickicht rankte, das die Straße dem Blick entzog. Im Schrank lagerten in starren Kartons die Musikinstrumente, wie unberührt, seit Jahren nicht ihrer Verpackung entnommen. Der Krieg war schon seit zwanzig Jahren beendet, doch mein neues Zimmer war so geblieben, wie Arian es verlassen hatte. Sein Arbeitszimmer. Faltordner und ein Schreibpult mit prächtigen Federn, die lange eingetrocknet waren. Feine europäische Anzüge hingen im Schrank, konservierte Erinnerungen, und Hausschuhe aus männlich hartem Leder standen akkurat am Teppichrand.

«Die Zeit ist schnell vergangen», entschuldigte sich Zahra, als ich meinen Rucksack ausleerte und meine Hemden in die engen Lücken im Schrank stopfte, bemüht, nichts Vorhandenes durcheinanderzubringen. «Was für ein grauenhafter Krieg», seufzte sie, «ich hatte nicht die Kraft, Schränke aufzuräumen, und ich hätte mir ohnehin niemanden in Arians elegante Stücke gekleidet vorstellen mögen, der die Erinnerung, die alle an seine stattliche Erscheinung haben, nicht ruiniert hätte.» Aber dann zog sie plötzlich einen Maßanzug aus dunkelgrünem Stoff und ein enganliegendes schwarzes Hemd mit Knöpfen heraus. «Dieser Anzug würde perfekt an dir aussehen! Probier ihn an», sagte sie, mit einem Mal ganz begeistert. «Nein, nein danke», lehnte ich ab, verwirrt von ihren abrupten Stimmungsumschwüngen. Doch

Zahra beharrte darauf, begann das Hemd aufzuknöpfen und hielt es mir hin: «Na los, Modellprobe.» Und bevor ich mich versah, merkte ich, wie ich errötend aus T-Shirt und Jeans schlüpfte und in der Unterhose vor ihr stand. Wie ich das gestärkte Hemd anprobierte und hastig in die Hosen fuhr, die sie mir reichte, wobei sie die ganze Zeit über zusah, mich mit eindringlichem Blick begutachtete. Dann zog sie mir noch das Jackett an und spähte mir von hinten über die Schulter in den Spiegel. «Gut, das sieht gut aus», meinte sie zufrieden, «das ist etwas für den Winter, beeindruckend und schick, das musst du zugeben. Es gehört dir.» Sie strich mir mit anmutigen Bewegungen den Stoff an Ärmeln und Rücken glatt. Wobei sie sagte: «Du bist zu hübsch!» Dann ging sie, um den Kater zu suchen, und ich schlüpfte wieder in Jeans und T-Shirt und eilte ihr nach.

Sie verstellte die Rollläden im Salon, ließ Lichtfäden durch die Schlitze hereinflimmern und setzte sich schnell eine dunkle Sonnenbrille mit dickem braunem Rahmen auf, in dem orangefarbene Sprenkel aufblitzten, eine Reminiszenz an den Star von einst. Die Sängerin, die Filmschauspielerin, jederzeit bereit, sich die Straße zurückzuerobern, dachte ich, wartet nur auf den Applaus. Die langen Beine übereinandergeschlagen, der Rücken kerzengerade, so ließ sie sich im Fernsehsessel nieder und wechselte in ihrem roten Kleid immer wieder die Stellung. Eine gepflegte Frisur trug sie und delikate Schminke, mindestens vier Ringe an der Hand und eine Halskette. «Wie geht es eurer Lagune?», fragte sie höflich.

«Überlebt», antwortete ich.

«Warum sollte sie denn auch nicht?», fragte sie verwundert.

«Die Erderwärmung, die Luftverschmutzung, Verschmutzung der Wasserressourcen, illegale Schifffahrt, illegale Fischerei,

Motorboote, Gasboote, ach ja, und auch noch eine Straße, die uns die Regierung mitten durchs Naturschutzgebiet planiert.»

Sie blickte mich leicht erschüttert an. Sicher befürchtet sie, dass ich etwas seltsam bin, dachte ich. Dann goss sie Kräutertee auf. «Also bist du zu deinem Glück endlich in die Stadt gezogen», rief sie aus der Küche. «Nicht leicht, so eine Kindheit in Anzali, zweifellos.»

«Mir hat es dort aber eigentlich schon gefallen», antwortete ich vorsichtig im Bemühen, nicht direkt auszusprechen, dass sie sich täuschte. Sie kam mit zwei dampfenden Teegläsern zurück und wartete darauf, dass ich etwas erzählte. Also fragte ich: «Hast du gehört, dass die Amerikaner Schneeflocken am Nordpol des Mars entdeckt haben? In einem Gebiet, in dem die Sonne nur vier Stunden am Tag scheint.»

«Interessant», sagte sie gelangweilt.

«Das heißt, dass es Leben auf dem Mars gibt, eventuell», versuchte ich, sie zu begeistern.

«Ich bin mehr der Typ des klassischen Europas», entschuldigte sie sich.

Mein Blick wurde von einem kleinen Bild angezogen, das in der Bonbonschale lag. Zahra und Arian, zwei linkische Kinder am Strand – ein Mädchen, in das ich mich sicher verliebt hätte und das mich bestimmt mit irreführender Wärme auf Distanz gehalten hätte; ein Knabe, der mein Freund geworden wäre. Wie gerne hätte ich so einen ruhigen und glücklichen Freund gehabt. Sie blickten mit neugierigen, weit geöffneten Augen in die Kamera, als wollten sie vor lauter Glück nichts anderes wissen, als welche schönen Überraschungen und aufregende Abenteuer die Zukunft für sie bereithielte. Ich kroch in diese Blicke hinein, die nicht wussten, was sie hinter der nächsten Ecke erwartete.

«Das ist in Abadan», seufzte Zahra, «dort haben wir gewohnt. Das Abadan der berühmten Nachtclubs mit den bunten Lichtern, den teuren Hotels und Ballsälen und einem internationalen Flughafen, der nie ruhte, weder bei Tag noch bei Nacht. Öl floss aus den Hähnen von Abadan in jenen Tagen. Und die Picknicks, wenn wir uns an den Wochenenden an den Fluss flüchteten, was für Picknicks wir dort gemacht haben. Doch Hunderttausende wurden getötet, was gelten da ich und mein Kummer? Alles verschwunden und vom Erdboden verschluckt.» Sie wandte sich dem Regal mit den Fotoalben zu, hoffend, ich würde sie mit Fragen bombardieren, doch ich sagte kaum etwas. Es gelang mir nicht, die passenden Worte zu finden, ich fürchtete, sie in Verlegenheit zu bringen, und ich war auch nicht sicher, ob ich ihren wechselnden Stimmungen zu folgen vermochte, verstehen könnte, was erlaubt und was verboten war. «Abadan ist ganz und gar zerstört worden, die Stadt, die wir geliebt haben, wurde im Krieg spurlos ausgelöscht. Wir sind noch davor weggegangen, ein Jahr, bevor die Kämpfe ausbrachen», erklärte sie in entschuldigendem Ton, «und wir sind nie zurückgekehrt.» Sie zog einen weißen Ordner heraus, der unter einem Haufen farbig verzierter Fotoalben begraben lag, länger und staubiger als die anderen, und ausschließlich Zeitungsausschnitte in alten Klarsichthüllen enthielt. «Schau, Kami, hier hat es für mich geendet. 20. August 1978. Mein fünfundzwanzigster Geburtstag. Arian kam von einer Geschäftsreise nach London zurück. Ich war überzeugt, dass ich eine stärkere Sehnsucht als damals nie mehr verspüren könnte. Mit jedem Tag, der verging, war die Abhängigkeit von ihm stärker geworden. Meine Sorge um ihn und die Liebe, nur Allah weiß, wohin das geführt hätte. Er betrat das Haus mit einem Geschenkpäckchen und einem riesigen Rosenstrauß, weinrot und weiß, wie ich es liebe. Ich sagte zu ihm, keine Zeit, keine Zeit, öffnete nicht einmal die Schachtel, ließ ihn den Koffer gar nicht auspacken. Es war der Abend der Premiere im Rex. Er verzog das Gesicht, doch ich versprach, ihn anschließend zu entschädigen. Es war glühend heiß, am liebsten hätten wir uns mitten auf der Straße ausgezogen, aber ringsherum herrschte eine beunruhigende Atmosphäre, irgendwie brütend, als zöge ein Sturm auf. Doch wer hatte schon Zeit, darauf zu achten? Bei uns war alles bestens. Die lokale Presse wartete bereits auf uns, die Leute drängten sich auf der Treppe, die zum Saal hinaufführte. Ich hörte ein paar enthusiastische Rufe, und wir gingen hinein. Ich schritt dahin, ein einziges Strahlen, suchte in den Reihen die hungrigen Augen, das Getuschel, das mir galt – da ist sie, da ist der Star –, und die Brauen, die sich in meine Richtung hoben. Ich liebte es. Wir setzten uns. Aber es verging keine Minute, bis Arian flüsterte, er könne nicht mehr, er müsse mich küssen, sofort, unbedingt. Er wartete, bis die Lichter ausgingen, und dann zog er mich nach draußen. Wir rannten die Treppe hinunter zu einer dunklen Ecke in der ersten Etage des Geschäftszentrums. Du versäumst den ganzen Film, beklagte ich mich, doch meine Lippen waren ihm wichtiger. Als wir zum Eingang zurückkehrten, standen draußen zwei Polizisten und bewachten die Türen. Arian bat sie, uns zu öffnen, man warte schließlich drinnen auf uns, doch sie weigerten sich mit Nachdruck, erklärten, es sei ihnen untersagt. Man habe ein paar verdächtige Subjekte bemerkt, die hineingegangen seien, und bevor nicht der Polizeikommandant mit Verstärkung eintreffe und eine gründliche Suche im Publikum durchführe, gehe keiner hinein oder hinaus, so lautete der Befehl. Ich fragte: Warum riecht es denn hier nach Rauch? Sie antworteten, offenbar hätten die Verdächtigen ein kleines

Feuer gelegt, in der Hoffnung, sich im Schutz der Massenpanik davonzustehlen. Also standen wir dort und warteten. Und das Feuer brach aus. Ich habe keine Ahnung, wie die Zeit verging, was wir dachten, worüber wir sprachen, aber die Minuten verrannen, und der Saal brannte. Ich erinnere mich an den Fahrer eines Lieferwagens, der verlangte, die Schlösser aufzubrechen, und sich mit den Polizisten anlegte, doch sie hinderten ihn daran, und wir, Arian und ich, standen davor wie ratlose, hilflose Kinder, begriffen nicht, wie groß und endgültig diese Nacht war, schauten nur wie erstarrt in die Flammen, die an den Wänden fraßen und sich nach draußen kämpften. Nach zwanzig Minuten kam die Feuerwehr. Aus den Schläuchen floss kaum Wasser. Endlich öffnete sich die Tür, und eine kleine Hügellandschaft aus schwarzer Asche kam zum Vorschein. Verbrannte, zerfallende Skelette. Vierhundertzweiundzwanzig Leichen. Vielleicht auch mehr. Hängt davon ab, wer sie gezählt hat.

«Aber wieso sind sie nicht ausgebrochen, die Zuschauer? Warum haben sie nicht die Türen eingetreten und sie auf die Polizisten gekippt?»

«Ich weiß es nicht. Sie sind auf den Stühlen sitzen geblieben und verbrannt. Wir haben die schwarzen Kadaverreihen durch die verzehrten Türen gesehen, als das Feuer gelöscht war. Und dann sind wir geflohen. Wir haben nicht einmal geweint in der ersten Nacht.»

«Aber warum im Sitzen? Wieso denn im Sitzen? Welcher Mensch steht nicht auf und flieht, wenn das Feuer näher rückt?» Dieser frustrierende Gedanke machte mich schier wahnsinnig.

«Ich weiß es nicht, vielleicht waren sie ohnmächtig oder tot, als das Feuer sie erreichte, Rauchvergiftung oder Gas, man sagt, dass die Klimaanlagen leckten und Freon auslief, keine Ahnung, wem man glauben soll. Bestimmt nicht der Untersuchungskommission. Vierhundertzweiundzwanzig Zuschauer, die sich in unsere Hände begeben hatten, die in ihren besten Kleidern gekommen waren und mit ihrem guten Geld bezahlt hatten, für uns, die auf uns vertraut haben. Vierhundertzweiundzwanzig. Bis zu den Zwillingstürmen in Amerika hat es keine so mörderische Terrorattacke gegeben. In den kommenden Monaten floh ich vor den Nachrichten. Die Journalisten wetteiferten um die grausamsten Titelbilder, kämpften darum, wer die ekelerregendsten Szenen bringen und wer den aufgeheizten Pöbel stärker entfachen würde. Ich versuchte, dem zu entkommen, doch das war nur der Anfang. Der Staat stand in Flammen, das Kino war tot, wer brauchte eine Schauspielerin, wer braucht künstliche Impulse und berechnete Stimulierungen durch die Unterhaltungsindustrie, wenn die Massen ein eigenes, echtes Feuer haben? Ein Ereignis jagte das nächste, es blieb keine Sekunde Zeit zu verdauen, eine ganze Welt hatte sich schlagartig geändert.» Sie blätterte in den Seiten. Hundertachtzig Kinos waren innerhalb von neun Monaten abgebrannt oder geschlossen worden. Das Diana, das Radio City, all die Lichtspielhäuser, von denen sie geträumt hatte. Und die Presse gewöhnte sich daran, war schon gelangweilt, es gab nur noch kleinspaltige Meldungen – noch ein Kino gefallen – und Getuschel – da, das Symbol der westlichen Vergiftung, der Flachheit, Zügellosigkeit, kulturellen Degeneration, wird endlich ausgerottet. «Ich, die ich alles gegeben und sie so sehr geliebt habe, ich war nun ein Symbol der Entartung», sagte sie aufgebracht. «Und ein Jahr später war ich ein Nichts, plötzlich nicht mehr existent, wer hätte das je gedacht?»

Arian war es, der die Zeitungsausschnitte gesammelt hatte. Zahra war dagegen gewesen. Sie schaute sie sich erst Jahre später wieder an, als er sie allein zurückgelassen hatte. Inzwischen hatte sie Auftrittsverbot. Die Regisseure, die Freunde hatten sich ihr längst entzogen, niemand erwiderte einen Anruf – die Zensur des Regimes war schlimm, doch die Selbstzensur der Künstler war noch viel grauenhafter. «Auch die Emigranten waren schlimm», erklärte sie, «haben sich einfach übers Meer davongemacht. Aber vielleicht haben wir im Prinzip gar kein Recht, ihnen etwas vorzuwerfen?»

Jetzt, zwischen den Mauern des alten Mietshauses, schien der Absturz frisch wie gestern. Ich verstand nicht, weshalb ich mich schuldig fühlte, und es fiel mir schwer zu entscheiden, was ich mit meinen Händen anfangen und wie ich Interesse bekunden sollte, damit sie weitererzählte. Was durfte man fragen? Und wie war die Stimmung auf den Straßen, als alles auseinanderbrach? Würde es auch mich irgendwann in meinem Leben in einen solchen Sturm verschlagen? In ein Kapitel der Geschichte, das zwischen den Häusern, zwischen deinen Beinen hindurchpfeift, sozusagen live, ein tobender Strudel, der alle mitreißt? Eine neue Welt? Allein bei der Vorstellung, dass du Zeuge einer Veränderung der Menschheit bist, gerät dein Blut in Wallung. Der Mensch muss sich als Zeuge fühlen, einmal in seinem Leben, um zu wissen, dass er lebt.

Die Fotoalben lagen zwischen uns auf dem kleinen Tischchen, Zahras Augen wanderten von ihnen zu mir, mit kokettem grünäugigem Blick, hoffend, ich würde mir die Bilder ansehen wollen, fürchtend, ich würde nicht glauben, was für eine Größe sie gewesen war. Also begann ich zu blättern. «Dieses Volk ist zu romantisch», seufzte sie, «das ist das ganze Problem.» Ich verstand nicht, was genau das Problem war, doch ich bemühte mich, Fragen zu stellen. Sie glich weder der Tante aus den Geschichten noch dem Star der Gerüchte. Aber sie war schön. Ihr schwarzes Haar, das über die weichen Kissen glitt, sah exakt so aus wie auf den leblosen Bildern, die mir durch das raschelnde Zellophan hindurch und von den Wänden in der Diele entgegenblickten. Es hatte einen fast kindlichen Geruch, ich fand es sexy, wie er sich über all die Jahre offenbar nicht verändert hatte.

Zahra schenkte Ananassaft in zwei kleine Gläser. Ihr Wagen, ein roter Peykan, sei schon seit zwanzig Jahren unter einer Staubschicht erstarrt, beklagte sie sich, er stehe unten, nur eine Minute von hier, am Straßeneck gestrandet. «Wenn du mal die Energie hast, einen Blick draufzuwerfen, Kami, wäre ich sehr dankbar.» Sie errötete. «Vielleicht gelingt es dir, ihn zu reparieren?»

«Ich werd's versuchen», versprach ich. Und freute mich.

Chamad, der Kater, rollte sich neben ihr auf einem Schemel zusammen, sie kitzelte ihn am Hals und hinter den Ohren, und er schnitt Grimassen wie jemand, der still leidet. Mir schien, als zwinkerte er mir dabei zu und fragte: Bei Allahs Leben, wie sind wir beide bei dieser Verrückten gelandet?

2

◆

Ein nachdrückliches Klopfen an der Tür und der Geruch französischer Zigaretten kündigte das Eintreffen der Mieterin aus dem Erdgeschoss an. Zahra machte uns miteinander bekannt. «Frau Safureh, Safureh Mahdis.» Ein hageres Gesicht, hochmütige Nase. Vor mir stand eine Frau mit sehr dunkler Haut, wilden Augen und kohlrabenschwarzem, schütterem Haar, das von einem weißen Tuch zusammengehalten wurde, dem ein intensiver greisenhafter Wäschegeruch entströmte.

«Willkommen, junger Mann», rief sie aus, «sehr erfreut», und beschnüffelte mich mit einem konzentrierten, neugierigen Gesichtsausdruck.

«Kami», erwiderte ich, «sehr angenehm.»

«Schön, das wird sicher nett mit dir. Ich bin nämlich jeden Tag zum Frühstück hier», erklärte sie und bat mich, ihren Aufzug zu entschuldigen, zu dieser frühen Stunde sei sie immer ganz schlicht in Trainingsanzug und schwarzer Jacke unterwegs und mit Strohkorb, denn sie sei gerade eben von der Yoga- und Stretching-Gruppe im Sa'i-Park zurückgekehrt. Ich sei eingeladen, mich anzuschließen. Ich könne sie im Amphitheater bei den Japanischen Gärten finden, der Lehrer sei hervorragend, betonte sie und beklagte dann, dass sie es leider eilig habe. Vor lauter Eile blieb sie stehen und redete weiter, als wollte sie mir eine Gunst erweisen, überschüttete mich mit einer Unzahl an Geheimnissen aus ihrem bewegten Leben. Zum Beispiel, dass sie sich, wie es sich für eine gewitzte Händlerin gehöre, nie erlaube, zu spät zu kommen, ihre Uhren waren der Menschheit um eine halbe Stunde voraus. «Gute Idee, was? Du darfst sie übernehmen, mein Freund», verkündete sie und wartete darauf, mich begeistert zu sehen. Wenn sie nach ihrem Alter gefragt werde, verriet sie dann, pflege sie zwei Jahre draufzuschlagen, Hauptsache, man sagte: Sie sehen aber hervorragend aus! Und das sagten sie tatsächlich. Sie sei dreiundsiebzig, teilte sie mit Genugtuung mit.

«Vor oder nach Abzug?», erkundigte ich mich.

«Das musst du selbst erraten.»

Ich wagte es nicht.

«Hast du gewusst, dass ich Richterin am Obersten Gerichtshof war?»

«Nein.»

«Also, das war ich», verkündete sie mit Stolz. «Heutzutage ist man in unserem Staat irrtümlich der Meinung, Frauen seien zu empfindsam, um einen Verbrecher am Stadtplatz aufzuhängen. Vielleicht lohnt es sich, dass du dich mir bei Gelegenheit einmal anschließt, Kami, mein Freund, und mich im Geschäftsoutfit siehst, wie ich an einem gewöhnlichen Tag außer mich geraten kann, dann kannst du selbst urteilen, wer hier fähig ist, jemanden aufzuhängen.»

Ich war erstaunt. War sie wirklich Richterin am Obersten Gerichtshof gewesen? Ich äußerte keinen Zweifel und fürchtete schon, ich hätte ihr vielleicht nicht die erforderlichen Höflichkeiten angedeihen lassen, doch ein hintergründiger Blick von Zahra sowie ein zarter Wink mit ihrem Kopf deuteten an, dass man nichts Genaues wusste.

«Womit beschäftigen Sie sich heute?», fragte ich.

«Ich verkaufe Lottoscheine im Untergrund», teilte sie mir zufrieden mit.

Mir schien, als lächelte ich zu viel. «Äußerst interessant», sagte ich.

«Ich ernähre mich mit Anstand», betonte sie, «meine Geschäfte werden mit einem Café Latte im Starcups eröffnet und mit einem Mittagessen im Kabuki Fried Chicken fortgesetzt, ein gutes Leben, nichts zu klagen. Amerika.»

«Weltweite Geschäfte», gratulierte ich ihr, und sie beeilte sich zu bemerken, dass man ihr, wäre sie nur interessiert, schon längst eine Beschäftigung überall auf dem Planeten beschafft hätte, doch für sie sei es hier in Teheran am besten. Ein Leben in einer allzu ruhigen Stadt, nehmen wir zum Beispiel einmal an, Toronto, würde ihr sicher nicht gefallen. Wenn es ringsherum überhaupt nichts Erschütterndes gebe, wenn die Luft so gar nicht explosiv sei, dann sei das nichts für sie. Nach all den Jahren sei sie süchtig nach Explosionen, gestand sie, Orte, die als Idylle daherkämen, verursachten ihr schrecklichen Stress. Künstlich und verlogen seien solche Orte. Sie brauste auf, entschuldigte sich aber gleich. Doch sie sei ohnehin zu wichtig, als dass man sie an den Grenzübergängen einfach so hinauslassen würde, man würde sie sicher noch vor dem Passkontrollschalter in Handschellen legen. «Dieser Abschaum», sagte sie und ging zur Toilette.

Wir blieben in der Küche zurück, Zahra und ich, schmunzelnd über den stürmischen Geist der alten Dame wie heimliche Verbündete. Ich fragte flüsternd: «Wie kommt es eigentlich, dass sie überhaupt noch am Leben ist, ich meine, wenn sie eine so wichtige Persönlichkeit in der vorigen Regierung war, warum hat man sie nicht hingerichtet?»

«Es gibt so viele Fragen, mein lieber Kami, und es weiß sowieso keiner, auch du wirst deiner Neugier noch müde werden.»

«Wenn ich sie fragen würde, wäre das unverschämt?»

«Es ist nicht so, dass ich es nicht versucht hätte», entschuldigte sich Zahra, «ich habe natürlich nachgehakt – was mit der Familie ist oder wo sie sich in den Wochen der Revolution versteckt gehalten hat. Aber Frau Safureh versteht es auszuweichen und die Fragen in Vergessenheit geraten zu lassen. Sie ist schließlich eine Akrobatin in profanen Unterhaltungen, sie wird dich stets mit Geschichten über verlockende Orte auf der ganzen Welt überraschen.»

«Sie hat die ganze Welt bereist?», staunte ich.

«Die Arme, sie hat ihr Leben lang davon geträumt, die Welt zu umrunden. Außer einem organisierten und einmaligen Ausflug zum al-Hamidia-Markt in Damaskus hat sich nichts ergeben. Wenigstens große Träume hat sie im Überfluss, und hier bei uns gibt es immer jemanden, dem man die Schuld geben kann, wenn sie nicht verwirklicht werden.»

Wieder öffnete sich die Tür. Es war der Mieter der Eineinhalb-Zimmer-Wohnung im ersten Stock. «Babak Tiban, angenehm.» Er war siebenundzwanzig und lächelte immer – wie eine strahlende Sonne. Am Morgen, wenn Frau Safureh aus dem Park zurückkehrte, brühte Zahra hier den Tee auf, und Babak kam von der Bäckerei am Platz. «Das ist so eine Zeremonie», erklärte er, «die den Tag gemeinsam eröffnet.» Er rief: «Schirini! Gebäck für alle!», und holte süße Brötchen aus einer großen Papiertüte, Nane schirmal, Nun ghandi und süßes armenisches Brot, das frisch und warm duftete. Zahra servierte alles auf dekorativen Bronzetellern, mit Sarschir, dickem süßen Rahm, und Fruchtmarmelade. «Das wird nett für dich, ein junger Freund im Viertel», ermunterte sie mich. Also fragte ich Babak, wo man sich hier in der Stadt so aufhalte, vielleicht könne er mir etwas empfehlen. Er schlug die Augen nieder. «Ich bleibe lieber zu Hause, leihe mir Filme aus der Videothek oder rolle mich mit Harry Potter im Bett zusammen.»

«Babak ist müde», verteidigte Zahra ihn, «schließlich arbeitet er vormittags als Regierungsangestellter im Bauministerium, und am Nachmittag stockt er sein Einkommen in einer Näherei hier in der Straße auf. Aber nicht schlimm, alles ist vorübergehend, der Tag ist nicht mehr weit, an dem er mit dem Geld, das er gespart hat, eine eigene Immobilienagentur eröffnen wird, es gibt nichts Besseres als Immobilien in dieser Stadt.»

Wir setzten uns zu viert um den Esstisch und lächelten einander so herzlich an, dass sich alle Verlegenheit zerstreute. «Kami, mein Freund», sagte Frau Safureh, «wenn es dein Wunsch sein sollte, dich dem Frühstücksclub anzuschließen, werden wir dir beibringen müssen, dich zu beklagen. Unsere Gebäckfrühstücke sind nicht süß genug ohne einen dicken Schuss Klagen.»

«Worüber möchten Sie denn, dass ich mich beklage?»

«Über alles natürlich. Ballast abwerfen, Dampf ablassen, was könnte gesünder sein? Hier, wir demonstrieren es dir gerne.» Frau Safureh eröffnete die Runde mit einer Beschwerde über die Inflation – sie nage an ihren Geschäften, die verfluchte Inflation. Und auch über den Staat erzürnte sie sich, der auf sie spuckte, ausgerechnet auf sie, die ihre besten Jahre für den Dienst an der Öffentlichkeit hingegeben hatte, wie hatten sie es nur gewagt, ihre Uhr in so jungen Jahren anzuhalten? Und warum hatte das Display des Mobiltelefons derart kleine Zeichen? Könnte ihr irgendjemand gefälligst erklären, mit welchem Recht man einer altehrwürdigen Bürgerin wie ihr die Möglichkeit verwehrte, Textnachrichten zu verschicken? Zahra erboste sich anschließend über den Obersten Führer, der genau, als für sie alles perfekt zu sein begann, dahergekommen war, um das Allerschlimmste über sie zu bringen. Und auch über Chamad, den Kater, der Durchfall hatte und überall hinkackte, dieser Idiot, wer hatte schon je von einer Katze mit Überempfindlichkeit gegen Milchprodukte gehört? Und der lächelnde Babak, sogar er beschwerte sich über die Regierung, über die Gesetze, die ihm das Leben sauer machten. Nichts konnte er auf die Beine stellen ihretwegen. Aber auch über die Reformen, die Öffnungen, auch darüber beklagte sich Babak, denn plötzlich schien ihm, als sei es in der Kinderzeit geradezu ein Spaß gewesen, ein verbotenes Videogerät im Haus zu haben, eine Krawatte zu tragen oder Schach zu spielen – nicht dass er Schach spielen könne, aber trotzdem war es etwas Besonderes, da es verboten gewesen war –, denn früher, ganz am Anfang, war praktisch alles verboten gewesen. Und es gab auch Initiativen, bei denen das Wasser wegen Knappheit abgesperrt wurde. Wie könne man das je vergessen? Das Leben sei viel familiärer gewesen, jammerte Babak sehnsüchtig. Also probierte auch ich es: «Der Trainer der Nationalmannschaft, wie konnte er bloß zulassen, dass uns die Saudis aus dem Weltpokal geworfen haben?» Ich versuchte, wütend zu klingen, und vermisste den verstorbenen Ali Samimi, der zu sagen pflegte, die Menschen werden immer an den Mauern dessen zerschellen, was sie nicht haben.

Die Beschwerderunde war auch von einer Sicherheitsanweisung aus dem Mund der alten Dame begleitet: «Nimm dich in Acht vor der Familie Nadschafian, in ihrer Gegenwart darf man nicht meckern.» Sie erzählte, dass Zahra sie schon längst aus dem Haus entfernt hätte, wenn sie sich nicht vor den Beziehungen der Familie zu gewissen Stellen fürchten würde. Das Problem war, dass der dicke Sohn, Mas'ud Nadschafian, immer auf der Treppe saß und wie ein Denunziant hastig nach oben und unten spähte und jede Bewegung in Türnähe mit wütendem und anklagendem Blick verfolgte. Manchmal sitze er, erbitterte sich Frau Safureh, einfach so im Treppenhaus und stricke, «ein strickender kleiner Fettwanst», sagte sie, als würde ihn das noch zusätzlich belasten. Doch der Vater Nadschafian, der sei natürlich das eigentliche zweifelhafte Subjekt, jeden Augenblick könne er zum Hörer greifen, die 110 wählen und innerhalb weniger Minuten würden bemannte Toyotas über uns alle herfallen. So sagte sie es. Ein ungefähr vierzigjähriger Mann, stets mit einem Wollschal um den Hals, einer schwarzen Brille auf der Nase und einem Schnurrbart darunter. Er trug neue, fusselnde Pullover, und wenn es kalt war, auch ein elegantes Stoffjackett. Er hatte einen Kiosk für Zigaretten und Zeitungen in der Straße sowie ein öffentliches grünes Telefon, seine Theke blickte geradewegs auf das Haustor. Und was veranschaulichte seinen Fanatismus besser als die Tatsache – die sich gerade erst kürzlich offenbart hatte –, dass Herr Nadschafian sich weigerte, Coca Cola zu verkaufen? Frau Safureh hatte ganz unschuldig eine Flasche verlangt, worauf er ihr, mit kokettem Zwinkern, geantwortet hatte, so etwas führe er nicht. Schlicht und einfach nein, denn es gebe keinen Grund, die Kapitalisten zu finanzieren oder an der Gehirnverschmutzung der Kinder im Viertel durch solche Symbole Verantwortung zu tragen, daher verkaufe er nur Zamzam Cola, das früher, bevor ich geboren wurde, Pepsi war, und Farsi und Mecca Cola, importiert aus Saudi-Arabien, sowie Nushab Cola aus Dubai, was in seinen Augen mehr als genug sei. Noch bevor es Frau Safureh gelungen war, sich über diese ärgerliche Entdeckung zu beruhigen, folgte eine noch ärgerlichere. Sie stand auf der Straße, ging ihren Geschäften nach, störte keinen Menschen, in einem farbenfroh karierten Hosenanzug, was einen erfolgreichen Eindruck auf die Kunden machen sollte. Ein Auto voller japanischer Touristen hielt neben ihr, der schlitzäugige Fahrer begrüßte sie freundlich und fragte: «Meine Dame, gestatten Sie, wie gelangt man zum Platz der Revolution?» Die Alte antwortete ihm: «Was haben Sie denn am Platz der Revolution verloren?» Aber noch bevor das Fragezeichen getrocknet war, gewahrte sie, dass Herr Nadschafian aus seinem Kiosk einen bösen Blick auf sie abschoss, als habe sie die Republik beleidigt. Er beeilte sich natürlich, sein Gesicht zu einem falschen Lächeln zu verziehen, als sie ihn dabei ertappte. Typisch, so war Herr Nadschafian, seine Nettigkeit erweckte stets Widerwillen. Das brachte Frau Safureh jedoch nur für einen Moment aus dem Konzept, denn sie fuhr umgehend fort, dem japanischen Gast zu Diensten zu sein. «Mein Freund, wenden Sie sich bitte an der Bukareststraße nach rechts.» Gänzlich schamlos schnitt Herr Nadschafian ihr mit einem Mal das Wort ab – «Die Straße des Schahid Ahmad Qassir, sie heißt doch schon längst nicht mehr Bukareststraße» – und dehnte sein Lächeln noch breiter. Der japanische Tourist entfernte sich, und Frau Safureh, erschrocken, trat zum Kiosk, kaufte eine Flasche Zamzam Cola und sagte beschwichtigend zu Nadschafian, was sie danach sehr bereute: «Na gut, ich dachte, dass es für den Japaner leichter wäre, sich Bukarest zu merken, das ist so ein bekannter internationaler Name, aber Sie haben recht, Herr Nadschafian, auch der Märtyrer Ahmad Qassir ist sicherlich bekannt und hat es verdient, dass wir ihn mit der Erwähnung seines Vermächtnisses würdigen. Ich blicke jedes Mal in sein Gesicht auf dem Wandgemälde am Platz, wenn ich vorbeikomme, und denke an ihn. Welch ein gewaltiger Held, kaum sechzehn, welch ein Mut, sich selbst in die Luft zu sprengen, ein hübscher Junge, zweifellos.» Nadschafian rechtfertigte sich: «Gute Frau, auf den Straßenschildern steht nicht Bukarest, der Tourist hätte die Abbiegung nicht gefunden.» Und Frau Safureh, die spürte, dass er sich verstellte, dass er unschuldig tat und auf sie herabsah, lächelte höflich und entfernte sich mit der Flasche Zamzam. «Man muss vorsichtiger denn je sein», erklärte sie Zahra, Babak und mir. «Das Informations- und Sicherheitsministerium und die Basidschmilizen haben mindestens hunderttausend freiwillige Spione, und es wäre schlicht unlogisch, dass ausgerechnet in diesem Haus keiner ist.»

«Ein Glück, dass sie die Gedanken noch nicht ausspionieren können», sagte Babak, «denn dort geschehen ja die wirklich großen Verbrechen.»

Das Frühstück war zu Ende. Frau Safureh entschwand auf einem schwarzen Fahrrad die Straße hinunter, und auch Babak auf seinem blauen Jungenfahrrad, nicht ohne mir vorher anzubieten: «Nimm es dir, wann immer du willst, Kami, scheu dich nicht», und mir den Code für das Schloss zu geben. Als nur wir beide allein waren, sagte Zahra zu mir, sie habe gute Gründe für den Verdacht, dass der Junge homosexuell sei. Er verberge es zwar gut, doch sie habe ein Talent dafür, das Phänomen zu erkennen. Schließlich kenne Babak ihre Lieder auswendig, mache Einkäufe für sie, bringe kochfertige Büchsen aus dem Feinkostgeschäft, damit sie die für ihn aufwärmte, setze sich ihr gegenüber und bitte sie, von den wilden Tagen der Unzucht und Abartigkeiten zu erzählen, von sämtlichem Klatsch und allen Intrigen. Er sei wie ein Kleinkind bei ihr, ein Peter Pan, der sich weigerte, erwachsen zu werden. Sie schnitt ihm das Schnitzel in kleine Vierecke, und er schüttete Ströme von Ketchup darüber, aus einer Flasche in Form eines roten Bären, auch über den Tschello, den gedämpften Reis mit Berberitzen. Sie kratzte für ihn die knusprig goldbraune Schicht, das Tahdig, vom Topfboden, und den Gemüsesalat servierte sie ihm hauchfein geschnitten, versteckte eine Schicht frischer Kräuter darunter, damit er keinen Schreck bekam. Er umarmte sie oft und machte ihr Komplimente für ihre Perlenketten. Kurz gesagt, durch und durch ein Homosexueller. «Warum soll er sich nicht für eine Operation anmelden?», fragte sich Zahra. «Es ist ja schließlich heutzutage so einfach, eins, zwei, drei, man schneidet, formt, modelliert, sogar der Staat unterstützt es, warum soll Babak nicht ein hübsches Mädchen werden? Alle seine Probleme wären gelöst.»

«Ich hoffe nicht», erwiderte ich, denn ich fühlte mich nicht wohl bei dem Gespräch, und ich kannte keinen Homosexuellen, hatte also keine Möglichkeit zu beurteilen, ob er einer war oder nicht oder etwas dazwischen.

Am Mittag machte ich mich zu dem berühmten Computer-Center an der Talekanistraße auf und kaufte mir einen Laptop, ein Geschenk meiner Eltern. Bevor ich wegfuhr, hatte ich zu meiner Mutter gesagt, man brauche kein Geld verschwenden, die Computer mit Internetzugang gebe es schließlich in der Fakultät, umsonst, und an den Abenden würde ich im Cyber-Café Golestan surfen, nur achthundert Tuman in der Stunde, ich würde Freunde kennenlernen, Atmosphäre schnuppern, deshalb würde ich ja überhaupt hinfahren. Doch meine Mutter beharrte darauf. «Ich habe dich in der Nacht lieber zwischen vier Wänden. Draußen herrscht moralische Dunkelheit und religiöse Finsternis.» So dachte sie über die Stadt.

Um fünf war ich bereits wieder in der Wohnung, startete den neuen Computer, schlank und stylish, und schloss ihn ans Netz an. Das Haus wurde nie wieder so, wie es vor jenem Abend gewesen war.

3

◆

Zahra stand in der Küche, wo sie langsam und gelangweilt Brotscheiben mit Karottenkonfitüre bestrich. So langsam, dass ich das Gefühl hatte, verrückt zu werden, also rief ich herüber, sie solle sich zu mir in den Salon setzen. Sie ließ sich bar jeglicher Neugier vor dem neuen Gerät nieder, von dem sie keine Ahnung hatte. Auch an den Möglichkeiten, die es barg, hatte sie kein Interesse. Als käme ich aus dem Kindergarten mit einer endlosen Geschichte zurück, und sie hatte nicht einmal den Nerv, sich als aufmerksame, bereitwillige Tante auszugeben. «Was ist da zu sehen?», fragte sie, als tue sie mir einen Gefallen damit, dass sie mir die Gelegenheit gab, noch ein paar Worte zu sagen, bevor sie weglief.

«Komm, wir probieren es», antwortete ich, «wir surfen, und wir werden ja sehen, was dabei herauskommt. Gib mir ein Stichwort, lass deine Phantasie spielen, was dir gerade in den Kopf kommt.»

«Ich bin nicht gut in Ideen», entschuldigte sie sich.

«Ein Wort, ein x-beliebiges Wort», beharrte ich, «tob dich aus.»

«Orgasmus», antwortete sie, wobei sie nicht einmal grinste.

Das war ein wenig erschreckend, um die Wahrheit zu sagen. Tanten sollten sich eigentlich nicht so benehmen, vielleicht waren sie in den Siebzigern so, doch ich enthielt mich jedes Blickes.

Ich suchte bei Google und klickte das erste Ergebnis an. Ein Fenster öffnete sich: «Das gewünschte Material wurde gemäß den Gesetzen und Statuten der Islamischen Republik zensiert. Wir entschuldigen uns, falls wir Ihnen damit Unannehmlichkeiten verursacht haben sollten.» Ihr habt mir gerade Unannehmlichkeiten erspart, dachte ich, Dank dem Obersten Führer. Und oben auf der Seite zerstoben gelbe und orangefarbene Laubblätter im Wind. Ein zweites Ergebnis, Wikipedia in Persisch. «Hier, ich lese es dir vor: Der Orgasmus eines Schweins dauert dreißig Minuten. Hast du das gewusst? Das ist wissenschaftlich erwiesen.»

Zahra hob geringschätzig die Augenbrauen. Ich klickte mich durch die Seiten, ließ mich von einem zum anderen führen. «Forschungen beweisen, dass Menschen, die mit sich selbst reden, ein langes Leben vergönnt ist», las ich ihr weiter vor. Eine erste Reaktion – Erstaunen. Sie errötete, als frage sie sich, ob Gespräche mit einer Katze als Selbstgespräche galten. Vielleicht tauchte diese Studie in ihren Augen jetzt eigens für sie auf, um sie zu ermutigen, denn die Betreiber des Internets waren sicher nicht darüber informiert, dass sie gar kein langes Leben wollte.

«Unglückliche Menschen sehen mehr Fernsehen.» Ich schwankte. Solche Studien waren vielleicht nicht unbedingt gesund für sie. Doch Zahra legte eine Hand auf die Maus, versuchte, die Bewegungen zu steuern, was hinauf- und hinunterführte. Die langen Finger ihrer Hand strichen anmutig über das Plastik, als spielten sie auf Tasten, sie lernte schnell. Ihre Augen huschten zwischen den kurzen, schnellen Zeilen von Ergebnissen und Erklärungen hin und her, die über den Bildschirm flimmerten.

«Um sich vor Erdbeben zu schützen, wird empfohlen, zwischen dem zweiten und fünften Stockwerk zu wohnen.»

«Wunderbar, das ist gut für uns», rief sie zufrieden aus. «Ich fürchte mich vor nichts außer vor Erdbeben, davor, mit dem fetten Jungen von Nadschafian unter den Trümmern begraben zu werden, mit einem abgerissenen Bein, zwei Wochen lang, was könnte schlimmer sein?»

«Experten warnen: Ein besonders heftiges Beben befindet sich auf dem Weg hierher. Immer wenn du daran interessiert bist, etwas herauszufinden, Zahra, brauchst du es nur sagen, und ich werde surfen», versprach ich ihr.

«Nein, lass das, Kami, ich bin gegen diese Studien, ich hatte es nie mit der Wissenschaft», tat sie die ganze Sache ab. Mit einem Mal erschöpft, brachte sie keine Geduld mehr auf.

«Es gibt auch geschichtliche Dokumente und Erinnerungen», beharrte ich, «vielleicht gibt es Bilder von dir, von früher, bestimmt gibt es welche, komm, wir versuchen es.»

Sie wartete misstrauisch. Ich tippte. Wir waren beide nervös – ich betete, sie nicht zu enttäuschen, begriff zu spät, dass ich vielleicht etwas versprochen hatte, das ich unmöglich halten konnte, und sie, neben mir, hatte Angst vor einer Entdeckung, die sie dazu zwingen würde, zu viele Dinge zu fühlen. Vielleicht war es ihr ja gerade recht, dass es einer Frau in unserem Staat seit drei Jahrzehnten verboten war zu singen. Von Jahr zu Jahr klangen ihre Lieder in der Erinnerung schöner. Ich klickte auf «Suche». Eine weiße Seite tauchte auf dem Bildschirm auf, wie eine Fehlermeldung im leeren Raum. «Der Suchbegriff hat kein Ergebnis erzielt», stand neben einem gelben Warndreieck mit Ausrufezeichen. Nichts. In meinem Kopf flüsterte es, auch ein Sprung vom Balkon im dritten Stock wird dich jetzt nicht retten. Wer macht so etwas, ohne vorher zu recherchieren? Dumm und unsensibel. Ich krümmte mich vor Peinlichkeit. Und Zahra war ganz still, erniedrigt und sicher auch wütend. Wie könnte ich ihr nun jeden Abend mit dem betrügerischen Computer gegenübersitzen? Wir schwiegen. Als es läutete, wandte sie sich zur Tür. Babak und Frau Safureh traten lautstark ein, verlangten nach Aufmerksamkeit. Ich blieb für mich, betrachtete wieder den Bildschirm, die Suchzeile. Und urplötzlich – innerlich ein Ausbruch der Erleichterung – Moment! Ich hatte ein R getippt statt einem Z, Rahra Chazuri! Die beiden Buchstaben unterschieden sich nur durch ein Pünktchen, lagen auf der Tastatur nebeneinander. Fast hätte ich losgebrüllt, um die erlittene Schmach auf der Stelle wiedergutzumachen, doch ich beherrschte mich, erst musste ich es allein überprüfen. «Zahra Chazuri», tippte ich. Die Sanduhr rann. Langsam. Dann tauchten auf dem Bildschirm lange blaue und schwarze Zeilen auf, dichtgedrängt, auf Persisch und Englisch. Mein Blick schoss zur Kopfzeile. Zwanzigtausend. Was für ein Glücksgefühl. Zwanzigtausenddreihundertsiebenundfünfzig! «Zahra! Zwanzigtausend!», brüllte ich. «Zwanzigtausend Einträge für Zahra Chazuri!»

Ihre Augen öffneten sich weit wie Brunnenschächte, sie näherte sich, aufgeschreckt, wagte es kaum zu glauben. Sie wusste nicht, wie sie reagieren sollte, während sechs Augen sie in diesem intimen Moment studierten. Auch Frau Safureh trat näher, und Babak, alle drei standen sie hinter mir und spähten auf den Monitor. Ich ging zu YouTube. Ein kleines Quadrat öffnete sich, eine verschwommene Übertragung mit schwachem Knistern, hübsch, wie eine Schallplatte von früher. Ein dicker Akkordeonspieler mit Schnurrbart quetschte den Balg, machte eine lächerliche Verbeugung und verschwand hinter einem Paravent. Ein junger Mann trat auf, in schwarzem Jackett und offenem kalkfarbenem Hemd, das sich blähte, stellte sich an den Rand einer gewaltigen Festbühne und schluckte. «Hier ist der Augenblick, auf den wir alle an diesem ungeheuer großen Abend gewartet haben», verkündete er. «Heißen Sie die Legende willkommen, die Frau mit der hauchfeinen Stimme eines Instruments, die Frau, wegen der die Saiten erzittern.» Er hob seine buschigen Brauen und lächelte verkrampft. «Hier ist sie», schrie er, «die Angebetete!» Das Publikum war hoch gespannt, Krawatten tragende Männer in Abendanzügen spähten erwartungsvoll durch dicke, dunkle Brillen, Frauen mit spektakulär toupierten Frisuren versuchten, ihre Freude zu verbergen, wenn sich die Kamera näherte und auf ihnen verweilte, um sich dem Anschein nach völlig natürlich zu geben. Reihen um Reihen, ein Teppich aus Köpfen, applaudierenden Händen und entblößten weiblichen Schultern. Bunte Stoffe durch eine Schwarz-Weiß-Linse. «Der Schlager», schrie er, «der Riesenhit ‹Sehnsucht nach dem Frühling›!» Und dann herrschte Stille. Außer dem feinen Knistern. Ein Scheinwerfer flutete spiegelnde Stufen hinab ins Zentrum der leeren Bühne, und in seinem Licht stieg sie herunter – Zahra. Sie war schön, wunderschön und zart, in einem weißen Kleid, das die Knie freigab, hinten jedoch nachschwang wie eine königliche Schleppe. Die Orchestermusiker zu ihren Füßen erhoben sich. Ihre lange Perlenkette funkelte, die Ohrringe tanzten, sie blieb vor der silbernen Säule stehen. Der Dirigent hob den Taktstock, eine leise Geige schlug den Ton an. Und dann sie. Zahra erfüllte die Luft mit einem scharfen, süßen, präzisen Ton. Ihr Ton, ich identifizierte ihn sofort. Ihre Hände, die lose seitlich am Körper herabhingen, gingen langsam in die Höhe, nach vorne, streckten sich zu ihrem geliebten Publikum hin. Eine Trompetenreihe stand auf, Scheinwerfer überfluteten den Bildschirm mit Lichterglanz, das Bild verlor den Fokus. Gleich darauf donnernder

Trommelwirbel. Das Fest begann, rhythmisch, fröhlich, lachend. Hintergrundsängerinnen in langen Blümchenkleidern mit glattgebügeltem Haar tanzten hinter ihr, Begleitsänger wiegten sich monoton wie klobige Palmen, die Bühne drehte sich. Zahra reckte das Kinn, dehnte ihren weißen Schwanenhals. Sie prononcierte jede Silbe, vollkommene Harmonie, schloss die Augen, erklomm ungeheure Höhen, begleitet vom Flug der Streichinstrumente. Ich war nicht sicher, ob sie hier im Salon hinter mir noch atmete. Babak hielt sich den Kopf mit beiden Händen, biss sich auf die Lippen, um nicht zu schreien. Eine Brise, die von den Seiten der Bühne her aufkam, teilte ein paar Locken ihres schimmernden Haars. Honigblond. Das Publikum sprang auf die Füße und jubelte, lange Ovationen und Pfiffe. Eine Göttin. Alles tobte. Und dann verblasste es, verlosch. Stille Dunkelheit.

Glück. Vielleicht würde Zahra dank mir beschließen, zu sterben aufzuhören, dachte ich erregt. Sie hatte sich auf einem gepolsterten Hocker niedergelassen, starr und steif vor Schreck, Blässe überzog ihr Gesicht, das plötzlich rissig, gealtert wirkte. Warum brach sie nicht in Tränen aus? Wir schwiegen alle, das Blut in meinem Körper schien zu stocken, dann strömte es wieder, sturzflutartig.

Licht fiel erneut auf die Bühne. Der verflossene, mit Preisen und Ehren hoch dekorierte Dichter Ahmad Schamlu las ein Gedicht vor: «Wenn du nicht wie ein freier Mensch leben kannst, breite deine Flügel aus und sterbe glücklich als freier Mensch.» Würde sie noch einmal auf die Bühne zurückkommen? Doch der Filmstreifen brach überraschend ab. Ich klickte auf den unteren Bildschirmrand. «Schau», sagte ich in aufmunterndem, väterlichem Ton, «die Leute haben Kommentare hinterlassen, bewegend, wie viele Bewunderer du hast, der Junge hier schreibt aus

Los Angeles, sehnt sich nach der Prinzessin. Die Prinzessin bist du! ‹Ich war damals noch nicht geboren›, schreibt eine Deutsche, ‹aber die Platten laufen bei mir schon seit Jahren, immer am Freitagabend, sie lassen meine Seele schmelzen, ich brauche sie, alle Texte von Zahra kenne ich auswendig, auch wenn ich sie nicht immer ganz verstehe, das Persisch, das ich von meinen Eltern habe, ist ziemlich schwach, tut mir leid.›» Glück. Dann klickte ich schnell den Bildschirm weg, um einen Kommentar zu verbergen, der von hier, von einer Frau aus der Stadt war, die schrieb: «Wie gut, dass wir sie losgeworden sind, was für eine Pachtsch die war» – was Krummbein heißt und Schlampe besagt. «Zahra, komm, wir schauen mal, wie alt sie sind, deine Fans. Kaum zwanzig, sieh nur, nicht älter als dreißig!»

«Wie ist das möglich?», wunderte sich Frau Safureh.

«Es ist», erwiderte ich mit Genugtuung, während ich auf Zahras Freudenausbruch wartete, «siehst du, nichts stirbt wirklich, und solche Kunst ganz sicher nicht. Das ist doch eine Befriedigung, oder?»

Zahra stand auf, dankte mir und ging allein in die Küche. Ein bisschen gebeugt, auch ihr Gesicht wirkte eingefallen. Vielleicht überstieg es ihre Kräfte? Babak fuhr fort, ihre Bilder durchzublättern, mit wässrigem Mund. Da war eines mit kniehohen Stiefeln und einem grünen Minirock aus Leder. Glänzend. Dazu eine rosa Bluse mit Spitzkragen. «Was für ein Ledergirl!», rief er. Ihm fiel nicht auf, dass das momentan unpassend war. «Zahra, hast du diese Sachen vielleicht noch?», fragte Frau Safureh. Sie versuchte abzuwiegeln, den Star zu besänftigen, erhob sich schwerfällig und wollte zu ihr gehen. Doch ich hielt sie zurück, legte eine Hand auf ihre hinfällige Schulter und sagte zu ihr: «Nein, ich habe diesen Aufruhr angezettelt, also lassen Sie mich, es ist mir wichtig.» Dann holte ich tief Luft wie vor dem Abmarsch in die Schlacht und ging zu ihr in die Küche. «Verzeih mir», sagte ich zu Zahra, «ich hätte diesen Computer überhaupt nicht hierherbringen sollen.»

«Nein, Kami, das ist in Ordnung», korrigierte sie mich mit zurückhaltender Freundlichkeit, «vergnügt ihr euch nur, das stört mich ganz und gar nicht, ich kenne diese Filme.»

Ich probierte ein zweites Mal, ihr noch etwas mehr an Bestätigung oder Verzeihung abzuringen. «Ich dachte, es würde dich freuen, entschuldige bitte.» Ich stand da und zitterte innerlich.

Wir waren beide hilflos und matt. Ich versuchte, sie in eine Umarmung zu zerren, und sie tätschelte mir ein wenig die Hüften, doch sie war fern und erloschen. Eine abgestumpfte Frau, die gerade die Überbleibsel ihres Lebens in einem Netz verstreut gesehen hatte, von dem sie keine Ahnung hatte, wie sie es handhaben sollte. Die mit einem dicken schwarzen Kajalstrich umrandeten Augen wiesen keine Spur von Feuchtigkeit auf. Sie ist dieser Typ Mensch, dachte ich, bei dem man unmöglich wissen kann, ob er sich selbst liebt oder nicht, denn beides sieht fast gleich aus, alles, was sie fühlt, ist übertrieben.

«Geh nur, spielt weiter, mir geht es gut.»

«Zahra, ich werde diesen Computer nur fürs Studium benutzen», versprach ich, «und um Nachrichten in Englisch zu lesen, vielleicht noch um amerikanische Filme zu sehen, sonst nichts.»

Babak und Frau Safureh warteten im Salon auf den Erlass, auf ein Signal, dass sie fortfahren konnten, denn sie hatten eine Menge, wonach sie suchen wollten, so viele Dinge gab es in dem neuen Wunderarchiv zu erkunden. Als ich mit einer uneindeutigen Antwort zurückkam, saßen sie in der Zwickmühle, warteten ab, um zu sehen, was ich tun würde. «Das wird eine lange Nacht», seufzte Frau Safureh, trat zum Telefon und rief den Lieferservice Pejke rangin chan – den «bunten Boten» – an, ob es möglich sei, an dem Restaurant Big Boy in Abbas Abad vorbeizufahren, um Cheeseburger für alle zu besorgen, und dazu vier Portionen vom Üblichen, nämlich Dugh, Joghurt mit getrockneter Minze, Salz und Pfeffer. Babak rührte sich nicht vom Computer weg, er las uns die neuesten aktuellen Nachrichten vor.

Schließungsbefehle wurden am Nachmittag für fünfzehn Herrenfriseursalons erlassen, die ihren Kunden westliche Haarschnitte anboten, die nicht mit der gesellschaftlichen und moralischen Sicherheit zu vereinbaren sind. Der örtliche Polizeichef meldet, dass an zirka dreißig Friseure Verwarnungen ergangen sind. Zweihundertfünfzig weitere haben moralische Orientierungshilfen erhalten, damit sie Korrekturen vornehmen können und sich einer Unterstützung der Ungläubigen enthielten.

Die libanesische Sängerin Rola Sa'ad leugnet mit Nachdruck die Beschuldigungen, an einer Verschwörung beteiligt gewesen zu sein, die die Ausschaltung ihrer Konkurrentin, des Sexsymbols, einer Göttin der Massen in der gesamten arabischen Welt, der überragenden Haifa Wahabi, zum Ziel hatte. Ein hochrangiger Polizeioffizier bestätigte zwar gegen Abend, dass der Vorfall nichts anderes als ein haarsträubender Unfall gewesen sei und es keinerlei Verdacht auf einen Mordversuch gebe, doch die Fans weigern sich, das zu glauben. Wahabi ist im Laufe von Aufnahmen zu einem neuen Musikclip auf einem Militärflughafen im Ostlibanon mittelschwer verletzt worden. Ein Hubschrauberpilot erfasste sie, als er gemäß Anweisung des Regisseurs in niedriger Höhe über dem offenen Auto schwebte, in dem sie stand. Wahabi brach im Wageninneren zusammen, der Motor entzündete sich und ging in Flammen auf. Zu ihrem Glück stürzten zahlreiche Soldaten, Fans von ihr, die sich um den Schauplatz der Dreharbeiten zusammengeschart hatten, zu ihrer Rettung herbei und holten sie heraus. Kommentatoren berichten, dass die vehemente Feindschaft, die zwischen Wahabi und Rola Sa'ad herrscht, sofort den Verdacht auf letztere lenkte. Den vielen Anhängern, die sich vor dem Krankenhaus in Beirut versammelt haben, hat Wahabi inzwischen mitteilen lassen, dass nur ihr Glaube an Allah sie gerettet habe.

Babak ergötzte sich an jedem Wort. Frau Safureh stand hinter ihm, starrte mit Stielaugen einige Augenblicke lang auf das große Bild eines üppig quellenden Dekolletés, der zu dem Rockstar in schwarzer Satinrobe gehörte, samt dem Kirschmund, den hypnotisierend tiefschwarzen Augen einer Wildkatze, sonnengebräunter Haut und der kleinen Nase. «Die Armee ist schuld», stellte sie mit geringschätzigem Handwedeln fest, «verlasst euch auf meinen juristischen Riecher, die basteln hier an einer Akte gegen Madame Sa'ad.»

Ich wollte, dass sie gehen. «Genug, ich fange morgen früh an zu studieren, machen wir an einem anderen Tag weiter.» Babak und die alte Dame zogen mit eingekniffenem Schwanz wie beleidigte Katzen ab, wobei sie noch darum baten, dass wir den Boten mit den Cheeseburgern ein Stockwerk tiefer schicken sollten.

Ich trat auf den Balkon hinaus. Zahra schloss sich mit einer Kanne Tee an. Chamad, der Kater, wälzte sich auf einem gepolsterten Fußschemel zwischen uns beiden und jagte mit seinen Pfoten nach meinem Mobiltelefon. Er versuchte es zu umarmen, und ich verfolgte misstrauisch die scharfen Bewegungen seiner geschliffenen Krallen, während ich überlegte, wie ich es ihm entreißen könnte, wenn er seine Krallen in das Gerät schlagen oder es ans Geländer stoßen würde – oder wenn Amir endlich anriefe, um mir mitzuteilen, er würde kommen und mich, Allah sei Dank, aus dieser Wohnung retten. Wie könnte ich mir das Gerät schnappen, ohne dem Kater gegenüber Gewalt anzuwenden? Man durfte Zahra schließlich nicht noch mehr Kummer bereiten. Sie liebte den Kater.

«Salam, mein Lieber, schon gut», wandte sie sich tröstend an mich, «ich habe immer gewusst, dass die Scheinwerfer nach einer Weile verlöschen, ich hätte nichts anderes erwarten sollen, die meiste Zeit habe ich es auch nicht.»

Um halb eins in der Nacht verdämmerte Zahra im Salon vor billigen Komödien. Ich betrachtete die blassen Arme, die seitlich am Körper herabhingen, das schöne Gesicht, lang und fremd, mit dem knappen Lächeln, als spräche sie zu sich selbst – und warum eigentlich nicht, so viele Jahre hatte sie Gespräche in einer Spiegelblase geführt. Schwarze Ringe waren unter ihren Augen eingeprägt, doch es umhüllte sie noch immer der zarte Geruch eines kleinen Mädchens.

Das Mädchen auf dem Bücherregal heftete einen provozierenden Blick auf mich, gefangen in einem Bild aus den Siebzigern, in kräftigen Farben, jedoch ohne Fokus, sie hatte Mitleid mit mir oder bettelte, ich möge mich ihrer erbarmen und sie in meine Phantasien aufnehmen. Ich nahm sie mit in mein Zimmer, um sie aus der Nähe zu betrachten und nachzudenken. Ein dünnes, poliertes Gesicht, demütige Augen, glänzend vor Schlichtheit, betäubt von der Welt, von allem Guten. Ich würde ihr gerne Glück bescheren, dachte ich, doch diese Augen waren auch ohne mich glücklich – sie hatten ein ganzes reiches Leben vor sich, ich würde nicht dabei sein. Woran dachte sie? Sie war süß. Das Traurige an ihr war auch anziehend. Wenn ich nur dabei gewesen wäre, vielleicht hätte ich sie nicht aufgeben lassen, doch sie existierte nicht mehr, man hatte sie ausgelöscht. Ich hatte Mitleid, hauptsächlich mit mir selbst.

Ich legte die «Erinnerungen an die Zukunft» auf die Kommode neben dem Bett und suchte nach einem Weg, Energie loszuwerden. Die Erlebnisse der letzten vierundzwanzig Stunden vibrierten in mir. Ich zog meine Windjacke an und ging auf die Straße hinunter, nahm Babaks Fahrrad und fuhr los. Die Bäume auf dem Weg nach Norden waren unlogisch verteilt – uneinheitlich in Höhe und Stammumfang, es schmerzte in den Augen. Ich trudelte zwischen ihnen hindurch, ertrank in Nebelpfützen zwischen Mondschatten, segelte mit den trockenen Blättern, die betrübt auf den verödeten Bürgersteig taumelten. Ich war wie ein verwirrter Junge, der sich im Dunkeln verlieren will. Ich wusste nicht, wohin ich fuhr, kannte den Weg zurück nicht, doch das unruhige Lächeln eines neuen Anfangs trieb mich vorwärts. Jugendliche auf Skateboards zogen mich zur Jordanstraße. Eine Stauwelle kroch langsam dahin, vielleicht mit Absicht. Man pfiff, hupte, von Fenster zu Fenster tauschte man Blicke aus – und Telefonnummern, Mailadressen, Pläne für den Rest der Nacht. Schals flatterten im Wind, Rapper präsentierten sich in den Gassen, schöne Schaufenster erhellten mit ihrer Beleuchtung Galerien, Boutiquen, Blumenstände. Zwei Jahre lang hatte ich Stadtpläne gesammelt, die Jordanstraße neongelb markiert – dort war die Jugend, dort war man in –, hatte Bilder im Netz studiert, gesehen, wie das Leben tobte, und nun war sie wirklich fast so, nur der Geruch war anders, als ich ihn mir ausgemalt hatte. Man nannte sie jetzt Africa Expressway, die Regierung hat den Namen geändert, doch niemand schert sich darum, man liebt die Jordan. Hübsche Mädchen warfen mir Blicke zu, ich schlug die

Augen nieder. Die lange, gerade Straße ließ den vitalen Geist der Stadt unter meine Haut dringen, setzte mich zum ersten Mal in die Spur meines neuen Lebens. Gegenüber dem Fitnessstudio an der Mirdamad-Brücke spähte ich in das Café Chocolate Snake, in einen erstickend kleinen Raum, in dem es keinen Sitzplatz gab, was gerade der Kick war, man redete im Stehen und lernte Mädchen kennen. Ich stand herum und schwieg, doch als die Stars der Ersten Liga im Lamborghini vorfuhren, schloss auch ich mich der Offensive an – wie konntet ihr der gegnerischen Mannschaft erlauben, unsere Liga zu dominieren? Und wenn ihr auch die Asienmeisterschaft geholt habt, ja und?

Von dort wand sich die Jordanstraße zu den reichen Vierteln hoch, und damit hatte es sich. Was folgte, waren bereits Dorfgassen, die wie ein Bild aus einer anderen Geschichte wirkten, Pfade, die zum Kamm hinaufkletterten, eine Kette massiver, bedrohlicher Felsfalten, auf die bald der Schnee fallen würde, der die dichtgedrängten Rinnen füllen und die Gipfel weicher zeichnen würde. Eine Stadt, eingesperrt zwischen Bergen. Und die Berge bremsen ihre weitere Ausbreitung, ersticken sie, denn Ruß und Nebel können nirgendwohin entweichen, der Smog sinkt auf sie nieder.

Ich wischte ein paar kalte Schweißtropfen ab und drehte mit dem Fahrrad um, schlitterte zum zentralen Boulevard hinunter, der früher Pahlavi hieß, danach Mossadeq und jetzt Vali Asr, nach dem Mahdi, dem zwölften Imam, der erscheinen und die Erlösung bringen wird. «Ist das der Weg zur Gandhistraße?», fragte ich einen jungen, benebelten Obdachlosen. «Ja, aber es ist weit, zu weit», antwortete er. Also hielt ich, um eine Rast einzulegen.

Der große Marmorvorplatz am Eingang zum Mellat-Park lag

still und verlassen da. Ich fand es beängstigend hineinzugehen, aber ich betrat ihn dennoch. Der Geruch nach Wasser von den Fontänen der Springbrunnen ließ Einsamkeit in mir aufsteigen. Auch nach nasser Vegetation, Parfüm und Verführung roch es dort. Ich sah Paare, die sich auf dem Gras zusammenkuschelten, in feuchten, dunklen Ecken flüsterten. Ein Mädchen auf einer Bank hatte ihren Kopf auf das Knie eines Jungen gelegt, hielt seine Hand, sang ihm etwas vor. Das war verboten. Ein Junge berührte ein Mädchen, und es waren keine Sittenpolizisten da, die sie in einen Streifenwagen gesteckt hätten. Glänzend gegeltes Haar, manchmal eine gepiercte Augenbraue. Ich sah auch zwei Männer, die sich hinter einer alten Lokomotive aus dem 19. Jahrhundert küssten, auf der anderen Seite des Teichs, Boote, Jungs, die miteinander im Breakdance konkurrierten, gegen vier Uhr morgens, und einen Granatapfelsaftstand, der durchgehend geöffnet war.

Ein Tag und ein paar Stunden trennten mich von der Katschian-Brücke in Bandare Anzali. Ich spürte Amir noch immer neben mir, als wären wir noch dort, und er hinge kopfüber mit mir über dem blauen Eisengeländer, wölbte die Augenbrauen wie ein Tiger und sagte: «Ich bleibe.» Als er das sagte, stockte mir der Atem, und das Blut gerann mir in den Adern. Ich sagte zu ihm: «Das lass ich dir nicht durchgehen, du hast bloß Angst, das ist normal, aber keine Bange, wir sind zu zweit.» Ich versuchte, ihn zu überzeugen, doch während ich ihn anblickte, wusste ich, es war verlorene Mühe. «Warum?», fragte ich verzweifelt.

«Ich werde religiös», antwortete er.

«Was für ein Blödsinn, das passiert doch nicht so plötzlich!»

«So ganz plötzlich nicht. Den ganzen Sommer habe ich mit mir gekämpft.»

«Den ganzen Sommer? Wir waren den ganzen Sommer zusammen. Wenn du nur etwas gesagt hättest, Amir Teimuri, hätten wir zusammen gekämpft.»

«Aber ich musste allein mit mir ringen», entschuldigte er sich.

Dann hatte ich die Brücke verlassen. Ich wollte davonrennen, doch aufgeben wollte ich nicht, also ging ich langsam, damit er mir nachgelaufen käme. Amir versuchte, mich zu umarmen, doch ich stieß ihn zurück. Er sagte: «Ich dachte, es sei besser, bis zum letzten Moment zu warten, auch für dich. Anscheinend habe ich nicht gewusst, wie ich es sagen soll.» Ich schwieg den ganzen Kai entlang. Danach setzte ich mich auf die Mauer der Schahada-Jungenschule, Amir war mir auf den Fersen und wartete auf ein Zeichen der Versöhnung. «Du bist zum Medizinstudium zugelassen worden», sagte ich, «welcher Mensch verzichtet auf ein solches Privileg? Was ist los mit dir? Wer hat dich verletzt? Wer hat dir das Herz gebrochen?»

«Nein, das ist es wirklich nicht.»

«Also was dann?» Ich konnte es nicht begreifen. Und ich machte mir Sorgen, denn Amir und ich waren uns so ähnlich. Wenn ich wütend auf ihn war, dann nur, weil ich ihn verstand, und je mehr ich ihn verstand, desto wütender wurde ich – im Prinzip auf mich selbst. Wie war er mir also plötzlich verlorengegangen, ausgerechnet als es schien, dass unser Leben kurz vor dem großen Absprung stand? Ich sagte zu ihm: «Vertrau mir, ich habe schon Nachforschungen für uns alle beide angestellt. Verlass dich auf mich, wir sind erwachsen geworden, bald sind wir Männer, für denkende Menschen wie uns gibt es keine alleinige Wahrheit, es gibt keinen richtigen und falschen Weg, du und ich, wir müssen sämtliche Wege testen, wir sind Erfahrungssammler, hast du das vergessen? Wir sind Menschen, Amir, die immer alles sowohl vorwärts als auch rückwärts bedenken, dafür und dagegen, hin und her gerissen; sicher, dass jede Erklärung ihre Widerlegung hat, das ist es, was ich an uns mag.»

«Wenn ich dir wichtig bin, musst du es verstehen», bat er. «Ich muss mich selbst prüfen, das ist alles, an einer religiösen Hochschule studieren, es ausprobieren. Es kann sein, dass es vorübergehend ist. Verzeih mir.»

«Glaube ist etwas für die Schwachen, Amir, das ist keine Weisheit, sondern hilft dem Menschen, es sich leichter und das Leiden einfacher zu machen. Das ist nichts für uns. Das ist Betrug, eine Droge.»

Und ich war wütend auf mich selbst, wie hatte ich die Zeichen übersehen können? Wieso war ich nicht rechtzeitig da gewesen, um ihn zu stützen? Schließlich hatte er bereits im Frühling, bei den Proben für die Abschlussfeier der Schule, sein Lammgesicht verzogen, wenn ich über die Schülerinnen im hinteren Teil des Busses redete oder über meine Nachbarin Schirin. In mir hatte sich der seltsame Verdacht geregt, dass er vielleicht keine Mädchen mehr mochte oder eifersüchtig war. «Ich hab's satt, nur in meinem Innern zu lieben, Amir, ich muss etwas tun. Mit Mädchen, meine ich», hatte ich gesagt. Wieso war ich nicht darauf gekommen, dass es die Religion war, die aus seinen Augen sprach? Danach wurde er plötzlich unvorhersehbar, fing an, komische Sätze abzulassen, nebulöse Antworten zu geben. Ich fragte immer: «Wie steht's mit dir, schwarzer Panther?» Und er antwortete: «In dieser Sekunde ist das Leben so lala, aber du weißt ja, wie das läuft, gestern war es beschissen, vorgestern entnervend, vorvorgestern wunderbar und morgen ist es gar nicht schlecht.» Ich befürchtete, in den Fluss zu fallen vor lauter Lachen. Woher kam dieser abgehobene Unfug? «Du bist ein kleiner Junge», schrie ich ihm immer wieder zu, «du bist ein Kind, also rede wie ein Kind.» Er ist offenbar aufgeregt, beruhigte ich mich, wie auch nicht? Schließlich sind demnächst die Koffer gepackt, wir gehen weg. «Verzeih mir», bat er. Und ich bemühte mich. Und war mir nicht schlüssig, wer schuld war. Und dachte an das unglaubliche Bedürfnis zu glauben, und wie mir Teheran gerade ruiniert worden war und die Reise an die Küsten Goas oder nach Malaysia. Und dass das vielleicht das Ende für uns beide war, denn ich dachte hauptsächlich an mich, als Amir sagte, er sei gläubig geworden. Ich wollte nicht allein gehen. «Das war's also? Wir trennen uns einfach?», fragte ich ergeben. «Es wird alles gut», versprach er. Was sonst wissen Männer beim Abschied zu versprechen? Er klopfte mir auf die Schulter, packte meinen Nacken und sagte: «Wir sehen uns bald.»

Herr Ali Samimi sagte immer: «Das Wichtigste im Leben ist, dass ihr Erfahrungen sammelt. Und die Reue beschränkt, auch das ist das Wichtigste im Leben, dass ihr nicht ewig beklagt, dass es zu spät ist.» Viele Dinge waren das Wichtigste in seinem Leben – es war am wichtigsten, immer rechtzeitig wegzugehen, am wichtigsten, schlechte Erinnerungen auszuradieren oder sie in gute zu verwandeln. Doch das Schlimmste im Leben – da gab es nur eins, und das wechselte Herr Ali Samimi niemals aus – am schlimmsten im Leben war es, sich nach dem zu sehnen, was man fast, aber doch nicht war. Er sagte immer: «Nur Vögel ziehen von der Stadt des Regens fort», korrigierte sich dann sofort erschrocken und sagte: «Ihr zwei seid Vögel, zieht fort.»

Ich strampelte auf Babaks Fahrrad durch den sanften Schein der Straßenlaternen, in einem Teheran, das sich weigerte schlafen zu gehen. Hätte Amir das gesehen oder davon gewusst, wäre er sicher von dem Unfug kuriert worden, hätte keinen Augenblick gezögert, mir geschrieben: «Halt mir einen Platz frei, mein Freund, ich bin gleich da.» Ich musste ihn zu einem Besuch überreden. Und ich kroch zurück zu Zahras Haus, auf Pfaden mit Akazien, Platanen und Jacarandas, die sich durch die Betonlagunen wanden. Sie war grüner, als ich sie mir vorgestellt hatte, diese Stadt, auch fröhlicher. Seltsam. Es steckt viel Liebe in ihr, dachte ich.

Und dann traf ich die Prinzessin der Freiheit.

4

◆

Als die erste Vorlesung in Roboterbau zu Ende war, rannte mir Nilufar Chalidian auf der Treppe nach, und obwohl sie «Soheil» rief – der Dozent hatte mich Herr Soheil genannt –, dachte ich nicht, dass sie mich meinte. Ich beschleunigte den Schritt, den Blick auf das graue Eisengeländer geheftet. «Soheil, warte einen Augenblick», rief sie, während sie mich überholte. Dann lächelte sie und stellte sich vor: «Nilufar», als ob irgendjemand das nicht wüsste. «Ja, klar, ich weiß», entfuhr es mir, während ich sie mit Staunen betrachtete, unfähig zu entscheiden, welches Gesicht ich aufsetzen sollte. Ihre Stimme versuchte ein schüchternes Zittern zu kaschieren, konnte es sein, dass sie unsicher war? Sie regulierte ihren Atem und sagte: «Keine Sorge, ich bin es gewöhnt, Jungen nachzurennen.» Frauen war es verboten, auf den Korridoren der Universität zu rennen, das war als zu erotisch eingestuft worden, also sagte ich: «Pass auf, es wäre gar nicht schön, wenn sie dich verhaften würden», und bereute es auf der Stelle, hoffte, sie würde nicht daraus schließen, dass ich das Gesetz befürwortete. Nilufar gab ein weiches Prusten von sich, und ich dachte, sie ist ja viel wärmer, als sie auf den Bildern wirkt. Ihr Körper neigte sich zu mir herüber, und ich geriet völlig durcheinander.

Ein Schal in tiefem Weinrot hielt ihr Haar nachlässig zusammen und glitt zart wallend über die linke Schulter. Ihr Mantelkleid reichte bis zu den Knien, darunter trug sie enge Jeans und schwarze Adidas. Ich schreckte zurück, denn ich hatte keine Ahnung, wie ich es anstellen sollte, nicht wie ein Bewunderer auszusehen, auf keinen Fall wollte ich ihr schmeicheln, aber auch nicht geringschätzig tun, sondern männlich wirken und trotzdem empfänglich für ihren Feminismus – und bemüht, dass unsere Körperhaltung nicht als Flirt verstanden wurde, der feindliche Aufmerksamkeit auf sich lenken würde. Doch wie war es möglich, keine Aufmerksamkeit zu erregen, wenn man mit Nilufar Chalidian zusammenstand?

Zwei Monate zuvor, eines Freitagmorgens in Bandare Anzali, hatte mich Amir um sieben Uhr morgens geweckt, kam zur Tür herein, riss die Vorhänge auf und bellte mich an: «Steh auf, Kleiner», und schwor dann, be-Ali qassam, dass das Leben in der Stadt viel gefährlicher sein würde, als ich meinte. «Was machst du so früh hier, du Verrückter?», fragte ich ihn.

«Du wirst eine Celebrity in der Klasse haben», verkündete er und klang so begeistert, als sei der verschwundene zwölfte Imam gerade eben gelandet.

«Hat sich der hochverehrte Präsident Ahmadinedschad endlich immatrikuliert?», spottete ich provozierend.

Doch Amir war es dringender, mir das Gerücht zu erzählen, als im Namen des Präsidenten beleidigt zu sein – Nilufar Chalidian hatte sich an der Fakultät für Maschinenbau als Studienanfängerin eingeschrieben. «Aus zuverlässiger Quelle» wisse er das.

«Was ist jetzt los, warst du zu oft in der Moschee, dass du ein solches Klatschmaul geworden bist?», lachte ich. «Pass nur auf, dass ich dich nicht mit Nilufar bekannt mache und dir dieses lose Geschöpf noch die Jungfräulichkeit raubt!» Ich rollte mich wieder unter der Decke zusammen, nicht bereit, mich davon in Aufregung versetzen zu lassen. «Verzieh dich, lass mich schlafen.»

Nachdem er weg war, schlief ich allerdings nicht weiter, sondern schloss mich im Zimmer ein, setzte mich an den Computer und suchte. «Nilufar, Rennfahrerin». Ich durchforstete alle Portale und sämtliche Archive, die mir bekannt waren, verlor mich und las wie gebannt jedes Wort, das sie irgendwann gesagt hatte oder das irgendwann über sie geschrieben worden war. Das Wundermädchen. Die wilde Tochter eines Parlamentariers, Abgeordneter im Madschles. Die freche Millionärin. Feministin im Kleinformat. Niemand hätte je von ihr vernommen, doch in den Wüstengegenden, auf verschneiter Straße oder weiß-Allah-wo, bei der nationalen Autorallye, ließ sie alle Männer hinter sich. Sie hatte eine Frau als Copilotin, die beiden behoben ihre Reifenpannen allein, reparierten sogar die Motorschäden selbst. Sie schossen als Erste über die Ziellinie, winkten herausfordernd aus den Fenstern des gelben Pajero. Auf der Triumphbühne, als sich die beiden hüpfend umarmten, unterbrachen die Fernsehsender die Übertragung. In einer ordnungsgemäßen Gesellschaft erhoben sich Frauen nicht über Männer – nicht physisch und ganz sicher nicht geistig. Aber im Internet hatte sich jemand gewaltig angestrengt, und man konnte sich auf die Religiösen verlassen, dass sie einen Skandal entfesseln würden, wie es ihnen keiner so schnell nachmachte, also wusste es auf einmal das ganze Land, und alles, was Nilufar Chalidian machte, war eine Nachricht wert: als sie mit dem Wagen nach Paris, Berlin, Mailand, Marokko flog, als man in den Vereinigten Staaten über sie schrieb, dass sie die Inspiration für Millionen Mädchen sei, eine Heldin, die einen kompletten Staat in Habtachtstellung versetzt, eine ganze Nation auf den schwindelerregenden Geschmack von Veränderung und Hoffnung gebracht und mit dem Interesse an Sport und Frauenproblematiken infiziert habe. Was für ein Blödsinn! So also hörten wir von jedem süßen Atemzug, den die Prinzessin tat.

Ich surfte durch die Webseiten. Bilder, Videos, hier, da war sie auf der offiziellen Rennbahn im Azadi-Stadion. Ein Rennen nur für Frauen. Sie erschien am Start wie eine Ultraorthodoxe, züchtig von Kopf bis Fuß in einen schwarzen Tschador gehüllt. Sie war garantiert nicht strenggläubig, wollte sicher nur provozieren, Verwirrung stiften, alle durcheinanderbringen. Sie schwebte durch die Luft wie ein schwarzes Gespenst, nur die schönen grünen Augen lugten heraus, die hinreißende Nase, ihre betörenden Lippen sowie die Fingerspitzen. Sie nahm ihren orangefarbenen Rucksack und den dünnen gelben Regenumhang ab, war nun ganz und gar in Schwarz, allerdings mit weißen Sneakers. Defilierte am Publikum vorbei. Der hinterherschleifende Tschador wehte im Wind wie die Robe einer Königin oder vielleicht einer Hexe, und sie dehnte jeden Schritt in die Länge, langsam, aufrecht, sich voll dessen bewusst, dass sie gefilmt wurde. Der Stoffpanzer wirkte schwer, doch das gefiel mir gerade: Vielleicht trug die Rebellin unter der undurchlässigen Schicht ja einfach nichts? Ich ertappte mich dabei, wie ich an das schöne weiche Gesicht dachte, und von ihrem nackten Körper – schneeweiß und samtig – phantasierte, der sich nur für mich entblößte, von mir mit den Fingerspitzen gestreichelt werden wollte und unter jeder meiner Berührungen erschauerte. Meine Hand glitt nach unten, auf und ab. Ich kam. Im Moment darauf hasste ich sie, wie sie mit den Kameras flirtete, eingebildet, einfach widerwärtig, dieser Karrierismus, und ich dachte, es würde eine Qual werden, mit einer zu studieren, deren bloße Gegenwart herausstrich, wie klein wir anderen alle waren.

Die nächsten zwei Tage verbrachte ich vor dem Spiegel und bei Hussein, dem besten Haarstylisten von Anzali, der sagte, ich sähe aus wie ein kurdisches Schaf. Leute von Welt würden an der Universität herumlaufen, also wollte ich wie ein Student aussehen, ein europäischer vielleicht. Amir schlurfte hinter mir her durch die ganze Stadt, murrte, dass ihn meine Versuche, ein Rockstar zu werden, ärgerten. «Warum musst du dich verändern?», fragte er, und je mehr Tage verstrichen, desto trauriger wurden seine Augen. Wir setzten uns mit einem Eisbecher unter die Statue des brüllenden Löwen, und Amir klagte, es würde sicher ein Durcheinander geben. «Was für ein Durcheinander denn?», fragte ich beschwichtigend.

«Ich habe das böse Gefühl im Bauch, dass du mit ihr in Schwierigkeiten geraten wirst.»

«Was für Schwierigkeiten zum Beispiel?»

«Du wirst mit ihr schlafen, und dein Bild kommt in die Klatschspalten.»

«Gebe Gott, vielleicht ist es von Allah geschickt, warum hätte er sonst sie und mich in die gleiche Fakultät gesteckt?» Dabei lachte ich, denn ich meinte das natürlich nicht wirklich so.

«Das findest du lustig?» Jetzt war er aufgebracht. «Du hast sie noch nicht mal getroffen und bist schon verliebt, rennst hier bloß noch wie ein Charmeur herum.»

«Amir, was hast du?», fragte ich. «Was hast du denn? Wer ist verliebt? Du machst mich ganz verrückt.»

«Ich denke, es ist besser, sich von dieser Welt fernzuhalten.»

«Genug jetzt, du Wahnsinniger.»

Und dann war es auf einmal Herbst, und ich stand mit Nilufar Chalidian auf der Treppe der Universität. Sie fragte: «Hast du einen Augenblick Zeit für mich?» Und ich dachte, ein Glück, dass ich das neue graue Polohemd mit den weißen Streifen anhabe. Aber was wollte sie eigentlich? Alle Möglichkeiten der Welt schossen mir durch den Kopf in dem Sekundenbruchteil der Stille. Vielleicht hatte jemand sie gebeten, mir einen Streich zu spielen? Aber wer kannte mich hier denn schon? Ihr Lächeln wirkte nun etwas hilflos, doch ihr Blick war neugierig. «Ich hoffe, es ist in Ordnung, dass ich frage», meinte sie verlegen, «aber ich habe ein paar Bücher in der Bibliothek gesucht, und dort ist eingetragen, dass sie alle bei dir sind, nicht dass es dringend wäre, aber ich wollte fragen, wann du sie durch hast, denn es sind ziemlich viele, ich meine, du hast fast die Bibliothek geplündert.» Und sie schlug ihr Heft auf und las vor: «Grundlagen des Bremssystems», «Der Führer für das Schmiersystem», «Das Elektrik- und Zündsystem», «Die Kupplung», «Die Gangschaltung», «Motorenlehre – Fragen und Antworten», «Innere Verbrennungsmotoren», eine Broschüre über Benzineinspritzung, das Lexikon «Wortschatz der Kraftfahrzeuge».

«Ja, entschuldige», schnitt ich ihr das Wort ab und fühlte mich wie ein kompletter Trottel. «Es tut mir leid, ich gebe sie noch heute zurück, ich habe sie einfach mitgenommen, um ein bisschen darin zu blättern, ich repariere einen alten Peykan für meine Tante. Aber es ist wirklich nicht so wichtig, das Auto steht seit zwanzig Jahren da, es kann ruhig noch ein bisschen warten.»

«Das klingt hübsch!» Sie lächelte. «Du bist ein praktischer Typ, ich habe einfach nicht verstanden, auf welche Prüfung du dich schon jetzt vorbereitest, die erste Woche hat gerade mal angefangen. Es ist echt nicht dringend, Soheil, du brauchst sie nicht zurückgeben.»

Ich stieg in den Bus, hetzte in die Wohnung und warf die Bücher in eine Gemüsekiste, stürzte die Treppen hinunter, wieder auf die Straße, und nahm ein Sammeltaxi zurück zur Universität. Es war mitten in der Hauptverkehrszeit, die Straßen waren verstopft, jeder, der die Stadt durchquerte, steckte für drei Stunden in einer Blechbüchse fest, verlor die Nerven, hupte, fluchte. Anschließend rannte ich. Widerwärtig. Was für ein Kriecher von Mann zu sein hatte mir dieses Leben bestimmt, oder konnte man das einen Gentleman nennen? Sechshunderttausend Bücher gab es in dieser Bibliothek, und sie suchte ausgerechnet diese. Schließlich gab ich sie bei der Bibliothekarin ab und dachte, damit hätte es sich erledigt.

Doch am nächsten Tag, wieder auf der Treppe, genau an der gleichen Stelle, kam Nilufar erneut angelaufen. Frauen ist es verboten zu rennen. Das betont Körperpartien. Aber sie rannte. Und schrie: «Soheil!» Diesmal blieb ich sofort stehen. «Du bist echt verrückt», sagte sie, «ich meine, danke, vielen Dank, das wäre nicht nötig gewesen, es ist ja nicht so, dass ich jetzt alle auf einmal lese.» Ihr Kopf war ein wenig nach rechts geneigt, während sie mich anblickte und darauf wartete, dass ich etwas sagte, doch ich schwieg. Ich dachte, dass ihre Schönheit viel mehr als einfach nur das war, sie war eine echte Persönlichkeit, klug und stark. Sie stützte sich auf das Geländer, als habe sie nicht die Absicht, so schnell zu verschwinden, und sagte: «Wenn du echt so bist, vielleicht könnte ich dich für etwas interessieren, darf ich dich um Hilfe bitten?»

«Wenn du Exzerpte von den Stunden brauchst, musst du wissen, dass meine Handschrift wirklich grauenhaft ist», erwiderte ich, «verlass dich besser nicht auf mich.» Für einen Moment schien mir, ich hätte meine unterwürfige und pedantische Figur von gestern korrigiert, doch dann ruinierte ich gleich wieder alles. «Ich werde uns Zusammenfassungen von jemandem besorgen, der gut ist, keine Sorge.»

«Nein, es hat nichts mit dem Unterricht zu tun, das heißt, es hat mit Maschinenbau zu tun, aber nicht mit dem Studium, es ist ein Privatprojekt.» Sie wand sich, schien Schwierigkeiten zu haben, sich auszudrücken. Wenn sie mich zu einem professionellen Projekt aufforderte, weshalb fiel ihr das schwer? Sie legte noch eine Denkpause ein, fasste sich dann und schlug vor: «Vielleicht hole ich dich ab, sagen wir mal heute Abend, und wir setzen uns irgendwo hin und reden? Hier ist nicht so richtig Zeit, um das zu erklären.»

«Klar», antwortete ich sofort, bemüht, ihre Verlegenheit etwas zu zerstreuen. Ich gab ihr Zahras Adresse und bedankte mich. Dann schwiegen wir wieder, einen ganzen Augenblick, bis ich hastig hervorstieß: «Fe'lan, bis dann, auf Wiedersehen», und davonstürzte.

Wie sollte man überhaupt verstehen, was dieses Mädchen wollte? Den ganzen Weg versuchte ich, die Tonlagen unseres Gesprächs zu rekonstruieren, versuchte, mich an ihren Geruch zu erinnern, mir die Wärme ihrer Hände vorzustellen, welchen Geschmack ein Kuss hätte. Ich glaubte nicht, dass ich besonders gut im Küssen war. Und ich hatte keine Ahnung, ob ich in der Nacht schnarchte, woher soll man das wissen? Vielleicht wäre es besser, immer auf der Seite zu schlafen, zur Sicherheit. Ich glaubte auch nicht, dass ich einmaligen Sex haben wollte, auch keinen mehrmaligen, der nur vorübergehend war, denn ich konnte mich noch nie wirklich an Dingen erfreuen, die gleich wieder vorbei sind und nach denen ich mich in Zukunft mit ziemlicher Sicherheit sehnen würde, wenn sie nicht mehr für mich da sind, das bekommt mir nicht. Wenn wir vielleicht einmal miteinander schlafen, kämen nach dieser einen Nacht sechzig Jahre, in denen ich nie mehr so etwas Gutes wie sie finden, alles mit ihr vergleichen würde. Ich liebte es, in Dinge zu investieren, die immer da sein würden, zu denen ich immer zurückkehren könnte. Sie war sicher keine, zu der ich immer zurückkehren könnte, sie würde nicht für immer mein sein, nicht einmal für ein Jahr, bestenfalls für einen Monat. Diese Einsicht würde sogar den Sex für mich traurig machen. Denn auch wenn der Körper eine Stunde, vielleicht sogar mehrere Stunden genießen würde, würde mich der Gedanke verfolgen, dass es gleich zu Ende ist, wäre ich nur ständig bemüht, mir jede Berührung, jeden Laut und jeden Geruch einzuprägen, in der Hoffnung, dass sie sechzig Jahre für die sehnsüchtigen Erinnerungen vorhalten würden. Eigentlich hatte ich keine Lust, es mit dieser Mischung aufzunehmen: nicht allzu viel zu erhoffen, aber gut anzukommen, gleichmütig, aber sensibel zu sein, lustig, aber nicht kindisch, und keinesfalls lächerlich.

Als ich am Laleh-Park vorbeiging, bereute ich diese Verabredung bereits. Die Spannung drückte mich nieder, die bohrenden Fragezeichen im Kopf, die Erwartungen, die sich abwechselnd einstellten und zerplatzten, überforderten mich, vor allem in der ersten Studienwoche, wo einem ohnehin der Kopf schwirrt und man Konzentration braucht. Doch war es überhaupt möglich, sich ihr zu verweigern?

Als ich in der Wohnung eintraf, saßen Zahra und Babak in der Küche und warteten auf mich. «Los, Junge, erzähl uns von der Uni, bestimmt ist sie ein wucherndes Paradies der Verdorbenheit», sagte Babak. Ich hätte es ihnen nur zu gerne erzählt, nicht um anzugeben, einfach um es loszuwerden und alle meine Überlegungen mit ihnen durchzukauen. Es gelang mir nicht. Ich suchte den passenden Zeitpunkt, ich wollte nicht dasitzen, wenn Babak vor Zahra aufschrie: «Nilufar Chalidian! Wow!», was sie daran erinnern würde, dass es junge, neue Berühmtheiten gab und sie selbst überhaupt nicht mehr berühmt war. Als ich sagte, dass ich am Abend ausginge, und sie mich begeistert fragten, mit wem und wohin, brachte ich es einfach nicht über das Herz, die Wahrheit zu sagen.

Ich zog hellblaue, ein bisschen verwaschene Jeans an und ein neues Nike-Hemd, das sportlich aussah, ohne bemüht zu wirken. Ich nahm den Schlüsselbund, der von dem wackligen Holzhaken hinter der Tür herabbaumelte, und erklärte: «Vielleicht bin ich erst spät zurück.» Babak erging sich in Erinnerungen: «Wo sind die Zeiten hin, in denen es in diesem Staat verboten war, Jeans zu tragen? Ich zog sie immer zu Hause an, was fast so ein Spaß war, wie nackt über den Azadi-Platz zu rennen.» Zahra musterte mich. «Auf Wiedersehen, mein Lieber, mach keine Dinge, die ich nicht tun würde», sagte sie, wobei ich wusste, dass es wohl kaum etwas gab, das sie nicht getan hatte, als sie in meinem Alter war.

Dann wartete ich an der Gehsteigkante auf Nilufar. Und plötzlich wurde mir klar, dass sie unmöglich etwas von mir wollte, das nichts mit Mechanik zu tun hatte. Wie erniedrigend meine Einbildung oder vielleicht meine Naivität war, warum ließ ich mich von lächerlichen Phantasien davontragen? Sie hielt mit kreischenden Bremsen und öffnete mir die Tür des in tiefem Meerblau schimmernden Ferraris, nach dem sich alle Köpfe drehten – einschließlich der des Herrn Nadschafian. Sie saß in dem niedrigen Ledersitz versunken, mit schwarzer Hose, weißem Kleid darüber und einem zart gemusterten schwarzweißen Schal auf dem Kopf, der ein paar seidenhell glänzende Haarlocken freigab. Sie begrüßte mich scheu und zart, was in dem Moment weggewischt war, als ihr Schuhabsatz das Gaspedal durchdrückte – da wurde sie zur hemmungslosen Bestie mit kurzer Lunte, querte Spuren, schlängelte sich durch das Chaos, und alle ringsherum reagierten auf sie, machten unanständige Bewegungen. Sie lächelte mit einem gemeinen Funken in den Augen. Sie genoss es. Wollte sie mich beeindrucken? Aber weshalb? Ich gab mir krampfhaft Mühe, ungerührt auszusehen. «Führst du mir eine Rennstrecke vor, Nilufar?», fragte ich sie.

«Du kannst mir glauben, Soheil, die Straßen hier sind viel gefährlicher als eine Rennbahn. Ich bin bereit, dich zu trainieren.»

Ich bat sie, mich Kami zu nennen, und sie lachte: «Komisch, du siehst echt total wie ein Kami aus.» Und dann bat sie mich, sie Nilu zu nennen. Ich fragte: «Wohin fahren wir eigentlich, Nilu?» Begriff jedoch sofort, dass die Frage überflüssig war, denn heute Abend traf sie die Entscheidungen – oder vielleicht auch immer. «Du liebst das Risiko, was?», sagte ich mit einem befreiten Lächeln, da mir auffiel, dass sich alle Anspannung in meinem Körper gelöst hatte, seit ich mich neben sie gesetzt hatte. Ich befürchtete nicht, dass ich mir selbst ein Bein stellen könnte, noch machte ich mir Sorgen, wohin der Abend führen würde. Mein Herzklopfen war von der positiven Sorte. Ich fühlte mich gut. «In welchem Alter hast du damit angefangen?»

«Ich war zehn. Mein Vater ließ mich im Hof herumfahren, das amüsierte ihn. Er wusste nicht, was für ein Monster dabei herauskommen sollte. Als ich elf war, fuhren wir schon auf die Dorfstraßen hinaus, ich schrammte Mauern, produzierte eine ganze Schrottsammlung im Hof. Mit vierzehn habe ich mich schon mit dem Autoschlüssel aus dem Haus gestohlen, wenn meine Eltern schliefen.»

«Ziemlich frech», lachte ich.

«Nicht wirklich», erwiderte sie.

Ich ließ mich von ihr mitreißen – zwischen dampfenden Abgasen und acht brodelnden Fahrspuren. Die Straße war die blanke Anarchie mit den Gesetzen der Safari. Die Ampeln waren eine bloße Empfehlung, mit gegenteiligem Effekt. Sie zu Fuß zu überqueren, war Selbstmord. «Aber mach dir keine Sorgen», sagte Nilu, «von den achtundzwanzigtausend Menschen, die hier jedes Jahr bei Unfällen sterben, ist bisher kein einziger Rennfahrer gewesen.» Damit hielt sie abrupt vor dem Eingang eines japanischen Restaurants in der Bischanstraße. Der Chef des Hauses erkannte sie und führte uns in die Tiefe eines Innenraums mit ahornfarbenen Balken und weißen Wänden. Blaue und vergoldete Lampenschirme hingen von der Decke herab, daneben schwarze, mit japanischen Buchstaben verzierte Stoffbahnen. Ein kleines Schild – «Sei züchtig und achte die Gesetze des Islams» – ließ mich an Amir denken. Er spähte sogar hier von der Wand wie der große Bruder. Es gab bequeme blaue Sessel, doch Nilu wollte auf dem Boden sitzen, auf einem Polster. Also ließen wir uns an einem niedrigen Holztisch nieder. Ich spürte vielsagende Blicke und flüsternde Lippen überall. Vor lauter Panik vergaß ich, die Speisekarte zu studieren, auf der jedes Sushi offenbar Zehntausende Tuman kostete, und Nilu wählte ein Gericht für uns beide aus. Ich dachte, aha, es gelingt ihr nicht, den Charakter zu verbergen, den alle von ihr erwarten.

«Es ist irgendwie merkwürdig», sagte ich.

«Was?»

«Ich weiß nicht.»

«Was ist merkwürdig? Du darfst mich ruhig beleidigen!»

«Warst du immer so?»

«Wie?»

«Du weißt schon, so eben.»

«Herrschsüchtig?»

«Resolut, sagen wir mal.»

«Ich weiß nicht. Stört's dich?»

«Nein.»

«Gut möglich, dass ich immer so war», sagte sie errötend.

«Du hast deinen Eltern sicher das Leben schwer gemacht. Ich kann mir dich vorstellen, genau wie jetzt, aber in Klein. Das ist lustig.»

«Vielleicht habe ich einmal übertrieben», erwiderte sie, «und sie haben mich nicht rechtzeitig gebändigt. Als ich in das Alter kam, um aufs Gymnasium zu gehen, entschloss ich mich für das Nikan, das hatte eine naturwissenschaftliche Ausrichtung. Ich hatte das Gefühl, ein technisch begabtes Mädchen zu sein, und wir wohnten nur zwei Straßen weiter, also fand ich es ganz natürlich. Ich war nicht fähig zu begreifen, was verboten hieß. Dass man dort nur Jungen aufnahm. Papa versuchte, mich davon zu überzeugen, dass es irgendeine verborgene Logik darin gebe, aber das interessierte mich nicht, ich erwartete, dass er mit mir kämpfen würde, dass er laut schreien und seine Beziehungen spielen lassen würde, alles tun, was er nur konnte. Doch mein Vater sagte zum ersten Mal im Leben zu mir: unmöglich. Es war eine Krise, ein Kampf, der nicht zu gewinnen war. Wochenlang redete ich nicht mit ihm, und dann, zwei Wochen vor Beginn des Schuljahrs, beschloss ich trotzig, mich in die technische Nezam-Mafi-Schule für Mädchen im Süden der Stadt einzuschreiben, extra im Süden. Ich zog zu meiner Großmutter in der Schamschiristraße, und nichts konnte mich aufhalten. Das war's, dort ging ich zur Schule. Jeden Morgen verschwand ich unter dunkelgrauen Mänteln und schwarzen Stoffmassen, erstickte fast, aber ich lächelte.»

«Ich kenne dieses Lächeln», sagte ich, «das Lächeln der Verzweiflung.»

«Nein, glaub mir, ein Lächeln des Glücks, über kleine Dinge, ich hatte wirklich schöne Jahre dort mit echten Freundinnen, ab und zu kehre ich noch zurück, besuche den Schulhof, um mich daran zu erinnern, dass es auch gut sein kann, wenn die Dinge einfach sind. Vor zwei Wochen haben sie Bäume zum Tag der Bewahrung der Erde gepflanzt, da habe ich mitgemacht. Plötzlich verstand ich, wie leicht es dort eigentlich war: Lehrerinnen, die besser auf mich aufpassten als ich selbst, der starre Rahmen, der eingehalten werden musste, und die Mädchen, die kein Bedürfnis hatten, ein Raumschiff in eine andere Galaxie zu steuern, sondern liebend gern alles akzeptierten, wie es kam. Das hat etwas Beruhigendes. Gebe Gott, ich wäre so. Aber nichts zu machen, das zornige Mädchen, das jedes Mal verrückt spielt, wenn man ihm Grenzen setzt, weigert sich zu sterben, sie ist mein innerer Zünder. Zum Beispiel, wenn man mich nicht ins Stadion lässt, um ein Fußballspiel zu sehen, wenn man zu mir sagt, Männer, die kurze Hosen tragen, seien zu gefährlich für eine Frau, oder wenn man mir verbietet, mit Männern zu konkurrieren. Ich habe keine Lust, mich kleingeistigen Beamten zu unterwerfen.»

«Versucht denn noch irgendjemand, dich aufzuhalten?»

«Tatsache ist», antwortete sie mit einem Lächeln, «dass man mir Rennen verbietet. Aber lass uns darüber reden, wenn es Zeit fürs Geschäftliche ist.»

Wieder war mir die Ruhe genommen. Die Neugier verzehrte mich. Wenn sie versuchte, mich in geheime revolutionäre Umtriebe zu involvieren, musste ich mich sanft weigern, ohne sie zu beleidigen. Bei Allah, was hatte sie für einen Plan, welche Hilfe erwartete sie sich von mir? Ich versuchte tastend, irgendwie beim Thema zu bleiben. Da sie gesagt hatte, wir reden darüber, wenn es Zeit fürs Geschäftliche ist, suchte ich nach Fragen, die indirekt damit verbunden waren. «Ist dein Vater dafür?»

«Wofür?» Ihr Gesicht verhärtete sich.

«Die Gesetze zu verändern», antwortete ich zögernd.

«Ich bin Papas Tochter», wich sie aus, «wir waren nicht immer reich, aber mein Vater hat mich stets verwöhnt, nahm mich auf Jagdausflüge mit, zum Klettern in die Berge, bestand darauf, mich in einen privaten Kindergarten zu schicken, in eine Privatschule, hörte nie auf, mich vorwärtszudrängen, damit ich Erfolg habe.»

«Und heute?» Ich versuchte zu verstehen. «Er ist schließlich Parlamentsmitglied, und du bist ein kleines Problem, oder?»

«Er liebt mich», wich sie wieder aus. Offenbar gelangweilt von dem Thema, stellte sie plötzlich die Frage: «Hast du Erfahrung mit Mädchen?» Ein Schuss mitten in die Brust. Ich lächelte und verdrehte die Augen. Sie lachte.

«Nach meinem letzten Informationsstand ist sogar dieses Treffen zwischen dir und mir ein Verhaftungsanlass wegen unmoralischer Beziehung», sagte ich. «Oder sind japanische Restaurants nicht Sache der Basidschis?» Ich wollte herausfinden, ob sie darauf baute, dass ihr Vater sie rettete, wenn wir hier in Schwierigkeiten gerieten.

Im Schulbus in Anzali waren wir morgens alle zusammengewürfelt, Mädchen und Jungs, für eine knappe Viertelstunde steckten wir gemeinsam in einer Blechbüchse. Ich stieg immer mit dem Fahrrad in den Bus, obwohl es schneller für mich gewesen wäre, damit zu fahren, setzte mich allein neben die hintere Tür und stellte mich schlafend in der Hoffnung, sie würden mich anschauen und anlächeln, vor allem die schüchternen Mädchen, die mit mir in Augen- und Lidersprache, mit Wimpern und Stirnfalten zu reden versuchten. Amir, der seine Ohren überall hatte, berichtete mir mehr als einmal, ich sei bei ihren Abstimmungen zum Hübschesten von den Jungen gewählt worden. Sie erfanden Kosenamen für mich, und ich war ständig verliebt, baute Wolkenschlösser, ging jedem süßen kleinen Wink auf den Leim und sammelte dann auf allen vieren die Scherben meines Herzens auf, die auf dem schmutzigen Boden zwischen den Sitzen zurückblieben.

«Ich habe wenig», beantwortete ich endlich Nilufars Frage, «das heißt, sehr wenig Erfahrung mit Mädchen. Hat sich nicht ergeben.»

«Gut, der Vater der Revolution hat uns gewarnt, dass der Islam kein Spaß ist, aber wir haben ihn trotzdem gewählt.»

Die Minuten verstrichen wie ein stiller Sturm, und plötzlich wurden die Teller abgeräumt, gleich war es vorbei, und sie würde mir davonlaufen, doch wir dehnten die Zeit mit einer ausgiebigen Diskussion um die Bezahlung. Nilufar kämpfte wie eine Löwin, beharrte darauf, dass dies ein Geschäftstreffen sei. Ein Beratungstermin. Ich hätte beleidigt sein sollen, war es jedoch nicht, aber es war mir wichtig, sie merken zu lassen, dass ich nicht nachgab, ihren Wohlstand nicht ausnutzte und ihr nicht erlauben würde, Geld an mich zu verschwenden. Also zahlte ich am Ende für uns beide, sehr zufrieden, auch als ich begriff, was für ein Glück ich hatte, dass meine Mutter die Rechnung nicht sah, und auch Amir nicht.

Wir fuhren nach Norden ins Elahieh-Viertel, zu einer Party von Freunden, wie sie erklärte. Die Tür öffnete sich, im Hintergrund spielten die Gipsy Kings. «Das passt zu dir, mit cooler Verspätung anzukommen», sagte ich zu ihr, und sie streckte mir eine Hand hin und zog mich hinein. Ich fühlte eine elektrisierende Wärme, hätte sie am liebsten in meiner Umarmung ertränkt, sie bis zum Ende ausgekostet. Sie nahm ihren Schal ab und stopfte ihn in die Tasche des Mantels, den sie auf einen mit Bergen von schwarzen Umhängen und langen Mänteln überladenen Garderobenhaken hängte. Dann schüttelte sie ihre Haare. Es war dunkel, doch ich sah zum ersten Mal ihr Haar. Es waren Mädchen in kurzen Kleidern da, und ein Junge, der uns Wodka-Redbull anbot. «Willst du?» Nilufar hielt ihn mir hin, doch ich sagte: «Nein danke.» Sie erkundigte sich, ob es sich um eine prinzipielle Ablehnung handle, worauf ich erwiderte, ich zöge es prinzipiell vor, heute Nacht keinen Blödsinn zu reden. Sie war die Schönste im Raum, auch die Strahlendste. Und ich war mit ihr zusammen. Ich war zu nichts anderem in der Lage, als nur sie anzustarren, obwohl es dort noch unendlich viele interessante Dinge gegeben hätte. Wieder holten mich die Fragen ein: War ich verliebt oder nur fasziniert von ihr oder bloß geschmeichelt? Es war traurig. Nicht wirklich traurig wie bei einem Unglück, sondern eine leise melancholische Niedergeschlagenheit, so ein schleichender, romantischer Kummer. Sie wirkte trunken vom Leben und ich wie eine schlaffe Feder, ein langweiliger Junge in einem Raum voller Menschen, die zu leben verstanden. Es war mir nicht fremd, eine schlaffe Feder zu sein, ich war es gewöhnt. Auf Hochzeiten, wenn ringsherum eine Fröhlichkeit herrschte, die mir künstlich erscheint, habe ich immer eine stille Traurigkeit durch mein Blut rinnen gespürt, die sagte, sie sind alle blind – hier ist ein Paar, dem es im günstigsten Fall gelingt, miteinander alt zu werden, aber wie viele entsetzliche Augenblicke erwarten sie auf dem Weg? Unzählige. Nicht nur Krebs oder Verkehrsunfälle, auch, sagen wir mal, einfach die Sorge um das Kind. Die Enttäuschung über das Kind. Die gegenseitige Enttäuschung. Es wird Tränen geben, ein ganzes Meer, finanzielle Probleme und Langeweile. Sie heiraten, es hilft, nicht allein zu bleiben, aber wozu die übertriebene Freude? Es sollte ausgewogen sein, so wäre es am besten, weder überschnappende Euphorie noch überraschter Absturz. Sie müssen auf alles gefasst sein. Verstanden sie das nicht? Ich bemühte mich immer, mir die erwartungsgemäßen schlimmen Momente nicht auszumalen, doch das war es, was ich sah, während alle tanzten, sich aneinanderdrängten und mit Essen vollstopften.

«Nimm, das ist ganz leicht.» Nilu drückte mir ein hohes Glas in die Hand. «Wodka mit Melone und Minze.» Und ich ließ mich verführen.

Der Fußboden der Villa, der mit teuren handgeknüpften Wollteppichen, die glanzrote Medaillons zierten, ausgelegt war, verschwand nach und nach unter den Leibern der Tanzenden. Die Musik war eine Mischung aus Pop und Dance, westlich und persisch, und dazwischen kam etwas Techno. Ich tanze nie. Wann würde sie es mir endlich verraten?

Der Raum war in Rauchschwaden gehüllt, und Nilufar zog mich in Richtung Veranda. Auf den Tisch hatte jemand eine Schale mit bunten Pillen gestellt. Sie sagte: «Das ist Ecstasy.» Ecstasy? Nicht dass ich eine Ahnung gehabt hätte, was das genau besagte, aber es war gefährlich, man konnte daran sterben. Oder vielleicht durfte man der Regierung nicht glauben, und man starb überhaupt nicht daran – wie konnte man das wissen? Was machte eine Schüssel Ecstasy mitten im Haus? Das Zimmer war heiß und vollgepfercht. Eine Menge Fragen quälten mich, doch ich wusste nicht, wo ich anfangen sollte, also folgte ich ihr. Sie war völlig ruhig und vornehm gelassen. Eine Schiebetür öffnete sich, draußen der warme Wind, tiefe Kissen und Wasserpfeifen.

«Rauchst du?», fragte ich.

«Nein.»

«Ich auch nicht», sagte ich froh, «ich habe es nie probiert. Und Drogen?»

«Wenn ich etwas mit mir anzufangen weiß, sind Drogen wirklich nur Zeit- und Hirnverschwendung. Und meistens kann ich etwas mit mir anfangen, also nehme ich keine, aber Alaf, Haschisch, das kann schon ein echter Spaß sein. Manchmal, nicht regelmäßig.»

Ich schwieg, versuchte das zu verdauen und nicht ekelhaft bieder zu sein.

«Man muss nicht mit Gewalt dagegen sein», meinte sie beruhigend, «sich manchmal ein bisschen ausklinken, das ist alles.»

«Mir scheint, es gibt hier Leute, die sich die meiste Zeit nur ausklinken.» Die Gäste ließen Joints herumgehen und rauchten in bunten gläsernen Pfeifen Ice. Sie sagten auch zu mir: «Probier, das wird dir die Nacht auf den Kopf stellen, es macht dich leicht und glücklich», doch ich lehnte ab.

«Woher kriegen die das Zeug?», fragte ich.

Sie blickte mich an wie einen saudischen Touristen.

«Ich bin neu hier in der Stadt, lach nicht über mich!»

Nilufar flüsterte mit tiefer, aufreizender Stimme: «Nein, ich will dich nicht ruinieren, ich mag dich so, du bist ein guter Junge.»

«Ich will es aber wirklich wissen.»

«In dieser Stadt kann dich auch eine Taxifahrerin, die von

Kopf bis Fuß in einen schwarzen Tschador eingewickelt ist, an einen Ort fahren, wo Opium verkauft wird, wenn du sie bloß darum bittest. Sogar Ecstasy muss nicht mehr aus Europa eingeschmuggelt werden, es wird in den Privatgaragen der Villen im Viertel produziert, ganz billig. Aber dir erlaube ich es nicht, mein Hübscher!»

Für einen Moment dröhnte Ricky Martin aus den Lautsprechern, eine Sekunde später wild-fröhliche Bandarimusik.

«Du musst mir erklären, was hier los ist», drängte ich, «schließlich können jeden Augenblick Polizisten und die Ansare Hisbollah die Tür eintreten und uns alle einsperren. Jedes Mädchen hier kann sich gefesselt in einem Gerichtskeller in der Bukareststraße wiederfinden und ausgepeitscht werden. Ist das die ganze Provokation wert? Sich einem solchen Risiko auszusetzen? Wofür?»

«Du brauchst keine Angst vor der Regierung haben, Kami», sagte sie in einem Ton, der teilnahmsvoll klang, nicht überheblich. «Sie dulden unsere Untergrundpartys, auf dieser schmalen Grenze fußt diese Stadt, wir führen unser Leben unten, und sie tun, was immer sie tun müssen, oben, wir sind ein Staat im Staat.»

«Warum? Wieso sollten sie sich damit abfinden? Ihr seid alle Ungläubige, das heißt, wir alle hier.»

«Vielleicht kommt es ihnen ja gerade gelegen, uns gewähren zu lassen», antwortete sie, «Dampf abzulassen, hier, innerhalb der Mauern. Sie verschließen lieber die Augen, schließlich ist das nur eine Jugendrevolte, oder nicht? Ein bisschen Sex, Alkohol und Drogen, das kann der Revolution nicht schaden. Im Gegenteil: Alle, die du hier siehst, glauben ganz offensichtlich, dass es ihnen gutgeht. Ein Leben fast ohne Zügel – sie haben keinen

Grund, auf die Straße zu gehen, vor Wut zu explodieren, ihnen fehlt nichts. So ist es ihnen lieber, dass wir mit Feiern beschäftigt sind, nicht mit Demonstrationen. Der Staat zieht es vor wegzuschauen, still und leise auf uns zu warten und darauf zu bauen, dass wir uns irgendwie, wenn wir um die dreißig sind, zerstreuen, uns etablieren, mit Heirat, Kinder, Karriere, und der Drang zum Aufruhr abstirbt, die Gefahr einer Revolution vorübergeht. Und sie haben recht, wie es scheint. Sie haben keine andere Wahl, also finden sie sich einfach damit ab.»

Ich wollte sie anschreien: «Aber das ist grauenhaft, Nilufar! Du sagst, dass sie uns wie narkotisierte Schafe haben wollen, und kooperierst selber mit ihrem Plan, du bist hier, gehst auf Partys, die uns alle ablenken.» Ich hatte das Gefühl, eine Ohrfeige erhalten zu haben. Doch ich diskutierte nicht, sondern entsann mich, dass Herr Ali Samimi vom Wassermelonenstand stets zu sagen pflegte: «Die Menschen werden sich immer der Wahrheit widersetzen, bemühe dich nicht, sie damit zu konfrontieren.» Unter all den Menschen, die sich in Nilus Nachtclub der Wahrheit widersetzten, fühlte ich mich unzugehörig, vielleicht sogar ausgestoßen. Ich wollte Nilu, wollte so sehr, dass sie mich mochte, und vielleicht wollte ich das auch von allen anderen, also sagte ich nichts.

Die Lichter der gewaltigen Stadt erhellten den gesamten Horizont, Millionen von Wohnungen und Häusern, Türmen und Verkehrsstaus. Ich versank in einem Strudel von Gedanken. Wie konnte man sich an etwas Gutem erfreuen, wenn man wusste, dass es vergänglich war? Ich stellte eine Berechnung an. Siebzig Prozent dieses Volkes waren unter dreißig, die Hälfte unter fünfundzwanzig, aber auch das war vorübergehend, die Geburtenrate schrumpfte wieder, wie vor der Revolution, Familien strebten nicht mehr nach acht Kindern, sie begnügten sich mit zweien, die jugendliche Mehrheit auf den Straßen war ganz und gar vorübergehend, sie bestand nur jetzt. Und was taten wir, um sie zu nutzen, bevor sie verschwand? Nichts. Die Bereitschaft, etwas zu tun, war sogar nie geringer.

«Ich ärgere dich», sagte Nilu auf einmal.

«Wieso?» Ich versuchte, überzeugend zu klingen. «Du bringst mich zum Nachdenken, und das ist gut.»

«Erinnerst du dich an die Zeiten, als wir Michael Jackson hörten und das Gefühl hatten, dass die Erde bebt? Dass wir böse Kinder sind, die das Regime unterminieren? Ich sehne mich danach, das muss ich zugeben.»

«Es stellt sich heraus, dass du alles liebst, was verboten ist. Vielleicht lieben alle hier das, was verboten ist.»

Sie zuckte die Achseln.

«Als Michael Jackson verhaftet wurde, zündeten junge Leute hier im Land Kerzen an – aus Sympathie und Mitgefühl. Im vergangenen Jahr demonstrierten meine Schulfreunde gegen Hollywood, wegen eines Films über König Kyros den Großen. Dafür gingen sie auf die Straße, die Dummköpfe. Hört sich das für dich vernünftig an? Ich finde das traurig, Nilufar, ich verstehe das nicht, denken die Leute in dieser Villa denn, dass sie frei sind? Ist das in ihren Augen Freiheit?»

«Du bist hübsch, wenn du dich quälst», sagte sie, und ich musste lachen, denn auch Amir mochte es, wenn ich gequält aussah. «Nein», antwortete sie dann, «sie denken gar nicht, sie leben einfach. Genau das nennt man Leben, so ist das, überall, die Leute klettern nicht mehr auf Stacheldrahtzäune und werfen sich auch nicht mehr vor Panzer. Die Leute gehen zu Chomeinis Grab, weil sie das spirituell aufbaut oder weil die Polizei dort in der Nacht nicht herumschnüffelt und man heimlich Händchen halten und sich küssen kann. Das ist das Leben, man gewöhnt sich daran und sucht die Schlupflöcher.»

«Vielleicht ist es auch einfach spannend, und das ist alles?»

Wir standen dort, ihre weiße Haut neben meiner braunen, blickten auf die dunklen Berge im Hintergrund, da sagte sie plötzlich: «Komm, lass uns von hier verschwinden, dieser Ort tut dir nicht gut.» Sie legte mir eine Hand auf die Hüfte, hüllte den Schal um ihren Kopf und lotste uns hinaus. Wohin? Ich hatte schon aufgehört zu fragen.

Wieder ein Park mitten in der Nacht. Diese ganze Stadt bestand aus Parks. Wenn es keine Diskotheken oder Bars gibt, erscheinen Parks als eine ziemlich wilde Lösung, kein Wunder, dass der Bürgermeister Karbastschi Gärtner war. Nilu klagte, sie sei durstig, also kauften wir einen Karottensaft mit Zimt für sie und für mich einen Bananenshake, und da wir nun schon im Dschamschidieh, im Steingarten, waren, kletterten wir auch keuchend die fünfhundert Stufen den Berg hoch. Sie schlang sich um meinen Arm. «Man kann ganz leicht hier im Dunkeln verloren gehen», erklärte sie. Oben sanken wir müde auf eine Holzbank neben dem kurdischen Teehaus, und ich legte eine Hand auf die Hand, die auf meinem Oberschenkel ruhte, und dachte an all die Dinge, die man nicht tun durfte, um nicht zu zerstören, was gerade begann. Mein Herz wollte mein Gehirn zum Schweigen bringen, so angenehm war mir zumute, und wie gerne hätte ich gehabt, dass sie mit ihrem Kopf auf meinem Bauch einschliefe. Vom hohen Aussichtspunkt erblickte man einen Horizont aus tanzenden Lichterschlangen, die Stadt unten war ein brodelnder Reaktor, auch nach Mitternacht, und dumpfe Gitarrenakkorde erklangen aus Richtung des kleinen Amphitheaters. Kleine Wasserfälle strömten herunter und ergossen sich in Quellbecken an der dunklen Hangseite. Eine Fontäne zerstob in einen grünen Teich. Gekicher aus allen Ecken und Geflüster, es roch nach Geheimnissen und Zigarettenrauch. Freiwillige einer UNICEF-Aufklärungstruppe traten höflich auf uns zu, entschuldigten sich, sie würden uns gern über das Thema Aids aufklären. Wir grinsten, schlossen die Augen.

«Wonach strebst du, Nilufar Chalidian? Schließlich wirst du irgendwann genug davon haben, das Rennfahrermädchen zu sein, und Ingenieurwesen ist doch viel zu grau für dich. Wenn du abends ins Bett gehst, bevor du einschläfst, was hast du da vor Augen? Einen Mann? Kinder? Einen Bürojob? Alles merkwürdig. Was willst du eigentlich werden oder sein?»

«Muss man das im Voraus entscheiden?»

«Es muss ja nichts Spezifisches sein.»

«Was möchtest du denn Nichtspezifisches sein, zum Beispiel?»

«Ich und mein bester Freund aus Anzali nennen es Erfahrungssammler. Das haben wir beschlossen, im Leben zu sein.»

«Erfahrungssammler?»

«Und du bist sogar mehr als wir eine Erfahrungssammlerin», sagte ich und befürchtete, dass vielleicht auch ich nur eine Erfahrung wäre, die sie auf ihrem Weg sammelte.

«Keine Zeit, die Erfahrungen muss man jetzt sammeln.»

«Warum jetzt? Du hast siebzig Jahre Zeit, um Erfahrungen zu sammeln, mach nicht so schnell schlapp», lachte ich.

«Das ist eine Welt von Wunderkindern, Kami», entgegnete sie, und obwohl ihre Worte einen süßen Klang hatten, wirkten sie düster. «Wir müssen jetzt Erfolg haben.»

«Und dann?»

«Was dann?»

«Was geschieht danach, nach dem Jetzt?» Ich versuchte zu verstehen.

«Dann werden wir genug Geld haben, um uns zu Hause einzuschließen. Hoffe ich. Ein kleines Anwesen sollte genügen. Wir horten alles, was ein Mensch für ein ganzes Leben braucht. Eine Art privater Atombunker, verschlossen und versiegelt. Drumherum pflanzen wir einen blühenden Garten. Ein Paradies. So eine psychiatrische Anstalt, eine Muschel, eingehüllt in wuchernde Vegetation, nur für uns, und das war's. Wir werden keinen Fuß mehr hinaussetzen und niemanden mehr sehen müssen. Klingt das gut?»

«Aber warum sollten wir niemanden sehen wollen?»

«Wenn wir rausgehen würden, dann würde man unseren Verfall sehen, uns bemitleiden und uns verachten. Deshalb gehen wir nicht hinaus. Wir schließen uns ein. Drinnen haben wir unsere Ruhe, und draußen werden schöne, sexy Erinnerungen an uns kursieren.»

Ich kniff die Augen zusammen und runzelte die Stirn. Seltsam. Plötzlich ist sie wie Zahra. Zahra ist bereits in ihrem Atombunker, nur ihre Erinnerung ist draußen geblieben, und obwohl sie ganz und gar nicht glücklich wirkt, hätte sie Nilu nichts anderes empfohlen.

«Was ist?», lachte sie. «Chosch baschi! Be happy!», versuchte sie mich aufzumuntern, und ihr Akzent roch nach Hollywood. Sie denkt, ich sei naiv. Sie trägt mir albtraumhafte, peinigende Gedanken vor und verpackt sie in ein seelenruhiges Lächeln. Sie ist eine Frau, die all die Dinge weiß, von denen ich keine Ahnung habe, und sie hört nicht auf, mich zu überraschen. Vielleicht ist das ein gutes Zeichen, dachte ich, dass sie mir gegenüber so direkt ist. Ich fühle mich wohl mit ihr. Und mir war danach, mich von ihr behüten zu lassen wie ein Küken, das im Schnee nach einem warmen Wattekorb mit Federn sucht, um sich darin zu wälzen. Sie döste nun friedlich, und ich auch, doch in Gedanken war ich noch angespannt, suchte nach Dingen, die ich sie lehren könnte, die ich ihr geben könnte. Vielleicht hat sie auch lieber Männer um sich, die ihr unterlegen sind, und meint, ich sei ihr unterlegen?

«Zu viel Sauerstoff hier oben», sagte sie, also gingen wir.

Die Nacht endete bei ihr, im Penthouse in der Mariamstraße. Wir schliefen in Kleidern auf dem schwarzen Ledersofa ein. Das heißt, sie schlief auf meinem Arm ein, und ich hatte das Gefühl, als hätte ich Feuer geschluckt, das mich von innen nach außen verzehrte und im Kopf toste. Ich hoffte, das Herzklopfen, das meine Brust erschütterte, dämpfen zu können, denn wenn es sie wecken würde, müssten wir entscheiden, was wir tun, und es würde peinlich für uns. Ich wollte, dass sie es bequem hatte und eine gute Erinnerung daran haben würde, auf mir eingeschlafen zu sein. Das Phantasiemädchen der Revolte schlief weiter an mich gekuschelt.

Ich resümierte den Tag. Er war mir endlos vorgekommen. Was wussten die Mullahs, die ehrwürdigen Religionsgelehrten? Hatten sie irgendeine Ahnung, wie ihr göttliches Reich unter der Erde aussah? Dass alles, was auf der Oberfläche verboten war, dort geschah – voll schillernder, kühner Leidenschaft? Die Decken waren hoch, die Wohnung totenstill, man hörte nichts von der Straße, eine lastende Stille lag auf uns. Vasen mit Narzissen, persische Rosen und weißes Parkett, prachtvolle weiße Säulen als Deckenstützpfeiler, der Raum verdunkelt. Ein dämmriger Eispalast mit Kerzen, die nie angezündet worden waren und auf den dunklen Holzregalen neben einer Medaille und einem Pokal standen. Eine blaue Wand führte zur Küche.

Als ich aufwachte, lag sie da, eine kleine Tigerin, die sich bemühte, ihre Augenmuskeln gespannt zu halten, in einem engen, dünnen Trikot und einer schwarzen Leggings. Ihre Arme waren bloß und glatt und verströmten den Babygeruch nach rosa Eiscreme, zum Anbeißen. Dann kam es mir vor, als wehte mich ein Hauch von Winter an.

«Du hast wieder dieses gequälte Gesicht, das ich so mag», war ihr erster Satz am Morgen. Und ich litt wirklich, denn ich war völlig zerknittert und zerzaust. Das war der Fehler eines jungfräulichen Dorfknaben, noch vor einem ersten Kuss seine Schwächen zu entblößen. Doch Nilufar hatte gleich mehrere beruhigende Arten zu lächeln: das lindernde Lächeln, das versöhnliche Lächeln, das befriedigende Lächeln. Und sie waren alle sehr sinnlich. Ich hatte noch kaum die Augen geöffnet, und schon suchte ich nach Zeichen, was all das für sie bedeutete. Sie strich mir über den Hals, eine kurze Berührung, und trat einen Schritt zurück, als wollte sie mich nicht erschrecken. Ihre Lippen waren blass. «Wir haben nicht über das Projekt gesprochen», sagte sie.

«Welches Projekt?»

«Hast du vergessen, dass ich deine Hilfe brauche?» Sie wurde ernst.

«Ach so, klar, seit vierundzwanzig Stunden lässt du mich im Nebel tappen, ich habe schon ziemlich hohe Erwartungen entwickelt.»

«Hast du Erfahrung damit, Autos zu bauen?»

«Nein, wirklich nicht.»

«Macht nichts, dann lernen wir es zusammen!», verkündete sie.

«Ein Auto bauen?», fragte ich erschrocken.

«Ich will in der nationalen Meisterschaft für 1800 Kubik antreten.»

«In der Männerliga? Wie soll das gehen?» Ich stellte mich dumm.

«Es geht», antwortete sie, doch ihre Kühnheit klang für mich eher zögernd.

«Sie werden dich nicht lassen.»

«Ich werde darum kämpfen, bei den Rennen anzutreten wie alle anderen. Aber diesmal will ich kein teures Auto von Papa, und ich möchte keines kaufen, ich muss allein eins bauen, so ist das bei den Profis, weltweit.»

«Tut mir leid», entschuldigte ich mich, «ich habe nie ein Fahrzeug gebaut, ich hätte keine Ahnung, wo ich anfangen soll», und ich spürte, wie mein Gesicht in einem Ausdruck der Ohnmacht versteinerte. Es herrschte Stille. «Warum ich?», fragte ich dann.

«Gefühlssache», erwiderte sie enttäuscht.

«Einfach so, ohne Erklärung?»

«Als dich Professor Tawassoli aufs Podium gezerrt hat und du schüchtern an die Tafel geschlichen bist, waren sich alle sicher, dass du keine Ahnung hast. Aber ich wusste, du würdest sie alle mit offenem Mund dastehen lassen.»

«Das beweist gar nichts», winkte ich ab.

«Und du hast nette Augen, du willst mir nichts Böses.»

Ich wollte sie nicht gleich wieder verlieren. Also gab ich mir einen Ruck. «Komm, wir versuchen es», erwiderte ich in bemüht ermunterndem Ton, «lass es uns gemeinsam versuchen, montieren wir einen Wagen zusammen.» Ich versuchte, das skeptische Lächeln zu verschlucken, das sich meiner bemächtigen wollte, denn sie hatte schließlich keine Ahnung, dass ich Maschinenbau eigentlich gar nicht studieren wollte. Ich hatte mich dafür eingeschrieben, weil man das muss, wenn man in unserem Staat irgendwie zu Geld kommen will. Ich sagte zu ihr: «Versuchen wir es», nahm meinen Mut zusammen und streichelte ihre Schulter, überließ meine Hand der warmen Haut, kletterte zum Hals und zu ihrem kleinen Ohr. Am liebsten hätte ich geweint, so schön war es. Sie tätschelte meinen Arm. «Wir werden es zusammen lernen», sagte sie, «es gibt keine Erklärungen für solche Dinge, Kami, nur so ein Gefühl, du kannst schnell denken, und du bist aufmerksam und sensibel, wir werden Spaß miteinander haben. Ich habe dich gesehen und hatte das Gefühl, es wird gelingen.»

Wir standen vor dem offenen Fenster in der dreißigsten Etage, über Feldern aus Beton und Smog, ein sorgloses Pfeifen vereinte alle Klänge der Großstadt in sich. Nilu fasste mich bei der Hand, ergriff sie zart, fast unmerklich. Die dicken weißen Kaktusblüten, die übers Geländer lugten, schlossen sich im Licht des anbrechenden Tages. Sie war wie ein kleines Mädchen, das mich einlud, Sandburgen mit ihr zu bauen, und es war möglich, dass der Augenblick verstreichen und sie kein Interesse mehr haben würde. «Wir fangen kommende Woche an», erklärte sie entschlossen, «ich besorge uns eine Garage hier nebenan, im Dorf Darakeh, wir richten uns eine Werkstatt ein, wir werden auch einen Sponsor finden, und du wirst alle Gewinne mit mir teilen, sollte es welche geben, darüber gibt es keine Diskussion, du Sturkopf. Und jetzt los, wir fahren dich zu deiner Tante, damit du nicht zu spät in die Uni kommst.»

Ich bestand darauf, allein zu fahren. Sie hatte sich schon ein langes schwarzes Jackett übergeworfen und wickelte sich ein zerdrücktes Tuch um den Kopf. Ich lachte, es gefiel mir, sie verschlafen zu sehen. Nilu unterdrückte ein Grinsen und sagte: «Das ist nur von hier bis zur unterirdischen Parkgarage, niemand wird uns sehen, die Wagenfenster sind verdunkelt, komm schon, wir schinden noch ein bisschen Zeit für uns raus.»

«Lass gut sein, ich komme allein zurecht. Ich werde jetzt gehen.»

Wir umarmten uns. Ich stieg in den weißen Aufzug mit den rosa Doppeltüren und den Spiegeln, zu vielen Spiegeln für diese Zeit am Morgen. Ein uniformierter Wächter riss mir die Tür mit weißen Handschuhen auf. «Sobh be-cheir», sagte er, «guten Morgen und einen schönen Tag.» Ich lächelte. Zentnerschwere Säcke fielen mir von den Schultern, als ich nach draußen rannte. Ich fühlte mich leicht und war glücklich, in den Gassen unterzutauchen, denen keine Bürgersteige vergönnt waren und deren Namen handschriftlich auf Eisentafeln eingeritzt waren. Das Viertel Fereschteh roch wie das alte Dorf, das es einmal war, und die Türme, die an den Rändern auftauchten, hinderten es nicht daran zu bleiben, wie es war. Ich verschwand zwischen den gedrungenen alten zweigeschossigen Häusern, unter den runden Balkonen mit den Holztüren, vorbei an winzigen Krämerläden, grünen Strommasten und in schlampigem Rot gestrichenen Laternenpfosten. Ich fühlte mich gut. Mir kam es irrtümlich so vor, als würde alles gut werden.

5

◆

In meiner stillen Blase im Bus, der den Modares Expressway entlangkroch, sah ich die kleinen runden Augen des alten Führers, Chomeini, die mich von hohen Betonmauern anstarrten. Tote Märtyrer wandten mir ein trauriges, ölfarbenes Lächeln zu. Der Vater der Revolution heftete den Blick eines wachsamen Großvaters auf mich, er verzieh mir den Besuch in Nilufars Wunderland. Die Stadt leuchtete auf den Wandgemälden, auf den Reklametafeln von Giorgio Armani, die zwischen Kriegs- und Gedenkplakaten untergingen. Nur ein Graffiti an der Fassade des Kriegsversehrtenheims heulte auf: «Wir sind hier lebendig begraben.» Die Schlafgespinste begannen zu bröckeln, setzten mich wieder in der Welt aus. Eine Stadt der vier Jahreszeiten erholte sich von einem würgenden Sommer, von tagelang brütenden dreiundvierzig Grad bis in den Schahriwar hinein. Doch nun rückten plötzlich die ersten schweren schwarzen Wolken heran. Und ich verstand nicht, wie es möglich sein konnte, dass dieses schöne Mädchen einfach so von allen Jungen in der Welt, in der Stadt, in der Fakultät ausgerechnet mich wollte.

Am Mittag sehnte ich mich nach der Nacht zurück. Ich verließ die Vorlesung, denn Nilu war nicht gekommen. Als wir am Morgen gemeinsam erwacht waren, hatte sie nicht erwähnt, dass sie nicht kommen würde. Was hatte das zu bedeuten? Ich hatte keine Geduld, ging durch die steinernen Torbögen hinaus, verließ den Campus. Um zwei, anstelle von Hydromechanik – die härtesten Unterrichtsstunden der Woche –, saß ich im Salon, starrte an die Decke und wartete.

«Wer soll denn anrufen?», fragte Zahra.

«Bin ich so leicht zu durchschauen?», wunderte ich mich, doch es war mir durchaus recht, dass sie sich erkundigte.

«Eine Kommilitonin», gab ich zur Antwort.

«Liebe oder Spielerei?», forschte sie nach.

«Es ist zu früh, um das zu wissen», erwiderte ich, und da ich die vergangene Nacht irgendwie verdauen musste, fragte ich sie: «Sag mal, besteht die Möglichkeit, dass die Regierung will, dass wir mit Untergrundpartys beschäftigt sind?»

«Aber sicher.» Sie nickte gleichgültig.

«Moment mal. Meinst du wirklich, dass die Polizei absichtlich die Augen verschließt?»

«Wie bei den Imperialisten, als sie die Chinesen mit Opium betäubt haben, so ist das mit euch, man hat euch lieber mit abgestumpften Sinnen und genauso töricht, wie ihr seid, ohne Werte, bis ihr es satt habt, bis ihr erwachsen geworden seid und euch selbst verabscheut. Und dann sollt ihr mit den Problemen des Lebensunterhalts, mit den Grundbedürfnissen beschäftigt sein, erschöpft von permanenter Verzweiflung. Was gibt es da viel zu erklären?»

«Wie kannst du solche Dinge einfach so ganz ruhig sagen?»

«Was würde es helfen, wenn ich mich aus der Ruhe bringen ließe? Was kann man schon machen, außer Ruhe zu bewahren? Wir verrotten hier vor dem Fernseher, reden über Rocksänger oder über Mode, wir meinen zu leben, etwa nicht?»

«Aber die Dinge bessern sich. Hör zu, Zahra, im Radio spielen sie jetzt schon Shahin & Sepehr, und es macht sich keiner mehr die Mühe, das Fenster zu schließen, wenn amerikanische Bassgitarren aus einer Stereoanlage das Wohnzimmer erschüttern.»

«Hör mir auf mit Amerika, die ganze Zeit habt ihr Amerika im Kopf», hielt sie mir geringschätzig entgegen.

«Was hast du gegen Amerika?»

«Amerika hat euch noch nie etwas Gutes eingebracht. Rennt bloß nicht Amerika nach.»

«Aber warum?» Ich verstand es nicht.

«Nichts ist, wie es scheint, mein lieber Kami», murmelte sie. «Es ist besser für dich, den Leuten zu misstrauen.»

«Den Amerikanern?», fragte ich verwirrt.

«Wenn du mich fragst, zweifellos. Schließlich hätte das hier eine sozialistische Revolution sein sollen. Sie war es anfangs auch. Also mach die Augen auf und frag dich, wie es geschehen konnte, dass sie auf einmal von Chomeini und den schwarzen Mullahs vereinnahmt wurde. Das passierte, weil jemand in London, Paris und Washington dachte, dass der Sozialismus für den Kapitalismus viel gefährlicher sei, als ein religiöses Regime jemals werden könnte. Jemand war Ende der Siebziger bereit, um jeden Preis die kleinste Chance zu zertrampeln, dass hier ein neues Regierungssystem entstand, das, da sei Gott davor, mit der Roten Armee fraternisieren würde. Also haben sie diese alten Irren auf uns losgelassen. Ja, ich bin auf alle wütend, was man mir nicht verübeln kann.»

«Du glaubst doch nicht wirklich, dass der Westen Chomeini hier an die Macht gebracht hat», widersprach ich. «Das waren wir, das ist unsere Schuld.»

«Ihr jungen Leute, ihr habt ein höchst dürftiges Geschichtswissen und ein träges Gedächtnis. Eure Eltern wurden hier jahrelang von einer grausamen Geheimpolizei unter amerikanischer Protektion verfolgt. Unseren Zorn haben sich die Amerikaner selbst zuzuschreiben, ihr solltet ihnen nicht so schnell verzeihen.»

«Aber du hast den Schah unterstützt, du hattest es gut unter dem Schah», beharrte ich.

«Ich hatte es sehr gut», antwortete sie, «es war die Blindheit. Allah möge dem unglücklichen Schah verzeihen, dass er dieses schwarze Grauen über uns gebracht hat, dieser Narr.» Ihre letzten Silben klangen abgehackt, als wollte sie nichts weiter dazu sagen.

«Für wen bist du dann jetzt, Zahra? Für was? Ich verstehe nicht.»

«Ich weiß nicht. Ich weiß es nicht, und im Grunde kümmert es mich auch nicht.»

«Auch mir ist es egal, ich meine, die Geschichte, aber in Amerika herrscht Freiheit und bei uns nicht.»

Ihr Gesicht wirkte nicht bitter, sondern durchaus ruhig und schlicht. Sie tat mir leid. In diesem Leben, das hier wie ein Pendel zwischen toleranter Öffnung und konservativer Verhärtung hin- und herschwang, gab es für Zahra kein Refugium. Sie war immer gefangen. Seitdem verlangt wurde, dass Filme auf der Leinwand mit dem Satz: «Im Namen Allahs, des Erbarmers, des Barmherzigen, das Ministerium für Kultur und islamische Ausrichtung präsentiert …» zu beginnen hatten, seit Alkohol, Berührungen und weibliches Haar nicht mehr vorkommen durften, war kein Platz mehr für jemanden wie sie, denn selbst wenn sie versuchen würde, die Figur einer frommen Mutter zu spielen, würde das Publikum ihr das nicht abnehmen. Das Publikum hatte sie anders in Erinnerung. Die tragische Wahrheit ist, dass der Boykott ausländischer Unterhaltung unsere Filmindustrie mehr denn je blühen ließ. Studios schossen an jeder Straßenecke aus dem Boden, die Leinwand sprach persisch. Zahra hätte sich hervorragend gemacht, wirklich hervorragend, aber dennoch hielt man sie fern, in der tiefsten Dunkelkammer. Sogar als der Reformminister Atallah Mohadscherani Genehmigungen für Filme und Theaterstücke zu erteilen begann, die seit Jahren nicht erlaubt worden waren, übergingen sie Zahra, sie hatte Spielverbot. Die meisten Freunde von damals waren inzwischen reich und tummelten sich zu dieser Jahreszeit in Luxushotels auf der Insel Kisch, keiner von ihnen interessierte sich noch für sie. Die gewitzten künstlerischen Regisseure, die hier Filme drehten, die nur im Ausland gezeigt werden durften, hielten sie für nicht beweglich, nicht versiert genug. Das Elternhaus des verstorbenen Arian, das auch das meines Vaters war, hatte man ihretwegen beschlagnahmt. Nur das Teheraner Wohnhaus war ihr geblieben und der scharfkantige Peykan mit den altmodischen rechteckigen Scheinwerfern, den ich ins Leben zurückzuholen versprochen hatte.

Die Straßen barsten vor Privatfahrzeugen in Schwarz, Weiß, Grau, Anthrazit, und gelben Taxis, und darunter sprang nur Zahras Wagen grell ins Auge, sogar im trüben Licht der Straßenlaternen. Die regnerischen Winter hatten den Alterungsprozess gebremst. Zahra passierte den Wagen, wenn sie in der Nacht hinausging, in einen Regenmantel und ein schwarzes Tuch gehüllt, und betrachtete das paralysierte Skelett. Manchmal streichelte sie fast über seine Oberfläche, wollte den Schmutz berühren, doch ihre Hand blieb in der Luft hängen, und dann schritt sie langsam weiter, darauf bedacht, ihr Gesicht zu verbergen. Sie wollte nicht erkannt werden, damit man sich nicht erstaunt fragte, wohin sie verschwunden war, sich über ihr Unglück freute oder ihren pathetischen Zustand bemitleidete.

«Zuerst müssen wir uns intern aussöhnen, danach vielleicht mit Amerika», schloss Zahra, und damit ging sie. Ich hörte ihre schmalen Füße auf den Holzstufen und dann das Wasser in der Dusche rauschen, lange Zeit. Ob man sich in ihrer Situation an Erinnerungen erfreuen konnte, grübelte ich, an irgendwelchen Erinnerungen aus dem früheren Leben, Gedanken über sich selbst, die einem gut taten? Ich saß da und starrte bekümmert auf die orangefarbenen Baumwipfel und die ertrinkende Sonne, die flach und trüb über die Straße fiel. Dann zog ich den Computer zu mir heran, spielte an der Tastatur herum und wartete darauf, dass das Telefon klingelte. Sie sollte nur anrufen, meine Nilu, und wir könnten heute Nacht genau das Gleiche machen wie gestern, nichts Neues, nur sie wieder in ihrem Leibchen und mit offenem, zerzaustem Haar.

«Amerika, politischer Islam», tippte ich trotzig bei Google ein, «Chomeini, Umsturz». Ich wartete auf das Klingeln, während ich mich in einer Riesenmüllhalde kalter Wörter verlor. Die Nacht senkte sich herab, weder Verschwörung noch geheime Unterstützung tauchten in den Computerseiten auf. Nur Kriegsdrohungen und leere Deklarationen. Und wenn man Chomeini politisches Asyl in Paris gewährt hatte, bevor er hier gelandet war, was besagte das? Gar nichts. Die Frau phantasierte. Und vielleicht war das genau das Problem, dass alle um mich herum in der Vergangenheit lebten, sogar Amir hatte sich vor der Zukunft rückwärts geflüchtet. Nur Nilu war bereit, mir ein Tor zu öffnen, mir zu zeigen, dass das Leben hier stattfand, im Hier und Jetzt, und mich in die Gegenwart zu begleiten. Vielleicht bin ich nicht geeignet, die Gegenwart zu leben, dachte ich, sondern nur kindische Zukunftsphantasien und unerschöpfliche Träume.

Ich sehnte mich nach der Nacht mit Nilu. Es fiel mir schwer zu glauben, was passiert war. Und wenn es keine solchen Nächte mehr geben würde? Ich hatte Angst. Die geheime Untergrundstadt tanzte in meiner Phantasie, lauerte darauf, dass ich mich ihr ergeben würde. Würde ich? Ich dachte gerne von mir, dass ich der Wildeste von allen sein würde, wenn ich nur einmal eine Kostprobe nahm. Wenn ich mich nicht fernhielt, würde ich mich mit einer Wildheit unterwerfen, die keine Umkehr mehr zuließe.

Ich legte mich mit dem Computer aufs Bett und richtete einen Proxy-Server ein, der blockierte Websites im Internet umgeht. Ich zappte zwischen lächelnden Mädchen, Halbsätzen erotischer Geschichten, suchte nach Entladung. Dann betrat ich die Duschzelle und öffnete das Fenster, doch die Gebetstremolos Herrn Nadschafians ließen keine erlösende Konzentration zu. Ich phantasierte trotzdem, aber nicht von Nilu, und kam. Erstickt von den gefangenen Dämpfen trocknete ich mich ab, breitete mich nackt über die ganze Matratze aus, in die Laken geschmiegt, erschöpft, aber nicht müde. Meine Glieder waren lose, mein Inneres jedoch brannte völlig verkrampft und eingezwängt, die Spannung ließ meine Atemmuskeln anschwellen, sie blähten sich pochend, drückten auf die dünne Luftröhre, bis sie blockierte und ich nicht mehr genug Luft bekam. Ich war wütend auf Nilu. Sie hatte nicht gesagt, dass sie nicht in die Universität kommen würde, auch nicht angerufen. Aber was schuldete sie mir eigentlich? Nichts. Sie glaubte sicher, beschäftigter als wir alle zu sein, schließlich war sie berühmt. Sie würde nicht in den Unterricht kommen und mich für Stoffzusammenfassungen benutzen. Ich würde allein dort verrotten zwischen den vier Wänden des kühlen Vorlesungssaals, während sie sich draußen austobte. Aber was, wenn sie deswegen auf der Straße zerschmettert war? Was, wenn sie jetzt im Krankenhaus lag, und niemand würde anrufen, um mir Bescheid zu sagen? Ich würde es im Radio hören. Es wäre mir nicht einmal vergönnt, neben ihr zu sitzen und schon gar nicht, ihre Hand zu halten oder den weißen Bauch zu streicheln, die Familie würde verlangen, dass ich ihren guten Namen nicht schädige. Ich würde es in der Zeitung lesen. Oder die Zeitungen würden nicht darüber berichten. Oder sie würden es doch, grausam und schadenfroh, um zu zeigen, wie das Ende einer Aufsässigen aussah. Danach wären sie von ihr gelangweilt, und ich wäre nicht da, um sie zu trösten. Auch wenn sie es noch so sehr wollte, sie wäre allein, und ich wäre allein, und wenn sie sterben würde, würde ich wie Zahra werden, deren ganzes Leben aus der bedrückenden Erinnerung kurzer, unbedeutender Augenblicke bestand. Ich würde meine Jahre abhaken, ohne dass mir ein Stück von der Trauer zugestanden würde, denn ich war weder Witwer noch trauernder Bruder. Wer würde glauben, dass ich ein Teil von ihr war?

«Das ist nicht gut für dich», verwarnte ich mich laut. Vielleicht sollten wir lieber gleich morgen heiraten, damit wir lebten, wie man es von uns erwartete, ganz einfach und leicht, wir heiraten und können zusammen auf der Straße gehen, Hand in Hand. Aber welchen Grund hätte sie, mich überhaupt zu heiraten? Wenn Nilu anriefe, würde ich sagen, dass es vorbei ist, vielleicht würde ich mich auch einfach aus dem Staub machen. Ich wälzte mich auf dem Bett herum, es nagte an mir wie ein Bandwurm an meinen zerrütteten Organen, und ich formulierte Schlusssätze. Bis um elf das Telefon vibrierte und alles verziehen war.

«Kami! Wir haben einen Sponsor!» Ihre Stimme segelte mir entgegen wie das Glück reinsten Wassers.

Ich versuchte ebenfalls, meiner Stimme einen schönen Klang zu verleihen und mich überrascht anzuhören. «Salam!»

«Ich habe eine Garage für uns gefunden», verkündete sie, «klein, irgendwie verhext, du wirst sie lieben, und ich habe das mit der Finanzierung erledigt, und ich habe jede Viertelstunde einmal gelacht, weil ich mich an dein gequältes Gesicht erinnert habe. Wir müssen wegfahren.»

«Was heißt wegfahren?», fragte ich verblüfft, aber ich liebte den Klang dieses Wortes.

«Das Auto nehmen und ein bisschen rausfahren, nur du und ich. So ein Zeittunnel für uns, ein Wochenende, nach dem wir das Gefühl haben, dass wir uns schon mindestens ein halbes Jahr kennen, als hätten wir das ätzende Anfangsstadium übersprungen.»

«Sollte das nicht gerade das größte Vergnügen sein, das Anfangsstadium?»

«Das ist bloß Zeitverschwendung. Wir fahren zum Ferienhaus meiner Eltern.»

«Bist du immer so mitten in der Nacht?»

«Definiere so.»

«Tauchst plötzlich auf, überwach, triffst lauter Entscheidungen.»

Schweigen.

Vielleicht war sie beleidigt. Vielleicht suchte sie nach einer scharfsinnigen Antwort auf eine Frage, die keinen Raum für Geistesblitze ließ.

«Nilu», korrigierte ich mich, «ich meinte, das ist gut, du hörst dich für mich die ganze Zeit wie die Sonne an.»

«Weil es mir gerade gutgeht», antwortete sie.

«Mir kommt es vor, als geht es dir immer gut.»

«Nicht immer», entschuldigte sie sich, «aber offenbar habe ich in letzter Zeit meinen Platz gefunden.»

«Und welcher Platz ist das?», wollte ich wissen.

«Ist dir schon mal aufgefallen, dass die Leute hier immer auf den falschen Stühlen sitzen? Wer Kinoregisseur sein sollte, schreibt sich für das Ingenieursstudium ein, und wer zum Steuerbeamten geboren ist, geht hin und macht Filme, das ist ein nationales Problem, die Leute haben Angst davor, das zu tun, was ihnen das Schicksal bestimmt. Also habe ich beschlossen, dass ich nur das tue, was mein Bauch sagt.»

«Autos?»

«Wettbewerbe», lachte sie, «das tut mir anscheinend gut, der Wettkampf.»

«Ich, also ich habe keine Ahnung, was mir guttun würde.»

«Welche Möglichkeiten gibt es?»

«Wenn ich mich auf einen Stuhl in der Fakultät für Maschinenbau gesetzt habe, heißt das, dass ich Maler sein sollte? Chefkoch? Tierarzt?»

«Ich weiß nicht, mach die Augen zu, stell dir dich in zwanzig Jahren vor, glücklich, erfolgreich, alle um dich herum bewundern dich, wo bist du dann?»

«Sollen mich alle bewundern?»

«Sie sollen wenigstens neidisch sein. Wo bist du?»

«Ich habe kein Bild vor Augen.»

«Und Träume? Was ist mit Träumen?»

«Hm.»

«Wir sind die Nachkriegsbabys», erklärte sie und lachte, «wir sollen die Träume aller verwirklichen.»

«Ich glaube, heute Nacht werde ich von dir träumen, zählt das auch?»

«Hängt davon ab.»

Ich verstummte. War enttäuscht von mir selbst, fühlte mich lächerlich, etwas erklären zu wollen. Ich war ehrgeizig, sehr sogar, aber sie war noch ehrgeiziger. Wenn sie über Stühle und Ambitionen redete, verlor ich die Sicherheit und enttäuschte sie. Sie fand mich sicher banal.

«Wieso bist du beunruhigt?», fragte sie mit einem Schmunzeln. «Jede Blume hat ihre Zeit zu blühen.»

«Blumenmetaphern? Das ist nichts für mich», lächelte ich.

«Erzähl mir eine Kindheitserinnerung, die früheste.»

«Du hast echt ein Talent, mich in finstere Gedanken zu stürzen», beschwerte ich mich.

«Das macht nichts, traurig ist doch romantisch.»

«Natürlich entsinne ich mich meiner frühesten Erinnerung. Sechs Uhr morgens, Mama und Papa wecken mich, beide zusammen. Eine seltsame Empfindung, denn ich wachte sonst immer allein auf. Draußen liegt Schnee. Ich bin fünfeinhalb Jahre alt. Jenseits der Zimmertür bemerke ich einen schwarzen Koffer, der in der Mitte des Wohnzimmers steht, ein darübergeworfener Haufen Mäntel und daneben meine Brüder und meine Schwester, in Festtagskleidern. Ich habe Angst, dass sie weglaufen, alle. Mama setzt sich auf das Bett und bittet mich, mich auch hinzusetzen. Sie sagt: Onkel Arian ist gestorben. Wer ist Onkel Arian?, frage ich. Er war ein Kriegsheld, wir sind alle sehr stolz auf ihn. Jetzt müssen die Großen zum Begräbnis fahren, zu der Zeremonie, zum Abschiednehmen, ich habe keine Ahnung, wie sie das ausdrückte, ich erinnere mich nur, wie sie sagte: Kami, Militärbegräbnisse sind nichts für Kinder, du bleibst bei Helia

Teimuri, der Nachbarin, die mit mir zusammen arbeitet. Helia wartet schon draußen. Mama zieht mir den Pyjama aus, steckt mich in einen kratzenden Wollpullover. Keine Angst, sagt sie ungeduldig, du wirst es nett haben. Meine Brüder sehen aufgeregt aus, erwartungsfroh. Sie streiten sich um die Sitzplätze im Auto, danach knallen sie mit den Türen, und ich stehe allein da, schaue und denke, dass tote Menschen anscheinend mehr Liebe verdienen und dass mich Mama vor lauter Trauer um Arian jetzt weniger liebt. Ein langer Vormittag verstreicht, und Mama ist noch nicht zurück. Ich erinnere mich, wie ich im Garten herumstreiche und versuche auszurechnen, wie viele Stunden oder Tage sie brauchen wird, um zurückzukommen. Ich lege mich in den Sandkasten, niemand fragt, ob alles in Ordnung sei. Alle behaupten, dass sie einen Onkel haben, der getötet wurde, dass der ein Held war. Wer würde mir glauben? Es ist mir peinlich, dass ein Onkel von mir, den ich überhaupt nicht gekannt habe, getötet wurde. Am Nachmittag bin ich auf dem Spielplatz, Helia hat ihren Sohn Amir gebeten, mich zu beschäftigen. Amir versucht mich aufzumuntern, sagt, dass auch er im Krieg getötet werden würde, wenn er groß wäre, das sei gut, das würde allen Guten passieren. Und ich frage: Wie kommt es, dass unsere Väter nicht getötet worden sind? Vielleicht ist etwas nicht in Ordnung mit ihnen? Helia richtet mir ein Bett in Amirs Zimmer her, und ich traue mich nicht, auf die Toilette zu gehen. Das Essen schmeckt mir nicht, und die Zimmer riechen komisch. Das ist, woran ich mich erinnere.»

Nilu hörte mit interessierten Atemzügen zu und sagte dann: «Irgendetwas passt da nicht zusammen. Wenn du fünfeinhalb warst, dann ist Arian nicht im Krieg gestorben. Der Krieg war viel früher zu Ende.»

Ich rechnete selbst nach. Es stimmte wirklich nicht. Seltsam. Der Krieg endete 1988, wie konnte es sein, dass ich so blöd war, diese Ungereimtheit nie zu bemerken? «Da, jetzt wird mich heute Nacht noch was quälen, nur wegen dir», sagte ich zu ihr. Und sie lachte: «Mein armer Gepeinigter!»

«Vielleicht ist es ein Familiengeheimnis», begeisterte sie sich, «vielleicht ist es zu heikel? Vielleicht fragst du mal Amir? Seid ihr in Kontakt?»

«Ja, er ist mein bester Freund, Amir Teimuri. Er ist nur ein bisschen religiös zurzeit.»

«Das ist merkwürdig.»

«Warum merkwürdig?»

«Bloß so, eben merkwürdig.»

«Kann ich keine Freunde haben, die ein bisschen religiös sind?»

«Einen besten Freund, der an all das glaubt, was das genaue Gegenteil von dem ist, woran du glaubst? Ich weiß nicht, irgendwie kompliziert.»

«Er probiert es nur aus, das ist vorübergehend», entschuldigte ich mich. «Und du, woran glaubst du? Kein Gott, kein Allah?»

Sie lachte. «Kein Allah, keine Gesetze, nur die, die du dir selbst schaffst.»

«Extrem.»

«Was habt ihr denn immer zusammen gemacht, du und dein kleiner Mullah?»

Schwierige Frage. Ich dachte nach, schwankte, wie sollte man das beschreiben? Wir sind auf die gelben Kräne geklettert. Auf den Leuchtturm. Auf einmal klang die ganze Geschichte dumm. Wir haben Hühner gefangen, die samstags auf dem Markt herumrasten, und wir haben immer die Möwen gefüttert, wir sind mit Amirs Vater auf dem knatternden Traktor direkt bis ins Wasser gefahren. Wir hatten ein Pferdchen, das gestorben ist, wir haben es im Schlamm begraben, es hatte eine traurig gewölbte Nase und ein borstiges, blutfarbenes Fell. Wir nannten es Doktor Pferd oder Ninja-Junge, denn es versuchte, alle in die Ohren zu beißen, und galoppierte nur, wenn wir ihm zuerst unsere Ohren zeigten. Wir sind normalerweise mit dem Floß irgendwohin geschwommen oder zu Herrn Ali Samimis Wassermelonenstand. Ich reizte Amir immer, flüsterte ihm «azizam» ins Ohr, «mein Süßer», was ihn wie ein aggressives, wutschäumendes Schaf in die Luft gehen ließ. Ich verkniff mir das Lachen, machte stur weiter, sagte zu ihm: «Salam, meine Süße», mit einem lauten, sinnlich rauen Flüstern, wobei ich mich vergewisserte, dass die Umgebung es mitbekam. Amir wurde immer ganz wahnsinnig – wieso machte ich ihn zum Gespött? Und dann überrollte er mich, warf mich mit Schlägen auf den Boden, wir liebten es, uns auf dem Boden zu prügeln. Denn die Heulsuse sagte immer zu mir: «Kami, tu mir einen Gefallen, sag von mir aus rafiq, Kamerad, sag aziz, sag duste man, mein Freund, sag sogar dadasch, Bruder, aber mach aus mir nicht dein Mädchen, bist du denn völlig verblödet?» Kein Zweifel, es klang ziemlich dumm. Ich erinnerte mich, doch all das erzählte ich Nilu nicht. «Was wir zusammen gemacht haben, Amir und ich? Bloß langweiliges Zeug, was man in einer Hafenstadt so macht», gab ich zur Antwort.

Im gleichen Augenblick wünschte ich mir ganz dringend, dass Nilu glücklich war und ich einen Anteil daran hätte. «Du wirst die Erste sein, die beim Rennen in der Gruppe der Männer konkurriert, die Erste nach dreißig Jahren, verstehst du, wie außergewöhnlich das ist? Wir werden es schaffen», versprach ich, denn ich hatte das Gefühl, als fließe Feuer und Zündstoff in meinem

Inneren. Ich wusste, alles würde gut werden, und ich bedauerte Zahra, dass zu ihrer und Arians Zeit keine Chance bestanden hatte, etwas zu verändern, sondern dass sie nur in Stille versinken konnten. Es würde traurig für sie werden, Nilu und mich zu sehen.

In der Früh, als ich mit Frau Safureh aus dem Sa'i-Park zurückkehrte – sie vom Yogatraining und ich vom Joggen –, stießen wir auf Babak, der gerade von der Bäckerei kam, und zusammen schnauften wir alle drei die breiten Treppen in den dritten Stock hinauf. Als wir die Tür öffneten, überraschten wir Zahra vor dem Spiegel des Garderobenschranks, wie sie sich in einem superkurzen grünen Lederrock und einer rosafarbenen durchgeknöpften Bluse mit spitzem Kragen begutachtete. Auf dem Boden lag ein Paar Stiefel, die sicher einmal geglänzt hatten, und sie stand barfuß daneben, schien mit sich zu ringen.

«Ja salam!», röhrte Frau Safureh. «Wir sind doch nicht mehr in den Seventies, Zahra!»

Babak erkannte sofort: «Das sind die Sachen von dem alten Foto, das wir am ersten Abend im Internet gefunden haben. Hundert Prozent Hollywood», sagte er aufgeregt und bewundernd.

Zahra schnitt beiden verlegen das Wort ab. «Jetzt macht hier keine Affäre daraus, das ist die allerletzte Anprobe, bevor die Sachen an die Armen gegeben werden.»

«An arme Leute?», entsetzte sich Babak. «Du kannst doch einen solchen Aufzug nicht an die Armen verschleudern», und Frau Safureh schalt ihn, er solle aufhören, ein solcher Homo zu sein.

Ich war zufrieden. Doch, die Zeit heilte Wunden, das Internet bewirkte Gutes, Zahra war weicher gestimmt und hatte beschlossen, sich von den Relikten zu befreien, die sie belasteten. «Man könnte die Kleider an Fans verkaufen», schlug ich vor, «eine Versteigerung bei eBay.» Die Idee klang abenteuerlich genug, um ihre Aufmerksamkeit zu fesseln. Wir scharten uns um den Esstisch. Frau Safureh wartete mit einer Palette Fragen auf, Babak übernahm die Formulierung, Zahra spielte die Gleichgültige, und ich tippte: «Klassisch, sexy und multifunktional – der legendäre Rock des Superstars Zahra Chazuri, den sie in einer flammenden Szene des geheimen Kultfilms ‹Schaidas Leiter› trägt. Luxuriös und glanzvoll mit einem Touch Exotik, ein traumhaftes Geschenk für alle Nostalgiker, die sich noch einmal in den schillernden Siebzigern ergehen wollen. Ein femininer Schnitt, der jeder Frau schmeichelt, mit starker Präsenz. Passend als Outfit für einen milden Winterabend ebenso wie für einen heißen Sommertag, perfekt für Partys, zum Tanzen, zu Hochzeiten und Familienfeiern – unendlich vielseitig verwendbar! Und nur jetzt, für die glückliche Käuferin gratis dazu, die ruhmreichen Stiefel des Superstars sowie eine Bluse in betörendem Rosa mit V-Ausschnitt – die filmreife Abrundung! Verkauf nur an Frauen mit guter Figur», auf diesem Zusatz bestand Frau Safureh.

«Und schreib seitlicher Reißverschluss dazu», betonte Zahra.

«Haben wir ein Maßband?» Nein. Wir schätzten per Augenmaß. Brustumfang, Hüften, Schenkel, Länge. Einstiegspreis? Zwanzig Dollar. Nur Barzahlung. Beziehungsweise per Banküberweisung. Angebotsfrist? Zwei Monate. Land? Man muss ein Land einsetzen. Es gibt eine Tabelle. Island, Indonesien, Irland, Italien. Moment, wo sind da wir? Nirgends. Man will uns nicht. Ist das der amerikanische Boykott? Sollen sie die Revolutionsgarden boykottieren, aber wieso denn Leute aus der Modebranche?

«Wähl einen Staat als Fassade. Führen wir sie eben an der Nase rum.»

«Japan», schrie Frau Safureh, «klick auf Japan, von dort werden wir ab heute alle unsere geschäftlichen Transaktionen managen!»

Ich drückte auf Bestätigung. Es herrschte fröhliche Stimmung für einen Moment, und dann waren wir zwischen den zweihunderteinundachtzigtausendneunhundertzweiundsechzig Röcken auf den Verkaufsseiten von eBay gespeichert. «Keine Sorge», versprach ich wagemutig, «die Netzsurfer sind verrückt nach Nostalgie.»

«Vielleicht verkaufen wir auch gleich Chamad, den Kater?», schlug die alte Dame vor.

Dann traten wir hinaus in einen profanen Tag in der Stadt, Frau Safureh, Babak und ich. Wir marschierten die Straße entlang, Babaks Fahrrad rollte nebenher. Die alte Frau tätschelte mir den Nacken und verkündete: «Du tust ihr gut, junger Mann.»

Ich hörte das nur zu gerne, und daher machte es überhaupt nichts, wenn ich mich an einem Kompliment der unzurechnungsfähigsten Frau des Viertels aufhängte. «Sagen Sie, Frau Safureh, hatten sie nie Kinder, Zahra und Arian?»

«Nein», antwortete sie. Und Babak sagte: «Nach allem, was hier passiert ist, wer will da schon Kinder in diese brutale Welt setzen?»

«Aber die meisten Familien haben, gleich nachdem es passiert ist, acht Kinder gemacht», entgegnete ich, «vor der Revolution hatten sie zwei, nach der Revolution acht.»

Doch Babak insistierte: «Das ist egoistisch, Kami, adoptieren vielleicht, das ist in Ordnung, ein Kind aufnehmen, das ohnehin schon geboren ist, und es retten, falls möglich, das hat Wert, aber zur Welt bringen? An diesem Ort der Welt? Warum soll man das einem Kind antun? Und überhaupt, Kinder, das ist nichts für jedermann.»

Und ich dachte im Stillen, dass sich Kinder für Zahra nicht empfahlen. Besagte das, dass sie so auf sich konzentriert war, dass sie nicht fähig war, etwas von sich selber zu geben? Es war nicht fair, so von ihr zu denken. Frau Safureh, mit der ihr eigenen Art einer Weisen vom Dorf, ließ eine Philosophielektion für das arme Volk vom Stapel. «Du liebe Zeit, meine Herren, was bringt eine Frau denn dazu zu gebären?», sinnierte sie laut und gab sich auch gleich die Antwort darauf: «Die Angst, vergessen zu werden, es gibt schließlich keine tiefere und traurigere Angst als die, vergessen zu werden, ein Kind ist die erstbeste, natürliche Lösung. Denn das Wissen, dass du lebst, aber demnächst tot sein wirst, und alles, was sich bei dir angesammelt hat, Schicht um Schicht, Jahrzehnte mühevollen Aufbaus, mit dir in den spurlosen Untergang gespült wird, dass nicht die kleinste verrottete Zelle von dir für irgendjemanden noch eine Bedeutung haben wird, als wärst du nie gewesen, wen würde das nicht verrückt machen? Also vermehren sich alle. Aber Zahra hatte kein solches Bedürfnis, sie hat gewusst, dass ihre Werke, die Lieder und die Filme, sie überdauern würden, ein größeres Vermächtnis als das aller anderen, das noch nach uns allen herausragen würde. Ihr gesamtes Wesen hat Zahra in ihre Kunst ausgeschüttet, voll und ganz, sie hat sich innerlich verzehrt, um sich äußerlich unsterblich zu bewahren, dachte, kein Mensch könne sie je ausradieren. Wer hätte geglaubt, dass mit einem Schlag der schwarze Vorhang fällt?»

Wovon redete sie? Ich verstand nicht, was Zahra innerlich verzehrt und was sie nach draußen gespuckt hatte. Die Rolle der bauchwackelnden Tänzerin in marktgängigen Unterhaltungsfilmen hatte sie gespielt. Wollte das hier denn niemand zugeben? Und diese Lieder, dachte ich bei mir, sie hat diese Lieder schließlich nicht geschrieben, weder die Worte noch die Melodien. Vielleicht war einfach die Besessenheit, berühmt zu werden, stärker als der Wunsch, neues Leben zu schaffen, denn das Bedürfnis zu wissen, dass die Welt von ihr träumte, war ein bodenloser Sog, und als ihr Erfolg plötzlich gekappt wurde, gab es keinen Grund mehr zu leben. Warum also hält Zahra trotzdem weiter an ihrer erloschenen Welt fest, wenn alles, was ihr wichtig ist, bereits tot ist? Und Frau Safureh, warum hat sie keine Kinder, wenn wir uns ihrer Ansicht nach alle unbedingt vermehren wollen?

Die alte Dame, als hätte sie meine Gedanken gelesen, sagte: «Ich, Kami, ich überlebe, weil ich jeden Morgen als blanke Seite aufwache. Ich bin allein, ich lebe, bald werde ich sterben, ich habe genug von der ganzen Heulerei.»

6

◆

Auf dem Weg zum Sommerhaus ihrer Familie am Kaspischen Meer brachte mich Nilu zu der Garage in Darakeh. Uralte Lehmmauern zogen sich das ganze Dorf entlang, verstreute Taubenschläge in den Höfen und dahinter verborgen Veranden zwischen hinfälligen Strommasten im Dickicht der Baumkronen. Der Wagen zwängte sich mit Mühe in eine enge, schattige Sandgasse, zu einem kaum befahrenen Radweg. Kleine Krämerläden überall, in Stein gesenkte Nischen, Händler, die geschwärzte Bodenplatten kehrten, zwischen rostigen Eisenregalen, überladen mit Snacktüten und Konserven, die danach schrien, durch die schmale, dunkle Öffnung auszubrechen. Gelbe Wasserkästen türmten sich an jeder Ecke, Öl wurde auf Teppichen angeboten, auch Gewürze. Wasserpfützen liefen in Rinnen ab, die sich auf natürliche Weise in die Krümmungen des Berges eingefräst hatten. Vor einem Eisenrollladen am Hang parkten wir. Es war der ebenerdige Eingang zu einem roten Ziegelhaus mit abgeschrägtem Holzbalkendach, einem orangefarbenen Briefkasten und einem kleinen Fenster, das auf das dunkle Wolkengebilde der Stadt hinausblickte. Eine alte, kupferne Industrielampe baumelte von der Decke, erfüllte die Werkstatt mit fahlem Schein. Werkzeug lag auf dem Boden verstreut, hydraulische Hebevorrichtungen, ein Wagenheber, eine Luftpumpe sowie Messer und Farbbüchsen. Sogar ein Generator und ein Feuerlöscher waren vorhanden. In einem Kessel auf dem Campinggaskocher, der auf einem Holzschemel stand, kochten wir Tee. «Das ist es, Junge, hier werden wir ein Auto bauen», verkündete sie stolz und legte einen Schlüssel in meine Hand.

«Aber wo fängt man überhaupt an?», schreckte ich zurück. «Wer weiß, wie man ein Auto baut?»

«Man fängt von unten an», gab sie zur Antwort und warf sich auf ein blaues Stoffsofa an der Wand. «Die Räder sind immer das Erste, wir wählen Reifen und Felgen. Du entwirfst mit dem Computer die Aufhängungen, danach die Lenksäule und die Bremsen. Ich werde ein Lenkgestänge und ein Getriebe kaufen. Dann entscheiden wir zusammen über die Montagepunkte des Rahmens, und bevor du es merkst, arbeiten wir schon am Fahrer-Cockpit.»

«Du bist so praktisch, ich glaube, ich werde dich nur stören.»

Sie lachte. «Es gibt sogar Platz für den roten Peykan, bring ihn her, dann arbeiten wir an beiden Prinzessinnen, der greisen Dame und der neuen, was hältst du davon?»

Ich holte ein Geschenk aus meinem Rucksack. «Das ist mein Lieblingsbuch», erklärte ich, «‹Zendegi dar pisch ru›, ‹Das ganze Leben vor sich›.»

«Du bist ein Engel», sagte sie mit einem strahlenden Lächeln und küsste mich auf die Wange.

«Es tut mir leid, wenn du keine Zeit hast zu lesen», entschuldigte ich mich, hoffend, dass sie nicht enttäuscht war.

«Wenn du es mir vorliest, verspreche ich, bis zum Schluss zuzuhören.» Sie nahm das Kopftuch ab und sah mir in die Augen wie ein trauriger weißer Schwan. Ich griff ihr mit beiden Händen ins Haar, befühlte es hingerissen. Sie lächelte, ich spürte, dass es ihr angenehm war, und wir küssten uns. Langsam und sanft, nur mit den Lippen, dann mit der Zunge, und die ganze Zeit über lagen ihre Finger auf meinem Bauch, zogen Linien, erkundeten die Falten, keine elektrisierende Berührung, sondern eine beruhigende. Und ich hielt ihr Haar, ihre Schultern und Arme, wollte sie umarmen und fragte mich, ob es mir wohl gelingen würde, diesen Augenblick gut genug in meinem Gedächtnis zu bewahren.

Dann fuhren wir nach Norden, drei Stunden auf der Tschalus-Gebirgsstraße und vorbei an Kenare tschadeh, bergauf und bergab zwischen den stillen Kleinstädten entlang der Windungen des Küstenstreifens. Teheran liegt eintausendzweihundert Meter über dem Meer – das Kaspische Meer ließ uns auf achtundzwanzig Meter unter dem Meeresspiegel abstürzen. Wir hörten «Knocking on Heaven's Door» und eine kubanische Band. Wir waren zwischen den Wänden einer grünen Felsenschlucht gefangen und in einer endlosen, dicken Wolke, die die Kurven in der Tiefe des Waldes verschwimmen ließ. Danach folgten trockenes Ödland, reglose gelbe Felsen, blankgemeißelte Klippen und eine Serpentinenstraße, die uns an die Bergwände drängte. Und nur ab und zu, wenn uns die Tunnel verschluckten, die in den Berg gegraben waren, legte ich eine Hand auf ihren Handrücken, strich über ihre Finger, die auf dem Schalthebel lagen. Bei jedem Aussichtspunkt hielten wir an, unsere Füße frästen durch Sand und Staub, klangen wie Trommeln eines Wüstenmarsches, außer denen nur geisterhafte Windböen rauschten. Keine Vögel, nur Stille. Und ein blauer See am Horizont.

Nilu fuhr mit offenem, wild flatterndem Haar, und sie überholte wild, wie eine Wahnsinnige. Ich konnte mich nicht entscheiden, ob das ihr Selbstzerstörungstrieb war oder ob sich so das Leben anfühlen sollte. Sie ließ mich auch hungern, bis wir drei Meter vor dem Ufer angelangt waren, beim besten Schischlikstand auf dem Kontinent. Wir saßen mit Pommes und Limo auf blauen Plastikstühlen, ein Akkordeon und eine Trommel spielten nur für uns zwei. Wie Kinder im Kindergarten aßen wir vorsichtig, um uns Lippen und Kinn nicht zu verschmieren. An einem verlassenen Strand abseits der Straße streifte Nilu ihr Rupusch – das Mantelkleid – und ihr Tuch ab und rannte in einem braunen Bikini mit zarten schmalen Trägern zum Wasser, zerrte mich mit, lachend: «Jetzt zieh dich schon aus.» Ich dachte, was für ein Glück, dass ich mir heute Morgen Gedanken über meine Unterhosen gemacht hatte. Doch dann ertappte ich mich, wie ich zum Kofferraum zurückging, meine Tasche öffnete und eine Badehose herausholte, schnell die Jeans hinter der Wagentür abstreifte und die Badehose anzog, ohne dass Nilu etwas zu sehen bekam. Ich war ein bisschen traurig. Aber dann standen wir auch schon zusammen in dem flachen, schäumenden Wasser, und es war eiskalt. Sie hüpfte wie eine Fee, wie eine kleine Meerjungfrau, fotografierte mich – nur ich bin auf dem Bild, vor einem Fächer aus Federwolken –, und sie sagte, dass sie meinen Bauch zu hübsch finde und die Berge zu groß, wir seien so winzig.

Wenn ich ein hübsches Mädchen sehe, bin ich traurig. So bin ich nun mal. Immer wenn etwas gut ist, habe ich wehmütige Gedanken. Und als Nilu sagte: «Erzähl mir was Interessantes, Kami», waren die einzigen Geschichten, die mir einfallen wollten, traurige. Geschichten, die überhaupt nichts mit mir zu tun hatten, die aber zum Beispiel in der Zeitung gestanden hatten. «Gestern», erzählte ich ihr also, «hatte ein kleiner Junge einen schweren Asthmaanfall. Seine Mutter rannte los, um das letzte Spray aus der Schublade zu holen, doch vor lauter Aufregung fiel es ihr aus der Hand und zersplitterte. Der kleine Junge starb.» Nichts zu machen, so war ich eben. Erzählte ihr schlimme Dinge, als würde das veranschaulichen, wie gut es uns dagegen ging.

«Was ist das mit diesen ganzen negativen Energien bei dir?» Sie lachte. «Ein Glück, dass du mich damit nicht schreckst.»

«Ich liebe die Verbindung zwischen fröhlich und traurig, denn die fröhlichen Dinge werden durch die traurigen nur verstärkt, erhalten Tiefe, oder nicht?»

«Du bist wirklich seltsam. Dein Sinn für Humor kommt bloß bei deprimierenden Geschichten zum Vorschein, und nur die Legenden über deine Tante stimmen dich romantisch.» So sagte sie es, worauf ich erschrak und dachte, vielleicht ist es besser, gar nichts zu erzählen, doch ich hatte Angst, sie zu langweilen. Aber dann sagte sie noch: «Das ist in Ordnung, ich liebe dich, so wie du bist.»

«Es ist nicht billig, ein Importauto mit 1300 Kubik zu unterhalten», beklagte sich Nilu später, «und wir kriegen nicht einmal das subventionierte Benzin vom Staat.» Doch die Küstenstraße war gerammelt voll mit einer Ausstellung von Statussymbolen, die reichen Städter fuhren in Mercedes- und BMW-Karawanen hinaus, um Zuflucht vor der verschmutzten Luft zu suchen. So wie wir. Die Zufahrten der wohlhabenden Siedlungen waren mit Kontrollschranken abgeriegelt, Tore und Zäune trennten die Blechbaracken der Bauern und Fischer und der einfachen Mazanderaner von den luxuriösen Ferienvillen, die reihenweise an den Ufern des Salzsees standen. Ich kämpfte mit mir, ob es unverschämt war zu sagen, dass das nicht gut sei, der Abgrund zu extrem, doch ich war schließlich zu Gast in ihrer Welt, welches Recht hatte ich also, beleidigend zu sein?

Nilu las in meinem Gesicht, und vielleicht war es ihr selbst peinlich, denn sie sagte: «Du musst verstehen, die Dorfleute hier sind sehr religiös, sie wollen keine Feriengäste oder Mädchen auf Tretrollern und Fahrrädern sehen, sie ziehen lieber Mauern hoch.»

Wir hielten bei einem kleinen Fischteich am Straßenrand und suchten uns Lebendware zum Abendessen aus. Dann fuhren wir in das Feriendorf Chaneh Daria, und dort, ganz am Ende der Anlage, wartete Nilus Traumschloss mit einem gelben Dach, weinroten Fensterläden und einer Holztür, wie ein Zuckerhäuschen aus dem Märchen, aber mit Palmen im Hof. Die große Veranda überblickte den Horizont – Russland, Aserbeidschan, Kasachstan, Turkmenistan, alle waren sie dort, irgendwo, und so verschieden. Auch das Schwarze Meer. «Ich hab den Eindruck, du würdest jahrelang schweigen», neckte sie mich, «wenn ich dich nicht dazu zwingen würde, manchmal zu reden.» Daraufhin sprachen wir über die Liebe, über ihre drei Schwestern, die alle traditionell – ohne Liebe – verheiratet worden waren. Es war zu bezweifeln, dass sie jetzt liebten. Und schon seit Jahren hatte sie keine von ihnen ohne ein Tuch auf dem Kopf gesehen, sie klammerten sich mit besessener Furcht daran, als könnten sie sich sonst selbst nicht erkennen. Ich war erstaunt. «Nach dem, was du mir erzählt hast, hat dein Vater auf mich den Eindruck eines gemäßigten Menschen gemacht», sagte ich. «Es ist nicht wegen ihm», korrigierte sie, «es war ihre Wahl, ihre eigene.» Sie taten mir leid.

Es gab getrennte Badestrände für Männer und Frauen und ein gemeinsames Schwimmbecken – Jungen in der Früh, Mädchen am Nachmittag –, doch Nachbarn, die sie nicht einmal kannte, luden uns ein, in ihrem Pool bei ihnen im Hof zu baden, gemischt.

Es waren Paare in unserem Alter dort. Die Luft war klar und warm. Als die Sonne verlosch, wurden bunte Cocktails an die Liegen gebracht, und wir schliefen beinahe zusammen ein, versucht, die Welt draußen zu vergessen. Für die Party am Abend kleideten wir uns gemeinsam an, das heißt, zuerst duschten wir getrennt bei halboffener Badezimmertür, und ich kam in meinen Boxershorts heraus und sie mit BH und Unterhose. Wir bedeckten uns zwar schnell, doch etwas ganz Besonderes geschah dabei – wir wurden ein Paar. Nilu hüllte sich in einen dünnen, schwarz-rosa Kimono, wobei sie darauf achtete, den Ausschnitt sehen zu lassen. Um die Taille band sie sich einen Gürtel, der den Stoff an ihren Körper presste. Auch das war bei uns verboten, enganliegenden Stoff zu tragen, doch das kümmerte sie natürlich nicht. Sie stach Stäbchen durch ihr Haar und steckte es hoch, wobei sich ein paar verführerische Locken an der Seite wie unabsichtlich lösten. Meine Hand war magisch davon angezogen. Und von ihrem Hals. Sie blieb lange auf dem Samtstuhl vor dem Toilettentisch sitzen, ließ mich sie mit dahinschmelzendem Blick anstarren. War sie weich mit harten Kanten? Oder umgekehrt? Ich war mir nicht schlüssig. Ich wäre gerne ihr Plüschtier gewesen, mit dem sie sich auf dem Teppich rollte. Ich wünschte, sie wäre ein Katzenjunges, hungrig nach Wärme, das sich allein fühlte mit all den Freunden, arrogant und berühmt, von denen sie umgeben war – und dass sie sich zu mir flüchten wollte. Ich dachte, dass Sex offenbar das zwanghafte Bedürfnis war, zu graben und freizulegen, mehr als die anderen zu sehen, zu wissen, dass man den geheimsten Kern von jemandem erreicht hat, von dem es schien, dass er nie herauszuschälen sei. Es war ein seelisches Bedürfnis, kein körperliches, ich wollte nicht glauben, dass wir einfach nur vom Körper diktierte Tiere seien.

Wir gingen zu einer lauten, überfüllten Strandparty. Geschminkte Mädchen, Jungen in Designer-Kleidung, Blicke wurden ausgetauscht, man aß und rauchte, ein Vulkan der Triebe, und Nilu begann sofort zu tanzen. Dutzende tanzten, aneinandergepresst, und ich drückte mich an Nilu, aber sie kam mir immer wieder abhanden, in den dunklen Winkeln zwischen den improvisierten Lampen, die den Sand erhellten. Doch sie warf mir Blicke zu und zwinkerte, vergaß mich keinen Moment. Ab und zu kehrte sie zu mir zurück und versuchte, mich mit Gewalt mit sich zu zerren, doch ich wollte nicht. Ich saß auf einem Stuhl im Abseits, beobachtete alles gespannt, sprach mit niemandem, und niemand sprach mich an. Ich redete mir ein, dass ich gute Gründe hatte, ein beleidigtes Gesicht zu machen, und schämte mich gleichzeitig, dass ich so war. Ein kleines Tablett mit Kokain tauchte aus einem Versteck hinter der Bar auf, eine Aufmerksamkeit der Gastgeber. Mein Herz klopfte vor Abscheu. Vielleicht auch vor Eifersucht.

Die Partygäste fassten einander an den Hüften und hüpften in einer Reihe wie eine Dampflokomotive, brüllten «ah-ha, miwa-wa!». Ich fühlte mich idiotisch. Wenn laute Musik dröhnt, kann man nie wissen, was kommt. Doch da kam Nilu mit zwei Gläsern Champagner und setzte sich auf meine Knie. Wir aßen Hamburger und hielten vor aller Augen Händchen. Sie lehnte sich an mich, legte ihren Kopf auf meine Schulter, und keine Augenbraue ging in die Höhe. «Wir sollten für immer so bleiben», schrie ich ihr ins Ohr. Lagerfeuer brannten bis zum ersten Morgengrauen, die Musik wurde dumpfer, und wir saßen aneinandergeschmiegt am Wasserrand. «Wenn du am Kaspischen Meer sitzt, denkst du sicher an zu Hause», sagte sie, «an Amir, deine Mutter, an euren Hafen.»

«Eigentlich denke ich gerade an Zahra», erwiderte ich, «es gibt Fotos von ihr, in einem Album, wie sie hier in der Königlichen Jagdhütte zu Gast ist. Der Schah traf sie und Arian auf einem Nouruzfest im Ballsaal des Saad-Abad-Palasts, und am nächsten Tag schickte er ein Privatflugzeug, um sie zu sich bringen zu lassen. Sie landeten in Ramsar. Ein Hoffotograf erwartete sie dort, dokumentierte Zahra unter einem Paar alter blauer Propeller und anschließend, wie sie in einem Hauskleid durch die Reisfelder hüpft, Hollywood-like. Ein Schwanz von Bediensteten brachte das junge Paar zum Grand Hotel, und am Abend dinierten sie mit dem Schah. Er war so an ihnen interessiert, dass er sie eineinhalb Tage lang nicht mehr gehen ließ, Zahra sogar eigenhändig fotografierte, auf den Felsen am Strand, an einem Wasserfall auf dem Weg nach Dschawardijeh, und er überschüttete sie mit einer Gastfreundschaft, die sonst Thronfolgern vorbehalten war. Und jetzt rennt Zahra in ihrer Wohnung dem Kater hinterher, damit er sich auf den Arm nehmen lässt. Alles ist vorübergehend.»

«Wenn alles vorübergehend ist, dann haben wir keine Zeit, wir müssen schnell genießen», erwiderte sie erheitert und streckte wieder die Hand aus im Versuch, mich auf die Tanzfläche zu ziehen.

«Ja, aber um zu genießen, muss man vergessen, dass alles vorübergehend ist, und ich bin ganz schlecht im Vergessen.»

«Aber das Vorübergehende macht jeden Augenblick viel erregender.»

«Dazu bin ich nicht fähig, ich lebe nicht so.»

«Ach ja, ich habe es dir noch gar nicht erzählt, ich habe ein Angebot erhalten, in den Vereinigten Staaten Rennen zu fahren. Das erfordert, dort zu wohnen, in Texas, für mindestens zwei

Jahre.» Sie berichtete das ganz beiläufig, als hätte ich nichts damit zu tun. «Was ist los, Kami, bist du beunruhigt?»

Ich schwieg. Ich sah, wie vergeblich alles war, ich würde zurückbleiben mit dem Bedauern, dass überhaupt etwas gewesen war. «Glückwunsch», sagte ich laut, «und fährst du?» Dabei strengte ich mich an, meinen Stimmbändern einen kaltblütigen Klang zu verleihen.

«Hast du schon Angst, mich zu verlieren?» Sie lächelte.

«Im Ernst, das klingt doch traumhaft, das lohnt sich für dich.»

«Ich glaube, ich bleibe.»

«Nein, warum, du wirst das Gefühl haben, etwas versäumt zu haben, wenn du hier bei uns bleibst.»

«Wegen der Karriere? Ja, das ist ein Versäumnis, es gibt kaum ein größeres, aber es werden noch eine Menge Versäumnisse in der Zukunft folgen.»

«Wieso verzichtest du dann?»

«Ich liebe es, hier zu leben. Es geht mir gut.»

Ich streichelte ihren Oberschenkel, damit sie begriff, wie froh ich war, aber ich bemühte mich, sachlich zu bleiben. «Du hast recht, wenn die Guten den Iran verlassen, wer wird ihn aufbauen? Das ist unser einziges Zuhause, im Guten wie im Schlechten. Schau dir an, wie in der letzten Zeit sogar Leute, die von hier weggegangen sind, die überall im Ausland Geld gemacht haben, plötzlich zurückkommen, privatisierte Firmen kaufen und Geschäfte mit dem Regime machen, vor dem sie geflohen sind.»

Nilu blickte mich mit einem vieldeutigen Lächeln an, das ich nicht zu interpretieren vermochte, vielleicht dachte sie im Stillen, du lieber Gott, wie naiv dieser Junge ist, oder sie war von meiner Argumentation gelangweilt. Schnell schlug ich eine andere

Richtung ein: «Ich würde mich freuen, wenn du bleibst, es wäre schade, dich nicht hier zu wissen, nur übers Internet etwas von dir zu haben.» Und sie wirkte zufrieden, als habe sie das gehört, was sie zu hören erwartete, und sei nur in dieser Ecke ihres Herzens an der Unterhaltung interessiert. Doch als wir für einige Minuten verstummten, heiser vom Kampf gegen die wummernden Bässe, blieb ich verstört. Von ihrer Seite aus war es doch nicht logisch dazubleiben, auf den Traum zu verzichten, es war dumm. Durch siebzehn Rennen hatte sie sich hier seit ihrem Sieg in der Rallye durchgebissen, sechsmal auf der Tribüne gestanden, fünfmal auf dem ersten Platz, bald würden ihr die Herausforderungen ausgehen. Es war an der Zeit durchzustarten. Nach oben weiterzuklettern, solange das Feuer in ihr noch brannte. Denn wer war schon ehrgeiziger als sie? Irgendetwas passte da nicht zusammen. Vielleicht gefiel es ihr allzu gut, ein Symbol zu sein und Grenzen zu sprengen. Vielleicht war sie süchtig nach Machtkämpfen, und es war ihr recht, dass es hier so schwierig war, vielleicht fühlte sie sich bei diesen Schlachten sogar besser als im Auto auf der Rennbahn, es gab ihr jeden Morgen die Gelegenheit zu einem Frontalzusammenstoß, auf der Stelle getötet zu werden und mit größtem Fanatismus erneut auf die Füße zu fallen. Es war nicht fair, dass ich so über sie dachte.

Den Großteil der Nacht dachte ich allerdings an Brüste. Ich sah eine Menge davon um mich herum, sie hüllten mich die ganze Zeit ein; augenfällig, wenngleich verborgen. Ich liebte das. Und sie waren schön. Die offenen Blusen, die leicht von einer Schulter glitten, der großzügige Ausschnitt – sich anschmiegen, sie anbeten musste man. Weshalb sollten sie nicht in ihrer ganzen Schönheit zu sehen sein? Große, kleine, stehende, hängende, die Sinne liebten sie alle. Und aufgerichtete Brustwarzen besonders.

«Das Kaspische Meer ist ziemlich verschmutzt», sagte ich zu Nilu, um von meinen umherirrenden Blicken abzulenken. «Abwässer, Chemikalien, es ist traurig.» Ich wollte die festen Brüste eines Mädchens, ich wollte die reifen Brüste einer starken Frau. Vor allem wollte ich Brüste, die nicht perfekt waren, nicht völlig symmetrisch. Echt wie die Adamstöchter, die sie trugen. Was ist so hinreißend an der Berührung zweier hängender Hautsäcke mit Brustwarzen? Ein unerklärliches Vergnügen. Ich konnte mich nur hypnotisieren lassen in dieser Nacht am Strand, von den Formen und Bewegungen, von der Kälte und den Blicken, fähig, wahnwitzige Dinge zu tun, mir jedoch auf die Lippen zu beißen und im Rhythmus der Herzschläge zu atmen. Sie gingen an mir vorbei, Mädchen, die sich ihrer Macht bewusst waren, sie machten mich verrückt, in Stiefeln und schwarzen Strümpfen, streiften mich wie aus Versehen, wegen des Gedränges. Wenn Amir diese Dinge gesehen hätte, dachte ich, wenn er sie nur ein einziges Mal gesehen hätte, würde er seine Experimente und den Unsinn aufgeben, mich anrufen und brüllen: «Ich komme, ich bin sofort mit dabei!» Und vor lauter Brüsten hörte ich auf, mich vor dem ersten Mal zu fürchten. Ich würde wissen, was zu tun war, wie ich in sie eindringen, wie ich in jedes Stückchen ihres Körpers beißen würde. Jemand schrie: «Dance ist meine Religion!» Und ich konnte nicht länger warten, ich musste einfach, füllte meine Lungen mit der feuchten Luft und stand auf, zog sie an der Hand und sagte: «Komm, ich muss mit dir allein sein.» Nilu strahlte. Und wir rannten los, Hand in Hand, zwischen den verstreuten Körpern auf der Düne, rannten selig zu unserer privaten Zuflucht. Nilu führte mich ins Bad und drehte den Wasserhahn auf, dimmte das Licht und zog mich aus. Ich küsste sie heftig, damit sie mich nicht zu genau ansehen und meine Makel entdecken würde. Ich zog sie aus, und wir küssten uns unaufhörlich, bis das Wasser schon kalt geworden war. Sollte ich die Zunge in sie hineinstecken? Oder ihre Zunge zu mir ziehen? Sollte ich kreisen und sie innen verrückt machen, oder war es besser langsam? Wie konnte man das wissen? Meine Hände waren kaum zu bändigen, suchten fieberhaft danach, was ihr gefiel, befürchteten, nicht zu treffen, wollten jedem Streifen der duftenden, schweißüberströmten Haut Linderung verschaffen. Irgendetwas würde ihr schon gefallen.

Wir waren nicht müde. Nur benebelt. Wir lagen hingegossen auf den tiefen grauen Teppichen zu Füßen des Bettes, spähten aus den großen Fenstern hinaus, bis sie ihre Brüste an die beschlagene Glasscheibe quetschte, damit die Welt es sähe. Ich ließ meine Zunge über ihren Körper gleiten, und als ich ihr eine Hand auf den Bauch legte, war die Haut heiß, sie kochte, es schien, als sei das ein Zeichen, dass es eine Verschmelzung zwischen uns gab, eine chemische Reaktion, im Blut, im Herzen, und es funktionierte, war nicht mehr beängstigend, das war die wahre Sache. Wir fielen auf die weißen Laken, unter die frostige Klimaanlage, und wärmten uns. Die ganze Zeit über versuchte ich, Erfahrungen zu sammeln, für meine Erinnerungen. Ich war verzaubert. Und dann kam ich. Bevor ich kam, tanzten noch Bilder von der Strandparty vor meinen Augen, Gesichter, die mich anstarrten, mich anschrien, zu schlechter Musik, ich versuchte, gegen sie anzukämpfen, sie sollten verschwinden, doch vergebens. Als ich kam, legte sich der Lärm mit einem Schlag und auch die Anspannung. Und dann sammelte ich mich und leckte Nilu atemlos.

Ich ging, um mir das Gesicht zu waschen, stützte mich keuchend auf die Marmorablage. Ich blickte in den Spiegel und sah ein Löwenjunges, das lernte, zum ersten Mal durch die Luft zu springen, und entdeckte, wie grandios das Leben war. Ich wollte lachen oder brüllen, das war mein Höhepunkt. Ab jetzt musste ich unbedingt eine ganze Serie solcher befreienden Höhepunkte haben, die mich entluden. Ich war ein Erfahrungssammler. Das war es, was ich immer wollte. Mein Lächeln jetzt war nicht die wohlbekannte Anspannung der Muskeln, mit der ich versuchte, einer Frau zu gefallen, einen Freund zu bestärken oder jemanden zu beschwichtigen, diesmal war es ein ganz schlichtes, echtes Lächeln von der Sorte, die ich schon längst, seit ich vielleicht fünf war, für unwiederbringlich verloren gehalten hatte. Es bemächtigte sich meines Körpers, drang tief und befreiend in die Blutbahnen, bis es überquoll und mich nur noch die Lust überfiel, auf dem Boden zusammenzubrechen vor lauter Lachen und mich in einem Glücksstrom aufzulösen, denn alles in mir kitzelte und rieselte, und die Welt um mich herum war leuchtend und bunt. Ich rannte ins Bett zurück und wälzte mich in Liebe und Ganzheit. Es wird schön für sie sein, den ganzen Morgen in meinen Armen zu schlafen, dachte ich, und ich werde sie hingebungsvoll streicheln, mit zart kratzenden Fingernägeln. Und wenn sie doch beschließt zu fliegen? Auch gut, nur keine Aufregung, ich werde mitkommen, werde der Regierung die Bürgschaft zahlen, werde mich verpflichten zurückzukommen, aber ich werde nie zurückkehren, ich werde mich in Amerika zum Studium einschreiben. Ein internationales Paar. Was war schlecht daran? Sie schlief auf mir ein. Und auch ich schlief, wobei ich hin und wieder die Augen öffnete, um mich zu vergewissern, dass sie es bequem hatte. Wenn Amir gewusst hätte, wie gut das neue Leben war, er hätte schleunigst sein Mobiltelefon zur Hand genommen und eine SMS geschickt: «Mein Freund, ich komme sofort, halt mir einen Platz frei, nimm mich mit zu Partys, mach mich mit Mädchen bekannt.» Um zwölf Uhr mittags fuhr ich hoch, um mir die Zähne zu putzen, und kehrte dann in unsere Umarmung zurück.

Das Schlafzimmer war der prächtigste Raum im Haus. Es gab ein holzverkleidetes Jacuzzi, einen kleinen Kühlschrank und zwei Waschbecken im Bad, vor denen wir standen und uns das Gesicht gemeinsam wuschen, wie zwei kleine Kinder, die verheiratet spielten. Wir wären imstande gewesen, nie mehr hinauszugehen, in dem Refugium zu bleiben, das ein Spiegelbild meines Herzens war. Ein schwarzes Ledersofa, auf dem man sich gerne räkelte, weiße Vorhänge, in denen Nilu sich nackt einrollte und über die sie strich, als wären sie transparenter Samt. Sie sah aus wie eine Göttin. Doch was war, wenn diese Nacht für mich Bedeutung hatte und für sie nur Sex war?

«Wie warst du als Kind, mein kleiner Kami?», fragte Nilu.

«Ich weiß nicht.»

«Was heißt, du weißt nicht? Erzähl schon, sei nicht so schüchtern.»

«Gefährlich, wenn ich erzähle, was für ein Schwachkopf ich war. Du wirst doch nicht davonlaufen, Nilufar Chalidian?»

«Ich verspreche, es nicht zu tun. Je erbarmungswürdiger und trauriger, desto schneller falle ich über dich her.»

«So traurig auch wieder nicht. Ich glaube, ich war vor allem einsam. Meine Mutter war enttäuscht, dass sie im reifen Alter einen Sohn bekommen hatte, der nicht aus dem Haus ging und keine Freunde einlud. Den man mit Gewalt zu Freunden bringen muss, der dann heult und fleht, man solle anrufen und Mama holen. Er macht keinen Sport, schwimmt nicht, liest nicht, interessiert sich für nichts, nur für seine Träume. In meinen Träumen war ich allerdings schrecklich neugierig. Ich liebte es, mit meiner Mutter zusammen zu sein, und ich liebte es, allein zu sein. Wenn sie mich hinausschickten, war ich beunruhigt, was würde passieren, wenn ich zum Beispiel aufs Klo müsste und nicht zurechtkäme, oder wenn ich etwas essen wollte und nichts da wäre, was ich mochte? Und was wäre, wenn sie vergessen würden, mich rechtzeitig zurückzubringen? Oder vielleicht würde ich den Weg nicht finden. Ich bin lieber gar nicht hinausgegangen. In meinem Zimmer schwang ich mich vom Fensterbrett zu Flügen in die Weiten der Galaxis oder der Geschichte auf, löste Probleme, internationale Krisen, wissenschaftliche Versuche, ich hatte viele Ideen, denn das Draußen war schön genug in der Phantasie, ich wollte nicht hinausmüssen. Ich mochte es auch nicht, mich anzuziehen, Kleider und Schuhe waren beengend. Und ich wollte niemanden an meinen Gedanken oder an meinem Schmerz teilhaben lassen, denn ich wollte niemanden verletzen. Ich habe dir ja gesagt, ein schwachköpfiger Junge. Ich liebte unser Haus. Es war ganz weiß. Nur die Dachziegel waren in verblichenem Grün und die Fensterläden aus hellem Holz. Im ersten Stock gab es einen kleinen Balkon auf bogenförmigen Säulen, der mir immer wie die Galerie in einem Königspalast erschien. Im Hinterhof war ein Garten mit Obstbäumen, die sich nie richtig akklimatisierten. Die Granatäpfel waren schal, die Orangen bitter, die gelben Äpfel zu klein, und die Feigen vertilgten die Vögel, noch bevor es uns gelang, sie zu probieren. Am Zwetschgenbaum hingen keine Zwetschgen, sondern er beherbergte ein Vogelnest. Nur die Pecannüsse prasselten immer wie schwerer, salziger Regen ins Gras. Vor der Küche hatten wir einen reichhaltigen Kräuter- und Gemüsegarten angepflanzt, mit Pfeffer und Basilikum, Minze, Rettich,

Petersilie und fetten Tomaten. Anfang letzten Jahres habe ich auch Auberginen, Erdbeeren und Kürbis dazugesetzt. In den Beeten auf der Vorderseite blühten Rosen, weißer Jasmin, Dahlien und Geranien, Löwenmäuler und Veilchen. Meine Mutter war ständig damit beschäftigt, die Böden der Küche und des Gästezimmers zu schrubben, und ich warf immer ein bisschen Essen hinunter und aß es dann vom Boden, um zu beweisen, dass es bei uns in der Küche zu sauber war. Als wir uns kennenlernten, Amir Teimuri und ich, waren wir hauptsächlich Telefonfreunde, obwohl er nebenan wohnte. Bis er mir in der achten Klasse erzählte, er habe Reste von einem unidentifizierten Objekt gefunden, allem Anschein nach ein Spionageraumschiff der Amerikaner oder von Außerirdischen, beim Hotel Teheran hinter der Tejarat-Bank, und sagte, er brauche eine zweite Meinung. Ich nahm das Fahrrad meiner Schwester Nasi und fuhr zur Aufprallstelle, um Bruchstücke eines alten Motors einzusammeln. Von da an schloss ich mich nachmittags in meinem Zimmer ein, mit Broschüren, die ich aus der Bücherei geliehen hatte, und versuchte, etwas über Motoren zu lernen – Vergaser, Ventile, Zünder, Kompressor, Auspuff. Alles für Amir. In den Abendstunden fuhren wir immer durch die Stadt, Amir und ich, flogen durch die Viertel, den Hafen, die Lagune, suchten nach verdächtigen Metallteilen. Meiner Mutter gefiel es, man sah es ihr an, endlich bestand eine Aussicht, dass ich mein Leben nicht als Einsiedler beenden würde. Sie kaufte mir das modernste Fahrrad in ganz Anzali und brachte einen Onkel dritten Grades vom anderen Ende der Stadt her, um mir zweimal die Woche etwas über Motoren beizubringen. Er sagte, ich hätte zwei linke Hände, aber meine Mutter sah stolz aus, und mein Vater rief mich immer, komm, kleiner Mann, zeig mir, was du heute gelernt hast, und dann lauschte er meinen höchst verwirrenden und überflüssigen Erklärungen, umarmte mich, kitzelte mich am Bauch und sagte, du meine Güte, so etwas hab ich noch nie gesehen, ein Profi bist du, in einem Jahr machst du eine Autowerkstatt auf. Aber das war nicht das, was ich wollte. Die Abendausflüge wurden länger. Ich genoss die kühle Luft der Dunkelheit, zu sehen, wie die Läden schlossen, die Bürgersteige nur mit einer Handvoll müder, eiliger Passanten bevölkert. Auf dem polnischen Friedhof versteckten wir eine Sammlung von Ersatzteilen, und wir wussten schon, dass wir ein Holzboot oder ein Floß finden mussten. In der zehnten Klasse wollte ich mich endlich wie ein Mensch fühlen. Es war nicht so, dass ich mich nicht mehr gern abschottete, ich blieb weiterhin meist für mich, versuchte mit der Zeit jedoch, mich auf zufällige Gespräche mit jedem einzulassen, der gerade vorbeikam. Sie sollten mir etwas Trauriges, etwas Geheimes und etwas Romantisches erzählen. Ich habe eine Menge gehört, aber ich bin immer gierig nach mehr geblieben. Und wenn ich manchmal gescheitert bin, wurde meine Welt vollkommen schwarz. Dann war ich traurig.»

Wir lagen nackt da, Nilufar und ich. Es wird keine Tage mehr wie heute geben, dachte ich, aber ich darf nicht glauben, dass es sie nicht geben wird. Wir schlossen die Augen und ließen uns treiben, vereinzelte gelbe Lichtstrahlen schlängelten sich herein, trügerisch rotes Licht sickerte durch die Ränder der geschlossenen Fensterläden. Sie streichelte meine Locken und schlug vor: «Vielleicht rasieren wir dir den Kopf?» Ich nickte, denn wir waren verzaubert, und ich wollte ein blankes, nacktes Küken für sie sein. Sie zog die Klinge über meinen Schädel, streichelte die graue Haut, die zum Vorschein kam, küsste sie sogar. «Du siehst aus wie ein amerikanischer Soldat», lächelte sie.

«Aber jetzt, wo die Locken weg sind», erwiderte ich, «lenkt nichts mehr den Blick von meiner zu spitzen Nase ab.»

«Nein, der Blick fällt jetzt direkt auf deine vollen Lippen, das ist gemein!», antwortete sie und küsste mich.

«Ich habe beschlossen, eine internationale Petition zu starten», sagte ich. «Erlaubst du es mir?»

«Zugunsten gemeiner Kahlköpfchen mit spitzer Nase?»

«Für Nilufar Chalidians Autorennen!»

«Wieso das denn?», fragte sie erschrocken.

«Weil ich möchte.»

«Ich will nicht, dass du irgendetwas Gefährliches anfängst», sagte sie und rückte ein bisschen ab.

«Das ist im Internet, Nilu, das wird nicht gefährlich. Ich habe nachgedacht. Ich werde es ‹Mauer der Gleichheit› nennen. Das heißt, wenn das für dich nicht blöd klingt. Wir werden Unterstützer in aller Welt sammeln, an Persern mangelt es nirgends. Sie werden demonstrieren, nicht wir. Wir werden die Spuren verwischen. Wir rufen sie dazu auf, die Zentralen zu überschwemmen, per Telefon, Post, Fax, Mail, um die Mullahs wahnsinnig zu machen, bis sie ein solches Loch im Kopf haben, dass sie dir genehmigen, bei den Rennen der Männer anzutreten. Du wirst sehen, es wird internationaler Druck entstehen, sogar wenn er symbolisch ist, Hauptsache, es gibt ihn. Es fehlt nicht an gelangweilten Leuten auf der Welt, die für jemanden wie dich mit Freuden den ganzen Tag mit dem Telefonhörer in der Hand dasitzen werden.»

«Du bist echt peinlich», kicherte sie und vergrub ihr rosiges Gesicht in einem tiefen Kissen, legte beide Hände über ihren Kopf und stieß ein langes Jaulen aus. «Und du bist verrückt», sagte sie dann und lachte vor Aufregung. Es traf mich mitten ins

Herz, wie schön sie war. So viele Dinge hatte Nilu im Leben gesehen, nie hätte ich gedacht, sie jemals wegen mir so aufgeregt zu erleben.

Für den Rest des Tages waren wir Nudisten, und alles schien perfekt. Als wir am Abend wieder über die Bergstraße zurückkurvten, spürte ich einen Schatten vorüberstreifen. Morgen, in der Uni, würde sie wieder ganz in Schwarz sein, nur ihr blasses, elliptisches Gesicht würde herausleuchten, und die eingezwängten Handflächen würden sich herausschlängeln, ein demonstratives Schwarz, und nur ich würde wissen, was darunter war. Es war traurig zurückzukehren. Die Radiostimmen nagten an uns. Nachrichten: Ajatollah Jafar Saburi aus Kaschan fordert dazu auf, sich heute Nacht der öffentlichen Verbrennung von Schachbrettern infolge des gesetzlich erneuerten Verbots des korrumpierenden Spiels anzuschließen. Der Referent des Präsidenten für moralische Angelegenheiten erinnert daran, dass es strengstens verboten ist, Hunde auf der Straße auszuführen. Die Aufzucht von Hunden sei eine korrumpierende westliche Handlung. Jemand, der sich solcherart versündigen wolle, sei dazu genötigt, dies in seinem privaten Haushalt zu tun, ohne die Gefühle der Gläubigen zu verletzen. Die Polizei habe Anweisung, zur Durchsetzung der Ordnung und des Gesetzesvollzugs tätig zu werden. Nilu schnaubte verächtlich und wechselte den Sender. Ein BBC-Magazin auf Persisch, Blabla-Geschwätz, Gespräche mit wütenden Zuhörern, wir hätten das Schachspiel erfunden, und Polo und Backgammon und Poker. Wir sind Perser, wir sind das älteste Königreich der Welt, ein Reich kultureller und religiöser Toleranz. Vor tausend Jahren hatten wir einen Dichter, der die persische Sprache wiederbelebt hat. Wer sonst hatte einen Poeten wie Firdausi? Wir sind keine Araber, bei ihnen gab es vor dem Islam nichts als Barbarei. Nilu versank in Gedanken, und ich fragte mich, was wird die Zukunft bringen, was kann man tun, doch die Antwort, die ich mir selbst darauf gab, hallte in meinem Kopf wider: Nichts, ich kann absolut nichts ändern.

Als ich in die Wohnung zurückkehrte, riss Zahra die Augen auf und trat zu mir, um mir über den geschorenen Schädel zu streicheln, sie ließ ihre kalte Handfläche über die kurzen kratzigen Stoppeln gleiten, doch ihre Augen nagelten mich fest. «Du ähnelst so sehr deinem Onkel, Allah möge sich erbarmen, du bist ein kleiner Arian.»

«Es tut mir leid, das habe ich nicht gewusst.»

Sie insistierte. «Nein, das braucht dir nicht leidtun, das ist die Natur, die uns irreführt.» Und dann holte sie den verbotenen Wodka und schenkte uns zwei Gläser davon ein.

Ich wollte kein Gespenst für sie sein.

Am Mittag sehnte ich mich nach der Nacht

◆ ◆ ◆

7

◆

Dann kam Amir für einen Tag in die Stadt. Er hatte eine Mitfahrgelegenheit im Getreidelaster von Ali Ratscha vom Markt erwischt, und am Mittag klopfte er an Zahras Tür. Wir standen einander gegenüber, wussten nicht, was wir mit den unbeholfenen Gliedern in diesem emotionsgeladenen Augenblick anfangen sollten. Ich schnappte ihm den kleinen Rucksack weg, warf ihn ins Zimmer, und wir stürzten uns sofort die Treppen hinunter, wer als Erster ankäme. Amir siegte. Er zwängte eine Münze in die gelb-blaue Sammelbüchse für die Armen auf Herrn Nadschafians Ladentheke, und dann verloren wir uns in den heißen Gassen, die uns nach Süden zogen. «Es ist gar nicht typisch für dich, spontan zu sein», sagte ich, «vielleicht tut dir die Sehnsucht gut.» Es gäbe so viel zu berichten, dachte ich, doch eine einzige Frage blockierte meine Gedanken, ich wollte ganz verzweifelt wissen, ob er bleibt.

Ich versuchte vorzufühlen, stieß einen langen, erschöpften Seufzer aus und fragte: «Erklärt mir mal, Amir, du und deine Ajatollahs, warum ist es mir verboten, kurze Hosen in dieser Hölle anzuziehen?» Und ich verfluchte die klebrige Feuchtigkeit, gegen die sogar die tiefhängende Wolkenschicht nichts half. Amir lächelte und schwieg. Er wirkte angespannt. Ich hängte mich an seine Schulter, zauste seine wilde, strubbelige Haarmähne, kaute kurz an meinen Lippen und rief: «Ich hab dich vermisst, kleiner Ajatollah!» Er lächelte verlegen, wie ein kleiner Junge.

«Also was», fragte ich, «ist es dir schon vergangen, die ganze Sache?»

«Nein», antwortete er hilflos, zog die Augenbrauen hoch und streifte mich mit einem unruhigen Blick.

«Wann vergeht es dir denn dann?»

«Warum ist das so dringend für dich?»

«Weil ich dich hier bei mir haben will.»

Er zuckte die Achseln, ich war nicht überzeugt, dass er mir glaubte. «Es gibt auch alle möglichen Dinge, die ich dir gerne erzählen würde», reizte ich ihn, «aber ich bin mir nicht sicher, ob ich das kann.»

«Was zum Beispiel?», fragte er bestürzt. Und schon hatte ich das Gefühl, dass ich ihn verletzte, noch bevor ich überhaupt etwas erzählt hatte. Es war schwierig zu entscheiden, was von all den Geschichten ihn am wenigsten bekümmern würde.

«Was verheimlichst du?», wollte er wissen.

«Das ist egal. Nicht egal ist, dass ich Amir Teimuri zurückhaben will.»

Mit sechzehn brachen wir einmal in ein Trainingslager des Zivilschutzes auf. Erste-Hilfe-Übungen, in die Schutzräume hinuntergehen, und dann, am Schießstand, ohne Absicht, entwischte mir aus Versehen eine Kugel aus der Kalaschnikow, die Amir in den Hintern traf. Er weinte, obwohl es nur eine Platzpatrone war. In jener Nacht standen wir am Wachturm auf Posten, und er rupfte die ganze Zeit an seinem Verband und wollte wie üblich von unserem Flug nach Thailand phantasieren, das mache gute Laune, wobei er natürlich praktisch dachte. «Wir müssen unsere Eltern überreden», sagte er, «versprich mir, dass wir fliegen, sobald wir Geld haben.» Ich sagte, das sei noch zu weit weg für Versprechungen, und er war bestürzt. Was für eine Einstellung ich mir denn plötzlich zugelegt hätte? Nichts sei zu weit weg für Versprechen. Minutenlanges Schweigen, und dann erzählte ich ihm, dass ich beschlossen hatte, mich selbst zu prüfen. Dass ich alles Mögliche läse, allein lernte, herauszufinden versuchte, ob ich das, was ich war, nur aufgrund dessen war, weil ich dort geboren wurde, wo ich geboren worden bin, oder ob ich versuchen müsste, das Recht des freien Willens zu nutzen und für mich allein zu entscheiden. Und wenn ich ein Moslem war, dann warum, und was hieß das, bezüglich der Werte? Ich musste es verstehen, vielleicht sogar selber ordnungsgemäß tun, bis zum Ende. Und wenn ich keiner war, dann war es besser, das zu wissen und etwas anderes zu werden. Amir war überrascht. Wir gingen zum Zelt hinunter, und ich zog aus dem Rucksack einen Band mit Chomeinis Briefen, er blätterte darin und lachte. «Es gibt zu viele Seiten über Sex, anscheinend bin ich einfach geil, vielleicht kommt das von diesen religiösen Gesetzen», spottete er. «Ist es dem Menschen erlaubt, ein Huhn zu essen, nachdem er sexuelle Beziehungen mit ihm hatte? Nein, und auch seiner Familie nicht, aber den Nachbarn zwei Häuser weiter ist es ganz entschieden gestattet. So steht es geschrieben.» Er zog noch ein Buch aus der Tasche und fing an, mit lauter Stimme daraus vorzulesen, tat vollkommen ernst, erging sich im Kommentar eines Imams, der bestimmte: «Wenn ein Mann und eine Frau in einem Stockbett schlafen, und es gibt ein Erdbeben, und der Mann fällt hinunter, und es kommt unabsichtlich ein Säugling dabei heraus, ist der Säugling legal.» Wir konnten beide nicht mehr zu lachen aufhören. So ging es die ganze Nacht. Aber ich bat Amir, meine inneren

Konflikte zu respektieren, bis ich die Entscheidungen getroffen hätte. «Du brauchst dich nicht groß aufzuregen», entschuldigte ich mich, «das ist einfach so eine Phase, vielleicht eine Identitätskrise. Was ist schlimm daran, alles ein bisschen zu hinterfragen? Ein ungeprüftes Leben ist nicht lebenswert. Sokrates», deklamierte ich mit einem Lächeln, und Amir war beruhigt. Er war bereit, mir Zeit zu lassen. Es dauerte zwei Monate, bis ich es überstanden hatte. Nur zwei kurze Monate. Und nun, wie seltsam die Wege doch waren, hatten wir, zwei Jahre später, die Seiten getauscht.

Um uns herum wechselten die Gesichter der Stadt, lärmende Marktansichten und arme Schwerarbeiter, Menschen, die sich in den achtziger Jahren an Chomeinis Versprechen gehängt hatten, an die der Reformisten in den Neunzigern, von Ahmadinedschad im neuen Jahrtausend, Führer um Führer gewählt hatten, immer unter der Prämisse des Versprechens auf Gerechtigkeit. «Mir scheint aber nicht, dass es hier Gerechtigkeit gibt, oder, Amir? Was folgt also daraus?», stichelte ich.

«Ich bin der Partei beigetreten», sagte er.

«Was?»

«Ich bin der Partei beigetreten.»

«Welcher Partei? Der Wassermelonenpartei des Herrn Ali Samimi?»

«Der Abadgaran», antwortete er und wappnete sich.

«Abadgaran? Das Bündnis der Erbauer des Islamischen Irans? Die Partei des verehrten Präsidenten?»

«Die Partei des Volkes.»

Mir entfuhr ein kurzes Lachen. «Das kann nicht dein Ernst sein, ich hoffe sehr, dass du mich auf den Arm nimmst.» Ich blickte zum Himmel, in der Hoffnung auf ein Wunder, das mich verstehen ließe, was ich mit dieser lächerlichen Information anfangen sollte.

«Akzeptiere meine Wahl, es ändert nichts an unserer Freundschaft.»

«Und wenn du in einem Monat mit geschwellten Muskeln hier antanzt und mir erzählst, dass du dich den Basidschis angeschlossen hast, ändert das auch nichts an unserer Freundschaft? Vielleicht hättest du dann gern, dass wir zusammen auf dem Motorrad in der Stadt herumfahren und mit Stöcken Frauen verprügeln, deren Kopfbedeckung in deinen Augen nicht züchtig genug ist?»

«Kami», versuchte er mich zu beschwichtigen, «ich will dich nicht verlieren», und fasste mich am Nacken.

«Das wirst du nicht», versprach ich ihm, doch sicher war ich mir nicht dabei, denn auf der dröhnenden Straße, die wir in einer Rußwolke entlangmarschierten, trennte uns nur ein kleiner Schritt, aber ich sah schon, wie sich Risse auftaten und zu einem gähnenden Abgrund wurden, der die abbröckelnde Erde verschlang, uns keine Chance mehr ließ, die verschiedenen Ufer unserer Leben noch zu überbrücken. Ich wollte ihm die Hand reichen, doch ich war nicht dazu in der Lage. «Ich werde auf dich warten, bis du dich gefunden hast», sagte ich.

«Komm, wir suchen uns etwas zu essen, das dich an daheim erinnert», rief er plötzlich und übernahm mit einem Mal die Führung, rannte entschlossen über die Kreuzungen der Stadt, die er nicht kannte. Er ließ keine Zeichen von Schwäche oder Zweifel erkennen, er wirkte sogar merkwürdig heiter. Und obwohl ich keinen Appetit hatte, ließ ich mich von ihm mitschleppen und blickte in den Himmel, in die graue Luft, hoffte auf eine überraschende Wendung, die uns vor der Sackgasse retten würde.

Wir setzten uns in ein Azari-Restaurant und verkreuzten die Beine auf den Holzbänken, die mit einer bunten Teppichschicht und weichen Kissen bedeckt waren. Ein Instrumentalensemble spielte auf einer kleinen Bühne, und man musste schreien, um sich zu unterhalten. Ein Kellner füllte den Tisch mit allen Speisen auf einmal. Choreschte bademdschan, ein Auberginengericht mit Lammkeule, flaches Tabrizi-Brot mit Panir aus Schafsmilch und sämtlichen Beilagen, Joghurt, weißer Reis, aufgeschnittene Gurken und Sabzi, ein Tellerchen mit frischen Kräutern, Basilikum, Koriander, Bockshornklee, Estragon, und Zitronensaft. Ich war überhaupt nicht hungrig.

«Warum redest du nicht?», fragte Amir.

«Ich denke an ärgerliche Dinge.»

«Denk laut», beschwerte er sich, «seit wann hast du Angst, dich mit mir zu streiten?»

«Es lohnt sich nicht, Amir.»

«Was? Sag es. Meinst du, ich bin blöd? Vielleicht bin ich ja wirklich blöd, aber mir geht es gut dabei, warum kannst du dich also nicht für mich freuen?»

«Ich weiß, dass du nicht blöd bist, das ist das Problem.»

«Du denkst, dass ich über dich urteile? Dass ich von dir erwarte, ein anderer zu sein, als du bist, dass du dich änderst? Nein, Kami, ich schwör's dir, das tue ich nicht.»

«Ich denke an Zahra. Sie liegt mir am Herzen. Ich frage mich, womit sie das verdient hat, dass die Islamische Republik eines Morgens plötzlich beschließt, dass Frauen nicht singen dürfen. Du hast offenbar eine Menge Antworten, aber ich habe nur Fragen.»

«Auch ich habe keine Antworten, ich suche sie.»

«Ich frage mich, Amir, wenn es einer Frau verboten ist zu singen, warum ist es ihr dann in einem Chor erlaubt, wo bleibt die Logik? Ich frage mich, ob das in deinen Augen eine Logik hat, dass ein neunjähriges Mädchen hier mit einem Hidschab verhüllt herumlaufen muss. Reizt sie dich sexuell? Gefährdet sie die Moral der Ajatollahs?»

Er schwieg. Wenn ich recht habe, und er weiß, dass ich recht habe, schweigt er, dachte ich. Und ich konnte mich nicht beherrschen, ich wollte wieder und wieder auf ihn einschlagen, ich spürte einen schwelenden Brand in mir, der ausbrechen musste, und ich sagte: «Um Himmels willen, erklär's mir bitte, ich will es wirklich wissen, warum ist es Frauen verboten, Motorrad zu fahren? Fürchtet ihr, dass ihnen das Vibrieren des Motors zu gut tut? Denn Fahrrad dürfen sie ja schließlich fahren, wobei mir scheint, dass ihr vielleicht auch das besser verbieten solltet. Es ist schon lange kein neues Verbot mehr verhängt worden. Komm, wir schlagen das vor, eine Fatwa in Sachen Fahrrad, ich liebe eure Gesetze. An einem Tag verbieten sie uns allen, ein Motorrad über 250 Kubik zu haben. An einem Tag ist Billard spielen verboten, und am nächsten ist es erlaubt. Ich liebe eure Gesetze, besonders wenn die Lehrerin für Moralerziehung die Klasse betritt, sich die Mädchen einzeln zu einer Taschenkontrolle vornimmt, Schminke, Fingernägel, Frisur und Kleidung, Schuhe und Schmuck überprüft, und wenn ihr danach ist, auch noch die Finger in die Unterhose steckt, alles, Hauptsache, es ist sichergestellt, dass sie keusch und durchschnittlich sind, ohne Identität.»

«Ist die Schminke ihre Identität?», fragte Amir beherrscht. «Ist die Farbe des Nagellacks ihre Identität? Hörst du, was du da sagst?»

«Ich denke, wenn sie einen Mann wollen, sollen sie mit einem

Mann zusammen sein dürfen, wenn ihnen das gefällt. Wer bist du, dass du sie deswegen zur Peitsche verurteilst?»

«Alles hat seine Logik, Kami, auch wenn sie mir nicht immer verständlich ist.»

«Das ist ein unlogischer Satz!», rief ich aufgebracht. «Du weichst bloß aus.»

«Ich meine damit, dass die Religion alles in allem versucht, die Gesellschaft zu regeln, den Menschen zu helfen, besser zu werden. Manchmal gelingt es, manchmal scheitert sie. Die Mehrheit des Volkes betet keine fünfmal am Tag und fastet nicht, wenn die Religion es vorschreibt, aber trotzdem glaubt sie an Allah und hat ihn gewählt, damit er Logik in das Chaos bringt.»

«Logik? Du siehst irgendeine Logik in der Religion?», fiel ich über ihn her. «Ich denke an meinen Nachbarn, der homosexuell ist. Das ist verboten. Ihr sagt ihm, es ist verboten, schwul zu sein, verboten, den Willen der Natur zu entstellen, aber ihr ermutigt ihn, eine bezuschusste Operation zur Geschlechtsumwandlung machen zu lassen. Welche Logik hat das? Erklär mir das, hört sich das wie der Wille der Natur an? Klingt das nur für mich völlig wahnsinnig?»

«Du wirst dich wundern, Kami, für mich klingt das sogar pragmatisch und rücksichtsvoll, es ist doch schön, dass man sich die Mühe macht, eine Lösung zu finden, um jemandem zu helfen, der mit einem Mann zusammenleben und trotzdem nicht vom Weg des Koran abweichen will. Kennst du eine aufgeklärtere Religion?»

Ich war erschüttert. «Nirgendwo auf der Welt denkt irgendjemand, dass wir aufgeklärt sind, man denkt, wir sind wie die Taliban, das ist erniedrigend für mich, ich schäme mich, ein Teil davon zu sein.»

«Bist du denn ein Baby? Was kümmert es dich, was die Welt denkt? Werde erwachsen! Schau dich um, bei dir in der Universität, über sechzig Prozent sind Studentinnen. Frauen. Sie waren Sexsymbole und ausgebeutete Bauchtänzerinnen, aber die Revolution hat ihnen Respekt verschafft. Du ziehst es offenbar vor, sie auf Nacktplakaten hängen zu sehen, nur damit du das Gefühl hast, du wärst im Westen, damit du dich progressiv fühlen kannst.»

Ich wollte weg. Aufstehen, die ganzen Teller und Gläser vom Tisch fegen, dem niedrigen Holztisch einen Tritt versetzen, die Scherben zertrampeln und vielleicht auch Amirs Kopf, und aus dem Restaurant rennen. Doch ich war nicht imstande, von der Diskussion zu lassen, ich musste ihn erniedrigen, damit er einsah, wie armselig sein Denken war. «Belüg dich nicht selber, Amir Teimuri, das gesetzlich erlaubte Heiratsalter von achtzehn auf neun Jahre herabzusetzen, bezeugt das deiner Ansicht nach Respekt vor der Frau? Einem Mann erlaubt ihr vier Frauen, und dazu noch unzählige wechselnde Frauen nebenbei, Prostituierte, alles ist legal für den Mann. Der Frau gestattet ihr einen Ehemann. Ohne Ehemann lasst ihr sie nicht mal alleine atmen. Wenn ihr sie dazu zwingt, an der Hintertür in den Bus zu steigen, symbolisiert das ganz genau, was ihr denkt. Versteck dich wenigstens nicht hinter Schlagwörtern von Fortschritt und Respekt.» Das schoss ich alles auf ihn ab, und dann senkte ich den Blick.

«Du bist bloß ein Demagoge», antwortete er nun ganz friedlich. «Dir entgeht die gesamte Logik. Nimm zum Beispiel die Metro. Es gibt einen Waggon nur für Frauen, den vorderen, richtig? Da wirst du natürlich sagen, siehst du, das ist ein Gefängnis für Frauen, denn du willst das so sehen. Aber in Wahrheit ist es umgekehrt. Eine Frau kann in jeden Waggon einsteigen, der ihr gefällt, völlig frei. Doch wenn sie Intimsphäre möchte, sich ausbreiten und bequem fühlen will, ohne dass schwitzende Männer sie in dem Gedränge betatschen und sie wie brünstige Tiere anstarren, kann sie in den Frauenwaggon steigen und sich sicher fühlen. Was ist das bitte, wenn nicht ein Beweis von Respekt? Was ist daran nicht in Ordnung? Meiner Meinung nach müssten sie geschmeichelt sein, dass man ihre behexende, grenzenlose Macht so berücksichtigt.»

Der Ober sammelte die Krümel ein und wischte Sauceflecken mit einem nassen Lappen weg. Als er sich entfernt hatte, flüsterte ich: «Ich werde dir mal sagen, was das Problem ist, Amir, du kennst überhaupt keine Mädchen, du hast dich noch nie mit einem Mädchen getroffen, hast nie mit einem Mädchen geredet, was hältst du mir also einen Vortrag über Mädchen?»

Er schwieg. Beleidigt.

«Noch etwas Süßes?» Der Ober war zu einem unglücklichen Zeitpunkt zurückgekehrt.

«Verzeihung», bellte ich, «Sie stören.» Er zog sich zurück.

Wir ließen verzweifelt den letzten Rest Luft aus unseren Lungen. «Vergiss es, azizam», schüttelte ich den Kopf, «wir hören einander überhaupt nicht zu.»

8

◆

Dann hatten wir bezahlt, traten auf die Straße hinaus und marschierten Richtung Bahnstation den Vali-Asr-Boulevard hinunter, mit seinen zwanzig Kilometern einer der längsten der Welt, der am Rah-Ahan-Platz beginnt, die Armenviertel durchquert, die Imam Chomeini kreuzt und dann in den schattigen Norden aufsteigt, wo die Luft eine Spur sauberer ist – zu den Wandgemälden, die zwischen den Betonmauern wie ein Fenster mit Blick auf tropische Strände wirkten. Es war ein Wunsch, der uns drei Jahre lang begleitet hatte, diesen Boulevard abzuwandern. Wir ließen ihn nie aus, wenn wir auf die Katschian-Brücke kletterten, um in den Sommernächten Träume zu spinnen, und nun waren wir da, doch es war vielleicht unser letzter gemeinsamer Spaziergang.

Ich hatte es satt zu lügen, ihm Nilufar zu verheimlichen. Vielleicht war es sogar besser, ihn mit der Wahrheit zu konfrontieren, mochte es auch traurig für uns beide werden. Amir würde in seiner Partei sein und ich mit Nilu, und wenn er wollte, könnten wir es zusammen schaffen, und wenn nicht, dann nicht, das Leben würde weitergehen. Bevor ich es mir anders überlegen konnte, erzählte ich es schnell, einfach so, ohne jede beschönigende Einleitung. «Sie ist den ganzen Tag in meinem Kopf, ich bin nicht mehr fähig, es vor dir zu verbergen.»

Eine tiefe Kränkung breitete sich über sein Gesicht aus, er

wurde blass, doch ich konnte es nicht lassen, sondern erzählte von der Nacht, meiner ersten mit ihr, und von dem wilden Leben, das dort auf den Untergrundpartys brodelte. Und von der Fahrt zum Ferienhaus am Kaspischen Meer.

Amir warf seinen Kopf leicht nach hinten und sagte: «Verstehe, erlaubte Dinge machen keinen Spaß.» Er täuschte nüchterne Beherrschung vor, doch aus seinen Augen sprach Verletzung. Ich fragte mich, ob er böse war, dass ich es erst jetzt erzählte, oder ob es die Erkenntnis war, dass er zunehmend an Boden verlor, dass ihm nun ein Mädchen den einzigen Freund stahl, den er jemals hatte. Die Neugier brannte in ihm, ich sah sie auf dem Grund seiner Augen, all die Fragen nagten an ihm, ob wir Sex hatten, wie es war, doch mein kleiner Ajatollah bemühte sich angestrengt zu schweigen.

Auch ich verstummte. Er sollte begreifen, dass es hier um mich ging, dass er Interesse oder Anerkennung zeigen sollte. Doch Amir verschanzte sich. Wir bogen in eine Gasse mit Lehmmauern, ein Truthahn flatterte von Hof zu Hof, wie zu Hause, und ein Pfauenpaar schwankte, wohin es flüchten sollte. Wir marschierten über das schmale Kopfsteinpflaster, ohne zu wissen, wohin.

«Du irrst dich», seufzte er plötzlich, «du begehst einen großen Fehler.»

«Amir», bat ich versöhnlich, «mach kein Politikum daraus. Ich weiß noch nicht mal, ob es Liebe ist.»

Er schluckte es mit saurer Miene und verfiel wieder in Schweigen.

«Was hast du für ein Problem?», fragte ich.

«Ich denke, du solltest sehr genau prüfen, ob du dich zu ihr hingezogen fühlst oder zu dem, was sie für dich verkörpert, diese ganzen Vergnügungen, von denen du denkst, dass sie skandalös seien, und die du irrtümlich für die Freiheit hältst. Der Alkohol, die Drogen und der Sex.»

«Ich liebe Sex!», schrie ich mitten auf der Straße. «Stinkt dir das? Ekelt es dich? Was soll ich machen, ich gestehe, ich habe es ausprobiert, und ich liebe es. Wenn du nicht willst, brauchst du es ja nicht probieren, aber lass die Leute ihr Leben leben.»

«Ich ziehe es vor, dass du mir keine solchen Sachen erzählst, Kami», verkündete er mit kalter Entschlossenheit.

«Was beunruhigt dich daran? Was? Dass die Basidschmilizen die Wohnung stürmen und mich erwischen, während ich mit ihr schlafe? Fürchtest du dich davor? Dann mach dir mal keine Sorgen, unsere Eltern werden bezeugen, dass sie von der Beziehung wissen, dass wir an Heirat denken. Beruhigt? Du wirst mich in keinem Gefängnis besuchen müssen. Nervensäge.»

«Ich mische mich nicht bei dir ein, mach, was du willst, aber ich bitte dich, es mir nicht zu erzählen.»

«Nein, Amir, ich will es dir aber erzählen, und ich will, dass du deine Meinung sagst, um zu hören, was du über mich denkst.»

«Hör auf, Streit zu suchen, Kami, das ist nicht wegen dir, sondern wegen ihr. Man muss nicht alle Grenzen ausloten. Denkst du, das tut deiner Seele gut, dich ihren Vergnügungen zu überlassen? Ich sorge mich um dich, es tut mir weh, wenn du einen Fehler begehst. Das ist Freundschaft. Du wirst nicht wissen, wie du das bewältigen sollst, du bist blind, du wirst nicht wissen, wo du einhalten musst.»

«Was meinst du? Drogen?»

«Zum Beispiel. Hast du eine Ahnung, wie einfach es ist, da hineinzuschlittern? Zwei Millionen Heroinabhängige kriechen hier herum, kratzen jeden Morgen siebentausend Tuman aus der Kanalisation für einen Schuss. Auch wenn du, der Stärkste von allen, es schaffst, nicht in diese Grube zu fallen, ermutigst du die anderen, indem du an ihren Partys teilnimmst. Du leistest dieser Seuche Vorschub.»

«Ja, du hast recht, Amir Teimuri, wir sind einer der drei süchtigsten Staaten der Welt, Glückwunsch an die Islamische Republik. Und auch an deine Mullahs, die offen Opium konsumieren, weil das bei ihnen Tradition hat, und auch für Chamenei, ich habe Fotos gesehen, auf denen er eine Zigarette raucht wie eine x-beliebige alte Nachbarin in Anzali. Also halt mir keine Predigt. Ich bin weder auf Opium noch auf Hasch noch auf Zigaretten.»

«Und sie?»

«Sie ist Sportlerin!» Ich kochte vor Wut. «Sie ist eine Sportlerin, die diesem Land in der ganzen Welt Ehre macht!»

«Das ist ein Sport, der die Risikosucht sanktioniert und der eine Menge Geld erfordert. Sie ist mit viel Geld aufgewachsen, Kami, und Geld korrumpiert alles im Leben. Das ist ein ausschließlich individueller Sport, der nichts mit Moral zu tun hat.»

«Stell dich nicht unschuldig», sagte ich mit leiser Stimme. Ich verschluckte die Worte fast, nicht weniger verletzt als er. Wieder schwiegen wir. Je länger ich darauf wartete, dass er seine Beleidigungen zurücknahm, desto verzweifelter wünschte ich mir zu hören, dass er mir verzieh und sich damit abfand. Was sagte das über uns aus, wenn wir jetzt scheiterten, bei der ersten Prüfung, vor der diese Freundschaft stand? Ich hatte keinen anderen Freund wie ihn.

Rote Polizeisirenen flackerten, nackte weiße Wände schlossen sich um uns, lange Beleuchtungsmasten schütteten ihr Licht wie eine Fontäne über grüne Straßenbänke, die dürren Rasenflächen dunkelten.

«Komm», unternahm ich einen Versuch, «es gibt hier eine Ausstellung von Straßengemälden, sie wird dir gefallen.»

Doch Amir war von Enttäuschung gepackt. «Ich fühle mich nicht wohl in dieser Stadt, alles hier ist Verstellung, alle sehen für mich angeschlagen und schmutzig aus und nur mit sich selbst beschäftigt. Die Menschlichkeit erstickt hier, es war ein Fehler zu kommen.»

«Das ist die Verwirrung der ersten vierundzwanzig Stunden», versicherte ich, «beim nächsten Besuch wird es dir besser gehen.»

«Schau dir das doch an.» In seiner Not suchte er nach jedem Unsinn, um sich daran aufzuhängen, Hauptsache, es war nicht von Nilu, mir und ihm die Rede. «Es gibt hier keine Achtung vor der Sprache, so viele englische Plakate überall, die Namen der Geschäfte, die Schilder. Die Kinder schicken Textnachrichten in lateinischen Buchstaben, unsere ganze Identität wird ausradiert. Es ist niemandem mehr wichtig, ein Patriot zu sein.»

Ich war beunruhigt, denn nun redete er schon dummes Zeug. Sanft sagte ich: «Amir Teimuri, wach auf, wir beide sind doch auch keine so großen Patrioten, sei mal ehrlich, wir hatten es ziemlich eilig, die Aufnahmeprüfungen für die Universität zu absolvieren und uns einzuschreiben, um dem Militärdienst zu entkommen, und wir beide werden uns, wie es aussieht, wohl ewig davor drücken, ist das was anderes? Aber das ist in Ordnung.»

«Jeder trägt auf die Weise bei, die für ihn passend ist», antwortete er mit Entschlossenheit, «aber du, Kami, warum lebst du weiter hier? Was bindet dich überhaupt an diesen Ort? Wenn du ohnehin nicht glaubst, wenn du so sehr unter der Religion leidest und um jeden Preis das willst, was du Freiheit nennst, warum bleibst du im Iran?»

«Die Religion ist kein Problem für mich, ich habe ein Problem mit Fanatismus und religiöser Politik.»

«Nun, warum bleibst du dann hier? Weich nicht aus.»

«Ich weiß nicht. Vielleicht bleibe ich einfach, weil es hier spannend ist», erwiderte ich leicht provozierend, «vielleicht finde ich es spannend, in einem Staat mit Menschen zu leben, die den ganzen Tag zu kämpfen haben, und nicht in dem satten, langweiligen Europa.»

«Du bist hier, weil du dich anderswo minderwertig fühlen würdest. Niemand würde dich wirklich akzeptieren.»

Aber ich hoffte doch nur, Amir würde mich akzeptieren. Ich hatte Angst, dass es traurig für ihn enden würde. Ich wollte seine Anerkennung, doch Nilu zog weiter ihre heimlichen Kreise um uns. Ich ging immer schneller, als würden alle Komplikationen verschwinden, wenn der Fußmarsch zu Ende wäre. Und schon erreichten wir das Grandhotel, die Berge des Elburs blickten von oben auf uns herab, zart und schön umzingelten sie die Stadt. Dichtgedrängte Reihen verflochtener Baumkronen auf beiden Seiten schlossen allmählich den Himmel aus. Die jungen Palmen von Abbas Abad zitterten im Abendwind, und Dunkelheit senkte sich herab.

Doch in der Nacht rollte sich Amir neben mir mit Kafkas unvollendetem «Schloss» ins Bett. «Du überraschst mich», sagte ich, «sollten wir dir nicht lieber einen druckfrischen Band ‹Ahmadinedschad. Das Wunder des dritten Millenniums› kaufen?»

«Warten wir auf den Film», lachte Amir und löschte das Licht.

Wir versuchten, unseren Herzschlag zur Ruhe zu bringen, doch die Straße hallte in uns nach. Ich legte mich neben ihm auf den Rücken, verschränkte die Arme über der Brust und sagte: «Manchmal blicke ich zwei Generationen zurück, und da waren Leute in unserem Alter bereits damit fertig, die Welt zu verändern. Wie konnten sie nur so jung schon so gefestigt sein? Denn wenn wir so reden, hören sich unsere Gedanken für mich irgendwie selbstgerecht, dumm an, wie von zwei Kindern, die nicht gelernt haben, dass es keinen Sinn hat zu kämpfen, wenn man nicht gewinnen kann. Ich will das nicht glauben, aber ich weiß nicht, woran ich glauben soll.»

Amir war zufrieden. «Ah, so liebe ich dich, wenn du dich quälst», flüsterte er.

«Erzähl mir einen Traum von dir, Amir Teimuri. Überrasch mich, keinen harmlosen Traum, einen mit Feuer, der mir beweist, dass du ein Mensch bist.»

«Ich habe manchmal ungesetzliche Träume, klar, aber sie bleiben Träume. Sie sind unter Kontrolle.»

«Wie können Träume ungesetzlich sein? So was gibt es nicht», lachte ich im Dunkeln.

«So ist mein Glaube, versuche zu verstehen.»

«Das ist ein Glaube für Schwache», flüsterte ich. «Auch ich glaube an etwas, nämlich an die Menschen, dass sie gut sind und allein entscheiden können. Das ist der Glaube, der es ermöglicht zu lieben. Ich glaube daran, dass es immer möglich ist, etwas Besseres zu erreichen, das ist der Glaube, der den Menschen anspornt, mehr als nur irgendein Mensch zu sein, sondern sich wirklich anzustrengen. Wie kann man all das aufgeben für einen schwachen Glauben? Gib mir eine Chance, wir werden das Leben besser machen, wir werden das Gleichgewicht finden, du und ich.» Ich schloss die Augen, zwang mich zu lächeln im Versuch, eine künstliche Aura von Frieden im Raum zu verbreiten, während ich mich fragte, wie stark ich ihn festhalten müsste, damit wir einander nicht verloren. Bis zu welchem Punkt lohnte es sich überhaupt festzuhalten und zu welchem Preis?

Ich sehe sie zwischen Himmel und Erde hängen, Amir Teimuri und Nilufar Chalidian, beide halten sich mit zunehmend ermattenden Händen an einer aufklaffenden Felskante fest. Bröckelnde Erde. Unten ein gähnender Abgrund. Der sichere Tod. Mit geschlossenen Augen sehe ich sie vor mir, fühlbar und echt, verzweifelt um ihr Leben flehend, denn ich stehe über ihnen, stabil und sicher, in der Lage, die Hand auszustrecken, um einen von beiden zu retten. Wen soll ich retten? Da ist Amir, die Augen tränenüberschwemmt, die Finger lassen nach, mit letzter Kraft erinnert er an alles, was er für mich geopfert hat, er fleht, die Gerechtigkeit sei auf seiner Seite. Und neben ihm seine Feindin. Schweigend. Verzeih mir, Amir, mein lieber Freund, sage ich zu ihm, die Natur will, dass ich anders wähle, du müsstest mich am besten verstehen. Er schreit mich an, die Natur weiß nicht, was sie tut! Was hat sie dir gegeben, dass sie dir innerhalb von Stunden oder Tagen wertvoller geworden ist als ich? Sie hat sich ausgezogen! Nur weil sie sich ausgezogen hat! Das denkt er also. Ich liebe dich, mein Freund, sage ich zu ihm, ich habe alles gegeben, was ich konnte, doch unsere Zeit ist vorbei, wir werden nicht mehr nach der Schule auf dem Teppich in meinem Zimmer einschlafen, im Kinderzimmer eines Sechzehnjährigen, wir werden nicht mehr jeden Abend zur körperlichen Ertüchtigung zum polnischen Friedhof aufbrechen. Das Leben ist eine Rangliste. Wer hatte bei mir die höhere Priorität? Für einen einsamen Jungen wie Amir war das grausam, wie ein solches Mädchen einfach daherkam und ihn innerhalb einer Sekunde überrundete. Ich hätte mich vor Wut am liebsten selbst geohrfeigt, schließlich sollte ich nicht um mich selbst trauern. Ich atmete schwer, doch auch tiefe Atemzüge lösten das Gefühl des Erstickens nicht.

Herr Ali Samimi sagte immer mit einem tiefen Seufzer: «Wenn du versuchst, alle glücklich zu machen, wirst du mit niemandem zurechtkommen.» Was hätte er jetzt wohl zu mir gesagt? Gab es irgendeinen Grund auf der Welt, dass ich für Amir auf die Liebe verzichten sollte? Nein, es ist nicht ein Mädchen, das zwischen uns steht, hätte ich dem Alten erklärt, es ist so ein Moment, der eine Antwort verlangt, welche Sorte von Mensch ich sein möchte. Er hätte mir sicher geantwortet: «Ein Herz muss manchmal brechen, das ist gesund.»

«Bereust du es?», fragte Amir.

«Was?», schrak ich hoch.

«Dass du weggegangen bist.»

Ich wollte wirklich gerne ja sagen, stellte mir vor, wie ich es bereute. Ein Junge verlässt sein Zuhause, lässt seinen besten Freund im Stich, verzichtet auf die einsamen Strände und den weißen Fluss, auf die Stille, die bald wieder die Straßen verzaubern wird, wenn der Schnee so tief ist, dass ihn nicht einmal mehr die Luftverschmutzung zu schwärzen vermag. Auf einen Schlag der Silos in der offenen Landschaft beraubt, der Höfe an den Berghängen, der Wasserrinnen der Lagune, die wie ein endloses Labyrinth sind. Könnte man all das verlassen, ohne dass einen ein kurzer Augenblick der Reue streift? «Nein, ich bereue es nicht», sagte ich bekümmert. «Wer etwas aus sich machen will, muss fortgehen, das ist eine Stadt für die Kindheit, nicht fürs ganze Leben, weißt du noch?»

«Aber es ging uns gut», versuchte er es nochmal.

«Es ging uns wirklich gut. Es wird uns noch an vielen Orten gutgehen, wenn wir immer rechtzeitig wegzugehen wissen. Am wichtigsten im Leben ist es, die Reue zu beschränken, nicht ewig zu beklagen, dass es zu spät ist. Und auch dass wir Erfahrungssammler werden, du erinnerst dich? Wie ist es also nur möglich, dass ich dich unterwegs verloren habe?» Ich versuchte einzuschlafen, doch es gelang mir nicht, und ich flüsterte ihm zu: «Es quält mich, Amir, ich brauche eine Antwort von dir.»

«Ich verstehe», sagte er schnell.

«Ich muss wissen, dass du auf meiner Seite bist und akzeptierst, was immer zwischen mir und Nilu passiert.»

Er antwortete leise: «Tut mir leid, Kami, ich kann nicht.»

Es war viertel vor sechs in der Früh, als Amir Teimuri ging. Er schlug die Wohnungstür zu. Ein dumpfer, grausamer Klang wie ein tödlicher Tritt. Aber ich beschloss, stark zu sein, und ich wusste auch, ich hatte es wirklich versucht. Ich war mit mir im Reinen. Ich war bereit für ein neues Leben, zog den Computer ans Bett und ging ins Internet. Auf MySpace eröffnete ich eine neue Seite: «Der Nilufar-Chalidian-Untergrundclub»! Wer beteiligt sich? Ich legte sie unter einem falschen Namen an, man musste fiktiv sein, um frei zu sein. Ich nannte mich Brandon.

«Wie ist deine Stimmung heute, Brandon?», fragte die Website.

«Ausgezeichnet», antwortete ich.

9

◆

Am Samstag wollte mir Nilu eine Freude machen, also gingen wir zum Schwarzmarkt, um verbotene Bücher zu kaufen. Als wir den Unterricht mittendrin verließen, wussten alle bereits, dass wir zusammen waren. Falls ihnen unsere Füße entgangen waren, die sich unter dem Tisch berührten, oder unsere Ellbogen, dann hatten sie zumindest gesehen, dass wir uns den ganzen Unterricht über schrieben; kurze Sätze auf der Tastatur, Smileys, Abfolgen unzusammenhängender Gedanken, und jeder zweite Satz war: «Ich liebe dich, mein Tschutschu» – so nannte sie mich und ich sie, «mein Tschutschu» –, was leichter war als es laut auszusprechen. «Wie geht es Chamad, dem Kater, und deiner unglücklichen Tante und der verrückten Untermieterin und dem Homonachbarn?», fragte Nilu gern, als helfe es ihr zu wissen, dass sie der Fels in meinem Leben war. Als wir am Mittag gingen, schubste sie mich wieder in ihren Wagen, drückte das Gaspedal durch und schlängelte sich durch rückwärtige Viertel, die mir unbekannt waren. Am Ende parkte sie in einer verschlafenen Basargasse mit einem verdreckten Hasen und ein paar Enten. Kein Marktgetümmel. «Was ist schwarz an diesem Markt?», fragte ich. «Alles, was man nicht sieht», antwortete sie. Doch es roch dort nach Gewürzen, es gab die üblichen staubigen Tische mit Waren wie überall, und ich sah nichts Ungewöhnliches, bis Nilu von einer dicken Händlerin

Marshmallows verlangte. Marshmallows sind «haram», verboten. Wir folgten der Händlerin in ihren kleinen Ladenraum. Graue Wolldecken bedeckten Eckregale, und die Waren türmten sich in mehreren Lagen. «Alles, was haram ist, ist hier versteckt», erklärte Nilu, «man muss nur genau hinsehen.» Alkohol ist natürlich haram, auch Schweinefleisch und Schweinefett. Und Gelatine, Muscheln, Austern, Langusten, Schwertfisch. Generell Fische ohne Schuppen. Aber die Nestlé-Schokolade, die ich liebe, ist «halal», erlaubt. So wie Shrimps und Calamari. Es gibt sogar Zahnpasta, Seifen und Haarmittel, die verboten sind. Kaugummi mit Tierfett ebenfalls.

Wir gingen weiter die Straße entlang. Nilu führte. Ein Junge, vielleicht ein Schüler, trat auf sie zu, als habe er auf sie gewartet, und umarmte sie schnell. Danach öffnete er vor uns Kisten voller amerikanischer Science-Fiction-Bände, in Stoff eingewickelt, verborgen unter schwarzen Mänteln. «So muss man Bücher verkaufen», lobte sie ihn, «echt romantisch.» Er lächelte geschmeichelt. «Keine Bange, der Tag wird kommen, und jeder wird sie so verkaufen, nur so. Es ist hübsch, wenn man etwas zu verstecken hat, was?», fragte er und musterte mich. Schimmelgeruch hing in der Luft. Nilu sagte zu mir: «Stör dich nicht an seiner Dramatik, er ist ein Philosoph, der Junge.» Und sie machte uns miteinander bekannt. «Muhammad, sehr angenehm», sagte er, reichte mir jedoch nicht die Hand.

«Wart ihr zusammen in der Schule?», fragte ich.

«Könnte man sagen», antwortete er, «wir haben viele Dinge zusammen gelernt, ich und unser Star.»

«Wo?»

«Im Untergrund.»

Nilu lachte. «Muhammad ist ein streunender Hund, er treibt

sich eine Menge herum!» Jedes ihrer Worte hatte ein seltsames, undefinierbares Echo.

Wir standen am Eingang zu einem Lager, unter einem nackten, müden Weidenbaum, der von allen Seiten mit Parasitengewächsen überwuchert war. Muhammad wühlte zwischen zerknautschten Bänden und hielt mir eine Space Opera von David Weber hin, mit einem Mädchen, Kapitän der Sternenflotte, und einer sechsbeinigen Holzkatze angenehmer Wesensart, was mich für einen Augenblick neugierig machte. «Kann es sein, dass du nie was von Isaac Asimovs Gesetzen der Robotik gehört hast?», fragte er mich ungläubig, um mir deutlich zu verstehen zu geben, dass ich keine Ahnung vom Universum als Ganzem hatte. «Ein Roboter darf keinem Menschen Schaden zufügen oder durch Untätigkeit zulassen, dass einem Menschen Schaden zugefügt wird. Ein Roboter muss jedem Befehl eines Menschen gehorchen, sofern dies nicht im Widerspruch zum ersten Gesetz steht. Ein Roboter muss seine Existenz erhalten, sofern dies nicht im Widerspruch zum ersten oder zweiten Gesetz steht. Das sind die Gesetze. Hast du sie nicht gelesen?»

«Nein. Wovon redet er?», flüsterte ich Nilu zu. Ich wollte weg, ich sehnte mich nach dem Blut, das verborgen unter ihrer undurchdringlichen Robe pulsierte. Sie griff nach einem Glas Eiskaffee, und der Schatten, der über ihre Wangen fiel, ließ sie zerbrechlich erscheinen. Ich trödelte den beiden in ein Zimmer hinterher, in dem sich ein wackliges Eisenbett und eine überall verstreute Ansammlung erloschener Duftkerzen befanden. Ich war mir nicht schlüssig, was er beabsichtigte, bei solchen Leuten konnte man nie wissen. Doch Muhammad glich so gar nicht der Partyjugend. Wir setzten uns auf Kissen, er steckte eine Jazzkassette in einen alten Rekorder, nahm eine rostige Trompete zur

Hand, blies aber nicht hinein, trommelte nur mit den Fingern darauf. Ab und zu biss er ein Stück von einem Sangak ab, wie es die armen Soldaten im Feld essen. Er machte angeödete Kaubewegungen, die sich ewig hinzogen, und betrachtete uns beide mit durchdringendem Blick. Ich sagte zu ihm: «Das ist komisch, was du vorhin gesagt hast, anstatt zu sagen, der Tag wird irgendwann kommen, an dem wir alle Bücher ganz ohne Heimlichkeiten verkaufen, hast du genau das Gegenteil gesagt.»

Er zog seine Augenbrauen hoch, als wolle er sagen, so ist das Leben, doch er sagte gar nichts.

Ein schmales Regal klemmte unter der niedrigen Decke, wie ein Bienenstock, die Fächer mit Büchern überladen, in jedem stand eine verrußte Kerze, deren Docht heruntergebrannt oder zerfasert war. Blaue, dicke Kerzen, die ihr Wachs über das gesamte Regal vertropft hatten. «Nur zur Dekoration?», fragte ich. Ein ziemlicher Aufwand bloß zur Dekoration, und eigentlich konnte man kein einziges Buch herausziehen, ohne eine Kerze abzubrechen, denn sie klebten garantiert an den Holzbrettern fest.

«Hundertsieben», antwortete Muhammad.

Ich fragte mich, ob mir eine versteckte Bedeutung entging.

«Hundertsieben, klingt das nicht bekannt für dich?» Er prüfte mich.

Ich blickte zu Nilu hinüber, wartete auf eine Rettung und hoffte, sie wäre nicht enttäuscht von meiner Ignoranz.

«Hundertsieben Flammen zu Ehren hundertsieben Ermordeter und Verschollener», sagte Muhammad verächtlich und schloss seine Lippen wütend um das Mundstück der Trompete, und dann spielte er, leise, abgerissen und falsch, als habe er kein Interesse daran, mit jemandem zu reden, der nichts begriff.

«Welche Ermordeten?», fragte ich ungeduldig und mit wachsendem Unmut über das mühsame Gespräch.

«Vor zwei Wochen haben wir einen kleinen Gedenktag abgehalten, zehn Jahre seit Aufdeckung der Kettenmorde», antwortete er, und ich legte die Stirn in Falten, versuchte schnell nachzudenken, nein, ich erinnerte mich an keine Kettenmorde, doch ich war nicht bereit, dass sich ein spitzfindiger kleiner Klugscheißer aus dem Fenster hängte, um mich vor meinem Mädchen in Verlegenheit zu bringen, und die Luft mit seinem Pessimismus verpesten würde.

«Schriftsteller. Dichter. Journalisten. Redakteure. Übersetzer. Aktivisten, irgendwelche Linke. Messerstiche in die Brust, Verkehrsunfälle, inszenierter Raubmord, Injektionen mit einer Kaliumverbindung, um einen Herzinfarkt vorzutäuschen. Eine stille, elegante Säuberungsoperation des Informations- und Sicherheitsministeriums, eine ungestörte Massenexekution aller, die Kritik übten. Wenn du ein Schriftsteller oder ein Liberaler warst in jenen Tagen», stellte er dramatisch fest, «lauerten dir die Geier an der Straßenecke auf, du wusstest, dass sie auch dich irgendwann erlegen würden. Bist du in der Lage, dir dieses Gefühl vorzustellen?», fragte er, und als er mir die Angst schilderte und mir sein zorniges Augenpaar näherte, schien es, als sei etwas in ihm erwacht, als sei es in seinen Augen etwas Gutes, auf der Flucht vor dem Geier zu leben, auf geborgte Zeit, zu wissen, dass man eigentlich geschlagen war. «Das ist es, zehn Jahre seit den Kettenmorden», schloss er, «das ist bekannt.»

«Wem bekannt?», fragte ich, bereits versöhnt, denn ich bemerkte, dass ich keine Verachtung mehr für ihn verspürte. Was für ein gejagter und einsamer Junge, dachte ich nur noch, du meine Güte.

«Dir ist es offenbar nicht bekannt», murmelte er. «Regierungen werden es immer tun, und die Bürger werden sich immer bemühen, nichts davon zu wissen», stellte er fest, «das ist in Ordnung, du hast es vorgezogen, nichts zu wissen, ich verurteile niemanden. Frag dich nur bei Gelegenheit mal selber, wo du warst.» Schalkhaft rollte er sich auf den Rücken, sicher litt er an Komplexen, redete bloß Unsinn wie Amir und ich, als wir nach Raumschiffen suchten. Nur waren die Raumschiffe bei Muhammad schwarz, und es schien, als sei ihm das lieber. «Hast du irgendeinen Zweifel daran, dass die Welt in den Händen der Barbaren untergehen wird?», fragte er. Doch an dem Punkt signalisierte Nilu, dass sie keine Geduld hatte, sich kindische philosophische Diskussionen anzuhören. Wir traten alle drei auf die Gasse, passierten einen Straßenhändler, der vielleicht gerade mal sechs war und verbotene Poster von David und Victoria Beckham anbot, während er Geige spielte. Wir gingen weiter zu einem Sexshop, als Souvenirladen getarnt, in den man durch einen verborgenen Raum schlüpfte, den man hinter einem rosa Vorhang auf der Rückseite einer Umkleidekabine betrat. Nilu küsste mich, denn ich war ruhelos. «Hier ist die Freiheit, die dir niemand nehmen wird, mein Tschutschu», flüsterte sie mit einem hungrigen Lächeln. «Ich werde mit dir Liebe machen, auch wenn die ganze Welt Bücher in Abwasserkanälen verkaufen muss», versicherte sie in einer Lautstärke, dass Muhammad es hörte. Er zwinkerte ihr zufrieden zu. Sie streckte die Hand aus und zog ein Aphrodisiakum aus dem Regal, das in einem harmlosen Testfläschchen mit der Aufschrift «Säuberungslösung für Videogeräte» verkauft wurde. Muhammad schnappte danach, entfernte den Verschluss und zwang uns, daran zu riechen. Ich sog die scharfe Wolke ein, meine Nasenwände brannten und kitzelten. Doch es machte mich nicht scharf. «Das pumpt dir Ströme durchs Gehirn», versprach Muhammad, «schießt dich zu den Sternen, aber noch besser ist es mit Alkohol.» Und dann schnüffelte er selbst daran. Die schmalen Regalbretter an den Wänden um uns waren mit Videokassetten, Unterwäsche und Gummi- oder Plastikpenissen bepackt. «Nun», sagte Muhammad, zufrieden mit sich, «in Amerika zum Beispiel ist es verboten, Vibratoren zu verkaufen, in Massachusetts, Virginia, Mississippi, Louisiana, Indiana, in einer Menge Staaten, so aufgeklärt ist diese Welt von dir.»

Worauf ich fragte: «Was ist an einem Vibrator aufgeklärt?»

«Die Freiheit», antwortete er. Und ich verstand nicht, für wen oder was er eigentlich war.

In der Nacht blieb ich allein in meinem Bett, und die Wohnung war still, ein schwaches Pfeifen von Leere. Hin und wieder ein Klopfen oder Knarzen, von den Holzbalken, vom Kühlschrank, vom Dach. Warum wird hier an der Vergangenheit festgehalten? Weil es damals Hoffnung gab und jetzt keine? Nein, wieso denn Hoffnung – wann gab es überhaupt je Hoffnung? Vielleicht für ein paar kurze Tage, während der Revolution. Das ist es, was an Revolutionen gut ist, sie gewähren den kurzen Schimmer eines Auswegs, nach dem man sich anschließend sehnen kann. Der Computer versank mit mir in den Laken. Ich übte mein Englisch. BlogTV. Es gab Hunderte Kanäle, ich suchte, es sollte etwas Kurzes sein, das mich tief einschlafen ließ. Ein polnisches Zweigespann, sehr erfreut. «Guten Abend, ihr Mädchen.»

«Einen wunderschönen Abend, kleiner Perser, wir sind mitten in einer Expedition.»

«Expeditionen sind immer gut, Polinnen. Wohin?»

«Es geht nicht wirklich wohin, es ist in Wirklichkeit mehr etwas Innerliches.»

«Selbstfindung?»

«So ungefähr. Anthropologische Forschung, um genau zu sein. Wir schlafen mit dreihundert Männern. Das ist die Expedition, du bist eingeladen, unseren Blog zu lesen, den ‹Blog der Polinnen›.»

«Und wissen die das?»

«Dass sie Teil des Experiments sind? Nein. Sonst würden sie sich nicht natürlich verhalten. Es wäre schade um die Studie.»

«Die Armen.»

«Wieso denn die Armen? Du darfst nicht denken, dass wir weniger in jeden Einzelnen investieren, nur weil wir schon hundertdreiundsechzig hatten. Sie genießen es. Und wir auch. Das ist ein Fest der Gefühle. Glaub mir, keiner lernt mehr über das Leben als wir.»

«Offenbar.»

«Wir teilen sie in Gruppen ein, denn auch beim Sex sind wir immer in Gruppen eingeteilt.»

«Wo gabelt ihr sie denn auf?»

«Sie sind überall. Wir würden auch dich auf die Liste setzen, wenn du nicht Perser wärst. Wir haben kein Problem damit. Wir lieben schüchterne Jungs wie dich, und es gibt einen ernsthaften Mangel an Jungfrauen bei uns. Aber du bist leider zu weit weg.»

«Und wenn ihr die dreihundert durch habt, heiratet ihr?»

«Vielleicht.»

«Und wird es der Bräutigam wissen?»

«Vielleicht.»

«Aber wer seid ihr in Wahrheit?»

«Was spielt die Wahrheit für eine Rolle?»

«Und was ist heute Abend geboten?»

«Heute Abend sind wir auf Sendung, stör uns nicht.»

Die Polinnen tanzten. Das Internet ist eine phantastische Erfindung. Vierhundert Zuschauer aus allen Ecken des Globus schauten zu.

«Also, was würdet ihr gerne über uns wissen? Fragt ganz offen.» Sie würden die Kleider ablegen, wenn man sie bittet. Wer würde sie nicht bitten?

Eine Polin in einem weißen Kleid streichelt einer Polin in einem schwarzen T-Shirt den Kopf, das blasse Gesicht, lässt die Hand über ihre Wange gleiten, greift ihr ins wallende Haar. Die zarte Polin versucht, sich dem Griff zu entwinden, doch die harte Polin verfestigt ihn. Und dann leckt sie ihr mit der Zunge über die rosigen Wangen. Streift ihr das Hemd ab. Mit Gewalt. Die vierhundert Zuschauer, die gerade online sind, lieben es gewaltsam. Jetzt ist sie im rosa Spitzenbüstenhalter. Ein kleiner Busen. Die harte Polin sagt: «Diese Größe reicht für mich, Hauptsache, man kann ihn mit der Hand umfassen.» Ich bin konzentriert. Ich habe Lust, meinen Kopf auf die beiden zu legen und einzuschlafen. Ihr Zimmer verschwimmt in einer Rauchwolke. Sie haben Zigaretten. «Ich kenne Jungen, die wirklich kleine Titten anmachen», entschuldigt sich die eine Polin. «Ich persönlich mag Nacktfotos sehr», sagt die zweite. Und streckt die Zunge heraus.

«Polinnen, aber was ist, wenn jemand die Website besucht, der euch kennt?», fragte ich.

Sie lachten. «Was machst du dir für Sorgen, Kleiner?»

«Macht euch das gar nichts aus? Ich möchte es verstehen. Und was ist, wenn es ein Lehrer oder ein Freund eurer Eltern ist?»

«Wo bist du denn her, vom Vatikan? Wir haben nichts zu verbergen, wir verstecken uns nicht, soll die geile Welt es genießen.»

«Sind in Warschau alle so? Ziehen sie sich bei euch ohne Scham aus?»

«Keine Ahnung. Wir sind nicht aus Warschau.»

«Woher seid ihr dann, Polinnen?»

«Aus Givatajim.»

«Wo ist das, Givatajim?»

«Israel.»

«Israel-Israel?»

«Hast du ein Problem mit Israel?»

«Nein, ich habe ein Problem mit Lügnern. Warum gebt ihr euch als Polinnen aus? Auch ich gebe mir manchmal einen falschen Namen im Netz, aber ich lüge nicht. Ich habe ein wichtiges Ziel, das ist etwas anderes.»

«Komm, kleiner Perser, zieh dich aus, sei still und tanze.»

«Nein, das ist nichts für mich, so was.»

«Bist du hübsch? Wir hoffen, dass du nicht zu hübsch bist. Hässlich ist jetzt sexy.»

«Ich bin weder hübsch noch hässlich, und ich schalte keine Kamera ein, was kümmert es euch also?»

«Was hast du an, kleiner Perser? Warum bist du nicht nackt? Wie würdest du uns berühren? Was hättest du gern? Wie groß? Wie hübsch? Wie gewalttätig? Wie schmerzhaft? Schau uns zu», bettelten sie. Und streichelten sich selbst.

«Ich komme», entschuldigte ich mich, «ich verspreche, mich zu bessern, Polinnen. Ich besuche euch später wieder, versprochen.»

Was gibt es Neues in den Nachrichten? Dreizehn Personen, die für schuldig befunden wurden, Drogen geschmuggelt zu haben, sind heute hingerichtet worden. Acht im Evin-Gefängnis im Norden der Stadt, fünf im Zahedan. Die Zahl der zum Tode Verurteilten hat sich dieses Jahr verdoppelt. Im Zuge des Regierungsplans zur Ausrottung des Verbrechens wurden seit Beginn des Monats fünfundfünfzig Mörder, Vergewaltiger, Räuber und Entführer gehängt. Seit Anfang des Jahres wurden zweihundertsieben hingerichtet. Heute Morgen wurde auch Ruhollah Zamani aufgehängt, eine Siebenundzwanzigjährige, die des Mordes an ihrem Ehemann für schuldig erklärt wurde. Das Parlament bestätigte am Vormittag die Todesstrafe für Hersteller pornographischer Filme. Das neue Gesetz wurde mit überwältigender Mehrheit verabschiedet, einhundertachtundvierzig gegen fünf Stimmen. Seine Gültigkeit erstreckt sich auf alle, die in diese Weltverderbnis involviert sind, Schauspieler, Kameraleute, Regisseure und Produzenten. Dazu haben auch die Vertreiber pornographischer Filme und Provider von Internetseiten, die solche Gräuel zum Inhalt haben, mit Strafen zu rechnen, die sich zwischen einem Jahr Gefängnis und der Todesstrafe bewegen.

Und zu den Nachrichten aus der Welt. Gestern wurde in Queensland, Australien, der Tag des Krötenzerquetschens begangen. Hunderte Einwohner mobilisierten sich zur offiziellen Jagd auf die schädlichen Tiere. Manchmal muss man Kröten zerquetschen, damit die Welt überlebt, wie sich herausstellt. Großbritannien: Eine neue Reality-Serie, sieben Hunde und eine Katze, die an übermäßiger Fettsucht leiden, werden in ein Abmagerungscamp gesteckt. Plötzlich fiel mir Muhammad vom Schwarzmarkt ein. Ich surfte. Treffer. Einhundertsieben. Die Kettenmorde. Am 22. November 1998 wurde Dariusch Faruhar, der bekannte und hoch angesehene Freiheitskämpfer, mit elf Messerstichen auf seinem Stuhl im Arbeitszimmer ermordet.

Er war siebzig. Seine Frau Parvaneh wurde mit vierundzwanzig Messerstichen im Korridor des ersten Stocks ermordet. Um fünf Uhr nachmittags, auf dem Jordanboulevard, wurde Mohammad Mokhtari, einer der Gründer des erneuerten Schriftstellerverbands, erdrosselt. Der Übersetzer Majid Sharif, ein linker Journalist und gemäßigter Liberaler, brach zum Joggen auf und wurde am Straßenrand tot aufgefunden. Herzinfarkt, hieß es. Der Übersetzer Mohammad Jafar Pujandeh verschwand. Seine Frau Sima rannte zwischen allen Regierungsbüros und Leichenschauhäusern mit einem unschuldigen Bittbrief hin und her, sie bettelte und hoffte bis zum Schluss. Seine Leiche tauchte am Straßenrand in einem Vorort von Teheran auf. Auch den Literaturprofessor Ahmad Tafazzoli ebenso wie Ibrahim Zalzadeh, Leiter des Ebtekar Buchverlags und Herausgeber der literarischen Monatszeitschrift Me'jar, die von den Behörden geschlossen worden war, verschluckte die Erde, bis er nach fünfunddreißig Tagen, halb vergraben, an einer Nebenstraße aufgefunden wurde – erstochen. Und der regimekritische Schriftsteller Ali Akbar Saidi Sirjani wurde verhaftet und unter ungeklärten Umständen im Gefängnis ermordet. Einhundertsieben Namen, eine lange Tabelle mit Datum, Vor- und Nachnamen, Beruf, Todesumstände.

Als die Häufung solcher Vorfälle zu massiv wurde, um noch als zufällig zu erscheinen, kletterten die Toten in die Schlagzeilen. Der Oberste Führer, Ajatollah Chamenei, beschuldigte ausländische Elemente einer subversiven Intrige, die eine Erschütterung der nationalen Sicherheit zum Ziel hatte. Auch die konservative Presse blies in dieses Horn. Doch der reformistische Präsident Chatami ernannte ein dreiköpfiges Ermittlungsteam, das den Schleier lüftete, bevor es jemandem gelang, sie zum Schweigen zu bringen. Und am 4. November 1999 veröffentlichte der Regierungssprecher folgende Verlautbarung: «Die verabscheuungswürdigen Teheraner Morde im letzten Jahr stellen eine anhaltende Verschwörung und Bedrohung der nationalen Sicherheit dar. Das Ministerium für Information und Sicherheit hat, unter Miteinbeziehung der gesetzlichen Einschränkungen und Richtlinien des geistigen Führers und des Präsidenten, die Entlarvung der Mörder und die Aushebelung der ruchlosen Organisation an die Spitze der Handlungsprioritäten gestellt. Mit Unterstützung des speziellen Ermittlungsteams, das der Präsident ernannt hat, ist es dem Ministerium gelungen, die für die Morde verantwortliche Gruppe zu identifizieren, sie zu verhaften und zur weiteren Verfügung der Justiz zu überstellen. Zum größten Bedauern handelt es sich um eine irregeleitete extremistische Gruppierung innerhalb des Ministeriums selbst, die, zweifellos unter dem Einfluss schurkischer ausländischer Geheimagenten, das Verbrechen begangen hat.»

Das Volk verlangte Einzelheiten. War die Sache vielleicht noch größer, als es schien? Vielleicht so groß, dass jeder x-beliebige Tod, ein ganzes Jahrzehnt von Toden, viel mehr war, als es schien? Was war zum Beispiel mit den Dichtern im Sommer 1995? Sie waren im Bus auf dem Weg zu einem Lyrikertreffen in Armenien, einundzwanzig Intellektuelle. Um zwei Uhr nachts, als der Großteil von ihnen schlief, steuerte das Fahrzeug auf einen Abgrund zu, der Fahrer sprang heraus. Einer der Dichter griff ins Lenkrad und rettete dadurch die Gruppe in allerletzter Sekunde. Der Fahrer kehrte zurück und versuchte erneut, den Bus von der Straße abkommen zu lassen, fuhr jedoch auf einen Felsen auf und flüchtete zu Fuß. Stand auch dieser Fall damit in Zusammenhang?

Die Regierung legte nach: Said Emami, ein Regierungsangestellter, stellvertretender Leiter des Informations- und Sicherheitsministeriums, sei der Kopf der extremistischen Splittergruppe gewesen. Nach seiner Verhaftung habe er jedoch im Gefängnis eine Flasche Enthaarungsmittel geschluckt und auf die Weise Selbstmord begangen. Die Affäre habe damit ihr Ende gefunden.

Die Surferin Lulu: «Von Haarentfernungsmittel kann man unmöglich sterben, glaubt mir.»

Der Surfer Naim: «Und wie kommt es, dass es kein Grab gibt? Sie haben gesagt, dass der entartete Beamte in Teheran begraben würde, aber ich habe selber auf den Friedhöfen gesucht und kein Grab gefunden, nichts. Und falls Emami überhaupt existiert haben sollte und verschwunden ist, woher weiß man, dass er nicht einfach ermordet wurde, um Veröffentlichungen zu verhindern, die die Regierung noch viel mehr in Verlegenheit gebracht hätten?»

Ein ermittelndes Journalistenduo, Emad ed-Din Baqi und Akbar Gandji, weigerte sich, die Sache fallenzulassen. Sie bohrten weiter nach und veröffentlichten Artikel, die andeuteten, dass die Verbindung bis in die oberste Spitze der Regierung reichte. Sie skizzierten eine geheime Verschwörung, gaben Beamten und Führern geheimnisvolle Codenamen. Eine Welle von Spekulationen rollte durchs ganze Land, bis der Journalist Gandji Anfang 2000 ganz unverhohlen erklärte, dass die Schlüsselperson hinter den Kettenmorden der ehemalige Informations- und Sicherheitsminister höchstpersönlich, Hodschat al-Islam Ali Falahian, sei, und die Namen der religiösen Autoritäten bekannt gab, die die Fatwas zur rechtsgültigen Absegnung der Morde geliefert hatten. In Reaktion darauf wurde Gandji verhaftet, als er von einem Kongress in Berlin zurückkehrte; er wurde der Verbreitung anti-islamischer Propaganda beschuldigt sowie der Beleidigung des verblichenen geistigen Oberhaupts, Ajatollah Chomeini. Er wurde zu zehn Jahren Gefängnis verurteilt. Im März erhielt Said Hajjarian, der Verleger der Zeitung, die am aktivsten Recherchen angestellt hatte, eine Kugel in den Kopf. Er blieb gelähmt. Seine Frau stand an seinem Bett, in einen Tschador gehüllt, eine dicke, braune Brille umrahmte hart ihre großen Augen. Sie waren einmal jung und wild gewesen. Anti-westliche Muslime. Sie waren unter den Studenten, die damals die Botschaft der Vereinigten Staaten stürmten, die Geiseln über ein Jahr festhielten, die Auslieferung des korrupten Schahs forderten. Danach integrierten sie sich im Establishment, später wurden sie gemäßigt, jetzt waren sie gelähmt.

Die Akte der Kettenmorde war noch nicht geschlossen. Als das Jahr 2002 kam, wurden drei Agenten des Nachrichtendienstes zum Tode verurteilt, zwölf weitere erhielten Haftstrafen. Die Mörder wurden zu zehn Jahren verurteilt. Zwei Jahre darauf hob das Oberste Gericht die Todesurteile für zwei der Schuldigen auf, die Familien der Opfer hätten ihnen verziehen – wie die Nachrichtenagentur Irna berichtete. Vergeben und vergessen.

Der Frühling der Pressefreiheit blühte nur vier Jahre. Im Jahr 2001 war er endgültig vorbei. Dutzende Zeitungen wurden geschlossen, Journalisten ins Gefängnis geworfen, Studentenorganisationen zerschlagen und Freiheitskämpfer unterdrückt und ermordet. So wollte es das Volk, denn das Volk hatte die Konservativen gewählt.

Die Gedenkseite für die Opfer der Kettenmorde blieb verlassen auf dem Bildschirm stehen, schwebte im Netz, eine weiße Seite mit einer Tabelle von einhundertsieben Namen.

Die Pseudo-Polinnen gaben nicht auf. «Wie geht es dir, schüchterner Prinz? Bist du noch da? Komm, zieh dich mit uns aus.»

«Nein, ich will jetzt keine Polinnen. Noch nicht, tut mir leid. Ich will lesen.»

«Wir sind heiß, kleiner Perser. Gleich werden wir auch feucht sein. Das solltest du nicht versäumen.»

Ich versäumte es. Las. Die freie Enzyklopädie. Der Völkerfrühling. Der Prager Frühling. Der Völkerherbst. Die Samtene Revolution von Václav Havel. Ich hätte gerne auf einem Kanonenrohr gestanden, umwunden mit Blumengirlanden, mit Nilufar und Amir im Arm, unter den pfeifenden Rauchgasgranaten und dem Strahl der Wasserwerfer. Dass wir mit dem bloßen Körper Panzer aufhielten. Dass wir uns mitten auf dem Azadi-Platz auszögen und gemeinsam in die Springbrunnen von Daneschdschu, im Studentenviertel, sprängen, um das Böse zu zerschmettern. Doch Amir würde nicht bei uns sein. Amir würde uns auf der anderen Seite gegenüberstehen, in der Unterstützerreihe der Abadgaran, uns mit einer Menschenkette bewaffneter Freiwilligenmilizen, Sittenpolizei und Revolutionswächtern blockieren. Vielleicht würde er den Lauf eines Gewehrs auf uns richten? Würde er auf uns schießen? Ich war mir nicht mehr sicher.

Ich surfe. Lese. Die Bastille. Der Kreml. Der Pekinger Frühling, eine vorübergehende Lockerung, die kam und verschwand. Als ich aufwuchs, war ich sicher, dass die Freiheit der Schlusspunkt des Stroms sei, auf dem die Welt schwamm, schwerfällig, verwirrend, manchmal einhaltend, doch sie schwamm und würde am Ende ankommen, denn dort lag, natürlich und aller Logik nach, die Zukunft. All die Opfer auf dem Weg würden nur noch ein verstaubtes, sonderbares Denkmal darstellen, die Freiheit war selbstredend das Endziel der Expedition, und alles, was hier früher einmal passiert war, würde dann vorbei sein. Wieso hatte die Menschheit das nicht schon früher gewusst? Aber vielleicht ist dem nicht so? Vielleicht hat Amir recht? Vielleicht hat Muhammad vom Schwarzmarkt recht? Vielleicht ist alles vorübergehend, und die Freiheit ist weder Fortschritt noch die Lösung, ganz bestimmt nicht der Abschluss, sie ist hier nur vorbeigestreift für einige Dekaden, an einigen Orten. Denn die Welt steigt auf und stürzt ab, das ist ihre Natur, und sie gehört den Barbaren. Wir alle sind Barbaren in Muhammads Augen, nur dass sich einige von uns Masken aufgesetzt haben.

Die Polinnen sagen: «Das ist alles Unsinn, es gibt Menschen, denen es einfach Spaß macht, die Welt in Flammen aufgehen zu sehen. Zu töten, zu vernichten, zu morden, auszulöschen, zu metzeln, zu schlachten, Leben zu rauben. Aber wir, als Polinnen, wollen über niemanden etwas Schlechtes sagen. Gesund sollen sie sein.»

«Aber wenn die Freiheit nicht mehr als ein vergängliches Kapitel ist, was wird dann bleiben, Polinnen?» Eine illegale Erinnerung vielleicht, der man nur auf Festen in der Untergrundstadt gedenkt, auf dem Schwarzmarkt verbotener Bücher in der Art von Muhammad? Das ist genau, was er will, er rüstet sich für eine ganze Welt, die wie unsere ist. Sehr romantisch.

Die Polinnen sagen: «Alles Unsinn, eines Tages haben die Amerikaner beschlossen, dass der Rassismus vorbei sei, keine Sklaverei mehr, die Schwarzen können wählen, und die Frauen dürfen Einfluss nehmen, und eines Tages haben die Briten beschlossen, dass der Kolonialismus tot sei, und das war's, aber muss von dem Augenblick an die ganze Welt gehorchen? Ist jeder, der sich in einem anderen Tempo verändert, ein Barbar?

Nur schade, dass die Sklaverei nicht verschwunden ist, sie sieht nur anders aus, und die Amerikaner sind immer noch Kolonialisten und Imperialisten und Kapitalisten und Chauvinisten und ganz sicher mit Stereotypen abgefüllte Rassisten, die nach Vorherrschaft gieren, und alles ist Theater.»

«Ausgerechnet auf die Amerikaner seid ihr wütend? Was habt ihr gegen die Amerikaner?»

«Für sie sind wir bestenfalls Nutten.»

«Wer sind Nutten für die Amerikaner?»

«Wir, die Russinnen.»

«Aber ihr seid Polinnen, das heißt, Israelinnen.»

«Nein, wir sind Russinnen. Russinnen mit polnischem Charakter, aus Israel.»

«Es reicht jetzt. Wenn ihr damit aufhört, euch zu verstellen und Online-Pornos zu machen, vielleicht würde man euch dann auch mal zuhören.»

«Oder der Porno ist die einzige Chance, dass uns jemand zuhört. Oder vielleicht ist es uns egal, wer zuhört? Alle hier sind nützliche Idioten, wie Lenin immer sagte.»

«Polinnen, denkt ihr, dass ich ein Barbar bin?»

«Warum sollten wir?»

«Ich weiß nicht, vielleicht denken die Leute das.»

«Nein, wieso barbarisch, orientalisch vielleicht. Die Polinnen verzichten nicht so leicht auf dich, Prinz, vielleicht ziehst du dich endlich mal aus?»

«Ich bin ein bisschen in einem Schlamassel. Nicht heute.»

«Keine Bange, alle gehen hier verloren.»

Heftiger Regen prasselte. Ich öffnete das Fenster, erfrischte mich an dem sauberen Geruch. Streckte die Hände aus. Sie wurden nass bis auf die Knochen. Ich rief Chamad, er solle mir

Gesellschaft leisten, hob ihn hoch und stellte ihn aufs Fensterbrett. Zusammen starrten wir in die Dunkelheit. Die kleine Nase hinausgestreckt, mit zitterndem Schwanz, aber er war neugierig, haschte nach den Tropfen. Sie rannen ihm über die Nase, ich legte mein Kinn auf den pelzigen Schädel, ergriff seine beiden Vorderpfoten und wollte tanzen. Er zappelte und wand sich, kratzte mich und stolzierte dann fauchend durchs Zimmer. Die Tür war geschlossen, er konnte nirgendwohin flüchten. Krähen krächzten und klopften aufs Dach. Mein Herz bebte. Ich streckte mich auf dem Bett aus, doch ich hatte das Gefühl, als läge ich im Staub. Plötzlich war es klar. Ich war ein Zündholz, das schnell erlöschen würde. Weder das Ende meiner eigenen Geschichte noch das dieser armseligen Stadt würde ich jemals erfahren.

«Alles Unsinn», sagen die Polinnen, «die Menschen finden sich mit allem ab.»

«Glaubt ihr?», frage ich. «Ich meine, an Gott zum Beispiel.»

«Sicher glauben wir, geliebter Perser, wer sonst zieht an den Fäden unseres Lebens?»

«Vielleicht Lenin?»

«Vielleicht.»

Brüste zitterten mir vor dem Gesicht. Eine Polin sagte: «Stell Fragen, kleiner Perser, ich liebe Fragen. Ich liebe auch Nacktfotos.»

In meinem Kopf lärmte es. Ein Sturm peitschte ans Fenster. Auch wenn ich für wenige Augenblicke einschlafen würde, in meinem Kopf würde ich wach bleiben. Ich wollte, dass etwas passierte, etwas Extremes. Dass Zahra hereinkäme und mich an sich ziehen würde, an ihre Brüste, die mich gewalttätig anstarren würden.

Endlich versanken sie alle. Plötzliche Leere. Ich blieb allein im Netz zurück, der schläfrige Kater schnüffelte an meinen Fußsohlen. Ich schwang ihn in die Luft, drückte ihn an mich und kam endlich zur Ruhe.

10

◆

«Hast du das gewusst?», fragte Zahra. «Man hat ein Experiment gemacht, bei dem man Katzenjunge vom Tag ihrer Geburt an in einen dunklen Käfig gesperrt hat, die gesamten ersten Monate befanden sie sich in totaler Finsternis. Als sie ans Licht geholt wurden, konnten sie nicht sehen, blieben blind für den Rest ihres Lebens. Wie sich herausstellt, ist es ein angelernter Sinn.»

Chamad, der Kater, wird für immer und ewig davon überzeugt sein, dass Zahra seine Katze ist. Das ist das erste Problem. Das zweite Problem ist, dass es ihm nicht wirklich etwas ausmachen würde, wenn Zahra oder irgendjemand von uns stirbt. Es besteht keine Chance, dass er auch nur ein besorgtes Zucken um unser Wohlergehen zeigen würde, denn er ist nun mal ein Kater, das muss man verstehen. Er ist misstrauisch. Immer auf der Hut vor dem Feind, das heißt, es muss unbedingt einen Feind geben. Und Pastrami muss es geben, um es mit den Pfoten über den ganzen Boden zu treten wie einen Fußball, um das Gefühl zu haben, es sei auf der Flucht vor ihm, und erst dann grausam die Zähne hineinzuschlagen. Er ist ein Kater. Das Problem mit Zahra ist, dass sie es am meisten liebt, geliebt zu werden. Und Katzen schätzen eine solche Eigenschaft nicht.

Jahrelang war Zahra davon überzeugt, dass Katzen gemeine und verfluchte Tiere seien. Bis sie eines Nachts im Park ein winziges Ding in einem japanischen Strauch gewahrte, das sie mit fluoreszierenden Augen beobachtete. Ohne zu begreifen, was sie eigentlich tat und warum, und sicher ohne an die Konsequenzen zu denken, kehrte sie in die Wohnung zurück, holte einen Joghurtbecher und eilte wieder in den Park, um das Miniaturbündel hinter sich her zu locken, indem sie eine Spur weißer Tröpfchen entlang des Weges träufelte, und das Katzenjunge hüpfte von einem zum anderen und leckte sie auf. Sie war nicht in der Lage, es hochzuheben, nicht einmal, es zu berühren. Sie überlegte sogar, ob es opportun sei, einen Tierarzt mitten in der Nacht zu alarmieren, um ihr zu helfen, hatte dann jedoch das Gefühl, dass es sich verbat, bei diesem Unternehmen Mitwisser zu haben. In ihren Augen stahl sie das Kätzchen. Es rannte ihr nach, und sie rang noch im letzten Augenblick mit sich, ob sie es gegen ein schwarzes Modell austauschen sollte, so ein armseliges, das außer ihr zweifellos niemand lieben würde und das ihr ewig dankbar wäre. Oder ein graues, denn grau war elegant und sogar symbolisch, da ihr Leben weder schwarz noch weiß und erst recht nicht bunt war. Doch dann waren sie zu Hause angelangt, die kleine Kreatur rannte mit zitterndem Schwanz durch die Räume, schmiegte sich an die Wände, setzte überall Duftstempel, imprägnierte jede Ecke, denn sie begriff, hier würde sie wohnen. Sie hatte Durchfall und schiss auf alle Teppiche, weil sie überempfindlich auf Milchprodukte reagierte – woher hätte Zahra das wissen können? Wer hatte je von einer solchen Katze gehört? Sie bejammerte sich selbst. Wieso hatte sie sich in einem spontanen Impuls zu diesem sanitären Fiasko hinreißen lassen? Und Frau Safureh warnte sie: «Katzen hängen überhaupt nicht an Menschen, sie binden sich an Orte.»

«Und wenn sie an einem Ort hängen, besagt das, dass sie sich wohlfühlen?», fragte Zahra.

Für eine ganze Weile versuchte sie, den Kater loszuwerden. Doch er blieb. «Straßenkatzen kommen und gehen», belehrte sie ihn, doch er hatte sie gewählt. Da ihm der Ort so wichtig und schon gewohnt war, hatte sie gute Lust, ihn in einen Karton zu stecken und an einem völlig anderen Ort auszusetzen, weit weg, in der Wüste zum Beispiel. Der Karton würde sich öffnen, und Chamad würde entdecken, dass er den Wohnort gewechselt hatte, ohne Vorwarnung, ohne jede Wahl. Und es würde ihm klar sein, dass sie ganz allein sein Schicksal bestimmte. Zahra verstand nicht, weshalb sie ein so starkes Bedürfnis hatte, ihn kämpfen zu sehen, jaulen zu hören. Bis sie zu guter Letzt entdeckte, dass sie ihn wie einen Freund behandelte. Oder wie einen Adoptivsohn, entführt, aber geliebt. Und sie fürchtete, ihn zu verlieren, denn vor ihm hatte sie keiner Kreatur jemals wirkliche Aufmerksamkeit gewidmet, und daher war es seltsam für sie zu entdecken, dass es Dinge auf der Welt gab, die so verschieden von ihr und ihr gleichzeitig so ähnlich waren. Sie wollte mit ihm kuscheln, mit den Fingern in sein weiches Fell piksen, doch Chamad war ein unabhängiger Kater. Sie schrie ihn immer an, wenn er nicht langsam anfinge, mit ihr zu schmusen, würde sie aufhören, als sein Futterautomat zu dienen, und dann solle er mal sehen, wie er in den Mülltonnen herumsuchte. «Ich habe dich ausgewählt, du Dummkopf! Ich habe dich gerettet! Undankbarer Hund!»

Sie liebte es, ihm zuzusehen, wie er seinen pelzigen Bauch auf dem Schaukelstuhl platzierte und die beiden Vorderbeine herunterbaumeln ließ. Schläfrig kniff er die Augen zu Schlitzen zusammen und hielt sich für wichtig. Sie liebte es auch, ihn beim Fressen zu beobachten, wenn er bei jedem Bissen die Augen verengte und sie schloss, um zu schlucken. Sein Kopf schaukelte wie der Hals eines Kamels. Und wenn er seinen ganzen Körper nach oben streckte, sich in Form eines Kaffeetisches ausrichtete, wenn sich sein ganzes Fell sträubte und er sich den Hintern leckte, dann schien ihr, als sei er ein Mensch. Sie wiederum lernte, zu lachen, wenn er gähnte. Und so zu tun, als habe sie Angst, wenn ihm hin und wieder ein raubgieriges Knurren glückte. Sein Gesicht drückte alle Arten von Unzufriedenheit und Ärger aus, aber er besaß nicht die Fähigkeit zu lächeln, nicht einmal ein trauriges Lächeln.

Manchmal jagte der Kater sie. Eines Morgens, als sie die Küche betrat, um Tee aufzubrühen, sah sie, wie er sie mit durchdringendem, kritisierendem Blick musterte. Sie hielt für eine Schrecksekunde inne, da sie meinte, dem Kater sei aufgefallen, dass sie die gleiche Bluse wie am Vortag trug. Nachdem sie diesen peinlichen Augenblick verdaut hatte, begriff sie, dass sie trotz allem zu viel allein war.

11

◆

Auf dem Rückweg von der Universität kaufte ich eine gebrauchte Batterie für den Peykan. Das ganze Land hatte sich in den Häusern verschanzt – wie immer, wenn eine neue Comedy-Serie von Mehran Modiri angesagt war –, und die Straßen waren wie leergefegt. Zahra traf ich in der Küche an, mit Laptop und Kater vor sich auf dem Tisch. Sie war bereits eine autodidaktische Google-Piratin. «Wie es aussieht, habe ich ihn ein bisschen zu spät entführt, die kleine Ratte», sagte sie und hielt den Kater fest im Nacken, damit er sich nicht rühren konnte. «Der Computer sagt, wenn ich ihn etwas früher erwischt hätte, als er noch gesäugt wurde, hätten die Chancen gut gestanden, ihn davon zu überzeugen, dass ich seine Mutter sei, auch davon, dass er ein Mensch sei oder dass alle Menschen seine Artgenossen seien, und er hätte seine ganze Liebe und familiäre Wärme auf mich übertragen. Das empfiehlt sich zwar nicht, es ist eine Art psychischer Störung, aber es hätte für uns hier viel amüsanter sein können. So etwas bräuchte ich bei Gelegenheit. Wusstest du, Kami, dass sie mit dem Schwanz reden? Alle Gefühle im Schwanz. Der Computer hat mir hier ein Schwanzwörterbuch geliefert. Ich mache ein paar Experimente, damit wir lernen, die Sprache unseres Jungen zu interpretieren. Da, im Moment zum Beispiel zeigt er Zuneigung, siehst du? Der Schwanz ist steil aufgerichtet, und nur das Ende wippt sanft.»

«Zahra, mir scheint nicht, als ob er gerade Zuneigung zeigt.»

«Hier, da steht's, Zuneigung.»

«Aber seine Füße versuchen zu entkommen.»

«Jetzt ist er interessiert und neugierig. Siehst du, der Schwanz nimmt an der Spitze die Form eines Bogens an, endlich wird der Junge freundlich. Und da, jetzt ist er zur Paarung bereit. Oder vielleicht ist der Schwanz eigentlich entspannt, und nur das Ende zittert? Na gut, dann ist er im Moment wirklich erbost, und gleich gerät er in einen aggressiven Zustand. Sechs Millionen Straßenkatzen gibt es auf der Welt, und mir ist ausgerechnet dieses miesepetrige Exemplar zugefallen. Wenn er nur den Schwanz einziehen würde, dann würde das von Gehorsam zeugen, so will ich ihn haben, gehorsam wie er war, als er hierherkam. Total verängstigt ist er herumgerannt und hat einen Buckel gemacht wie ein Minikamel, versuchte mich zu beeindrucken. Hast du gewusst, Kami, dass man bei ihnen, wenn man sie in den Nacken beißt, angenehme und schmerzstillende Stoffe ähnlich wie Morphium im Blutkreislauf freisetzt? Das ist Teil des Paarungsaktes. Ich hätte fast Lust, ihn zu beißen.»

In den darauffolgenden Stunden kauften wir Frau Safureh eine Parzelle auf dem Mond; vier Dunam zum Preis von drei, mit einer Eigentumsurkunde, speziellen Baugenehmigungen und allem, was man brauchte, um sich einen Platz in der Mondkolonie zu sichern. Die Internationale Botschaft des Mondes teilte uns per Mail mit, dass sich bereits drei Millionen Menschen eingekauft hatten. Das kommende Zuhause der alten Dame befand sich nicht weit vom Meer der Stille, nordöstlich vom Südpol-Aitken-Becken, zwei Straßen entfernt von Tina Turners Grundstück. Die Mondverfassung würde man uns nach Hause schicken, mit einem Registrierungsformular für die Mondrechtserklärung, gegen eine Gebühr von nur zwanzig Dollar. Wo waren die Tage hin, als ein Dollar sieben Tuman wert war? Jetzt waren es bereits eintausendfünf Tuman, es war nicht sicher, ob der Preis für diese Mondrechtserklärung gerechtfertigt war. In einer Zwerggalaxis, fünfzig Millionen Lichtjahre weit entfernt, erstand Zahra einen Stern auf den Namen Babak Tiban mit einer Windradlandschaft, die im Dunkeln schimmerte und exakt wie die Milchstraße aussah. Tatsache – drei Jemeniten, die ihrer Behauptung nach seit dreitausend Jahren den Mars besaßen, haben die NASA bereits wegen feindlichen Eindringens verklagt, wir würden auch bald Klage erheben. Danach unterzeichneten wir Petitionen zum Schutz der Wale, gegen kosmetische Versuche an Breitnasenaffen der Gattung Kapuziner und für die Verwendung rothaariger Katzen in der Werbung und bei Produktverpackungen, denn die Bevorzugung weißer und grauer grenzte schon an Rassismus. Frau Safureh kam herein und bat, ich solle ein Rezept für Arrak aus Dattel- oder Feigensaft finden, und sie klopfte doch tatsächlich bei Herrn Nadschafian, um sich eine Tasse Fenchelsamen zu leihen. Ich wurde fündig und las vor: «Der Alkohol, der aus der Zuckergärung gewonnen wird, kann Blindheit verursachen», worauf Frau Safureh erwiderte: «Bei Allah, das Risiko gehen wir doch ein.» Als sich herausstellte, dass man den Radiator des Peykans zerlegen müsste – denn wie sonst sollten wir eine Heimdestille zusammenmontieren –, wurde das Projekt vertagt, und ich fand die Website eines Untergrundlieferservices, der uns geschmuggelte Bierbüchsen bis nach Hause brachte und unterwegs gleich noch eine Pizza von Dar-be-dar abholte. Das schöne Leben.

«Wir sind alle verrückt geworden», rief Frau Safureh und ging Fenster und Balkontüren schließen, denn Herr Nadschafian wartete doch nur auf solche Gelegenheiten. Als alles verrammelt war, verkündete sie zufrieden: «Das war's, wir sind eine geheime Höhle, wir sind ein geschlossener Club.»

«Aber der Rock! Was ist mit dem Rock und der Versteigerung? Auf der Website steht, noch vier Tage bis Ende des Angebots. Wie viel? Das kann nicht sein. Ist das die Möglichkeit? Giorgio aus Kalifornien bietet zweihundertzehn Dollar? Zweihundertzehn Dollar, komplette Familien leben einen ganzen Monat von zweihundertzehn Dollar. Massenhaft Mondparzellen kann man für zweihundertzehn Dollar kaufen.»

Babak wollte gern Madonnas Version von «Don't cry for me, Argentina» hören. Doch ich fand nur ein Programm für Karaoke, also sangen wir selber. Der angegebene Text war auf Polnisch, «Nie oplakuj mnie Argentyno», und es war so wunderbar, Worte zu singen, die kein Mensch verstand, dass wir die Karaoke-Seiten aus aller Welt abklapperten, gar nicht mehr aufhören konnten. Wir sangen auf Deutsch, «Weine nicht um mich, Argentinien», Tschechisch, «Utis se má Argentino», und Kurdisch, «Ne gri ji bo min Arjantin». Frau Safureh schwebte auf Wolken. «Meine Herrschaften, verehrter Star», sagte sie, «eine Information, die durch die Telefonleitungen unter der Erde rast und hierhergelangt, zu Kamis mobilem Projektor, das ist die merkwürdigste Revolution seit der Erfindung des Telefons. Dieses Geschenk, das diese jungen Leute für uns ersonnen haben, ist ein Fernrohr zur Welt, es wird uns weit bringen und alles verändern, was wir je kannten!»

Wir sangen, wir tranken Bier, wir rollten uns auf dem Boden bei jedem dummen Witz. Die Stimmung war ausgelassen, also fragte ich: «Was ist Ihr Geheimnis, Frau Safureh? Was verbergen Sie?» Doch keine Chance. «Wusstet ihr, dass es in Japan viereckige Melonen gibt?», lenkte sie wie üblich ab. Sie liebte Japan. Dachte, wir sollten uns auf die Welle japanischer Touristen vorbereiten, die die atemberaubenden Landschaften unseres Landes überfluten würde. Erwog, ein eigenes Fremdenführerbüro aufzumachen, die Führungen würde sie selbst machen. Ich fand eine Internetseite für sie, um gesprochenes Japanisch zu lernen: «Guten Morgen, ohayo gozaimas, Verzeihung, sumimasen. Vielen Dank, aber das ist mir zu teuer, domo, demo tschotto takai des neh.»

«Ihr werdet sehen», versicherte sie, «ich fliege uns vier noch dort hin.»

Babak packte beinahe schon den Koffer: «Hier, da will ich hin, das Liebeshotel im Shibuya-Viertel in Tokio, schaut mal, die Zimmer im Design einer gotischen Burg mit einem vibrierenden Bett und Spiegeln an der Decke.»

«Wir fliegen», bestimmte sie. Und wir surften weiter. Eine Roboterforscherin und Japanexpertin berichtete: «Die Stadtregierung Tokios will keine Gastarbeiter und schon gar nicht Philippinen zur Altenpflege. Der Ersatz – Roboter. Tausende Roboter werden bald in die Altenheime geschleust werden, um die Betreuten zu erheitern und zu beschäftigen und um zum Beispiel die Wäsche zu machen.»

«Aber wie sollen wir hier rauskommen?», zerstörte ich die Freude. «Man bekommt nicht einfach nur so einen Pass. Man muss zuerst den Militärdienst ableisten, und Babak und ich haben ihn doch verschoben. Das heißt, wir haben uns gedrückt. Eine Möglichkeit wäre, ein Stipendium für eine Universität im Ausland zu beschaffen. Aber auch wenn wir Pässe hätten, wer würde uns vieren erlauben, zusammen auszureisen? Höchstens in einer organisierten Gruppe unter staatlicher Aufsicht.

Aber auch das nur unter der Voraussetzung, dass Herr Nadschafian noch nicht dafür gesorgt hat, dass eine Akte über uns angelegt worden ist. Wer würde uns überhaupt in sein Land hineinlassen?», fragte ich. «Wir sind nirgends beliebt. Uns wird es wohl kaum vergönnt sein, jemals mit irgendeinem japanischen Roboter herumzusitzen oder in einem Pariser Straßencafé und einfach so die Passanten zu begutachten. Nie.»

Zum Singen der Nationalhymne der Islamischen Republik werden die Anwesenden in der Wohnung gebeten, sich zu erheben.

«Aufgestanden an dem Horizont, die Güte des Ostens,
im Glanz der Blicke der Rechtgläubigen.
Anmutigkeit des Bahman, unser Glaube,
deine Botschaft, o Imam, Unabhängigkeit und Freiheit prägt unseren Leib und unsere Seele.
O Märtyrer! Eure Schreie schellen in das Ohr der Zeit:
Bleib ewig beständig, Islamische Republik Iran.»

Zahra und die alte Dame ermüdeten, und ich ging zu dem roten Peykan hinunter. Seit den Achtzigern parkte er exakt an der gleichen Stelle unter der kahlen Pappel und dem mattblauen Laternenmast. Ich umrundete den Wagen ehrfürchtig, klopfte auf das rostige Blech, drückte auch kräftig gegen das dünne Metall, sandte kleine Wellen aus, um ein Gefühl dafür zu bekommen. Das Skelett war intakt, nur eine leichte Delle am vorderen Kotflügel links. Und die Fahrertür ließ sich nicht öffnen – ich versuchte es, das Blech erzitterte, das Schloss widersetzte sich. Ich packte einen rostigen Griff und öffnete die knarrende hintere Türe, sandte mit der Taschenlampe einen starken Lichtstrahl aus, der den Innenraum erleuchtete und glitzernde Staubkörnchen in der Luft tanzen ließ. Ich wischte den weißen Plastiksitz mit einem feuchten Lappen ab und setzte mich darauf, klebte kurz fest und kletterte dann auf den Vordersitz. Das Lenkrad war lose. Der Anlasser war tot. Ein dünner Sprung lief schräg über das gesamte Tachometer.

Babak tauchte auf, wollte helfen. Er brachte Häppchen und eine Flasche Grapefruitsaft. Legte sich der Länge nach auf den Rücksitz, in seinem weißen T-Shirt und seiner Kinderturnhose, und schloss die Augen.

Ich stieg wieder aus, hob die Motorhaube. Beugte mich in die nachtschwarze Finsternis, versuchte herauszufinden, wo ich anfangen sollte. Das Licht der Taschenlampe wärmte verkohlte Flecken von Fäulnis auf den alten, erkalteten Organen. Ich tauschte die Batterie aus, wechselte Flüssigkeiten, öffnete Schrauben, pustete, schmierte, schlug auf rostiges Metall, übersät mit Blasen der Verwitterung und des Verfalls, versiegelte undefinierbare Löcher. Mir schien, als seien die Federn alle an Ort und Stelle, sogar die Wasserpumpe funktionierte, und die Reifen waren kaum abgefahren – eine Spur schlaff, aber nichts, was man nicht beheben konnte. Es gab keinen Grund, weshalb ich Zahra nicht das Glück bescheren können sollte, mit mir herumzufahren, wir zwei gemeinsam, so hoffte ich. Die Benzinpumpe löste sich, und ich war über und über mit schwarzem, klebrigem Schmierfett eingeölt. Ich drückte das unbrauchbare Gaspedal durch, wollte nicht aufgeben, betete darum, ein Brummen des Motors zu hören. Kein Ton, auch die Gangschaltung war erledigt. Ich verzweifelte.

Der gelangweilte Babak forderte mich auf, mich zu ihm auf den geräumigen Rücksitz zu gesellen. Ich setzte mich neben ihn, wir aßen Schokolade und schwiegen. Es würde Spaß machen, ihm zu erzählen, dass ich der Freund von Nilufar Chalidian war, dachte ich, er würde sich am meisten von allen aufregen.

Er würde mir sogar bei der internationalen Petition helfen. Und auch von Amir könnte ich ihm erzählen, wie der Idiot die Tür hinter unserer Freundschaft ins Schloss geworfen hatte. «Sag mal, Babak, als Angestellter im Bauministerium, kannst du mir da vielleicht ein Telefonbuch und Faxnummern von den Regierungsämtern beschaffen?»

«Sicher kann ich das», antwortete er erfreut.

«Besteht irgendeine Chance, dass du mir ein Verzeichnis mit den Nummern der leitenden Angestellten heimlich kopieren kannst?»

«Klar kann ich das», freute er sich wieder, ohne zu fragen, zu welchem Zweck. Ich fand es merkwürdig. Und dann schwiegen wir wieder.

«Die Sache ist, ich habe eine neue Freundin ...»

«Viel Glück, das freut mich für dich», antwortete er, doch es schien, als ob die Freude in seinen Augen gerade erlosch.

«Es ist Nilufar Chalidian, die Rennfahrerin. Wir haben uns in der Fakultät kennengelernt», erzählte ich weiter.

«Sie ist hübsch», nickte er und betrachtete mich düster.

Ich war enttäuscht. Wenn ich enttäuscht bin, bin ich leicht zu durchschauen, das wusste ich, doch es gelang mir nicht, es zu unterdrücken. Es war auch ein bisschen erniedrigend, diese steife Reaktion, ohne jegliche Begeisterung. Babak blickte mir direkt in die Augen und sagte: «Ich bin froh, dass du mir vertraust und es mir erzählt hast, du bist ein guter Freund, Kami, danke.» Und er legte eine Hand auf meinen Arm. Als er sagte, du bist ein guter Freund, wusste ich, es kam von Herzen, doch ich wusste auch, dass er bedauernswert war. Und plötzlich wollte ich ihn umarmen, ich fühlte mich bereit, sein Geheimnis zu erfahren. Es wird uns beiden helfen, wenn er sich mir offenbart, dachte ich, aber ich blieb verkrampft. Er sagte: «Tut mir leid, ich bin in einer etwas merkwürdigen Phase, was diese Dinge anbelangt», und lächelte mich unglücklich an, mit einer Spur Bitterkeit.

«Was ist los?», fragte ich, Unwissenheit vortäuschend.

«Nichts weiter, bloß so eine verwirrende Phase», antwortete er, «das heißt, schon seit ein paar Jahren, vielleicht fünf oder eigentlich etwa zehn. Ich fühle mich wirklich nicht besonders wohl.»

«Du musst es nicht erzählen.»

«Besser nicht.»

«Aber du kannst, falls es dir hilft.»

«Es hilft nichts.»

«Dann nicht.»

«Ich habe ausgerechnet nach Liebe gesucht, die zu etwas führt. Mir kommt es vor, als hätte ich wie eine verschreckte Maus nach Liebe gesucht. Aber ich habe aufgegeben.»

«Glaub mir, ich verstehe dich, Babak, wirklich, ich bin genauso.»

«Aber bei mir ist es unmöglich.»

«Hast du jetzt gar keine Liebe im Leben?»

«Ich kenne keinen solchen Begriff. Oder ich kenne ihn nur zu gut, mag sein. Ich fühle mich verrostet und vertrocknet.»

«Hast du andere Dinge probiert? Versuch es. Man muss alles wenigstens einmal im Leben ausprobieren, nur so findet man sein Glück.»

«Ich habe schon alles gemacht, von dem ich mir geschworen hatte, es nie zu tun. Ich war gezwungen, alles zu probieren, was ich im Leben verachtet habe.»

«Und du hast gar nichts gefunden, was gut für dich ist? Ich frage nur allgemein.»

«Das ist in Ordnung, Kami, du verstehst es von allein.»

«Vielleicht verstehe ich es, sicher bin ich nicht, aber auch wenn, warum sollte es nicht trotzdem gut werden für dich?»

«Weil es unmöglich ist.»

«Warum? Wenn du Liebe hättest, wärst du glücklich. Du liebst doch verbotene Dinge, wie diese Zeiten, in denen es verboten war, eine Jeans anzuziehen, Videos zu sehen oder Schach zu spielen, und das Gefühl herrschte, dass alles illegal war und deshalb romantischer. Du hast gesagt, das machte Spaß, oder nicht? Dann solltest du Liebe haben, die dir Spaß macht – eine verbotene.»

«Aber bei mir ist es nicht nur etwas Verbotenes, es ist auch unmöglich.»

«Aber warum denn? Wir werden dir zusammen eine suchen.»

«Nein, ich liebe jeden, den ich unmöglich haben kann. Ich sehe einen Soldaten auf der Straße, einen Polizisten, sogar von der Sittenpolizei, einen Basidsch, einen Revolutionswächter, diese unschuldigen und religiösen, und ausgerechnet die will ich.»

«Sex?»

«Nein. Ihnen über die Wange zu streichen, würde mir genügen, vielleicht eine kleine Umarmung, ihr Freund sein, zu sehen, wie sie sich ohne Uniform und Waffe verhalten, wenn sie gewöhnliche Jungs sind. Nur diese Sorte mag ich.»

«Und hast du jemals so was gemacht?»

«Nein.»

«Aber nur solche?»

«Nur.»

«Das kann nicht sein, Babak, so was gibt es nicht.»

«Kann schon sein.»

«Dann müsstest du vielleicht ins Ausland fliehen. Dich von diesen ganzen Sittenpolizisten entfernen.»

«Ausländer oder Touristen ziehen mich nicht an. Nur bestimmte Menschen aus unserem Volk. Ich weiß, ich muss das irgendwie überwinden, aber ich habe es versucht, und es geht einfach nicht.»

Auf dem stillen Bürgersteig klang bisweilen das Klopfen langsamer nächtlicher Schritte auf. Dampf überzog die Fensterscheiben des Peykans, samtig bleich schimmerndes Straßenlicht umhüllte den Wagen, setzte uns in dem toten Skelett gefangen. Die Abdrücke meiner Finger, schwarz von Schmieröl, befleckten die weißen Sitze, und jedes unserer Worte hatte einen dumpfen Hall. Ich blieb beharrlich und fragte: «Hast du denn jemandem mal eine Gelegenheit gegeben?»

«Als ich es versucht habe, war ich angeekelt. Ich mag keine Homosexuellen.»

«Du kannst junge Männer im Internet finden, reden, sie kennenlernen, einer wird dich am Ende überraschen, ganz bestimmt. Wir werden zusammen welche suchen.»

«Schon gut, es gibt hier in der Gegend Treffpunkte, das Café Lam-Lam, der Teich im Park, daran fehlt es nicht. Ich fühle mich einfach mit keinem wohl. Sie sind zu empfindsam, aber nur was sie selbst angeht, vielleicht weil es so schwierig für sie ist, sie tun sich nur selbst leid. Und weil sie das Leben so misshandelt hat, sind sie schlecht und gemein. Vielleicht liebe ich das Schlechte. Aber von der schlichten Art, nicht gestört. Ich brauche jemanden, der nicht neurotisch ist.»

«Das ist kompliziert, Babak.»

«Ziemlich kompliziert, ich weiß.»

«Und nehmen wir mal an, du wärst eine Frau? Das hieße doch,

du könntest dir einen Jungen von den Revolutionswächtern suchen und ihn heiraten, oder nicht?»

«Eine Operation?»

«Ich schlage es nicht vor, ich frage nur.»

«Schau mich an. Ich mag ein ansehnlicher Mann sein, aber aus mir würde eine hässliche Frau.»

«Was willst du dann machen?»

«Nichts.»

So war Babak. Sah Menschen, die er nicht haben konnte, und wollte nur eins – sie heftig lieben, ihren Panzer sprengen. Sein Herz war wie ein Straßenhotel, verliebt für ein paar Augenblicke, er unternahm nichts und vergaß. Was musste er auf diese Militärtypen stehen, diese unterprivilegierten, manipulierbaren, bäuerlichen Ignoranten, die jeden hassten, der erfolgreich war, die Leuten in geordneten Verhältnissen wie Bakak und mir die Schuld an ihrer Dürftigkeit gaben? Ich wollte, dass er verstand, dass ich mich nicht vor ihm ekelte, wie er vielleicht meinte. Ich wollte sein Freund sein, ein teilnahmsvoller Freund, der vor nichts zurückschreckte.

Auf der Straße eine Zelle mit gesprungenen Glasvierecken, in der ein schwarzer Telefonapparat hing. In der Dunkelheit ein Junge, der eine Passantin bat, für ihn zu wählen und seine Liebste zu verlangen, seine verbotene Liebe. Im Wagen gab es kaum noch Sauerstoff. Doch wir hatten Angst, ein Fenster zu öffnen.

12

◆

Spätnachts beschloss ich, für Babak einen Geliebten zu finden. Er muss all das Gute einmal spüren, das er versäumt, dachte ich. Schließlich hatte mir Nilu das Leben in der Stadt viel mehr verschönert als sämtliche Phantasien, die ich auf der Brücke in Anzali angesammelt hatte. Sogar die Straße überquerte ich mit übertriebener Vorsicht, seit ich sie kannte, und während ich sie überquerte, schoss mir der beängstigende Gedanke durch den Kopf, dass nur die Liebe Angst vor dem Tod weckt. So vieles hatte ich zu verlieren, dass es mich neugierig auf das Leben machte und hungrig auf die Welt. Ich war verliebt! Ja. Babak musste das ebenso fühlen.

Ich ließ mich bei einer Bekanntschaftsbörse im Netz registrieren und streckte die Fühler aus. «Suche Soldaten», schrieb ich. So viele Suchende wirbelten in diesen turbulenten Kreisen, dass man gar nicht wusste, wie man wählen sollte. Ein Filmemacher. Ein Koranforscher. Ein Sänger. Ein Buchhalter. Ein Seepferdchen. Alle schrieben sie mir. Bettelten um ein Treffen. «Ihr habt mich noch überhaupt nicht gesehen», erboste ich mich. «Aber nein, das spielt keine Rolle», schrieben sie, «wir wollen nicht allein bleiben.» «Ihr seid nicht mein Typ», erklärte ich, «tut mir leid, ich suche etwas ganz Bestimmtes, einen Kämpfer der Revolutionsgarde oder einen Offizier der Sittenpolizei.» Babak hat ein Recht darauf, seine Phantasie zu verwirklichen. Ich ging alle persönlichen Angaben durch, suchte nach Hinweisen auf verkappte Freiheitstäubchen in Uniform, auf Mitglieder der Armee des Islams, die sich der Lust unterwarfen, die in den Schatten lockt. Jeder hatte einen detaillierten Fragebogen ausgefüllt, Perversionen, Abhängigkeiten, ein Buch, ein Film, ein Sänger, Fußballverein, Dinge, die man gerne tat, Dinge, die man hasste, Dinge, ohne die man nicht einschlafen konnte. Körperbau, Gesichtsform, Penisgröße, Ganzkörperfotos.

Ich loggte mich in einen englischen Chatroom ein. Homos. Im Nahostraum. Ein zwanzigjähriger Soldat sprang mir sofort ins Auge. Ich schrieb: «Guten Abend, ‹zuckersüßer Scharfschütze, der Online-Schach spielen möchte›. Suchst du auch Liebe?»

«Was eben kommt», antwortete er.

«Ich bin hier für einen Freund», erklärte ich, «der Soldaten liebt.»

«Nett von dir, was genau mag er denn?»

«Ich weiß nicht so recht. Ich glaube, dass sie die Uniform ausziehen und ganz ihm gehören. Und dass sie zärtlich sind und viel lachen. Rücksichtsvoll und ordentlich. Und fleißig. Aber zuckersüß, das ist vielleicht zu süß für ihn, ich denke, er braucht etwas Starkes und Hartes, bist du stark und hart?»

«Er braucht nur darum bitten, und ich fange einen Krieg für ihn an. Ich bin ein jemenitischer Scharfschütze.»

«Du bist Jemenit?» Ich war überrascht.

«Ein waschechter Jemenit.»

«Zu kompliziert», schrieb ich, «das heißt, in der Romantik gibt es vielleicht keine Gesetze und keine Grenzen, aber ich glaube nicht, dass mein Freund eine Genehmigung erhalten wird, in den Jemen zu fliegen, auch nicht für die Liebe.»

«Nach Tel Aviv», korrigierte er mich.

«Tel Aviv?»

«Ich bin ein Jemenit aus Tel Aviv, nicht aus dem Jemen.»

«In echt?»

«Was hast du gegen Tel Aviv? Bist du vielleicht aus Jerusalem?»

«Nein, im Gegenteil, ich bin aus Teheran.»

«Lügner. Seit wann gibt es in Teheran Internet?»

«Mit den ganzen Kriegen, woher habt ihr in Tel Aviv überhaupt noch Zeit fürs Internet? Und was habt ihr eigentlich alle mit diesen Benennungen, Jemeniten, Polinnen ...?»

«Hasst du uns?»

«Warum sollte ich euch hassen?»

«Ich weiß nicht, ihr seid alle Talibans und so Zeug.»

«Wieso das denn? Das denkst du über mich?»

«Ich glaube nicht, dass du überhaupt aus Teheran bist, Lügner, aber selbst wenn du wirklich aus Teheran bist, was ein Gedanke ist, der mir das Hirn raussprengt vor lauter Abartigkeit, tut mir leid, beim besten Willen und allen regionalen Friedensbestrebungen, das sind zu viele Stunden Flug für einen Fick. Ich habe genug Perser in Tel Aviv.»

«Was machen Perser in Tel Aviv?»

«Leben.»

«Geht es ihnen da gut?»

«Warum nicht?», wunderte er sich. «Wie ist der Immobilienmarkt bei euch?», fragte er dann.

«Volltreffer, Immobilien sind das Profitabelste, was es hier gibt.»

«Gib mir eine Größenordnung.»

«Eine Fünfzig-Quadratmeter-Wohnung in nicht besonders zentraler Lage in der Stadt? Miete vierhundert Dollar. Kaufen?

Zwischen 2500 und 15 000 Dollar der Quadratmeter. Deswegen wohnen junge Leute weiter bei den Eltern, es ist hart.»

«Auch bei uns, Bruderherz, auch bei uns, harte Sache, alles Wichser.»

«Aber mein Freund und ich sind versorgt, keine Sorge.»

«Vielleicht machen wir mit dir Geschäfte, mein iranischer Freund», sagte er, und danach spielten wir online Fußball, tauschten Musik aus, ich spielte ihm Untergrund-Hip-Hop von Reza Pishro vor. Als er offenbar Sex gefunden hatte, verschwand er, ohne sich zu verabschieden, und ich tappte wieder im Dunkeln, allein, auf der Suche nach einem Soldaten. Es herrschte ein eklatanter Mangel an Soldaten im Internet. Um zwei Uhr morgens tauchte plötzlich ein Autoelektriker für Militärfahrzeuge auf, als sei er uns von Allah geschickt worden, höchst nützlich für Nilu und den Peykan, ein Junge, der Cafés und Campingausflüge liebte, Gitarrespielen lernte und die gleichen Bücher mochte wie ich. Er kam aus Teheran. Ich fragte: «Vielleicht wärst du bereit, meinen Freund kennenzulernen, gutherzig, ohne Erfahrung in der Liebe?»

«Ist er hübsch?», fragte er zurück.

«Ich finde schon.» Ich zögerte.

«Gut gebaut?»

«Keine Ahnung.»

«Maße?»

«Was meinst du mit Maßen?»

«Seine Teile.»

«Das möchte ich gar nicht wissen», erwiderte ich erschüttert.

«Fest ansässig?»

«Was?»

«Fester Wohnsitz? Eigene Wohnung und das Ganze?»

«Ach so, klar», antwortete ich.

«Diskret?»

«Äußerst diskret. Ich verstehe dich, das ist sicher gefährlich für dich, quasi als Soldat.»

«Nicht so schlimm, ist ja bloß vorübergehend, bis zur Heirat.»

«Erzähl mir von dir!»

«Was?»

«Ich muss wissen, in welche Schwierigkeiten ich meinen Freund vielleicht bringe», erklärte ich.

«Hast du dich zu seinem Zuhälter ernannt?»

«Nein, ich bin einfach ein besorgter Freund.»

«Ein Vergnügen, solche Freunde zu haben.»

«Also wie heißt du?», fragte ich.

«Schnecke.»

«Ein netter Deckname. Aber wie heißt du wirklich?»

«Schnecke. Begnüg dich damit.»

«Warum Schnecke?»

«Ich war früher mal ziemlich fett, aber als ich anfing, als Tourenführer zu arbeiten, ist alles verschwunden. Mein Bauch ist eisenhart, keine Bange.»

«Die Schnecke ist doch überhaupt kein dickes Tier.»

«In Isfahan gibt es fette Schnecken.»

«Du bist in Isfahan aufgewachsen, schön, wir kommen voran. Und warum bist du in der Armee?»

«Warum bist du's nicht?»

«Ich weiß nicht.»

«Hast du grundsätzlich was dagegen?»

«Manchmal», erwiderte ich. «Jedenfalls denke ich gern, dass wir hier unter Besatzung stehen, eine Okkupationsregierung. Dieses Volk war so oft schon besetzt. Ein bequemer Gedanke.»

«Wie kannst du so reden? Das sind deine Brüder, deine Freunde, die kämpfen, während du im Tadschrisch-Center Milchshake trinkst.»

«Na ja, ich rede von Freiheit, du als Homo solltest das verstehen», griff ich an.

«Ich bin kein Homo», schrieb er blitzschnell.

«Hast du dich selbst überzeugt, dass dein Leben hier frei genug ist?»

«Ich bin kein Homo.»

«Was suchst du dann in dieser Börse?»

«Das ist die Hitze.»

«Ja, du bist einfach nur geil.» Ich lachte.

«Das Leben hat viele Seiten.»

«Aber was ist, wenn du dich in meinen Freund verliebst?»

«Ich bin kein Homo.»

«In Ordnung, aber du liebst Homos.»

«Ich mag Homos überhaupt nicht.»

«Aber du willst meinen Freund.»

«Ja.»

«Was willst du denn nun eigentlich?» Ich verstand ihn nicht.

«Warum machst du alles so kompliziert? Ich werde es ihm gut besorgen. Schnell und mit Qualität. Ich binde mich nicht gefühlsmäßig.»

«Und du unterstützt die Revolution und die Mullahs?»

«Tu ich.»

«Und wenn dein Vorgesetzter dich losschickt, um unzüchtige Mädchen zu schlagen? Würdest du auch das für die Republik tun?»

«Ich bin Autoelektriker.»

«Aber in Uniform, ja?»

«Ja.»

«Tarnuniform?»

«Ja.»

«Ausgezeichnet. Komm in gefleckter Uniform.»

«Wohin?» Er versuchte, in praktische Bahnen zu lenken.

«Und es stört dich nicht, dass mein Freund nicht beim Militär gedient hat, stimmt's?», forschte ich nach.

«Was kümmert mich das? Du hast mich wohl zum Regierungschef gemacht. Ich bin ein Fahrzeugelektriker bei den Pasdaran, der in Ruhe leben möchte.»

«Bei den Pasdaran? Wie bitte? Du bist bei der Revolutionsgarde? Ich dachte, in der normalen Armee. Beängstigend.»

«Du bist echt eine Nervensäge.»

«Gut, entschuldige, alle Achtung für den Mut. Hattest du viele Jungen im Bett?»

«Du stellst zu viele Fragen, woher weiß ich, dass du mir keine Falle stellst?»

«Was für eine Falle?», schrieb ich erschrocken.

«Vielleicht bist du vom Nachrichtendienst, von der Sittenpolizei, vom Verteidigungsministerium, versuchst Männer zu jagen, die in Ruhe leben möchten?»

«Und vielleicht stellst du mir gerade eine Falle?» Ich wurde wütend. «Vielleicht haben sie dich geschickt, um herauszufinden, was ich über den Präsidenten denke?»

«Wenn es mich stören würde, was du denkst, hätte ich die Basidschis schon losgeschickt, um deine Wohnung zu stürmen, als du das mit der Besatzungsarmee geschrieben hast.»

«Mach mich nicht nochmal wütend», verlangte ich, «so

denke ich, und es ist mein Recht, so zu denken, dieser Staat ist eine einzige Kreuzung von Unglücksfällen, ab und zu wird hier eine Fremdherrschaft ausgewechselt, unser unglückliches Volk akzeptiert es ergeben, beugt den Kopf, und jetzt seid es eben ihr. Auch das wird vorbeigehen.»

«Unverschämter Kerl», schrieb er zornig, «füg deiner Geschichtsstunde vielleicht noch hinzu, dass wir nach Jahrhunderten fremder Ausbeutung und Unterdrückung ein unabhängiges, demokratisches Regierungsoberhaupt hatten, und dass deine CIA daherkam, ihn stürzte und an seiner Stelle einen Marionettenkönig einsetzte, ein Spielball ausländischer Agenten. Möge Allah sich erbarmen, das Volk war wirklich ergeben und hat sich auf beschämende Weise angepasst. Zwanzig Jahre lang haben die Amerikaner hier geherrscht, und was waren wir für sie außer ölpissende Sklaven?»

«Du hast keine Beweise dafür.»

«Schau nach!»

«Aber was hat das überhaupt damit zu tun?», fragte ich verständnislos.

«Jahrzehnte britischer und amerikanischer Intrigen und Winkelzüge, herrschsüchtiger Ausbeutung und Bedrückung und Raub von Naturschätzen sind zu Ende gegangen, dank Allah und dank dem Vater der Revolution, Chomeini, und den mutigen Massen, die auf die Straße gegangen sind und den Willen des Volkes durchgesetzt haben.»

«Für einen Autoelektriker bist du sehr revolutionär», schrieb ich, «und auch gut bewandert in Geschichte.»

«Danke.»

«Aber wovon träumst du zum Beispiel? Hast du überhaupt Ziele?»

«Freundchen, du verkuppelst mir doch keine Braut.»

«Ich vermittle dir auch keinen One-Night-Stand, falls du das denkst. Ich möchte wissen, was du mit deinem Leben anfangen willst.»

«Was kann man schon damit anfangen? Kaufen, kochen, essen, beten.»

«Und Sex?»

«Und viel Sex. Sag deinem festansässigen Freund, er soll sich schon mal vorbereiten. Ich fahre morgen zu Manövern im Süden, in einer Woche bin ich zurück, und dann werde ich bei ihm in der Wohnung stehen, in Leopardenuniform, wie er es liebt.»

«Augenblick mal, das kann unmöglich eine Woche warten, komm heute Nacht, bevor du dich davonmachst, das heißt, um sechs in der Früh, in den Sa'i-Park, du wirst es nicht bereuen.»

Um kurz nach fünf, noch bevor die Sonne aufging, war ich schon wach wie eine Boden-Luft-Rakete der Revolutionsgarde. Ich schoss die Treppen hinunter, weckte Babak mit einem Klopftrommelfeuer an seiner Wohnungstür, an der ein kleines, heiteres Holzschildchen eine «Familie Tiban» ankündigte, obgleich gar keine Familie dort wohnte. Die Türangel quietschte, und ein verwirrter Babak öffnete. Er ließ zu, dass ich ihm folgte, mich in sein Leben drängte. Auch wenn er aufgeschreckt wird, lächelt er, bemerkte ich verwundert. Und sogar wenn er schläft, kann er nicht anders als lächeln, sein Leben besteht aus Lächeln. Ich sagte zu ihm: «Zieh dich an, schnell, sportlich.» Doch ich weigerte mich zu verraten, worin die Überraschung bestand. Babak war gespannt wie eine Feder, rannte um mich herum, versuchte sich hastig anzukleiden, während ich mich mit demonstrativer Gelassenheit auf das schmale Sofa warf, um Spannung abzubauen. Es roch intensiv nach den bunten Kaugummikugeln von früher. Die weiß-blauen Porzellanfliesen in der Küchennische waren die einzigen Farbtupfer; das Sofa, die große Blumenvase im Eck, der Wasserkessel und sogar sein T-Shirt – alles in Weißtönen. Das Zimmer war eng und gedrängt, aber hell und mustergültig aufgeräumt. Er entschuldigte sich, er würde bald renovieren und die Gestaltung verbessern, doch es war eigentlich sehr hübsch, denn überall an den Wänden verstreut angebrachte Bilder dominierten das kleine Zimmer und warfen tiefe, kräftige rötliche Farben in den Raum – professionelle Porträts, wie es schien, alle von einem schmalen Streifen umrahmt, mit fragendem Blick, als habe das Leben sie plötzlich an einen fremden Ort verschlagen, Männer an der exakten Nahtstelle am Ende ihrer Jugend, und neugierig. Ich fand sie ein bisschen hässlich – ja, er liebe Mischungen aus Schönheit und Hässlichkeit, erklärte Babak –, eingefangen von der Linse in einem unverhofften Sekundenbruchteil, was es schwierig machte zu entscheiden, ob sie robust oder empfindsam waren, und aus irgendeinem Grunde schien es, dass das Glück hinter der nächsten Ecke auf sie wartete und die ganze Welt einfach sei, ohne einer Erklärung zu bedürfen. Der Fotograf hatte sich ihnen aufgeprägt, denn sonst hätte er nicht diese entlarvenden Blicke eingefangen.

«Woher sind die Bilder?», fragte ich.

«Von mir», antwortete er mitten im Zähneputzen, «ich fotografiere manchmal.»

Ich suchte nach einem Weg, meine Bewunderung überzeugend auszudrücken, denn ich war wirklich begeistert. «Hör mal, du bist verrückt, wieso vergräbst du dich jeden Morgen in einer Amtsstube? Langsam fange ich an zu denken, dass alle hier im

Staat auf den falschen Stühlen sitzen» – ich zitierte Nilu. Als er deprimiert versetzte, es gebe ja keine Alternative, erwachte der Kampfgeist in mir, und ich widersprach ihm: «Babak, vergiss es, das lasse ich dir nicht durchgehen, wir beide werden zusammen einen Lebenslauf und einen Begleitbrief verfassen und ihn an alle bekannten Agenturen und Galerien in der Region schicken, und an Journalisten, Werbeleute, und wir werden nicht aufgeben, bis etwas für dich dabei herauskommt, als Fotograf oder Fotoassistent. Aber zuerst finden wir die Liebe», deutete ich an, wobei ich ihm zublinzelte. «Keine Sorge, mein Freund», versicherte ich, und wieder hörte ich Nilu aus meinem Mund sprechen, «jede Blume hat ihre Zeit zu blühen.» Babak warnte mich, dass ich mich ziemlich schwul anhörte, worauf wir in Lachen ausbrachen. Er kämmte sich noch schnell, sprühte sich mit etwas Parfüm ein. Wir rannten die Stufen hinunter, um Frau Safureh abzuholen, und gingen dann zu den Grünflächen im Park – sie zum Yoga, ich zu meinen Runden, und Babak wurde auf eine Bank gesetzt, wo er gehorsam wartete. «Never hide!», sagte ich auf Englisch zu ihm und entfernte mich. Ich bezog einen Beobachtungsposten.

Schnecke traf nach zwanzig Minuten ein, in gebügelter Uniform, muskulös, groß und massiv, und sah nicht besonders warm oder liebevoll aus, doch das war anscheinend, was Babak brauchte. Er ließ sich dicht neben ihm nieder, streckte die Hand aus und fragte: «Hale-to chube? Wie geht's dir?» Und sofort waren sie mitten in eine Unterhaltung vertieft, die weder gehemmt noch holprig oder zu zweckorientiert aussah. Ihre Körpersprache wirkte befreit und strahlte eine solche Fröhlichkeit aus, dass ich am liebsten losgerannt wäre und die beiden geküsst hätte, so stolz war ich. Um niemanden in Verlegenheit zu bringen, verschwand ich und dachte, dass sie wie zwei Waisenkinder waren, andersartig, ungewöhnlich, und sicher waren sie schon fast so weit gewesen, sich mit einem Leben im Verborgenen abzufinden oder mit dem einsamen, elenden Alter, in dem man unendlichen Durst nach Dingen hatte, die man nie haben würde. Und nun, mit einem Mal, gab es sie. Sie würden nicht allein bleiben, trotz allem. Sie würden verzauberte Morgen zusammen im Bett erleben, Nächte rasenden Herzklopfens, wie einfach es doch war, wenn es funktionierte, wie natürlich. Es machte mich glücklich.

Wir gingen nach Hause, Frau Safureh und ich, langsam, schnaufend, ließen das frischgebackene Paar auf der feuchten Bank zurück. Ich musste nichts erklären, sie verstand, doch sie sagte: «Ich bin beunruhigt, Kami, er verheißt nichts Gutes, der Soldat.» Herr Nadschafian spähte aus seinem Kiosk zu uns hinüber. «Dieser Denunziant ist imstande, uns von den Lippen abzulesen», warnte die alte Frau dann, «sprich besser nicht über solche Dinge.»

Milder Regen wusch die belebten Straßen, die Sonne, die kaum zu scheinen begonnen hatte, zog sich angesichts der schwarzen Wolken zurück. Am Horizont zeichneten sich Wolkenkratzer ab, und ein alter Namaki schlurfte mit seiner Schubkarre über die Kreuzung, sammelte alte Möbel ein, Kartons, Flaschen und Zeitungen. Früher einmal tauschte er altes Brot gegen Salz, heute war er in der Recycling-Industrie. Und die Stadt war wie ein Sender, ein Wald von Antennen, die unzählige Botschaften ausschickten, die Luft wimmelte vor Informationen und Anweisungen, die mich einzufangen versuchten. Ich musste die richtige Frequenz heraushören.

13

◆

Herr Nadschafian kaufte sich einen neuen Papagei. Einen irakischen Papagei, Überlebender des letzten Krieges. Am Morgen nahm er ihn immer mit zur Arbeit in den Kiosk und am Abend zurück in die Wohnung – es mache ihn fröhlich, wie er erklärte. Doch Nadschafians Papagei rezitierte Koranverse und sogar die Eröffnungssure, die al-Fatiha, konnte er, und wenn Frau Safureh vorbeikam, krächzte er stets «Fatwa, Fatwa» gen Himmel. «Wieso droht der Papagei ausgerechnet einer alten Frau wie mir mit einem religiösen Erlass?», fragte sie immer mit Sorge. Sie dachte auch daran, den Kater auf den Vogel zu hetzen, doch sie hatte nicht den Mut zu solchen Dingen, die uns alle in Schwierigkeiten bringen konnten.

Eines Tages kündigten Plakate im Viertel an, dass der Popstar Benjamin in das Plattengeschäft neben dem Kriegsversehrtenheim käme, um CDs zu signieren. Die Fans könnten sich mit ihm per Mobiltelefon fotografieren lassen. An jenem Morgen hörte Frau Safureh, wie Herr Nadschafian am Telefon den Text seines neuesten Songs, «Verzeih mir», vorlas, in einem Ton, der sich für sie sehr aggressiv anhörte. «Verzeih mir, dass ich statt der liebenden Hand, die du mir botst, eine andere Hand ergriff.» Das las er vor und sagte dann mit erhobener Stimme, dieser Benjamin habe schon zwanzig Millionen CDs verkauft. «Das Lied handelt von Untreue», erkannte Frau Safureh sofort, «und das verstößt gegen das Gesetz. Herr Nadschafian berichtet sicher den einschlägigen Stellen.»

Ich versuchte, sie zu überzeugen, dass das jeder Logik entbehre, denn weshalb sollten diese Stellen ausgerechnet Nadschafian brauchen, um sie über Lieder eines Sängers auf dem Laufenden zu halten, der wahrscheinlich ohnehin unter Beobachtung stand. Doch am nächsten Tag wurde im Netz die Meldung veröffentlicht, dass das Lied «Verzeih mir» in der Islamischen Republik verboten worden war und ausschließlich außerhalb der Staatsgrenzen verbreitet werden durfte. «Ist das nicht eine merkwürdige Koinzidenz?», bemerkte Frau Safureh mit Genugtuung. Wir schlossen uns zunehmend ein.

Am gleichen Abend, als ich aus der Universität zurückkehrte, wollte ich Babak und Zahra auf ein französisches Chansonfest im Café Entr'acte in der ersten Etage des Dschumhuri-Kinos, westlich der Falastinstraße, schleifen. Sie liebte Chansons, und er war schwul, sie sollten sich zur Abwechslung einmal aus dem Haus bewegen, und es könnte ihnen tatsächlich gefallen. Ich ging sogar zu Frau Safureh hinunter, weil ich dachte, sie würde die zwei vielleicht überreden. Doch sie votierten mit ihrer Stimmenmehrheit: Wir würden zu Hause bleiben, um den Computer versammelt, ein weiterer Abend unseres geschlossenen Surfclubs. «Das Internet ist nicht dazu gedacht gewesen, euch noch weiter zu isolieren», beklagte ich mich, doch es war mit keinem zu reden. Bevor wir starteten, rüstete Zahra Babak und mich mit einem Bündel Geldscheinen aus, und wir stürzten los, um im Velenjak-Supermarkt amerikanisches Essen einzukaufen. Wir nahmen auch Gouda und Camembert mit sowie Schweinefleisch, das nur an Nichtmuslime verkauft werden darf. Als wir zu den Frauen zurückkehrten, die ruhelos wie ein Paar ausgehungerter

Wölfe auf Sensationen warteten, fragten sie uns: «Na, was fangen wir heute Nacht an?»

Babak schlug vor, dass jeder in der Runde einen Internetwunsch äußern sollte. Zahra wollte einen Blitzkurs in Katzenerziehung. «Erstens, starre sie nicht an, das ist eine Provokation, die zum Kampf herausfordert», las sie vor. «Zweitens, schreibe ihr keine menschlichen Eigenschaften oder deine eigenen Gedanken zu, es ist eine Katze, bei Allahs Leben. Und lass sie in Ruhe, sie lieben das Alleinsein. Was für ein Kurs ist das denn? Und hast du das gewusst – in der Brunstzeit kann ein Hase versuchen, sich mit einer Katze zu paaren?»

Frau Safureh zündete Kerzen an und bat Zahra um eine Tanzstunde. Die alte Dame schunkelte mit Babak engumschlungen zu Simon & Garfunkel, und Zahra zog mich an ihre Schulter, sagte: «Du bist hinreißend», und ihre feste Hand mit den feinen Falten umfasste meinen Nacken, hielt mich an sich gedrückt.

Babak brachte uns alle in Verlegenheit, als wir auf seinen Wunsch hin gemeinsam einen Videoclip von Zainab Ibrahim, dem Telenovelastar, zweiundzwanzig Jahre alt, anschauen mussten, die den Bildschirm des nationalen Fernsehen mit einer Vielzahl von Rollen als frommes, züchtiges Mädchen ausgefüllt hatte, bis jemand ein Sexvideo mit ihr ins Internet stellte und Zainab vom Erdboden verschwand. Ihr Freund, der mit ihr gefilmt worden war, flüchtete außer Landes, versteckte sich in den Vereinigten Emiraten, wurde jedoch gefasst und ausgeliefert, und nun zerrissen sich alle das Maul über die beiden. «Nun, die Regierung wird das Mädel schon zu Tode steinigen», murmelte Frau Safureh mit zynischer Verzweiflung. «Dieses Volk ist zu sexbesessen, das ist das ganze Problem.»

«Schluss damit», sagte ich beruhigend, «kein Gericht steinigt irgendeinen Gläubigen zu Tode, sie steinigen Frauen, die ihre Männer ermordet haben, oder Prostituierte, die ihre Kunden umgebracht haben, doch nicht normale Leute.» Mir schien, als hörte ich mich überheblich an.

In dem Clip zogen sie sich vor der Kamera aus, bezaubernd unschuldig, weder gewaltsam noch wild, mit vielen Küssen und Umarmungen. Babak gab zu, dass das vielleicht zu intim sei, doch die alten Damen kannten kein Halten, der Bildschirm lief heiß.

Plötzlicher Stromausfall. Das passierte manchmal, auch in der Großstadt. Zum Teufel mit dem Licht, aber wie lebt man ohne Internet? Zum Verrücktwerden. Wir kochten Tee. Warteten ungeduldig auf den Sofas. «Anstatt untätig herumzulungern, könnten wir vielleicht ein Geschäft eröffnen», schlug Frau Safureh vor. «Vielleicht eine Bierbrauerei? Eine Weinkelterei? Unmöglich, Nadschafian würde es sofort riechen und uns verpetzen. Vielleicht eine Pension, ein kleines Hotel für die Katzen reicher Leute auf Urlaub? Vielleicht einen Attentatservice, stellt euch nur vor, hier in der Wohnung, die Klienten würden zur gegebenen Zeit über eine Internet-Hotline eingeschleust, und wir würden sicherstellen, dass es nur richtige Schurken trifft, wer sollte uns schon erwischen, bei den Unschuldsgesichtern, die wir drei haben.»

«Aber wie unschuldig ...», winkte Zahra grinsend ab, und Babak machte den Vorschlag, neue Lieder von Zahra zu produzieren. «Vielleicht machen wir einen Laden für illegale Hemden auf», schlug ich vor, «wir drucken subversive Aufschriften und verbreiten sie im Netz. Ich habe nämlich, um die Wahrheit zu sagen, schon angefangen, etwas zu organisieren», gestand ich zögernd, «ich habe eine Kampagne für die Rennfahrerin Nilufar Chalidian eröffnet. Sie will mit den Männern an den Start gehen, was man aber nicht zulässt. Wenn euch das interessiert, könnten wir die Sache zusammen durchführen, ein öffentlicher Protest, wir richten einen eigenen Blog ein.» Ein stolzes Lächeln breitete sich für den Bruchteil einer Sekunde über meinem Gesicht aus, bis Frau Safureh aufbrüllte: «Nein! Unter keinen Umständen!» Sie schlug auf den Tisch und schoss von ihrem Platz hoch.

«Keine Sorge», sagte ich, «es läuft unter fiktivem Namen. Wenn ich online bin, heiße ich Brandon.»

Zahra griff beruhigend ein: «Das ist in Ordnung, es ist innerhalb der Spielregeln.»

Doch die alte Dame schwang eine geballte Faust in der Luft und fiel über mich her. «Nein, du dummer Junge!»

Ich kam mir vor wie ein gescholtenes Kleinkind, starr vor Demütigung, begriff nicht, was ich falsch gemacht hatte und was in der Frau vorging.

Babak fragte: «Aber warum denn nicht, Frau Safureh, was ist los?»

«Ich werde euch nichts Politisches machen lassen.»

Mir schien, dass ihre Lippen zitterten. Es herrschte Totenstille, wir waren geschockt. Zahra verschluckte ein paar Worte, murmelte in sich hinein: «Wir sind für so kurze Zeit auf dieser Erde, da ist es doch nicht schlimm, wenn wir ein bisschen Lärm schlagen.»

Doch ich rappelte mich auf und stellte mich vor Frau Safureh. «Also was sollen wir dann machen, nur Geld? Amüsieren und Geld, ist das das Leben, das Sie uns zugestehen?» Mich übermannte der Zorn, aber ich versuchte, beherrscht zu bleiben.

«Du wirst hier etwa achtzig Jahre verbringen, Maximum. Das ist die ganze Geschichte; die Zeit verbringen. Finde dich damit ab, koste es aus, und du wirst ein besseres Leben haben.»

«Warum? Wir alle hier in der Wohnung übertreten sechsmal am Tag das Gesetz, ist es nicht besser, wenn wir wenigstens ein würdiges Ziel hätten?»

«Fang jetzt nicht damit an, dich ins Revoluzzertum zu verlieben», erwiderte sie mit verächtlichem Zorn, «ich habe in meinem Leben schon sämtliche Phrasen gehört. Wenn man ins Feuer geht, Kami, kann man nie voraussehen, wie schmerzhaft das endet.»

«Mit einer solchen Einstellung wird es nie Freiheit auf der Welt geben.»

«Du bist ein unschuldiger Spatz», murmelte sie nachsichtig, wobei sie sich überheblich und mitleidig zugleich anhörte.

«Vielleicht, vielleicht aber auch nicht», antwortete ich stolz. «Ich bin so, ich muss glauben, dass es eine Chance gibt, dass die Menschen hier, wenn die Versprechen der Zukunft stärker als die Verzweiflung der Gegenwart und die Narben der Vergangenheit sind, die Hoffnung gegenseitig in ihren Augen sehen werden und dass die Vernunft über die Dummheit siegt.» Und ich fügte noch hinzu: «Es braucht Mut, um Gutes zu tun.»

Babak applaudierte begeistert, biss sich auf die Lippe und ließ einen kurzen Pfiff los. Zahra gab sich alle Mühe, nicht in wildes Gelächter auszubrechen. «Irgendeiner muss doch anfangen», sagte ich entschuldigend. Frau Safureh kroch die Röte ins Gesicht, sie heftete ihren Blick hilfesuchend auf Zahra, und als die erhoffte Rückenstärkung ausblieb, wurde sie noch wütender und bellte uns alle an: «Die ganzen Schwachköpfe, die sich an dem Umsturz 79 beteiligt haben, die haben genauso geredet! Marxisten, Kommunisten, Liberale, Nationale, Mudschaheddin, Psychopathen, eine Orgie von Politik und Visionen, sie haben den Sieg verkündet, hier, sie haben uns Freiheit, Gerechtigkeit und

Gleichheit gebracht, die Retter der Menschheit waren sie – für zwei Wochen. Und weißt du, was sie heute sind? Leichen. Kadaver allesamt. Kein Mensch erinnert sich. Wenn ich mich an sie erinnern könnte, würde ich sie aus dem Grab zerren, nur um sie eigenhändig auf dem Stadtplatz aufzuhängen, nackt und erbärmlich. Für Träume, meine Herrschaften, bezahlt man mit Blut. Ihr habt keine Ahnung, wie viel Mord und Leid ein verantwortungsloser Traum gebären kann», schrie sie immer lauter, und Zahra brüllte zurück: «Ich war allerdings nicht an 79 beteiligt, mir gibst du nicht die Schuld!» Sie stieß wutschnaubend Luft aus, danach schien es, als kicherte sie in sich hinein.

«Ich akzeptiere die Vorstellung nicht, dass ich auf der Welt sein soll, um achtzig Jahre rumzubringen und dann zu gehen. Ihr gebt uns die Schuld an den Fehlern eurer eigenen Generation», warf ich ihr vor. Nun war die alte Dame beleidigt, wich ein paar Schritte zurück und verkündete: «Für euch alle würde es sich lohnen, auf die Älteren zu hören, die erfahrener sind als ihr. Hört auf, eure Nase in Töpfe zu stecken, die euch lebendig verbrennen werden, und uns gleich mit!» Damit stürmte sie aus der Wohnung und knallte die Tür hinter sich zu. Babak sagte zu mir: «Sie haben wenigstens versucht, etwas zu ändern.»

An dem Tag, als die Bildungsministerin hingerichtet wurde, hatte Frau Safureh an Zahras und Arians Tür geklopft und wollte ein Zimmer oder eine Wohnung mieten. Das junge Paar betrauerte noch den Abgang des Schahs und begriff nicht, dass es auch um das vergangene glanzvolle Leben trauerte, und um das Leben, das der kommende Krieg rauben würde. Auf den Straßen des Viertels befand man sich noch im Zustand höchster Verwirrung, pendelte zwischen der Euphorie über den Abgang des einen Despoten und der Besorgnis über die zornigen Prophezeiungen, die ein neuer Despot verbreitete, hin und her. Der Tod war die Wunderlösung für alle Zweifel oder Bedenken. Aber es war die Ungewissheit, wohin das Tohuwabohu führen und wie sich das Leben ändern würde, die viel beunruhigender als der Tod war.

Und da stand, wie sich Zahra jetzt erinnerte, diese Frau auf der Schwelle ihres Lebens, eine neue Mieterin, geheimnisumwittert, schon weil sie allein kam – wer kam in jenen Tagen allein? –, mit einem mageren Gesicht und einem verblichenen, nicht allzu großen Stoffkoffer. Zahra und Arian waren zu durcheinander, um Fragen zu stellen, auch wenn die Zeit es mehr denn je gerechtfertigt hätte. Als sie eintraf, war klar, dass sie sich auf der Flucht befand. «Erlauben Sie mir, eine Vermutung anzustellen», sagte Arian, «Sie sind eine der Entkommenen.» Denn es gab Frauen in Schlüsselpositionen während der Schahregierung. «Machen Sie sich keine Sorgen, Sie werden eine Zuflucht bei uns finden», sagte er ihr, und sie antwortete stockend: «Ja, sicher, ich bin eine von ihnen, ein Flüchtling der gestürzten Regierung.» Zahra war von der zweifelhaften Antwort keineswegs überzeugt, aber wer hatte die Energie nachzuhaken? Die Realität war ohnedies hart genug, man brachte nicht einmal mehr die Geduld auf, Kekse zu backen für einen Höflichkeitsbesuch bei der neuen Nachbarin.

Zwei Tage vor jedem Monatsbeginn tauchte die Dame immer vorauseilend mit der Wohnungsmiete in bar im dritten Stock auf. Zahra schloss daraus, dass die listige Frau alles tun würde, um einen Besuch in ihrer Wohnung zu verhindern, da sie etwas zu verbergen hatte. Es versteht sich, dass der Verdacht noch mehr erhärtet wurde, als sich herausstellte, dass sich die Rollläden im Erdgeschoss nicht mehr öffnen ließen. Der unschuldige Arian war in Frau Safurehs Namen beleidigt von Zahras Anschuldigung, daher machte sie sich selbst die Mühe, an ihre Tür zu klopfen, fest entschlossen, es zu beweisen. Die Unterhaltung zwischen den beiden wurde im Treppenhaus geführt, der schmale dunkle Spalt der Wohnungstür offenbarte nichts, denn Frau Safureh hielt die Tür die ganze Zeit über fest. «Fühlen Sie sich wohl bei uns?», fragte Zahra stotternd. Frau Safureh antwortete nur: «Selbstverständlich, ja, es hat keinen Sinn, sich zu beklagen», oder so etwas ähnliches, kurz angebunden und ungeduldig, und zog sich eiligst in ihr Versteck zurück, was Zahra extrem ärgerte. In jenen Tagen wurde man in der Stadt sehr leicht wütend. Bewaffnete Milizen verbreiteten Terror auf den Straßen nach eigenem Gutdünken. Wer wusste, was der nächste Morgen bringen würde? Man ließ also Neugier besser nicht ungestillt. Daher griff Zahra nach der Tür, einen Sekundenbruchteil, bevor sie zugeworfen wurde, und blaffte die Frau an: «Frau Safureh! Man kann unmöglich wissen, ob Sie hier nicht unser aller Wohl gefährden, daher ist es meine Pflicht, Fragen zu stellen und Antworten zu verlangen. Zuerst einmal möchte ich wissen, wer Sie sind!» In diesem Augenblick wurde die Geschichte vom Obersten Gerichtshof geboren. «Sie zwingen mich zu bekennen, dass ich in der Tat eine abgesetzte Richterin bin», erwiderte sie, «es bleibt mir nichts anderes übrig, als mich mit aller Vorsicht zu verstecken, bis wieder Vernunft eingekehrt ist.» Und obgleich Zahra und Arian sich fragten, wie es kam, dass sie ihren Lebtag nicht von der ehrwürdigen Richterin Safureh Mahdis gehört hatten, gestanden sie sich beschämt ein, dass sie sich möglicherweise nie ausreichend in die Lektüre von Zeitungen vertieft hatten und ihr Wissen in solch wichtigen Angelegenheiten in geradezu peinlichem Maße dürftig war. Es war bequem, sich von

Mitleidsgefühlen für eine Frau auf der Flucht leiten zu lassen und sich in die Geschichte von einer Dienerin der Gerechtigkeit zu verlieben, die dem gestürzten Regime nahegestanden hatte, dem Fallbeil entschlüpft und ausgerechnet in ihrem Haus, dem Haus der Entkommenen, gelandet war. Und überhaupt, wer war denn verrückt genug, um ausgerechnet eine solche Angabe über sich zu erfinden, die einem die Schlinge um den eigenen Hals für ein Verbrechen legte, das man nicht einmal begangen hatte? Aber in jenen Zeiten erfanden viele Leute Dinge über sich selbst. Es gab keinerlei Anzeichen von Familie. Kein Mensch kam zu Besuch. Das Telefon in der Erdgeschosswohnung hörte man nie klingeln. Arian traf sie öfter im Treppenhaus und wandte sich mit respektvoller Stimme, vielleicht sogar Hochachtung, an sie. «Euer Ehren, Frau Richterin Safureh», bat er sie, «erzählen Sie mir von Ihren großen Augenblicken der Gerechtigkeit.» Die ersten Male wich sie immer aus und erwiderte ihm, sie habe keine Ahnung, wo sie beginnen sollte, oder dass das Schweigen den Bescheidenen und den Erfolgreichen gleichermaßen gut anstehe, doch sehr bald schon trat sie mit Geschichten von weisen Urteilen und großen, herzzerreißenden Augenblicken ins Treppenhaus hinaus. So verstrichen die Tage und verstrickten sie in einem Lügendickicht, aus dem es kein Entrinnen mehr gab, bis sie schließlich so süchtig nach den Lügen war, dass ihr nichts anderes mehr blieb.

Dann brach der Krieg aus, Arian verließ die Stadt. Die Sirenen zerrissen den nächtlichen Schlaf. Raketen schlugen ein. Das Radio rief die Frauen, die allein in der Etappe zurückgeblieben waren, dazu auf, mit Kleidern zu Bett zu gehen, verhüllt und züchtig, damit sie nicht eine Rakete in einem unziemlichen Nachthemd auf die Straße hinaussprengen oder sie etwa nackt unter einem Trümmerhaufen begraben und sich so den lüsternen Augen der heldenhaften Rettungstruppen erschließen würden. Zahra schlug vor, dass sie und die Richterin zusammen im Schutzraum sitzen könnten, allein zurückgebliebene Frauen, die einander stützten, denn es sah so aus, als bröckelten die Mauern ihrer unnahbaren Nachbarin. Doch vergebens. Frau Safureh weigerte sich höflich und lehnte auch Zahras zweite vernünftige Idee ab: abwechselnder Einkaufsdienst, ein bequemes Arrangement für zwei Frauen wie sie, die so ungern aus dem Haus gingen. Zahra kehrte immer von Soleimani, dem Krämer, zurück, schlug die Tür zu, presste ihr Ohr dagegen und hörte erbittert, wie haargenau in dem Moment unten die Tür von Frau Safureh quietschte, und vom Balkon aus konnte sie beobachten, wie diese mit einem Einkaufskorb unter die Bäume am Gehsteig schlüpfte, offenbar der Meinung, man bemerke sie nicht, und zu Soleimani eilte. Zahra schloss daraus, dass die Alte sie hasste, und versuchte demonstrativ jeden Kontakt mit ihr zu vermeiden, bis auf das monatliche Zusammentreffen bei Barzahlung der Miete.

Doch Arian wurde getötet. Und als Arian tot war, schien es, dass ihn Frau Safureh, plötzlich eine empfindsame Frau, mehr als alle übrigen Nachbarn betrauerte. Es gab keinen Leichenzug mit schwarz gekleideten Männern in Maßanzügen, bloß ein winziges Häuflein, das Zahra in seiner Armseligkeit demütigte, war versammelt. Sie wären besser beide in den Anfangstagen gestorben, umringt von Berühmtheiten, fast international, umarmt von den Reichen des Landes, die ihnen zu Ehren höchstwahrscheinlich eine Zeremonie von erlesenem Geschmack veranstaltet hätten, mit Trauerreden tiefster Wertschätzung wie bei Hitchcock, mit sanften Liebesworten wie bei John Lennon – ein professionelles Begräbnis, gepaart mit Trauer. Doch die Zeremonie war kurz, fast beleidigend, die Angehörigen konnte man an zwei Händen abzählen, und außer ihnen standen bloß noch ein paar sonderbare, unbekannte Gestalten herum – Zahra war sich sicher, dass sie aus Schadenfreude gekommen waren. Nur Frau Safureh verfolgte das Geschehen vom Pfad aus, etwas entfernt von der Grabstelle, hatte die Brauen zusammengezogen vor lauter Kummer, und ihre Augen hingen an der Witwe, Augen voll tiefem Verständnis, die ihre Nähe suchten und den Schmerz des Verlusts zu ermessen wussten.

Die Veranstaltung war schnell vorbei. Keine Bewirtung und kein überflüssiges Geschwätz, so hatte die Witwe es gewollt. Zwei Stunden später war sie bereits allein in der Wohnung, wanderte durch die Zimmer und versuchte, sich ein Leben ohne ihn auszumalen. Sie legte sich auf das Sofa, unterdrückte jeden Drang zu weinen und versuchte, ihre Zukunft neu zu schreiben. Schon einmal war sie, als die Revolution kam, umgeschrieben und jetzt mit endgültiger Grausamkeit besiegelt worden. Genau in dem Moment, als sie begriff, dass dieses Alleinsein zu viel für sie war, als sie das schnelle Ende der Zeremonie bereute und ihr schien, dass sie sich wohl oder übel aus dem dritten Stock stürzen müsste vor lauter Lärm im Kopf, da schlug ein hartes, lautes Klopfen an die Tür. Vor ihr stand Frau Safureh mit einem Maulbeerkuchen, wie ihn Zahra heute noch liebte. Damit trat sie endlich in Zahras Leben ein, sie wechselte sich sogar mit ihr beim Einkaufen ab – bis Babak kam und anfing, für beide die Einkäufe zu machen –, und seitdem waren die beiden die engsten Freundinnen, ohne Fragen zu stellen, denn es gibt Antworten, die man nicht aussprechen muss.

Ich liebte solche Rätselhaftigkeiten, diese historischen, wie das Leben einer Frau, die weder Churchill noch der Schah war, sondern einfach irgendeine Frau, die schon seit dreiundsiebzig Jahren hier herumlief, was hieß, dass alle Katastrophen in ihren Augen klein wirkten und sogar der Weltkrieg für sie erst vorgestern stattgefunden hatte. Ich konnte sie mir nicht als kleines Kind vorstellen. Das heißt, ich konnte es schon, aber nur in Alte-Frauen-Kleidung und mit zänkischem Charakter. Es musste eine Ehe in Frau Safurehs Leben gegeben haben, Kinder, Betrug, Scheidung vielleicht, eine Menge Dinge, und mochten sie auch schlecht gewesen sein, jetzt waren sie nur noch Gegenstand der Sehnsucht. Zahra erinnerte sich, dass sie einmal, ein einziges Mal, einen Ehemann erwähnt hatte.

«Was hat sie gesagt?», fragte ich.

«Dass sie einen Mann hatte.»

«Aber was hat sie genau gesagt?»

«‹Mein Mann spielte immer Tennis in der türkischen Botschaft.› So hat sie es gesagt.»

«Und das war alles?»

«Das war's.»

«Und du hast die Gelegenheit nicht genutzt?»

«Wozu genutzt, Kami?»

«Um Fragen zu stellen. Wer dieser Ehemann denn überhaupt war, dass ihn die Türken zum Tennis eingeladen haben? Hast du nicht gefragt?»

«Nein, wozu sollte das gut sein?»

Ich rannte Frau Safureh ins Treppenhaus nach, die Stufen hinunter und stand hinter ihr, als sie den Schlüssel ins Türschloss schob und langsam drehte. Ich wollte nicht, dass sie allein war. Als sich die Tür öffnete, schob ich mich hinter ihr hinein, in ihre geheime Zuflucht, die keiner je gesehen hatte. Ich hörte ihr Herz klopfen, als ich aufmerksam das Wohnzimmer musterte, in dem ein bitterer Geruch nach schwarzen Oliven und Tee stand und eine merkwürdige Mischung aus stilvollen und dürftigen Gegenständen vorherrschte – nebst einem Blutdruckmesser und den Streifen des winterlichen Mondlichts, das vom Küchenfenster hereinfiel. Das Wohnzimmer war klein, der Balkon allerdings groß. Ich ließ mich in einer Hängematte aus Palmwedeln nieder und wartete, während sie sich das Gesicht waschen ging. Sie kehrte nach einer ganzen Weile in ihrem Hausgewand zurück, einem blauen Leinenanzug, der sicher aus ihrem früheren Leben stammte, und Schnürsandalen. In der Gästeecke war der Lampenschirm mit Gold- und Silberketten dekoriert, doch es kamen nie Gäste. Es gefiel ihr anscheinend, sich an die Jahre zu erinnern, als sie Schmuck getragen hatte. «Was ich am meisten an dir liebe, Kami», sagte sie, «ist, dass deine Stimme Musik hat, Transparenz besitzt.»

«Was meinen Sie damit, meine Stimme hat Musik?», fragte ich.

«Jeder Gedanke von dir klingt präzise wie eine Harfensaite an, sodass man sofort wissen kann, was du denkst.»

«Ich habe keine Ahnung, was ich jetzt zum Beispiel denke.»

«Du hast unendlich viele Klänge, als wärst du gerade erst aus dem Ei geschlüpft. Und wie du das Leben liebst, und die Menschen.»

«Sie meinen, ich sei naiv.»

«Ich meine, dass du ein einziges pulsierendes, gutes Herz bist.»

«Und Sie sind überzeugt, dass es zerbrechen wird.»

«Sicher wird es zerbrechen», stellte sie mit der Entschiedenheit einer Richterin fest. Das Notlicht warf einen weißen, elliptischen Fleck auf sie, und sie lehnte sich nachdenklich an das Holzregal. Ich wollte zu Zahra und Babak oder in mein Zimmer zurückkehren, doch sie fragte plötzlich: «Wie siehst du dein Leben?»

«Was meinen Sie genau damit?»

«Hast du entschieden, wohin es von hier aus führen soll?»

«Wie kann man das wissen?»

«Man kann. Schließ die Augen und stell es dir vor, denk an Gesichter großer Menschen, geh eines nach dem anderen durch und warte, bis dir dein Herz ein starkes Zeichen gibt. Wessen Leben würdest du im Alter gerne haben? So wirst du es wissen.»

«Im Alter?»

«Ja, wer dieses sinkende Schiff als Sieger verlässt. Ein gutes Ende. Das ist es, was zählt.»

«Danach soll ich leben? Mein ganzes Leben ans Ende denken?»

«Was ist wichtiger als ein gutes Ende, Kami? Das ist sogar weniger kompliziert, als es scheint. Frage dich einfach hin und wieder, wenn du Entscheidungen triffst: Werden meine letzten Atemzüge voller Zufriedenheit sein, werde ich, wenn ich mit knirschenden Rippen in einem kalten Krankenhausbett liege, umringt von jungen Ärzten, die sicher sind, dass sie für immer so begehrenswert bleiben, werde ich sie mit hintergründigem Lächeln anblicken, oder werden sie mich mit Ekel und Mitleid oder sogar überhaupt nicht anschauen, werde ich, wenn der Tag kommt und kein Mensch mehr wegen meiner Attraktivität um mich herumtanzt und kein Mensch weiß, wie besonders ich war, werde ich dann noch eine ausreichend süße Falle haben, um alle anzuziehen und sie dazu zu bringen, mich auch in meinen letzten Augenblicken zu wollen, sogar wenn ich halb verfault bin? Das ganze schnelle Leben auf dem Weg bis zum Ende ist nur eine andere Art der Suche nach dieser Falle. Denn ansonsten werden sie dich, ohne zu überlegen, wie ein schwaches, verwundetes Tier dem Tod überlassen, einsam im Schnee. Du wirst an der Seuche chronischer Unzufriedenheit sterben, die uns alle erbarmungslos attackiert. Du willst keinen vorübergehenden Ruhm und keine berauschenden Illusionen von Liebe oder Glauben. Du willst ein gutes Ende.» Sie trat auf mich zu, spießte mich mit einem vorwurfsvoll drohenden Blick auf, ergriff meine beiden Hände und sagte: «Mein lieber Junge, breite deine Flügel aus und flieg fort von hier. Flieg.»

Ich bin ein schwaches, verwöhntes Kind, dachte ich. Man hat mich zu sehr geschützt. Ich war wie ein Küken ohne Flügel an den Ufern eines grünen Flusses, ein Küken, das sich nirgendwohin bewegen wird, dessen Ende gleich seinem Anfang sein wird, weder gut noch schlecht, nur ein banales Ende. Aber ich hatte beschlossen, mich am eigenen Schopf aus dem Sumpf Anzalis herauszuziehen, mich anzustrengen, keine Zeit zu vergeuden, meine Familie stolz zu machen, damit man mich nicht mit Ekel und Mitleid anschauen würde. Ich wollte wachsen, ich wusste nur nicht, wohin genau, und wie sollte man ein gutes Ende erdenken, wenn noch gar nichts begonnen hatte? Keine Ahnung.

Amir und ich hatten häufig über ähnliche Dinge nachgedacht, hauptsächlich im Sommer, wie am Donnerstagabend, wenn sich das ganze Viertel im Freiluftkino im Schulhof versammelte. Eine große weiße Stoffbahn wurde vom Dachrand ausgeworfen, und davor stand eine bunte Mischung aus Holzbänken, Klappstühlen und Plastiksesseln, Schemeln und sogar Rollstühlen. Amir und ich sahen vom Dach aus zu, das Publikum im Blick, denn das Publikum zu beobachten war interessanter als die abgedroschene Handlung der Filme. Wir wollten sehen, wie ganze Reihen von Familien im gleichen Augenblick die Gesichter verzogen – schau, sie sind beunruhigt, erschrocken, und jetzt lieben sie mit –, als ob sie den Einsatz von einem Dirigenten erhalten hätten. Im nächsten Moment hassten sie, verliebten sich aufs Neue, schmolzen dahin. Schnurrbärtige, dicke, hartgesottene Männer verwandelten sich in empfindsame Kleinkinder, von fiktiven Gestalten zum Weinen gebracht. Wir lagen auf dem Bauch am äußersten Ende des Dachbalkens und reckten die Köpfe hinaus. Ich beobachtete das Publikum, und Amir beaufsichtigte die Leinwand und meldete die vorhersehbaren Entwicklungen. Der Film «Leidenschaft der Liebe» zum Beispiel. Doch, es war möglich, die Leidenschaft der Liebe ohne eine einzige Berührung zu erleben, bei uns war alles möglich, und Tatsache ist, dass das Publikum durchdrehte. Ich sagte immer zu Amir: «Das ekelt mich an. Wir beide dürften keinesfalls wie diese schlichten Gemüter sein, deren Gefühle ein verborgener Dirigent oder Zauberer beherrschte, wir müssten selbst der Zauberer sein und dirigieren.» Und Amir sah mich jedes Mal merkwürdig an, wobei ich nicht wusste, ob er mich nicht verstand oder nicht damit einverstanden war. Einen Augenblick vor dem Happy End stürzten wir los, sprangen von dem hohen auf das niedrige Dach, und von dort aus rutschten wir zum alten Treppenschacht und schafften es, beim Publikum anzukommen, wenn es sich gerade zu zerstreuen begann, um die Unterhaltungen zu belauschen und uns zu vergewissern, dass sie den richtigen Helden liebten, Mitleid mit der Unglücklichen hatten und die Bösen in ihren Augen böse waren, auch wenn wir nichts von dem gehört hatten, was zwischen den Reihen geflüstert worden war. Und tatsächlich, die Formel funktionierte immer. Wir blieben als Letzte auf dem Platz, halfen Mussa, dem Pedell, die Stühle in die Turnhalle zu bringen, und sagten: «O weia, nie im Leben dürfen wir wie Mussa, der Pedell, werden.»

Wir standen schweigend da, Frau Safureh und ich, sie spülte das Geschirr, und mir war es peinlich, sie jetzt zu verlassen, also trocknete ich ab und stellte das Geschirr mit militärischer Präzision auf die Marmoranrichte. Und ich dachte, offenbar haben wir heute Abend einen empfindlichen Nerv bei ihr getroffen, meinetwegen, anscheinend grübelt sie jetzt über alle Beschwernisse ihres Lebens nach. Und ich grübelte über sie nach. Sie dachte sicher nicht, dass sie ein gutes Ende haben würde, obwohl sie eine Frau war, deren Leben voller Aufregungen und Geheimnisse war – keine der deprimierenden ideologischen Art, sondern ganz profane Geheimnisse, Geschäfte, Geld, alltägliche Dinge –, und der es dennoch gelang, eine gesunde Routine aufrechtzuerhalten. Sie verschwand jeden Morgen zur Kirche der Heiligen Maria, wo ihr Dealer hinter einem grauen Vorhang an der ornamentgeschmückten Steintreppe neben dem Eingang auf sie wartete. Er übergab ihr die tägliche Ration, siebzig illegale Lotteriebilletts und im Sommer auch ausgesuchte Karten für Kulturveranstaltungen zu Schwarzmarktpreisen. Von dort brach sie zu ihren anonymen Kunden auf, wartete gegen die Mauer gelehnt außerhalb des Behman-Kinos am Platz der Revolution, und obgleich sie alt, leicht gebeugt und faltig war, hatte sie die Haltung einer Französin an sich – halb gealterter Pariser Kinostar aus den Dreißigern, halb einstige Prostituierte aus der Gosse, wie sie erklärte. Sie war zufrieden damit, denn ihr Erscheinungsbild zog Käufer an, ohne Aufmerksamkeit zu erregen, und ließ vor allem nichts von dem törichten, feudalen Mädchen erkennen, das sie einmal war. Zu ihren Stammkunden zählte auch ein Busfahrer, der zur Legende wurde, nachdem sie ihn zum Millionär gemacht hatte. Er hatte sie seitdem, allem Ruhm zum Trotz, nie vergessen und suchte sie weiterhin zweimal in der Woche auf, schickte ihr auch neue Kunden, versehen mit wärmsten Empfehlungen. Am Mittag machte sich Frau Safureh auf den Weg zu ihrer Lieblingsbankfiliale in der Firdausistraße. Der Leiter dort umwarb sie, und sie unterhielten sich bei einem Glas Cidre über die internationale Lage der Finanzen; sie sagte nie «Wirtschaftslage», sie redete nur von Finanzen, mit kapitalistischer Intonation. Frau Safureh provozierte ihn, bestand mit Vorliebe darauf, dass er ihr erklärte, was unmöglich zu verstehen war: «Wenn wir der zweitwichtigste Öllieferant der Welt sind, der dieses Jahr einen Spitzenertrag von viereinhalb Millionen Barrel pro Tag aufgefahren hat, ich bitte Sie, Herr Direktor, wie kommt es dann, dass wir hier einen Gas- und Benzinmangel haben? Was sind das für Finanzen? Genau gesagt ist es eine Absurdität», sagte sie gebildet.

«Das ist ein Raffinerieproblem», erwiderte er mit fachmännischer Kenntnis, «aber der Präsident hat versprochen, es würde sich regeln, und vorgeschlagen, vorerst warme Kleidung anzuziehen.»

«Nicht nur an Benzin fehlt es», beharrte sie, «auch an der Elektrizität. Und die Knappheit lähmt die Hydraulikkraftwerke. Wasser, um Getreide anzubauen, gibt es auch nicht genug, also importiert man Weizen von den Amerikanern. An Reis fehlt es ebenso. Vierzehn von dreißig Provinzen im Land sind bereits zu Dürregebieten erklärt worden, viele werden ohne Wasser bleiben, falls es keinen regenreichen Winter geben sollte. Und der wird wohl kaum kommen, bei unserem Glück. Ausländische Investoren flüchten, eine Lösung für die Arbeitslosigkeit gibt es nicht, die Inflation hat die Dreißig-Prozent-Marke überschritten, wer ist nun also schuld an den Preissteigerungen, Herr Bankdirektor?»

«Die Basarhändler», rief er aus. Er wisse Bescheid, denn ihre Lager seien schließlich reich gefüllt: Fleisch, Gemüse, alles, aber die Preise blieben überteuert, der Mangel sei also reines Theater. Und auch die Vereinten Nationen, diese erbärmlichen, verlogenen Heuchler, die seien auch schuld, samt allen internationalen Sanktionen. Er blähte sich auf, wenn er wütend wurde. Und in Frau Safurehs Wangen, wenn sie uns hin und wieder von ihm erzählte, kamen zwei anmutige Grübchen zum Vorschein, wie bei einem schelmischen kleinen Mädchen.

Der Strom war wieder da. Und ich kehrte in die Wohnung zurück. Zahra lag dämmernd auf dem Sofa ausgestreckt, versuchte angestrengt, wach zu bleiben, und Babak saß über den Computer gebeugt und rief: «Endlich! Wir haben auf dich gewartet, Kami, wir haben's gefunden! ‹Schaidas Leiter›! Das ist ihr letzter Film, der aus dem abgebrannten Rex-Kino. Von allen gesammelten Kassenschlagern ist nur er übrig geblieben und nur ein Exemplar, im Internet, bei einem aus Kuwait, Schaschlik, der Kuwaiter, der in Melbourne wohnt. Er ist bereit, ihn uns gratis zu überlassen, du musst uns die Datei runterladen!»

«Das Internet in Privathaushalten ist zu langsam dafür», entschuldigte ich mich. «Aber keine Sorge, ich lade sie über die Schnellverbindung in der Universität herunter», versprach ich, und Zahras müdes Lächeln ließ den Raum erstrahlen, funkelnd und erwartungsvoll. «Ich bin euch wirklich dankbar, Kinder», sagte sie zärtlich. «Welch ein Wunder, dass von allen Filmen ausgerechnet dieser übrig ist, den ich am meisten von allen wollte, der dazu gedacht war, den letzten Skeptikern zu beweisen, dass nun keine wippenden Brüste, keine billigen erotischen Witze mehr angesagt waren, sondern die neue Ästhetik, ein von Bitterkeit durchtränkter Film, genau wie es das niveauvolle Publikum mag. So möchte ich in Erinnerung behalten werden, eine Schauspielerin mit Leib und Seele, der keine offenen Türen vergönnt waren, die einen Moment vor ihrem Durchbruch gestürzt wurde. Jetzt macht ihr mich wieder lebendig, dank eurer lebt das Rex-Kino.»

Ich zog mich in die Dusche zurück. Der neugierige Chamad trabte mir nach, kratzte an der Tür. Ich war müde und aufgewühlt, mein Herz spielte wieder verrückt, weitete sich, verlor die Orientierung. Ich wollte Nilus warme Haut spüren und hatte Mitleid mit Zahra. Ich wollte mit Chamad toben, ihn kitzeln, ihm die Beine zusammenbinden, während er sich zu gehen mühte, damit er strampeln und fauchen würde, ihn einsperren, ihn in der Luft zappeln lassen, bis er durchdrehte. Hilflos fiel ich aufs Bett. Auch als sich die Tür des Zimmers öffnete, drehte ich nicht den Kopf hin. Zahra schlüpfte herein und flüsterte mit einem zufriedenem Seufzer: «Danke dir, mein Lieber», setzte sich neben mich, stellte ein Glas Whisky auf der Kommode ab und umarmte mich wie eine nachsichtige Mutter, eine Mutter, die einen zu behüten weiß. Ich sagte zu ihr: «Tante, ich habe es dir noch nicht erzählt, ich habe eine Freundin, es ist Nilufar, die Rennfahrerin, ich denke, sie steht kurz davor, Geschichte zu machen, sie wird es schaffen, die Männer herauszufordern.» Zahra atmete tief ein und aus, mit zusammengekniffenen Augen. «Wenn man bereit ist, hier überhaupt anzutreten, heißt das an sich schon, dass man mit der Regierung kooperiert», antwortete sie schließlich, «aber du hast wohl recht, vor lauter Verboten haben die Frauen hier zu viel freie Zeit, am besten ist, die Mädchen richten ihre Energie auf den Sport», sagte sie, wobei sie sich vollkommen verwirrt anhörte.

«Freust du dich für mich?», fragte ich.

«Es ist sehr merkwürdig für mich, dass hier ein Mann in der Wohnung wohnt», murmelte sie für sich.

«Merkwürdig gut oder merkwürdig schlecht?», fragte ich, denn ihre Stimme klang traurig.

«Es hat Männer hier gegeben, seit Arian gegangen ist, aber keiner hat bei mir gewohnt.»

Wie meint sie das? Dass Bekannte in der Wohnung zu Besuch waren oder dass sie andere Männer im Bett hatte, nachdem sie Witwe geworden ist; hier in der Wohnung, klammheimlich? Und wenn ja, warum erzählt sie mir das? Das mussten die Provokationen des Stars sein, der in ihr begraben lag, dachte ich. Aber ihren Geruch, der sich auf mich übertrug, fand ich angenehm.

14

◆

Es vergingen vier Tage, bis der verbannte Film seine Reise vom Computer Schaschliks, des Kuwaiters, in Melbourne, Australien, zu uns in den Norden der verbotenen Stadt vollendet hatte. Wir beriefen ein feierliches Abendessen mit anschließendem Heimkino ein. Ich brachte Nilufar zum ersten Mal mit, und Babak lud Schnecke ein. Der Esstisch wurde ausgezogen und mit Holzplatten erweitert, die seit über zwanzig Jahren nicht mehr ans Licht gekommen waren. Wir versammelten uns in bester Kleidung im samtigen Gästezimmer des Stars, der aus seinem Schlaf erweckt werden sollte.

Am Nachmittag, während der Vorbereitungen, hatte Zahra den Kühlschrank von seinem Platz weggerückt und dahinter, unter einem Paar loser, mit feuchtem Schimmel überzogener Fliesen staubige Geldrollen hervorgezogen. «Hier, nimm, eineinhalb Millionen Tuman.» Damit meinte sie eigentlich fünfzehn Millionen Rial, denn die Tuman-Währung existierte nicht mehr, doch seit sich die Inflation überschlug, hatten die Leute allgemein aufgehört, in Rials zu rechnen, sie hatten eigenmächtig eine Null gestrichen und waren zu dem alten Namen zurückgekehrt – Tuman. Zahra legte die zusammengerollten Geldscheinpäckchen in meine offenen Hände und schickte mich los, um einen Flachbildfernseher im Tadschrisch-Center zu kaufen, und groß solle er sein, verlangte sie. Und sie bat mich aufzuhören, so schockiert auszusehen, «denn das Leben ist nun mal kompliziert, verlass dich nie auf Banken, Kami, irgendjemand wird schon dafür sorgen, sie zu verstaatlichen». Babak schloss sich der Expedition an, um mir tragen zu helfen und um unterwegs die Fleischeintöpfe von dem beliebten Restaurant Elburs abzuholen, vor dem sich eine lange Schlange wand und über dessen Tür das Schild prangte, «Eintritt nur für Familien», in der Hoffnung, Sittenverbrecher von der funkelnden Bar fernzuhalten.

Wir krochen in einem Taxi durch den Stau. Babak war aufgeregt und redete mit lauter Stimme über Dinge, die nur im Flüsterton gesagt werden sollten. «Auf einmal möchte ich niemand anders mehr sein, einfach nur ich selbst und mit Schnecke zu Zahras Festessen kommen. Es wird komisch sein, mich daran zu gewöhnen, ich zu sein», sagte er lächelnd, «mir scheint, ich bin in Schnecke verliebt.»

Ich befürchtete, dass der Fahrer mithörte, denn er musterte uns unbehaglich über den breiten Rückspiegel. Doch Babak, als sei eine Lokomotive in ihm losgebrochen und habe die Mauern niedergewalzt, konnte sich nicht bremsen: «Wir Homosexuellen, wir sind alle Chamäleons.» Dann erging er sich wieder genüsslich in der Nostalgie des Leidens, seufzte stolz und ergeben, und begann zu erzählen.

«Wenn sie mich nicht verflucht hätten, als ich zwölf war, wäre mir überhaupt nicht aufgefallen, dass irgendetwas komisch ist. Ich kam immer mit zu hübschen Schals oder zu vielen Schals in die Schule, ich saß in weiblicher Haltung da, ein Bein über das andere geschlagen, ohne es zu merken. Und ich tanzte. Sang. Ich war ein wandelndes Klischee. Mir war immer langweilig mit Jungen, aber ich hing auf dem Fußballplatz herum, weil ich wollte, dass sie mich mochten. Doch sie mochten mich nicht und nannten mich ein Mädchen. Bis sich mir ein kluger Kobold ins Ohr setzte und flüsterte: Sei ein Chamäleon. Ziehe keine Mädchenfarben an. Lächle nicht wie Mädchen. Denke nicht wie Mädchen. Also nahm ich eine völlig andere Farbe an, setzte eine Maske auf, wurde vorsichtig, war beinahe ein Mann. Zwar entfuhr mir hin und wieder aus Versehen ein hohes Gackern oder ein unbeherrschtes Kichern, doch ich war ein Schauspieler und machte einfach immer das Gegenteil von dem, was für mich natürlich gewesen wäre, bis ich mich daran gewöhnt hatte und mich niemand mehr ein Mädchen nannte, sich keiner mehr daran erinnerte, dass ich jemals ein Mädchen gewesen war, und kein Sittenpolizist mich verdächtigte und auf der Straße verprügelte oder verhaftete. Und mir ging es gut damit. Es ging mir meistens gut damit», erzählte Babak und sonnte sich in stolzem Zorn, als trete er einen Siegesmarsch nach einer blutigen Schlacht an. «Es ging mir nur nicht gut, wenn mein Vater im Haus herumlief und mit sich selbst redete, wobei er dafür sorgte, dass ich es hörte. Er sagte, wenn ich einen homosexuellen Sohn hätte, würde ich mich umbringen. Wenn ich einen Homosexuellen als Sohn hätte, würde ich ihn erschießen. Wenn ich einen Homosexuellen als Sohn hätte, würde ich zu ihm sagen, du Abschaum, so was wie homosexuell gibt es überhaupt nicht, und dann würde ich ihn erschießen, denn das ist besser als die Beleidigung und Beschmutzung meiner Ehre im Betrieb, im Haus, beim Krämer, hinter meinem Rücken, so sagte er immer. Wenigstens war er nicht zu vernagelt, um überhaupt keinen Verdacht zu haben, tröstete ich mich, wenigstens bemerkte er mich. Aber gar nicht gut ging es mir, wenn die Angst an mir nagte und die Einsicht dämmerte, dass es eines Tages nicht mehr so leicht sein würde, ein Chamäleon zu sein und sich unaufhörlich der Natur zu widersetzen. Alle ringsherum würden erwachsen werden, nur ich würde ein Kind bleiben. Oder ein Mädchen, das dachte, es sei ein Junge. Verstrickt in eine endlose Lüge. Und wie kann ich erklären, was nicht zu erklären ist, dass es das ist, was ich bin, Schluss aus? Es ist schrecklich schwierig, verschwinden und gleichzeitig von allen beachtet werden zu wollen.»

«Ich bin stolz auf dich», erklärte ich und lächelte liebevoll, ohne Rücksicht auf den Taxifahrer. Ich dachte an Amir, wäre er jetzt hier gewesen, hätte ich ihn schlagen müssen, damit er zuhörte, und dann mit ihm reden und ihm beweisen, dass ich recht hatte, dass Babak recht hatte, denn wir waren wirklich aufseiten der Guten. Wie war es nur möglich, dass Amir auf der Seite der Schlechten war? Ich hasste ihn dafür.

Um sieben, als wir mit der Heimkinoausrüstung nach Hause zurückkehrten, hockte der fette Mas'ud Nadschafian zusammengeballt und angespannt auf seinem kleinen Teppichvorleger und verfolgte mit höchster Aufmerksamkeit, wer alles die Treppen hinaufstieg und sich in der Wohnung versammelte. Ein Paar nackte Stricknadeln lagen neben ihm auf die Marmorplatten geworfen, samt einem Knäuel brauner Wolle, das darauf wartete, verstrickt zu werden. «Verflucht sei sein Name», sagte Zahra geringschätzig, «wenn sie uns nach dieser Nacht verhaften sollten, gehe ich zufrieden in den Folterkeller.»

Frau Safureh erschien glanzvoll, die Augen schwarz geschminkt. Sie war aufgeregt. Und Babak sah aus wie ein spanischer Filmstar, ein Schlawiner mit seinen gegelten Haaren und dem Schmetterlingsanhänger, der auf seiner entblößten Brust ruhte, zwischen den offen gelassenen Knöpfen seines violetten Hemds. Duftkerzen waren überall im Raum verteilt, Servietten, zu Schwänen gefaltet, zierten den Tisch. Und dann kam Nilu, eine leuchtende Prinzessin in einem blauen Kleid, das uns alle verblassen ließ. Sie erfüllte die Wohnung mit Wärme und fügte sich in unseren geschlossenen Club ein wie eine verlorene, lang vermisste Tochter. Sie zog eine dickbauchige Flasche Champagner aus einer sorgfältig versiegelten Tüte, in einer anderen Tüte versteckte sich ein Buch für Zahra, ein prachtvoller Fotoband: «Hundert Jahre iranisches Kino – die Highlights.» Zahra streichelte die glatten Hochglanzseiten, sog den frischen Druckgeruch ein, sprang zwischen den Jahren, zwischen den Bildern der strahlenden Porträts hin und her. Und da war sie. Hingegossen über zwei Seiten – «Aufstieg, Fall und Verschwinden», so lautete die Überschrift. «Eine Publikation aus Paris», erklärte Nilu. Ich fürchtete, dass Zahra schmerzlich berührt sein, sich verschließen würde, doch Nilus sanfte, heiter sprudelnde Stimme dirigierte sie zu den positiven Gefühlen, Glück und vielleicht sogar Dankbarkeit über den Platz, den man ihr vorbehalten hatte. Sie blätterte weiter, um zu sehen, wer von den Freunden noch dabei war. Komplette Seiten waren neuen Filmen gewidmet, von denen wir nie etwas gehört oder gesehen hatten, sich verneigende Kritiken der Crème de la Crème der Weltpresse, iranische Filme, junge iranische Regisseure.

«Aber wer sind die alle?», fragte Zahra erstaunt.

«Werke, die hier gefilmt, aber nicht gezeigt werden dürfen», erwiderte Nilu, «sie sind nur für den Export.»

Frau Safureh setzte ihre Intellektuellenstimme auf: «Und wo waren Sie schon in der Welt, meine Liebe?»

«Das letzte Rennen hat mich nach Brasilien geführt», antwortete Nilu, darum bemüht, potenzielle Neidgefühle zu bannen.

«Dann haben Sie sicher von den Tausenden Pinguinen gehört,

die an die tropischen Strände Rio de Janeiros getragen wurden? Sie sind von der Strömung mitgespült worden, die armen Tiere, öldurchtränkt, erschöpft, hungrig, denn die Jäger und Fischer in der Antarktis vernichten ihre Nahrungsquellen. Was für ein Unglück. Viele sind unterwegs gestorben oder mit Frachtern zusammengestoßen und an die Küste geschwemmt worden, flügellose Vogelkadaver. Und die Tiere, die überlebt haben? Sie können sich vorstellen, wie sie mitten im Karneval herumirren, Tausende frustrierte Pinguine.»

«Und was werden sie mit ihnen in Brasilien anfangen?», fragte Nilu neugierig.

«Keine Bange», beruhigte sie Frau Safureh, «ich habe mich informiert, der World Wildlife Fund hat eine Operation gestartet, eine Luftkarawane militärischer Transportflugzeuge wird sie in die Freiheit fliegen. Um ehrlich zu sein, ich habe selbst schon erwogen, in Brasilien zu leben, in Curitiba, der grünen Stadt, falls Sie die kennen, eine der effektivsten und umweltfreundlichsten der Welt.»

Je mehr Nilu sich anstrengte, interessiert zu wirken, desto schneller sprach Frau Safureh, als versuchte sie, alle ihre Kenntnisse von diesem Erdball noch loszuwerden, bevor ihre Zeit ablief. «Die Wahrheit ist», fuhr sie fort, «es ist an uns allen, als Weltbürger besorgt zu sein in dieser Zeit, haben Sie gehört, Fräulein Chalidian, dass die Chinesen Afrika übernehmen? Genau so, wie es klingt, ohne dass ihnen irgendjemand Einhalt gebietet, sie kaufen den Kontinent auf, Quellen, Eigentum, Firmen, Regierungen, saugen alles ein, was da ist. Wer Afrika heutzutage bereist, wird seinen Augen nicht trauen. Aber das ist anscheinend der Lauf der Welt. Die Afrikaner waren Sklaven und werden es weiter sein.»

«Sie sind voller Geschichten, Frau Safureh», lächelte Nilu.

«Ich war Oberste Richterin», verkündete die alte Frau umgehend.

Um acht Uhr war dröhnendes Geknatter auf der Straße zu hören, und Schneckes Motorrad kam mit einem letzten Aufheulen unter erstickten Knalls zum Stehen. Er kam mit repräsentativer Ausgehuniform in Schwarz, einem weißen Unterhemd, das herauslugte, und roten Schulterklappen. Von Kopf bis Fuß gestriegelt. Er reichte Babak die Hand, nicht einmal eine freundschaftliche Umarmung oder ein brüderliches Schulterklopfen. Nur ein Händedruck. Wir waren überrascht, besonders von seiner Aufmachung, aber Zahra erhob sich schnell, begrüßte ihn liebenswürdig und fragte, ob es ihn störe, dass die Frauen nicht verhüllt sind, denn es wäre kein Problem für sie, einen Schal überzuwerfen, wenn er es wünsche. Er antwortete höflich: «Nein, danke, machen Sie sich keine Umstände, das ist Ihr Haus, Frau Chazuri, ich bedanke mich für die Gastfreundschaft.» Frau Safureh salutierte und sagte zu ihm: «Willkommen, Cowboy.» Er verstand zwar ihren Humor nicht, doch er nickte, aufrecht und gehorsam wie der Rekrut einer Eliteeinheit, der eine Anweisung vom Kommandanten entgegennimmt. «Ich habe dem Staat das meine gegeben, mehr als genug», erklärte die alte Frau an ihn gewandt mit Nachdruck, um jede Missachtung auszuschließen. «Ich war einer der Grundpfeiler des Justizsystems, aber wie Sie bemerkt haben dürften, hat die Belastung durch diese Aufgabe mein Gesicht und meinen Körper in Mitleidenschaft gezogen, weshalb ich beschlossen habe, mich in meine stille Wohnung zurückzuziehen.»

Ich betrachtete Schnecke, der das Gehörte zu verstehen versuchte. Ich wusste nicht, ob er begriff, dass man ihr kaum Glauben schenken konnte, und fragte mich, was er über uns dachte und wie er überhaupt zu interpretieren war. Es beschäftigte mich, denn es war nicht klar, wohin er gehörte: Konservativer, Spieler oder Sexbesessener, gewalttätig oder sensibel, er hatte keine eindeutigen Charakteristika und vereinte alle besorgniserregenden Typen der Welt in sich, und dennoch wirkte er demütig und ruhig, wollte uns nahe sein.

Zahra teilte eine dickflüssige Graupensuppe mit Reis, Bohnen und gehackten Kräutern aus, streute geriebenen Käse und goldbraune Zwiebelringe über jede Schale und servierte sie den Gästen. Nilu hielt fest meine Hand, vergewisserte sich, dass alle zuhörten, und sagte dann: «Wirklich jammerschade, dass es uns nicht vergönnt war, in den siebziger Jahren zu leben.» Sie wusste, dass Unterhaltungen über die Siebziger die Rettung für jedes peinliche Schweigen waren. Und auch Klagelitaneien waren eine Lösung – warum die Banken am Nachmittag nicht geöffnet hatten, warum die Briefe bei der Post verschwanden, warum die Konservativen das Fernsehen beherrschten, das Fernsehen war todlangweilig –, alle liebten es, sich zu beschweren. Da waren wir, eine Bande unglücklicher Sittenverbrecher, und obwohl wir nicht unterschiedlicher hätten sein können, waren wir dennoch, hinter den geschlossenen Fensterläden, alle vereint. Und jeder von uns vertraute sein verbrecherisches Geheimnis den Händen einer oder mehrerer Personen an, die er nicht kannte, und jeden von uns konnte man ganz leicht verraten, und dennoch machten wir uns einen überwältigend schönen Abend, gegen Misstrauen und Fanatismus gefeit, ein Bund der Bedrückten und Triebgesteuerten mit der unbezähmbaren Leidenschaft, das Schicksal zu beherrschen. Schwach und kühn, so dachte ich gerne von uns. Doch ich erinnerte mich, dass der verblichene

Herr Ali Samimi vom Wassermelonenstand immer zu sagen pflegte: «Ein Mensch muss jemanden verraten, jemanden enttäuschen und bitter enttäuscht werden, erst dann wird er ein echter Bürger der Republik sein.»

Nilufar wandte sich an Schnecke: «Ein Fahrzeugelektriker könnte gerade die Rettung für uns sein.»

«Aber gerne, wie kann ich helfen?», fragte er. Und Babak war stolz.

«Haben sie dir schon von dem roten Peykan erzählt? Wir versuchen, Zahras Wagen wiederzubeleben, und du wirst es kaum glauben, wir bauen auch ein Rennauto für die Nationalmeisterschaft, 1800 Kubik.»

«Aber wie willst du denn bei diesem Rennen antreten? Das ist doch nur für Männer.»

«Ich werde darum kämpfen!»

«Sie werden dich nie lassen», stellte er ungerührt fest.

Frau Safureh verengte die Augen. «Sagen Sie mir, junger Mann, wer sind Sie eigentlich?», fragte sie in ihrem Verhörston. «Sind Sie ein religiöser Mensch? Sind Sie gläubig? Sind Sie ein Soldat?»

«Ja, gnädige Frau», antwortete er, ohne zu zögern.

«Seltsam.»

Zahra mischte sich abrupt von der Seite aus ein: «Das ist überhaupt nicht seltsam, ich bin zwar weder religiös noch gläubig, aber Sie sind ein bezaubernder Junge, Schnecke.»

«Vielen Dank.»

«Lieben Sie die Religion?» Frau Safureh gab nicht nach.

«Ja, das tu ich.»

«Und die religiöse Führung?»

«Respektiere ich.»

Alle wollten wir losbrüllen, was machst du dann hier? Doch wir beherrschten uns, wechselten nur verblüffte Blicke.

«Dreißigtausend Menschen sterben täglich in dieser Welt an Hunger», sagte Schnecke. «Ist ein Staat, in dem alle ein Zuhause und Essen auf dem Tisch haben und das Recht, an der Universität zu studieren, der allerdings strenge Grenzen und Gesetze hat, also weniger gut als ein Staat, in dem bestimmte Menschen mehr haben, als sie brauchen, und andere hungern, ohne jede Chance auf Bildung, denen es aber scheint, als seien sie frei?»

«Schau dir an, wie viel Armut es bei uns gibt», entgegnete ich vorsichtig, «die offenen Kloaken fließen durch die Gassen der Dörfer.»

«Ich habe nicht gesagt, dass alles hier gut ist», Schnecke schnitt mir das Wort ab, «aber wir müssen entscheiden, wonach wir streben. Der Westen ist keine Lösung für unsere Notlage, er hat sie verursacht. Wir sind ihm gefolgt, wir haben es versucht. Hundertfünfzig Jahre lang hat man uns gepredigt, dass wir ihn imitieren sollen, uns alle danach sehnen müssen, ihm nacheifern. Also sehnten wir uns. Und er kam. Erniedrigung. Beraubung. Ausbeutung. Unterdrückung. Man machte uns zu Dienern und Sklaven. Fahr in den Westen, Kami, kleide dich westlich, rede westlich – dann wirst du entdecken, dass sie in dir nie einen von sich sehen werden, du wirst immer minderwertig und ein Fremder bleiben.»

Wir erstarrten alle. Er hörte sich nicht danach an, als bete er etwas nach, er klang echt. Aber welcher Autoelektriker redet so? Verdächtig. Wir starrten ihn aus großen Augen an. Fast schien es, als wäre sogar er erschrocken über seine flammende Rede, und er füllte sich hastig den Teller. «Die Menschen brauchen Wurzeln, das ist alles», murmelte er, und sein Blick flackerte durch den Raum, prüfte die Reaktionen.

«Wurzeln, mein junger Freund», erwiderte ihm Frau Safureh, «sind eine Quelle für potenziellen Rassismus, Hass und Chauvinismus.»

«Die Menschen sind die Quelle für potenziellen Rassismus und Hass», verbesserte er sie, «die Religion versucht, sie auf dem rechten Weg zu halten, Bescheidenheit und Werte. Ich habe sie mir nicht ausgesucht, aber sie ist meine Identität, und mir ist wohl dabei, dass sie über mich wacht.»

«Bei mir ist die Identität persisch», sagte ich, «das ist unsere Vergangenheit, egal, welcher Eroberer hier durchkam, wir sind immer Perser geblieben, mit einem persischen Kalender und persischen Festen, mit Gebräuchen und Sprache. Das Reich der Achaimeniden, der Seldschuken, der Parther und der Sassaniden, die Muslime, die Mongolen, die Dynastien der Safawiden, Kadscharen und Turkmenen, die Briten, die Russen, die Pahlavis, alle waren sie da, aber das Volk hat sich immer daran erinnert, dass sie Perser sind. Und jetzt versuchen die Mullahs, uns die Vergangenheit zu stehlen. Von heute an sage ich ‹durud› statt ‹salam›. Damit es alle merken. Ich bin Perser, wir müssen alle Perser sein.»

«Sei bloß vorsichtig», spöttelte Babak, «das ist sehr literarisch, du klingst schon wieder schwul.» In seiner Bedrängnis bettelte er um ein wenig Humor, der die Stimmung retten würde.

«Literarisch ist schwul?», erkundigte ich mich.

«Nun ja, so kokettierend, so geziert. Sag lieber ‹salam›.»

«Lasst doch dieses ganze Traditionsthema», griff Nilu ein, «das bringt nur Ärger. Ich ziehe es vor, eine Weltbürgerin zu sein, die in Teheran wohnt.»

«Ich werde mit dir demonstrieren», versprach Babak und brachte damit die Diskussion wieder auf Autorennen. «Gib nicht nach, Nilufar», sagte er, und ich war beunruhigt. Wie kam der Idiot dazu, seine Beziehung mit Schnecke zu gefährden? Es wäre schade drum.

Frau Safurehs Wangen röteten sich, auch ihre Nasenflügel. «Werdet endlich erwachsen», echauffierte sie sich, «Demonstrationen bringen nichts als Katastrophen. Das ist verantwortungslos! Ich verbiete es euch!» Ihr greiser Atem klang rasselnd – und ich dachte mir, ganz ohne Zweifel, da verbirgt sich etwas, irgendetwas lastet auf ihr. Als sie sich wieder beruhigt hatte, flüsterte sie mir zu: «Dieser Schnecke verheißt nichts Gutes.»

Zahra überging das alles und sagte geringschätzig: «Nun, genug jetzt mit Zeitverschwenden, das Volk ist mit seiner Rente beschäftigt.»

Wir versammelten uns also vor dem neuen Bildschirm, und ich schloss die letzten Kabel an, während Zahra Pudding servierte. «Einen Moment, Zahra, du wirst dich nicht vor der Rede drücken», rief Frau Safureh plötzlich aus. «Hier ist unbedingt eine kleine Rede gefordert.»

«Aber was habe ich denn schon zu sagen? Nichts.»

«Gibt es etwas, das uns hier mehr an die Stürme erinnert, die über uns alle hinweggefegt sind, als dieser Film? Gib uns ein paar Akzente und Interpretationen, Zahra, steigere unsere Erwartung.»

«Das Rex-Kino wurde niedergebrannt», fasste sie kühl und knapp zusammen, «das Volk verdächtigte die grausamen Sicherheitsagenten des Schahs, den Savak. Der Zorn entzündete sich, nichts wurde wieder so, wie es war. Die Revolution kam.»

«Nein, das kann man nicht Rede nennen», murrten wir alle.

«Vielleicht stellt ihr Fragen?» Zahra wand sich, doch ich spürte, dass sie wirklich wollte, dass wir fragten.

«Wie habt ihr euch gefühlt, als das Ende kam?», fragte ich.

«Das Ende?», echote sie.

«Das heißt, habt ihr begriffen, dass es das Ende ist?»

«Es gab viele Enden. Jedes Mal, wenn ich dachte, es sei zu Ende, kam noch ein Ende daher. Ich bemühte mich, die Theatralik der Geschichte zu würdigen. Eine Schauspielerin vermag solche Dinge schließlich zu schätzen, ebenso wie es der Pöbel versteht, süchtig danach zu werden. Wir waren dabei, als die älteste Dynastie der Welt unterging, vielleicht haben wir ihr Verschwinden verursacht. Zwei Millionen Menschen drängten sich auf dem Azadi-Platz, sahen, wie die Soldaten vor ihnen aufgaben und sich weigerten, das Feuer zu eröffnen. Wer war nicht im Rausch? Und dann ging Muhammad Reza, ein schwer krebskranker König, der in seinen Tod flog, und für zwei Wochen liefen wir in einem gespensterhaften Land herum, einem verlassenen Land, das nicht gewohnt war, ohne Vater zu leben, und keine Ahnung hatte, wie der nächste Morgen aussähe. Paniktrunkene Kinder. Sie demonstrierten um der Demonstrationen willen, um etwas abzuschütteln. Warteten auf ein überraschendes Schicksal, waren wütend, wenn die Erde mal nicht bebte. Arian sagte, es gibt keinen bewegenderen Krieg als den Krieg für die Gerechtigkeit. Aber alles war doch gut für uns, wieso wird das jetzt alles aufs Spiel gesetzt? Wir waren abgestumpft. Jeder tötete jeden, Schießsalven durchbrachen regelmäßig unser Leben. Das Grab von Reza Schah, dem Vater, wurde von einem städtischen Bulldozer einplaniert, und darauf wurde ein öffentliches Pissoir zur Freude des Pöbels eingeweiht. Einen Augenblick – Freudenwellen. Im nächsten – Erstarrung vor einer profanierten

Leiche. Danach blieb die Welt stehen. Wir schlossen uns in der Wohnung ein. Drei Jahre wurde kein einziger Kinofilm gezeigt. Eine Industrie von siebzig Filmen pro Jahr starb einen schweigenden Tod – wer brauchte noch Drehbücher? Die Schauprozesse im Fernsehen waren mehr als ausreichend für die Masse. Und dann brach der Krieg aus, und Chomeini verfügte eine Erneuerung der Filmindustrie, islamisch und pädagogisch. Arian ging zum Kulturministerium, zum Zensurausschuss, erklärte ihnen, dass ich bereit sei, alles zu machen, man müsse mir nur eine Chance geben. Ich erstickte fast vor Sehnsucht, ich musste so unbedingt spielen, dass ich bereit war, mir meinen Weg durch die Ruhmesfilme für die Revolution und den Krieg zu bahnen. Abadan brannte bis auf die Grundfesten nieder, und hier in Teheran heulten nachts die Sirenen, was hieß, Schutzräume, Raketen aus dem Irak. Wir waren ein betäubtes, von Schrecken überwältigtes und stolzes Volk. Haargenau, wie sie uns haben wollten. Im Schutz der existenziellen Angst erwuchs eine neue Geheimpolizei in unserer Mitte. Überwachen, abhören, hastige Hinrichtungen. Danach überzeugte ich mich selbst, dass es uns gutging. Arian und mir. Der Irrsinn draußen trieb uns dazu, uns zu Hause einzulullen, einer den anderen. Wer will überhaupt diesen wilden Wettlauf um die Gunst des undankbaren Publikums, diese Unterwerfung, diese Angst, es zu verlieren, da ist es besser, es zu verlieren und Schluss damit. Ich hatte Arian, der mich liebte und in meinen Armen einschlief, und sieh an, es war möglich, ohne diesen Wettlauf zu leben, wir hatten eine Wohnung, in der wir alt werden konnten, das war ein tröstliches Gefühl. Wir kapitulierten. Und dann kam noch ein Ende, der Krieg rekrutierte die restlichen Männer von der Straße, der Oberste Führer wollte eine Armee von zwanzig Millionen. Und ich verlor Arian. Es gibt keinen echten Weg, sich mit diesem Nichts abzufinden», seufzte Zahra und verschluckte schnell ein paar Worte, als hätte sie noch eine Menge davon. Doch das war's. Sie verstummte. Musterte unruhig das Publikum, wartete auf Reaktionen, vielleicht auf Applaus oder Tränen. Doch die Blicke im Zimmer waren alle gesenkt, die Händen gefaltet oder zu Fäusten geballt, aufeinandergepresste Lippen, die Augen betroffen zusammengezogen. Nilufar streckte ihre Hand nach mir aus, ergriff fest meinen Oberschenkel. All ihre apokalyptischen Prophezeiungen über die Vergänglichkeit und die Erinnerung standen ihr plötzlich gegenüber, aber die Abgeschiedenheit schien keine Lösung mehr zu sein, in der es sich angenehm leben ließ. Und ich wollte fragen: Wann ist Arian gestorben? Ich erinnere mich nämlich an den Tag des Begräbnisses, es kann nicht sein, dass er im Krieg getötet wurde. Doch ich fragte nicht.

Die Lichter gingen aus.

Schaidas Leiter

15

◆

Zahra Chazuri ist Schaida.

Ein schwacher Lichtfleck. Treppen, die in einen Keller hinunterführen.

Eine dunkle Nische, in die Wand gehauen. Blätternder Verputz. Eine flackernde Glühbirne.

Hinter rostigen Gitterstäben zwei Gefangene, Frauen. Ein schweres Vorhängeschloss. Sie sehen sich ähnlich. Mutter und Tochter. Gepflegt. Barmherzige Gesichter, trügerisch.

Die Tochter ergreift einen Holzstuhl, der im Zentrum des Raumes steht, hält ihn fest. Die Mutter steigt darauf, setzt ihre bloßen Fußsohlen auf die Rückenlehne. Streckt ihre zerkratzten Arme aus, zerlegt die Fassung der Lampe, die an einer kurzen Kette von der rauen Betondecke herabhängt. Sie entfernt einen rostigen Haken. Versteckt ihn in ihrer Tasche. Sagt zu ihrer Tochter: «Schaida, auch wenn du keine Hure wärst und ich nicht die Hure, von der du gesäugt wurdest, wärst du als giftige, ausbeuterische Spinne geboren worden, die es nicht besser weiß, als jeden zu beißen, der sie auf seinem Rücken trägt, so bist du geboren, und so wirst du sterben.»

Der Hof. Ein alter schwarzer Ford-Laster rattert auf den Parkplatz. Ein hochgewachsener, dünner Mann. Eine kleine, aufgedunsene Frau, über deren Schulter eine lange Waffe hängt. Zwei gefährlich aussehende Hunde strecken sich auf der Matte am Eingang aus, wirken betäubt. Das Paar geht hinein. Sein Gesicht ist scharf geschnitten, ihres verschwommen. «Wascht euch!», schreit der Mann von oben den beiden Gefangenen zu. «Heute Abend kommt ein neuer Kunde, hoher Polizeibeamter.»

Die bewaffnete Frau steigt in den Keller hinunter. Sie entfernt das Vorhängeschloss, betritt die dunkle Nische, eine Eisenschüssel in der Hand, die sie Schaida reicht. Essen. Hundefutter vielleicht. Die Mutter zieht die eine Hand aus der Tasche, da ist der rostige Haken, und mit einem schnellen Aufwärtsschwung bohrt sie ihn tief ins Herz der Dicken hinein. Die Tochter ist vollkommen erstarrt. Die Dicke vergießt Tränen, matte, traurige Lider. Die Mutter zieht den Haken aus dem blutenden Fleisch und schnappt sich die Eisenschüssel, schüttet die trockene Nahrung in ihre hohlen Hände und von dort in ihre Taschen. Die beiden rennen zur Treppe. Es scheppert, das war die Schüssel, und auch der Mann fällt zu Boden. Der Haken steckt in seinem Hals. Die Frauen flüchten nach draußen. Die Hunde mit dem raubgierigen Aussehen blinzeln, jeder mit einem Auge, gewahren die bloßen Füße, die um ihr Leben fliehen, schießen von ihrem Platz hoch und stürzen ihnen nach.

Wald. Langes Jaulen. Schaida und die Mutter hechten über Zweige und dornige Hindernisse. Sie werfen panische Blicke nach hinten. Dann ein Abgrund, eine Schlucht, eine hohe Felswand. Ein tosender Wasserfall donnert herab, daneben eine lose schwankende Strickleiter. Schaida stürzt sich auf die Leiter. Die Mutter hinterher. Ein Hund ist der Mutter auf den Fersen, schnappt zu, verbeißt sich in einen Fuß, zieht sie nach unten. Sie schreit: «Hilf mir, Schaida, warte auf mich, zieh mich rauf.» Der zweite Hund springt an der Leiter hoch. Schaida schaut kurz zurück, der Blick eingefroren, klettert weiter. Oben angelangt, löst sie die Leiter vom Fels und wirft sie zusammen mit dem Hund hinunter. Von unten grauenhafte Schreie der Mutter. Schaida setzt ihren Weg fort. Geht langsam, schleppend. Hinter ihr sind keine Hunde mehr. Der Weg ist lang.

Eine Flussfahrt.

Ein armseliges Dorf. Verlassene Häuser, aufgegebene Läden. Verwaiste Fuhrwerke. Rätselhafte Stille. Peitschender Regen geht in milden Regen über. Schaida läuft die Hauptstraße entlang.

Ein Anwesen. Ein windschiefes, offenes Holztor. Versiegte Springbrunnen, ein ausgetrocknetes Wasserbecken. Doch ein gesundes, saftig grünes Weinspalier, ringsherum Weinberge. Die klobige Eingangstür weit aufgerissen. Drinnen ein heruntergekommener Vorraum, ein ganzer Baum wächst in der Mitte, er hebt sich aus einer Erdmulde an einer Stelle, an der Fliesen fehlen. Auf einem Korbschaukelstuhl eine betagte Frau. Russischer Akzent. Weißes Haar, lang und weich. Ein luftiger Kittel. «Hab keine Angst, mein Mädchen. Ich war Kriegsberichterstatterin, nach den Kriegen habe ich mich hier niedergelassen, ich wollte nicht nach St. Petersburg zurück. Ich habe alles, ich habe Ruhe.»

Sie zieht Schaida ins Bad. Desinfiziert ihre Wunden und Kratzer, zieht ihr alle Kleider aus, wäscht sie. Das Mädchen überlässt sich ihr, matt und erschöpft. Noch immer geführt von der alten Frau, schlüpft sie unter ein transparentweißes Laken, legt sich in einem eigenen hellen, geräumigen Zimmer schlafen. «Keine Sorge», verspricht ihr die alte Frau, «der Mensch ist stark genug, um aus der Gosse zu klettern, zu der ihn das Leben verurteilt hat.» Das Mädchen schläft ein.

Ein Morgen auf dem Hof. Ein einziges, hinkendes Huhn. Ein Ochse und eine Kuh, ausgemergelt, vielleicht krank. Ein Beet mit Tomaten, alte Orangenbäume. Schaida schaut aus dem Fenster in die ausgebreitete Landschaft. Sonne und Donner. Sie wandert durch lange Korridore, verliert die Orientierung. Einen Moment glänzendes, engelhaftes Weiß, im nächsten Moment düstere Finsternis, kein Ausgang, Treppen führen hinauf und hinunter ins Nirgendwo. Ihr scheint, sie verliert sich im Kreis. «Frau Christine», ruft sie, aber mit leiser, vorsichtiger Stimme. «Frau Christine? Sind Sie da?»

Das Ende eines Korridors, die Bogenfenster mit Läden verschlossen und verriegelt, nur durch eine kleine Öffnung schimmert heller Schein, wie Engelslicht. Schaida, eingehüllt in das weiße Laken, nähert sich mit stolpernden Schritten, gleich einer Jungfrau, die ehrfürchtig zum Tempel des Lebens schreitet, nur ist sie keine Jungfrau, und die Russin bereits tot, liegt dort schlaff wie eine Puppe, die Hände herabgesunken, die Augen geschlossen, sie ist im Reinen mit sich gestorben, in glücklicher Ergebenheit.

Das Mädchen fasst nach der willenlosen Hand, ergreift sie fest, drückt sie, prüft den Puls, bricht in Tränen aus. Sie trauert. Ihr Kopf fällt auf den mageren Bauch der guten Seele, Tränen echten Kummers, Trauerklage, sie sinkt auf die Knie, kauert sich zusammen.

Der Hof. Hinter dem Beet gräbt Schaida eine Grube. Ihr Gesicht ist nüchtern und entschlossen. Tief genug. Sie geht zur Veranda, wo die Leiche liegt, packt die zwei leichten Beine, zieht. Der Kittel und das weiße Haar werden vom dicken Morast beschmutzt. Auch Schaidas Beine sind mit nasser Erde verschmiert, das Laken bleibt jedoch weiß. Sie streift den Kittel vom Körper der Alten, schubst die entblößte Leiche in den kleinen, engen Raum, nimmt wieder den Spaten zur Hand, bedeckt sie mit Erde. Löst eine Duftgeranie aus einem Tontopf, dann noch eine und eine dritte, legt sie nieder, überhäufelt sie und tritt sie fest. Hier wird Leben wachsen.

Eine Dusche. Sie wäscht den Kittel, reibt ihn mit grober Seife. Sie ist nackt. Teile des Mädchenkörpers offenbaren sich verschwommen in den Dämpfen. Warme Wasserströme gleiten über ihr Schamhaar hinab. Ihre Augen sind geschlossen. Sie denkt nach.

Sie ist in der Küche. Barfuß. In dem Kittel. Er gehört jetzt ihr. Sie bäckt Nane lawasch. Rollt den Teig aus. Streut Mohn darüber, der in einem Glastiegel aufbewahrt ist. Schiebt das Brot in den Ofen. Wartet. Isst. Sie isst ohne jede Anmut, sie ist ein unerzogenes Tier.

Christines Zimmer. Schaida zieht die Bettlaken ab. Lüftet die Matratze. Scheuert den Boden, poliert die Fenster.

Dunkelheit. Ein fensterloser Raum. Sie entzündet einen Docht, eine Öllampe aus Bronze. Ein Lager voll mit guten Dingen, Konservenbüchsen, aufgereiht wie Soldaten vor der Schlacht, Flaschen und Pulver, Gewürze und Reissäcke. Samen. Knollen.

Ein Kutschengespann galoppiert auf den Hofvorplatz. Eindrucksvolle Pferde werden zum Stehen gebracht. Ein vornehmer Mann im hellen Anzug mit dunkelgrauem, gepflegtem Haar trampelt mit seinen glänzend polierten, schweren Schuhen die Stufen hinauf. Er klopft nicht an die Tür, ein schmaler Spalt steht offen, er stößt sie auf und geht hinein, sein Auftreten ist zurückhaltend, sein Benehmen im Haus, als sei es das seine. Ist es das?

Die barfüßige Schaida hat die Pferde gehört, rennt aus der Küchentür. Hält an, als sie ihn sieht. Ein hochmütiges Lächeln liegt auf seinem Gesicht. «Oh, und wer sind Sie, junges Fräulein?»

«Und wer sind Sie?» Sie ist misstrauisch, ärgerlich, sie dachte schon, sie hätte ein Anwesen für sich allein, und nun kommt da ein reicher Mann daher, um die fünfzig, vielleicht ein Verwandter, vielleicht ein Sohn. Er sieht nicht russisch aus. «Ich bin Richter Nabidi, Sie haben nicht von mir gehört? Ein Richter. Hoher Richter im Bezirk. Und Sie, meine Schöne?»

«Christine ist nicht da.»

«Christine geht nie weg», gibt er misstrauisch zurück.

«Und was haben Sie mit ihr zu tun?»

«Ich passe auf sie auf.»

«Wie aufpassen?», fragt Schaida skeptisch.

«Ich kümmere mich darum, dass sie es gut hat.»

«Und was wollen Sie jetzt?»

«Das, was mir zusteht.»

«Was steht Ihnen zu?»

«Wenn meine Vermutung zutrifft, dann haben Sie sie vertrieben, vielleicht ermordet, und jetzt wohnen Sie selber hier. Und wenn Sie hier wohnen, dann ist das der Lauf der Welt, und ich gebe Ihnen meinen Segen als hoher Richter und meinen Schutz und vielleicht noch ein paar weise Ratschläge, die Ihnen helfen werden, hier im Dorf zurechtzukommen.»

«Aber das Dorf ist doch leer.»

«Umso besser müssen sie wissen, wie man zurechtkommt.»

Schaida hat wenig Zutrauen. «Was würden Sie dafür wollen, Nabidi?»

«Zunächst einmal, nennen Sie mich Herr Richter Nabidi, eine Anrede unter kultivierten Menschen, wenn Sie gestatten. Und ich werde nicht mehr und nicht weniger verlangen, als mir die alte Journalistin zu Beginn jeden Monats gegeben hat. Und jetzt ist Monatsbeginn.»

Draußen. Ein weißes Fenster ist zu sehen, offen. Gelbes Licht flimmert heraus. Sonst sieht man nichts. Nur einen undefinierbaren Raum. Aber man hört Grunzen und Wimmern, Schmatzen und Schlürfen.

Ein Gesicht. Ein Badezimmerspiegel. Dämpfe. Braune Flecken, Rost und Fingerabdrücke. Wasser fließt. Der Richter duscht. Dicke Finger, ein einschneidender Ring, wischen über den Spiegel. Das Gesicht des Richters taucht auf. Er rückt die Krawatte gerade, glättet seine Augenbrauen. «Was für eine erfrischende Neuerung», sagt er sich befriedigt. Und dann schlüpft er in sein Jackett, zwängt sich in die drückenden Schuhe, die ihm eine gute Nummer zu klein sind, eilt in den Korridor, sagt zu ihr: «Das Geld wird mein Fahrer abholen, ich nehme an, dass du dich noch nicht organisiert hast, das geht in Ordnung, ich werde ihn Anfang der Woche vorbeischicken. Die Barmherzigkeit, meine Teuerste, ist es, die mich bekannt gemacht hat.» Er lächelt.

«Wo verdient man hier Geld, auf diesem Friedhof?», fragt sie.

«Das ist das Schöne daran, die Welt ist voller Gelegenheiten.»

Die Kutsche fährt ab.

Rötlich schattierte Dämmerung. Brütende Gedanken. Sie liegt auf der Matratze unter der hohen Decke in Christines Schlafzimmer. Mit einem Mal wird die Qual von einer Erleuchtung abgelöst. Sie stürzt zum Fenster, ein schöner Abend, das Huhn, die Kuh, die Pfützen. Sie brüllt: «Ein Hotel! Wir machen ein Hotel auf!»

Ein Sturm heißer Hoffnung fegt über das Anwesen hinweg, die unabhängige Schaida ersteht wieder auf. Sie ist mit Leib und

Seele im Einsatz. Legt sorgfältig schmiegsame Decken auf die Betten. Verteilt Porzellan, das in einer Küchenkammer versteckt war. Richtet eine Teeecke mit Gewürzen ein. Ein Paar rote Samtstühle. Ölbilder von Häusern, die auf Wasser treiben, Venedig. Eine spiegelnde Glastür führt auf die Veranda, mit einer überwältigend schönen Aussicht über die Hänge. Und ein Fuhrwerk, an einen schwerfälligen, geschmückten Esel gespannt, das mit den Gästen spazieren fahren soll. Wie ein römischer Palast oder eine alte Herberge aus dem siebzehnten Jahrhundert oder ein Landgasthaus, ein französisches vielleicht, so ähnlich. Sie näht turbanartige Gebilde, die sie den Gästen aufsetzen wird. Als Geschenk. Sie wartet.

Nichts. Keine Menschenseele. Ein wehmütiges Lied von Mercedes Sosa.

Schaida, schwarz gewandet, reitet auf einem schwankenden Esel, krallt sich an seiner schütteren Mähne fest, vornübergebeugt. Nun mach schon! Er trottet in den dunklen Wald und von dort zum Nachbardorf, auf einen ärmlichen Basar. Die Händler räumen die Waren ab. Heubündel rollen den Pfad hinunter. Fenster werden krachend zugeworfen. Sie mustert die Passanten. Männer. Sie sucht einen Käufer. Sie hat keine Wahl. Tritt zu einem Postboten in gesetztem Alter. Bietet sich an: «Interessiert? An mir, meine ich?» «Nein danke, Mädchen», lehnt er höflich ab. Sie nähert sich einem Bankangestellten, einem Gärtner, einem Getränketräger. «Interessiert? Interesse an mir?» Auch sie lehnen ab, einer nach dem anderen, was ist los mit ihnen, mögen sie keine Frauen? Sie ist kühl und schweigsam, aber sinnlich erregend. Sie verachten sie offenbar nicht, doch es ist keine Leidenschaft da. Keine Leidenschaft in diesem Land. Sie klopft an eine Tür. Eine Familie. Die Frau öffnet, der Mann im

Hintergrund. «Seid ihr interessiert an einem jungen Mädchen?» «Nein danke, Schatz, aber viel Glück noch.» «Fräulein, wir haben genug von deiner Sorte hier, unsere eigenen, im Dorf», sagt ein Straßenhändler zu ihr. Und in Minutenschnelle ist schon der Abend gekommen, und die Füchse sagen sich auf den Gassen gute Nacht. Sie ist allein.

In rasender Weißglut zerschmettert sie Glasscheiben, öffnet die Tür von innen, bricht in das Gebetshaus ein, rennt tief ins Innere, in einem Tränenstrudel, und wirft sich flach auf den Boden. Ihr Haar ist wirr. Sie heult. Ströme von Tränen. Sie kommt auf die Füße, tritt tobsüchtig um sich, reißt heilige Bücher in Fetzen, ist nicht bereit, noch länger zu leiden.

Ein neuer Tag. Im Hotel. Sie ist gelähmt. Liegt ergeben auf dem Bett. Sie hat aufgegeben. Vielleicht wird sie fliehen, vielleicht Selbstmord begehen. Gegen Morgen starren ihre hellen klaren Augen in die Luft. Das Donnern von Motoren. Sie zögert. Das Donnern kommt näher. Sie geht zum Eingang hinunter, öffnet die Tür. Eine Fahrzeugkolonne hält zu ihren Füßen. Soldaten. Ein kurzgewachsener General entschuldigt sich für die frühe Ankunftsstunde. «Morgen fängt der Krieg an», verkündet er, «morgen werden wir über die Grenze stürmen, Sie gestatten, dass wir einstweilen in Ihrem Hotel Quartier nehmen? Die Staatskasse wird mit Freuden alle Ausgaben begleichen und für eventuell entstehende Schäden aufkommen.» Sie würde als Musterbürgerin für ihre Hilfe zur Stärkung des Landes und ihre Standhaftigkeit entgolten werden. Sie nickt.

Der Krieg hat sie gerettet. Ein Tumult herrscht im Haus, junge Soldaten stampfen die Treppen hinauf und hinunter, rennen zwischen den Zimmern hin und her. Die Schlacht wird wirklich jeden Moment beginnen. Aber wieso der Krieg? «Profanierung des Heiligtums», erklären sie ihr, «der Feind ist in der Nacht in ein Gebetshaus eingebrochen, hat grausam gehaust.» Ein Wunder. Die Welt spielt mit ihr. «Und wie lange wird der Krieg dauern?», fragt sie. «Das weiß man nicht, hoffen wir, dass er nicht zu kurz wird», sagt der General. «Lang, lang wird er», flüstert der Generaladjutant.

Die Dinge des Lebens. Schaida kocht, serviert, wäscht, unterhält. Sie reitet zum Markt, liest junge Mädchen in den Gassen auf. Sie sollen ihr helfen. In dem trockenen Becken im Hof sprudelt wieder Wasser. Die Soldaten springen wie Kinder hinein, werfen die Last des angespannten Wartezustands ab, und sie fühlt sich wohl.

Nacht, ein leuchtendes Lagerfeuer, Funken, züngelnd blitzt es zwischen den verschwommenen Gesichtern auf, in wenigen Stunden werden sie auf ihrem Weg in die Schlacht sein. Sie betrachtet die Männer, die Kamera taucht in sie ein, und sie ist in ihnen versunken, vielleicht kehrt endlich ihre Zuneigung zu den Menschen wieder, oder sie hatte sie nie, vielleicht ist es Mitleid, denn sie gibt sich die Schuld an all dem Tod, der bald unter ihnen hausen wird. Nein, warum sollte sie sich die Schuld geben, sie hat sich schließlich selbst gerettet, sogar ohne Absicht. Das erste und einzige Mal, dass das Schicksal die Weichen für sie richtig gestellt hat. Sie studiert die weit geöffneten Augenpaare. Vielleicht ist sie einfach hungrig nach Berührung, schwankt, wen sie heute Nacht an sich pressen möchte, sie kann sich ja jeden nehmen, den sie will, alle, sie ist wie eine süße Frucht, wirklich erotisch mit ihren bloßen Armen im Wind. Sie geben ihren Blick zurück, produzieren sich vor ihr. Ein Kämpfer spielt auf einer Ney anban, einer Art Dudelsack aus Ziegenhaut. Er flirtet angestrengt mit ihr. Nein, sie will nicht. Auch ein Offizier wirft ihr einen Kuss durch die Luft zu. Sie schreckt zurück. Ein junger Bursche spielt auf einer Daf-Trommel, die das Bild eines alten Mannes mit wildem weißem Haar schmückt, er schlägt zart darauf. Er blickt Schaida nicht an. Er lächelt einfach so vor sich hin, eingeschüchtert von der Atmosphäre. Ihn will sie. Sie mustert jede seiner Bewegungen. Er ist allein, er gehört nirgends dazu. Sie wartet, bis das Feuer niedergebrannt ist und sich die Männer zerstreuen. Sie tritt auf ihn zu. Er wird sicher tot umfallen, wenn sie sich so für ihn interessiert. Sie fragt ihn: «Was ist deine Aufgabe hier?»

«Ich sammle die Leichen ein.»

«Ist das eine wichtige Aufgabe?»

«Es gibt viele Leichensammler hier. Es ist nichts Besonderes an mir.»

Man sieht ihr an, dass sie denkt, es ist schon etwas Besonderes an ihm, oder sie fühlt sich sogar davon angezogen, dass er nichts Besonderes ist und nicht versucht, besonders zu sein. Er ist schlicht: nicht besonders hübsch, nicht besonders groß, seine Stimme weder sanft noch männlich. Er ist weder sehr behaart noch glatt, weder hell- noch dunkelhäutig. Aber gerade weil er so ist, trieft die Sinnlichkeit aus allen Ecken des Bildschirms, die Spannung knistert.

«Bist du hier geboren?», fragt sie.

«Nein, ich bin im Südwesten geboren.»

«Wenn du dort geboren bist, wieso bist du hier, um zu kämpfen?»

«Dort habe ich Baumwolle angebaut. Ich sehne mich nach den Obstbäumen. Nach Großvaters Wein. Nach der Bäckerei meines Vaters. Nach der Weberei meiner Mutter. Nach der Schule. Aber auch hier ist es nicht schlecht, sogar gut, der Krieg bringt neue Menschen zusammen, zeichnet Grenzen neu, und Träume.»

«Und wer hat dich die Daf gelehrt?»

«Ich habe es allein gelernt, auf dem Grab des Dichters. Ich ging jeden Abend von daheim zu dem Grab und zurück und spielte.»

«Ist es schön dort?»

«Schön.»

«Ich war nie dort.»

«Ich werde dich mitnehmen, nach dem Krieg», verspricht er. Er wird bestimmt in der Schlacht fallen nach einem solchen Versprechen.

«Ich habe nie daran gedacht, hier herauszuklettern», sagt sie grübelnd.

«Der Dichter saß vierzig Tage und vierzig Nächte lang in einem Kreis», erzählt er ihr, «als er sechzig Jahre alt war, saß einfach dort, bis ihn die geistige Erleuchtung überkam, und er schrieb den Großteil seiner Gedichte. Ich liebe Reime.»

«Wie alt bist du?»

«Siebzehn.»

«Findest du mich hübsch?»

«Sicher. Ich kenne kein hübscheres Mädchen als dich.»

Sie küsst seine schmalen Lippen.

«Göttliche Schönheit», flüstert er und lässt sich von ihr küssen. Sie schlafen ein, eingehüllt in schneeweißen Stoff, einer in den Armen des anderen. Sie umschlingt ihn. Er legt eine weiche Hand auf ihren grünen Lederrock.

Krieg. Ein ziemlich stiller. Keine schweren Geschütze, keine ohrenbetäubenden Bombardements, die Soldaten brüllen nicht: «Sturmangriff!» Kein schwarzer Rauchpilz steigt über dem

Dorf empor. Nur kleine Fackeln. Und ein langer Marsch. Hin und wieder verstecken sie sich, ab und zu werden sie aufgehalten, fallen, jemand wird getötet, ausgelöscht, sie verstecken sich, ergeben sich, der Geist ist ungebrochen, sie marschieren weiter. Soldaten wie auf einem Ölgemälde. Veraltete Ausrüstung. Raubkatzen pirschen zwischen den Stellungen mit zu Schlitzen verengten bösen Augen.

Am Tor des Anwesens schaukelt eine Karawane stiller Bahren den Pfad entlang. Verbundene Invaliden hinken zur Behandlung, lahm, amputiert, humpelnd und stolpernd. Die Mädchen pflegen sie. Zeremonien und Rituale. Das Wohnzimmer ist nicht mehr elegant. «Der Krieg ist für den Mann wie die Mutterschaft für die Frau», sagt der General. Ein Zitat von Mussolini. «Die Hölle ist der Mensch selbst», sagt der Adjutant des Generals. T. S. Eliot. Die Hölle ist das Alleinsein, und der Mensch ist immer allein. «Der Krieg ist eine große Schule», sagt der Adjutant des Generals. Der Krieg sind alle fünf Sinne. Krieg eint das Volk.

Schaida rennt herum, sie pflegt niemanden, sie sucht ihn. Seine Aufgabe ist es schließlich, Leichen einzusammeln, und hier sind die Leichen, wo also ist er? Sie fragt: «Habt ihr den Leichensammler aus dem Südwesten gesehen?» Sie kennt seinen Namen nicht. Sie muss ihn sehen, und wenn er ein hinkender Invalide ist, blind, eine Leiche, aber er soll da sein, damit sie weiß, was das Schicksal beschlossen hat. Kummerfalten. Eine verlorene Seele. «Hier gibt es viele Leicheneinsammler, meine Liebe», sagt der General, «und ich werde sie nie fragen, woher sie sind, damit ich nicht der Diskriminierung verdächtigt werde. Sie sind alle meine Soldaten, alle Leichensammler, sie sind mir alle im gleichen Maße wichtig.»

Sie wäscht Blut von ihren Händen, steigt auf den Esel, bricht zur Front auf. Sie stöbert in jedem Zelt und möglichen Zufluchtsort, vielleicht versteckt er sich, eingegraben in den Abwasserkanälen. Er ist empfindsam, ihr Sammler, vielleicht sogar ein Feigling, liebt Dichter und Reime. Sie ist vom Licht geblendet.

«Was hast du mit dem Krieg zu tun?», fragt ein dicker Kampfsoldat in einer Hütte.

«Viel, wenn man darüber nachdenkt.» Sie hat schließlich das Streichholz entzündet.

«Was hast du mit uns zu tun, ein freier Mensch wie du?», beharrt er.

Sie atmet schwer.

«Kaffee?» Er schenkt ihr ein. «Andere Dinge werden dir morgen teuer sein.»

Wie kommt es, dass er nicht unruhig ist? Wieso ist keiner dort unruhig? Aus einer Nische taucht noch ein Soldat auf, ein alter. «Gebäck?» Er serviert es ihr. Seine Lippen sind entstellt, die Silben kommen ein wenig verzerrt aus seinem Mund. «Trockenes Gebäck? Möchtest du?» Sie wollen nicht mit ihr schlafen, sie geben ihr ein Taschentuch, um sich die Tränen abzuwischen. Und auch Datteln. «Wir sitzen hier, bis du fertig bist», bietet der Alte an, «setz dich zu uns.»

«Ich hatte eine Großmutter im Rollstuhl», erzählt der Dicke, «eine kluge Frau, sie sagte immer, Liebe ist nur eine Antwort auf fehlende Bedeutung. Wenn du Bedeutung in deinem Leben hast, wirst du nicht in die Falle der Liebe tappen.»

Sie singen ein leises Lied, ein Wiegenlied, eigentlich ein Kriegslied. Sie zünden einen Gaskocher an, erhitzen Wasser, umarmen sich alle drei, um sich warm zu halten. Wie soll man nach solchen Augenblicken nicht süchtig werden?

Bei Sonnenaufgang kehrt sie zum Anwesen zurück, zu Fuß auf ihren zwei Beinen, allein, stumpf und ergeben. Das Tor steht sperrangelweit offen, der Platz ist verödet. Das Getöse der Legionen ist verschwunden, auch von den aufopferungsvollen jungen Mädchen keine Spur, und wenn der Dreck nicht wäre, könnte man glauben, es wäre nie etwas gewesen. Sie ergreift einen Besen, beseitigt die Spuren, sammelt die Scherben auf, die Stummel, wirft alles den Hang hinunter, scheuert das Fenster der Veranda, die zum Esszimmer geworden war und anschließend zur Pflegestation und jetzt in Bergen leerer Kisten und Müll erstickte. Sie ist verwaist. Jetzt wird ihr Sammler sicher kommen, sie wird nicht einsam und verlassen, einfach so, sterben.

Er kommt. Der Leichensammler aus dem Südwesten mit zarten Anflügen eines Barts, knabenhaft, weich, und einem kleinen Ranzen, stapft über das dürre, zertrampelte Gras, in kurzen Hosen und sauberem Unterhemd, Narzissen in der Hand. Schaida tritt ihm entgegen.

Ein dämmriger Morgen, als sei es gar nicht Morgen. Der Richter Nabidi und seine Kutsche holpern über den Kies auf den Vorplatz. Schaida und der Sammler gehen zu ihm hinunter, Hand in Hand. Er ist nicht im Krieg umgekommen, der Richter, vielleicht werden die beiden ihn gemeinsam ermorden, denn was ist schon eine kleine Leiche mehr im Ozean des Krieges, er wird schließlich jetzt nicht mit beiden schlafen wollen, sie will er, und vielleicht ist der Sammler schüchtern und weich genug, dass er zulässt, dass sie sich dem Richter hingibt? Sie ist es ja gewöhnt, sich hinzugeben. Hat der Krieg sie verändert? Hat die Liebe sie verändert? «Ich sehe, dass der Krieg uns alle gerettet hat», sagt der vornehme Richter in seinem eleganten Anzug, und eine pompöse militärische Siegesschwertnadel prangt glänzend auf seiner geblähten Brust. «Besteht die Chance auf ein Festmahl in diesem Haus?», fragt er und betritt den Salon oder was davon übrig ist, wirft sich roh in einen Sessel und wartet darauf, dass er bedient wird. «Wie war der Feldzug für dich, mein Sohn?», fragt ihn der Richter, während er mit seiner Geliebten die letzten Essensreste und ein Kännchen Tee serviert.

«Sie gestatten, Herr Richter», antwortet der Sammler, «ich bin zwar in Kriegskunde nur wenig bewandert, doch mir scheint, wenn Sie erlauben, dass wir als Armee mit einer mangelhaften Planung in die Schlacht gezogen sind. Es gab zu viele Leichensammler. Eine Reihe dürftiger Tage verbrachten wir in der Einheit, eine himmelschreiende Vergeudung. Ich sammelte nicht mehr als siebenundneunzigeinhalb Leichen in vierundzwanzig Stunden ein, was in der Praxis, unter der Annahme, dass ein fleißiger, aber disziplinierter und verantwortlicher Leichensammler viereinhalb Stunden pro Nacht schläft, nur fünf Leichen in der Stunde bedeutet. Ich, bei der guten Ausbildung, die wir erhalten haben, hätte zwanzig Leichen pro Stunde einsammeln können, und ich bin nicht einmal einer der Besten.»

«Du behauptest, es habe an Leichen gefehlt?»

«Nein, Gott bewahre, ich will sagen, dass ich auf vielen anderen Gebieten etwas hätte beitragen können. Ich wollte es. Man hat es mir nicht erlaubt.»

«Sinnvolle Worte», sagt der Richter, «ganz entschieden.»

«Aber ich habe viel gelernt», entschuldigt sich der Sammler.

«Ich wünsche dir, dass du ein Leichensammleroffizier wirst, mein Junge», lobt der Richter, «ich wünsche uns allen, dass wir uns bis zum nächsten Feldzug verbessern.»

Schaida ergreift ein Schneidemesser. Wird sie es in ihn hineinbohren?

«Ich habe», verkündet der Richter, «anlässlich des nationalen und heldenhaften Ereignisses und zum Zeichen der Barmherzigkeit in diesen bewegten Tagen, beschlossen, euch dieses Anwesen zu überlassen, das heißt, lasst uns die Dinge beim Namen nennen, ich würde, wenn ihr wollt, ein Auge zudrücken und euch nicht mehr allzu sehr mit Forderungen zu behelligen, die mein gutes Recht sind. Nur eine symbolische Summe schickt mir zum Ersten jeden Monats, und ich würde mich freuen, gelegentlich an eurem Tisch zu Gast zu sein, wenn euch meine Gesellschaft erwünscht ist.»

«Wir würden uns sehr freuen. Stimmt's, meine Liebe?» Der Leichensammler strahlt, sein Leben hat sich gefunden. Das Mädchen ist erstarrt, mit einem nicht zu deutenden Ausdruck im Gesicht.

«Ist das Essen fertig?», fragt der Richter.

Der Richter geht, bedankt sich mit großer Höflichkeit bei seinen Gastgebern, Schaida und der Sammler spülen zusammen das Geschirr. Der Sammler ist beeindruckt. «Ein scharfsinniger und vielseitig aktiver Mensch, dieser Herr Nabidi.»

«Das stimmt», versetzt sie ohne einen Funken von Bitterkeit oder Zynismus. Woher stammt diese unterwürfige Nachgiebigkeit, plötzlich alles zu verzeihen? Das unglückliche Mädchen.

«Vielleicht bitten wir ihn, uns zu trauen.»

«Möglicherweise», sie nickt mit zurückhaltender Zustimmung, «es würde mich freuen.»

«Ich werde morgen früh zu ihm gehen.» Der Sammler ist zufrieden.

Nacht. Liebe.

Schwarzer Bildschirm.

Ein sonniger Morgen, farbenprächtige Luxusfahrzeuge jener

seltsamen Tage parken dicht gedrängt auf dem Gelände des Anwesens. Friedliches Gemurmel, Vogelgezwitscher. Ein Schild, umrankt von Weinblättern, «Willkommen im Hotel zum verlassenen Dorf». Bedienstete in schmucken Uniformen. Aufgetürmte Koffer. Erlesene Getränke, Appetithäppchen. Ein edler Teppich mit reichen Ornamenten gleitet über die Stufen herab, an der Empfangstheke herrscht reges Treiben. Die Crème de la Crème der Gesellschaft, ohne Zweifel.

Die Kamera schwebt zum ersten Stockwerk hinauf. Je näher sie heranfährt, desto lauter ist ein Schrei zu vernehmen, es ist Schaidas Stimme, sie brüllt vor Schmerz. Die Qual der Geburtswehen. «Noch einen Moment», hört man eine Frau sagen, «da, gleich haben wir's, sei stark, meine Schaida.» Jetzt sieht man sie.

Der Leichensammler wurde nach draußen verbannt, sitzt wie auf heißen Kohlen neben der Tür. Richter Nabidi hält seine Hand, nicht hochmütig wie sonst, diesmal auch nicht gelassen, aber trotzdem eingebildet. Vielleicht ist das Baby ja von ihm? Nein. Die Tür öffnet sich, nur für unsere Augen, und dort ist die Gebärende. Und die Hebamme. Schaida windet sich in Krämpfen auf der Matratze, doch sie hat keine Kraft mehr zu schreien, sie ist ausgelaugt, ihre Arme fallen schwächlich zur Seite herab. Stille. Der Schrei eines Säuglings, der nicht zu sehen ist. Nur Schaidas Gesicht. Die Augen offen, aber leblos. Tot.

Ende.

16

◆

Zahra hockte zusammengekauert auf einem alten Holzstuhl. Frau Safureh, auf dem Schaukelstuhl, umklammerte ihre Hand, ihre Tränen glitzerten im Dunkel, doch sie war ganz still. Babak saß auf dem Sofa, sein Oberschenkel an Schneckes getigerte Uniform gepresst, und der Soldat widersetzte sich nicht – das ist gut, er fühlt sich wohl, ein Zeichen, dass sie glücklich miteinander werden, dachte ich. Nilufar und ich waren in dem tiefen Teppich versunken. Stille.

Die Grundlagen des Bremssystems

17

◆

Obwohl es ein langer, strenger Winter war, hatten wir ein gutes Leben. Kalte Morgen mit Nebelschwaden. Tage, die viel länger wirkten, wie auseinandergezogen, verschneite Nächte, die sicher und ausgeglichen schienen, wolkenverhangen und überraschend, stürmisch im guten Sinn, sprudelnd. Zum Beispiel, als «Die großzügige Sphinx» die eBay-Versteigerung von Zahras mythologischem, multifunktionalem grünen Lederrock mit zehntausend Dollar beschloss. Als die Nachricht aus dem Posteingangsfach sprang, senkte sich Trauer über die Wohnung. An solche Dinge zu glauben, daran trägt man schwer. Dann schrien wir uns alle gegenseitig an: «Siehst du, das Leben hat sich geändert.» Anschließend überprüfte ich das Profil, eine Kurzrecherche: Es war ein Ägypter, ein schwerreicher Mann, Liebhaber von Frauen und Kino sowie den Songs von Queen, hochgewachsen, schlank, küsste gut, das war alles, was ich herausholen konnte. Der Profilname «Die großzügige Sphinx» flimmerte auf dem Bildschirm. Und die Summe prangte in fettgedruckten, schwarz umrahmten Lettern. Ich rief die Seite alle paar Sekunden auf, als würden jeden Moment weitere solche Irre auftauchen.

Von da an wurden wir zu zwanghaften Verschwendern. Wir kauften hemmungslos ein, plünderten unkontrolliert die Ersparnisse, die Zahra jahrelang hinter den Küchenfliesen angehäuft hatte. Auf öffentlichen Versteigerungen im Internet fanden wir eine Konserve mit dem Glied eines Stiers, Schlangenfleisch aus dem Zweiten Weltkrieg und auch einen Gartenzwerg von John F. Kennedy. Wir trafen auf einen Ehemann, der das Recht, die Brüste seiner Frau zu befummeln, an jeden verkaufte, der bereit war, ihr eine Vergrößerung zu bezahlen. Wir fanden ein Diätbuch für Katzen und ein Pyjamaset mit dem Konterfei von Madonna für Frau Safureh. Die alte Dame erwarb auch Aktien eines neuen Hotels auf den Malediven, das unter Wasser gebaut wurde, und einen Online-Kurs in Roboterkunde an der Universität Tokio, wo bereits Roboterhaushilfen zum Kochen und Waschen entwickelt worden waren, jedoch noch keine automatischen Demonstranten aus Blech und Drähten.

So ließen wir die Tage vorbeiziehen, verteilten großzügige Trinkgelder an die Lieferboten, die pausenlos die Wohnung heimsuchten. Zweimal die Woche wurde ich ausgeschickt, um auf dem Weg zur Uni ein Päckchen Geldscheine auf ein seit Jahren leeres Bankkonto zu deponieren, das nun plötzlich zum Zweck von Erwerbungen aus Übersee zum Leben erwachte. Zahra schüttelte ihre unbegründete Askese ab und sang immer «Don't stop me now» zum Gedenken des Ägypters, der sie befreit hatte. Eine Jukebox begleitete uns im Salon, flackernd und flimmernd mit grellen Neonlichtern, die sie an die «Milk Bar» in Abadan erinnerten, zu Zeiten, als aller Atem stockte, wenn sie den Raum betrat. So erregt und voller Hoffnung waren Zahra und Frau Safureh, dass sie bisweilen gar nicht mehr wussten, was sie mit ihren Händen anfangen sollten. Sie legten sie an ihre Wangen oder wedelten damit in der Luft, riefen aus: «Allah segne diese Generation, die sprudelt, schäumt und kocht, die uns die Computer gebracht und Welten verändert hat, die wir nie ändern konnten.» Und ich schmunzelte immer, denn mir fiel Herr Ali Samimi vom

Wassermelonenstand ein, der mich immer Kompjuter nannte, wenn er mir wirklich ein Kompliment machen wollte. Er hatte keine Ahnung, was ein Computer überhaupt war. Für ihn war das ein Begriff für alle Dinge, die ihn überflüssig machten, und er akzeptierte sie ergeben, als wären sie vom Propheten Muhammad selbst herabgesandt, um ihm den Kreislauf des Lebens vor Augen zu führen, die Nahrungskette, die Botschaft, dass die Blütezeit der Wassermelonenverkäufer hinter uns lag und nun die Tage der Kompjuterkinder kämen.

Jede Zusammenkunft in der Wohnung wurde als Erstes mit den Nachrichten eröffnet – eine Art Zeremonie. Die offizielle Nachrichtenagentur Fars berichtete: Der Wehrpflichtdienst wird verkürzt und beläuft sich ab jetzt nur noch auf ein Jahr und vier Monate. Das Ministerium für Kommunikation vermeldet, dass sämtliche Bild- und Multimedianachrichten auf Mobiltelefonen im Rahmen der Kampagne gegen Moralverbrecher unter die Zensur fallen. Des Weiteren blockiert das Ministerium zurzeit acht Millionen Internetseiten. Etwa die Hälfte der Websites auf Persisch sind bereits gesperrt sowie fünfzig Prozent der englischen Nachrichtenseiten, neunzig Prozent der Internetseiten zur Umgehung von Filtern und hundert Prozent aller Pornographieseiten. Die zensierten Websites stellen etwa ein Drittel aller Sites dar, die in diesem Land angeklickt werden. Die Anzahl der persischen Blogs steht von allen Sprachen im Netz an vierthöchster Stelle. Die Regierung wird in Kürze weitere fünf Millionen Dollar für die Jagd auf imperialistische Internetverbrecher bereitstellen. Und in Isfahan wurde gestern eine Ziege geklont.

Anschließend füllten wir immer Listen mit persönlichen Zielen aus, auf einer Website namens «Dreiundvierzig Dinge» –

jede Person gab mindestens dreiundvierzig Wünsche an, womit alle Benutzer ersehen konnten, wer auf der Welt die gleichen Träume hatte, wer sie schon verwirklicht hatte oder ihm helfen konnte, sie zu verwirklichen, ob es sich überhaupt lohnte und wie viel Zeit es durchschnittlich in Anspruch nehmen würde. Das Problem war, dass es mir schwerfiel, dreiundvierzig Wunschziele zu finden, denn es ist peinlich, riesige Verrücktheiten hinzuschreiben oder zu hoch hinaus zu wollen oder sentimental oder absonderlich zu klingen, wenn es sämtliche Bewohner des Planeten mitkriegen können. Also spionierten wir bei anderen. Und was wünschen sich die Menschen in ihrem Leben? Kleine Dinge, wie sich herausstellte.

Weniger Zucker essen, das Haar lang wachsen lassen, Bücher zu Ende lesen. Ein Skateboard kaufen. Lampenfieber überwinden, sich an Träume erinnern. Schulden zurückzahlen, nicht mehr als das Gehalt ausgeben. Eine Band gründen. Besser Flirten lernen, entschlossener sein, weniger pedantisch, entscheiden, was zum Teufel ich mit dem Rest meines Lebens anfangen will.

Eingeschlafene Freundschaften wiederbeleben, für wohltätige Zwecke spenden. Einen Fotokurs machen. Zehn neue Gemüsesorten probieren. Spontan sein. Ein Ziel pro Woche setzen. Einmal im Monat ein Museum besuchen. Täglich für fünf Dinge danken. Eine Kampfkunst erlernen, zwei Wochen zu Fuß gehen, egal wohin. Die Lehren des Lebens dokumentieren.

Ein Curry kochen, einen intimen Blog starten, meine Zwillingsseele treffen. Mit einem Flugzeug fliegen, die Leberflecke beim Arzt untersuchen lassen. Eine Bauchstraffung machen lassen. Dreiundvierzig Dinge aufschreiben, die ich an mir mag. Auf der Chinesischen Mauer spazieren gehen, ein guter Christ sein. Alle Hummer aus dem Delikatessengeschäft nebenan aus dem

Käfig befreien. Das Land mit dem Motorrad durchqueren, die Berge mit dem Fahrrad überqueren, das nächste Auto bar kaufen. Surfen, Skifahren, ein Piercing an der Brust und im Regen küssen – aber wen?

Das Rauchen aufhören. Die Elektrogeräte im Haus reparieren. Fünf Sprachen sprechen, ein Gedicht lernen, dreißig Tage lang einmal täglich singen, meinen Körper lieben, mir nichts zu Herzen nehmen, Vegetarier werden. Mich neu verlieben. Dem Glück oberste Priorität einräumen. Mir das Internet abgewöhnen.

Wenn wir betrunken waren, linsten wir immer in eine italienische Villa, in der überall versteckte Kameras installiert waren und die voll zwielichtiger Gestalten in Unterhosen war. Wir stimmten ab und disqualifizierten jeden, der nicht fluchte, jeden, der nicht nackt durch die Wohnung rannte, nicht unter die Decken kroch, sich gegenüber Susan, der schönen persischen Italienerin, nicht gut benahm. Sie abzuwählen war wichtiger, als den Präsidenten abzusetzen, und auch befriedigender, denn es ließ fast vergessen, dass es einen Präsidenten gab, den man vielleicht besser abgesetzt hätte. Wir wollten Filme sehen, doch Filme waren, wie sich plötzlich herausstellte, eine viel zu passive Beschäftigung. Wir brauchten Realität, um sie selbst zu beherrschen; wir wollten das Tempo festlegen, von einem Ort zum anderen springen und mittendrin flüchten können, wenn es uns reichte.

Ich versuchte mit aller Macht, uns in die Welt draußen zurückzuholen, Zahra, Babak und Frau Safureh, alle miteinander. Ich schlug vor, den Zirkus im Pardis-Park zu besuchen oder den riesigen Vergnügungspark von Schahre Bazi, von mir aus sogar das Nationaltheater. Unser Club igelte sich in der Wohnung ein, der Computer thronte in der Mitte, auf einem hohen orangefarbenen Barhocker schwebend wie eine heilige Flamme, um die der ganze Salon kreiste. Zahra sagte, die Realität sei eigentlich sogar realer in dieser Kiste. Und so waren wir gefangen, aßen Pommes und bulgarischen Käse, tranken aus der Türkei eingeschleusten Alkohol, mischten Maulbeersaft mit Whisky und Tomatensaft mit Wodka. Wir redeten leise, sangen wispernd, verrammelten die Fenster, und durch den Türspion beobachteten wir immer wieder Mas'ud Nadschafian, der auf seinem Posten auf und ab ging, die Ohren spitzte und einen nie direkt ansah. Die laut betende Stimme seines Vaters drang jeden Abend über die offene Balkontür herauf, was uns Unbehagen bereitete. Frau Safureh unkte, dass man uns nicht mehr lange erlauben würde, unser eigenes Leben fortzusetzen.

Allein war ich Brandon, der Vorsitzende des Nilufar-Chalidian-Untergrundclubs und Leiter des Fan-Forums. Dank Babaks großzügiger Hilfe fand ich die Telefonnummern aller iranischen Botschaften heraus, sogar die des Präsidentenbüros. Ich forderte die Aktivisten auf, Faxe zu schreiben und ihnen auf die Nerven zu fallen – «aber höflich», bat ich, «es ist wichtig, ‹Euer Ehren, wir bitten Sie eindringlichst› zu schreiben.» Auf der virtuellen Mauer der Gleichheit häuften sich die Protestunterschriften, man beteiligte sich aus allen Ecken und Enden der Welt. Und wer nicht zu uns kam, zu dem kamen wir – Allah sei Dank für die Erfindung der Junkmail, ich schickte Massenmails an jedes Gesicht, das sich auf Facebook herumtrieb, und an jeden Gelangweilten auf den Partnervermittlungsseiten. «So macht man Demokratie», sagte ich zu Chamad, dem Kater.

Eines Tages wurde die Trainerin der nationalen Frauenfußballmannschaft verhaftet, weil eine Gruppe zwölfjähriger Jungen während des Trainings der Mädchen auf dem Platz war. Wenige

Stunden nach Bekanntwerden ihrer Verhaftung tat ich mich mit der revolutionären Zelle zugunsten gemeinsamer Fußballspiele beider Geschlechter zusammen, und gemeinsam etablierten wir eine kontinentübergreifende Kampagne für gleichberechtigten Sport.

Am Horizont zeichnete sich keine Veränderung der offiziellen Politik ab. Die Online-Aktivisten verlangten Ergebnisse. Als sich der Termin der jährlichen Nationalmeisterschaft für Rennwagen bis 1300 Kubik näherte, waren bereits genügend Unterschriften für einen Aufruf zur Meuterei gegen mich gesammelt. Ich musste ihnen eine dramatische Wende präsentieren, um ihr Aktionsbedürfnis zu befriedigen. «Die Zeit ist reif, aus der Kiste in die frische Luft hinauszutreten», schrieb ich, «in der kommenden Woche versammeln wir uns zum ersten Mal auf der Tribüne des Azadi-Stadions.»

«Versammeln wozu?», fragten sie skeptisch.

«Nichts besonderes», antwortete ich und fügte einen augenzwinkernden Smiley hinzu, «wir werden im richtigen Moment dort sein, wenn Nilufar in der Frauenabteilung ihren Platz am Start einnimmt, wir werden da sein zur Ermutigung.»

Das war das einzige Mal, dass wir alle gemeinsam aus dem Haus gingen, Zahra, Frau Safureh, Babak und ich. Die Luft war klar wie ein Diamant, die winterliche Kulisse geschmolzen. Zahra hatte Sandwiches für uns alle zubereitet, und endlich fühlte ich mich reif genug, ihr zu erklären, dass Plastikfolie mörderisch für die Zukunft der Menschheit sei. Sie bemühte sich zwar nicht, es zu verstehen, gab jedoch gerne nach und wickelte die Sandwiches in Papier. Sie packte auch rote Äpfel und Getränke ein, Servietten und eine Kamera, ich war froh, dass unser Ferientag sie zu organisierter Mütterlichkeit veranlasste. In Frau Safurehs

Korb stapelten sich Schokoladetafeln für eine Woche, weiße Zuckerwürfel und fünf Tüten Pistazien. Öffentliche Plätze erinnerten sie an die Besetzung der Moskauer Theaterhalle durch die tschetschenischen Terroristen, entschuldigte sie sich, «man kann nie wissen, wie viele Stunden, Tage oder Wochen du in der Menge festsitzt, in die du dich begeben hast». Zahra ließ sich überzeugen. «Auch bei uns fehlt es nicht an Mudschaheddin im Untergrund, die sich freuen würden, Geiseln zu nehmen», sagte sie, «gerade erst vergangene Woche haben sie doch ein Auto in der Provinz Sistan-Belutschistan in die Luft gesprengt. Und was ist, wenn die Armee Narkosegas über uns versprüht?», fragte sie besorgt und versteckte eine Packung Schmerzmittel und vier Beruhigungstabletten in ihrer Tasche, und dann trug sie in aller Seelenruhe die Produkte von Rimmel auf, die sie während der Verschwendungssucht gekauft hatte, und wickelte ihr Haar straff in ein himmelblaues Tuch.

Wir nahmen die Linie eins der Metro zur Imam Chomeini, von dort die zweier und danach die fünfer. Die Stimmung war überragend, und wir beschlossen, dass wir von nun an einmal in der Woche zusammen ausgehen würden. Es war ein kleiner Sieg für mich, dass sie endlich bereit waren, Unterhaltung auch in der Wirklichkeit zu suchen. Und die ganze Zeit fragte ich: «Du bereust es nicht, Zahra, oder?» Und manövrierte sie durch die Untergrundstationen. Wir dachten plötzlich positiv – über die neuen, leisen Waggons, und wie spiegelblank der Marmorboden der prachtvollen Station poliert war. Die Bahnhofshalle an der Imam Chomeini erschien Frau Safureh wie ein Tanzpalast; ihre Beleuchtung glänzte wie Goldschmuck. Und wer verstand wohl mehr von Palästen als sie? Die Rolltreppen waren wirklich verblüffend schnell und die Fußgängertunnel mit bronzenen Koranversreliefs verziert. Keramikornamente und Mosaike wurden mit Spots angestrahlt, die sich in das Werk integrierten, bis es einem schien, als sei man in einem Museum in Madrid gelandet, wie die alte Frau hinzufügte. Und wie bequem die blauen Plastiksitze waren und wie einem die Fernsehbildschirme die Zeit vertrieben. Und die Ankunfts- und Abfahrtstafeln, diese lobenswerte Präzision der Zeitangaben, und die grünliche Beleuchtung, die so gesund für die Augen war. Sogar die Armen, die sich auf dem Boden des Waggons breit machten, vermittelten einen eleganten Eindruck. Auf den Anzeigetafeln kündigte das Verkehrsministerium eine bereits im Bau befindliche Hochbahn an, deren Waggons auf einer schmalen Spur über der Stadt schweben sollten – dahingleiten wie auf Eis. Und wir waren übertrieben optimistisch an jenem Tag. Frau Safureh versprach, sie würde uns zu dem Musical «The Sound of Music» in Tokio mitnehmen, doch Babak warnte sie, das sei etwas für Homos. «Schwester, der Hidschab ist dein Schutz, keine Einschränkung», flimmerten elektronische Schilder.

Lange Schlangen wanden sich an den Toren des Stadions, aber wir mussten nicht ins Gedränge, unsere Karten warteten am VIP-Eingang. Wir setzten uns auf die gepolsterten Bänke in der sechsten Reihe, auf der Ehrentribüne. Vor uns in Fahnen gehüllte Leiber, rot, weiß, grün, Geschiebe und dumpfe Tröten wie bei einem Fußballspiel. Gleich würde das Rennen der Männer beginnen, nach dem wohl viele Zuschauer nach Hause gehen würden, was nicht weiter schlimm war. Danach war die Frauenliga an der Reihe. Wenn das Publikum nicht enttäuschte, wenn unsere Aktivisten tatsächlich da waren, als harmlose Bürger getarnt, würde ein Tosen durch die Reihen gehen, um Nilu anzufeuern. Zahra und Frau Safureh hatten keine Ahnung von dem brodelnden Untergrundprotest im Publikum, der vielleicht zum Ausbruch kommen würde, aber Babak und ich waren zum Zerreißen gespannt.

Wir haben nicht viele fröhliche Feiertage. Die meisten sind Gedenk- und Trauertage. Doch auf der Tribüne des Azadi-Stadions fand ein Fest statt. Klatschende Hände trieben den öffentlichen Ansager an, mit der Eröffnung zu beginnen. «Meine verehrten Herrschaften» – er räusperte sich im Mikrophon –, «das 1300-Kubik-Rennen! Wir heißen Sie willkommen zu unserem Motorenfest!» Totenstille legte sich über die Menge, als habe die Hand eines Dirigenten den Einsatz gegeben, sie zum Schweigen zu bringen. Es schien, dass auch der Ansager selbst von der Aufmerksamkeit überrascht war. Er verstummte für einen Moment, seine Atemzüge pfiffen durch die Lautsprecher. Dann begann die Verlesung der Teilnehmer – ausschließlich Männer. Plötzlich, mitten aus der Stille des Publikums, brüllte irgendjemand, irgendwo, ihren Namen. «Nilufar Chalidian!» Andere folgten ihm und schrien ebenfalls: «Nilufar Chalidian!» Dann begannen die Leute aufzustehen, Menschenketten, die dastanden und die Köpfe reckten, als warteten sie darauf, dass jemand ihnen den Rhythmus vorgeben würde. Und da brüllte wirklich einer los, und dann brüllten alle, Pfiffe flogen durch die Luft, tosender Applaus. «Ni-lu-far, Ni-lu-far, Ni-lu-far!» Der Sprechchor entzündete sich wie ein Lauffeuer, bis ich sicher war, dass bunte Funken zum Himmel stoben. Das war nicht, was wir geplant hatten, es war zu früh, wir hatten noch Zeit, bis das Rennen der Frauen startete. Doch niemand hielt sich zurück.

Es vergingen einige Augenblicke, und plötzlich marschierte eine kleine Frauengestalt auf den Rasen. Sie sollte erst in einer Stunde auftreten, doch sie kam jetzt, stellte sich gelassen an den

Rand der Bahn, winkte nicht, dankte nicht, stand nur da, damit man sie sehen konnte, und bemühte sich, ein Lächeln zu verschlucken. Wieder breitete sich absolute Stille zwischen den Rängen aus. Wir hörten den Wind, der sich am Publikum brach, die hupenden Lastwagen draußen, zischelndes Geflüster. Mir schien, als hörte ich sogar den entschlossenen Schwung von Nilus Armen, als sie geradewegs auf die Startlinie zusteuerte und scharfkantig die Luft durchschnitt. Dramatische Stille, verschwörerisch, eine schallende Ohrfeige für die Veranstalter des Rennens, die beunruhigt am Rande der Zuschauertribüne standen, geschockt zu den Rängen blickten, die Begeisterung mit zornigen Blicken zur Kenntnis nahmen. «Es macht Spaß, sie gedemütigt zu sehen», sagte Babak. Und in Zahras Augen schimmerte sogar Feuchtigkeit auf, während sie mit verschränkten Armen und erhobenem Kopf dasaß und die Entladung beobachtete.

Das Ordnungspersonal beabsichtigte nicht, irgendetwas zu unternehmen, auch die Polizei nicht. Ein Massenaufschrei aus dem Publikum, «Iran für immer! Nilufar für immer!», entzündete die Menge von neuem. Nilu stand seelenruhig da, ich bilde mir ein, sie zwinkerte mir zu. Vielleicht, ganz zart angedeutet, versuchte sie zu signalisieren: Mach dir keine Sorgen. Ich war sehr stolz und sehr beunruhigt, denn bei all dieser Liebe, die sie von Kopf bis Fuß überschwemmte, entbehrte es jeder Logik, dass sie ausgerechnet mit mir weiterhin gehen würde. Ein heißgeliebter Star mit einem schlichten Studenten? Das war nicht normal, sie würden sie mir entführen, Ruhm kann einen Menschen nur verwirren. Ich starrte das Publikum mit drohenden Blicken an und wäre am liebsten zu ihr hinuntergegangen, um ihre Hand zu nehmen, sie an mich zu ziehen, in eine heftige Umarmung, sollten sich die Sittenpolizisten doch ins Knie ficken, sollten sie uns in Handschellen legen. Nein, ich war zu feige, um so stark zu lieben, das wusste ich. Doch bevor ich den Gedanken zu Ende gebracht hatte, riss das vorwärtsstürmende Publikum eine Absperrung nieder, und auf einmal stürzte eine Gruppe Mädchen auf die Bahn, und reihenweise Zuschauer hinterher. Die Polizisten warteten, bis sich der Sturm beruhigen würde. Doch der Aufruhr legte sich nicht. Die Leute bewegten sich trampelnd nach unten, als würden sie keine Angst kennen. Sie umringten die lange Ellipse mit einer Menschenkette, viele wussten nicht einmal, wohin sie stampften.

Wir zögerten, ob wir aufstehen sollten, blickten nach rechts und nach links. Die Ehrentribüne blieb sitzen. Wir hefteten unsere Augen auf Frau Safureh, als bäten wir um Genehmigung, worauf die alte Dame hektisch eine Flasche Saft in sich hineinschüttete. Der Himmel hatte seltsame Farben angenommen, und es wurde still, der Geräuschpegel der feiernden Demonstranten wurde zu einer monotonen Hintergrundmelodie. Zahra sagte: «Das ist die richtige Aktion, Safureh Mahdis, halte die Jugend nicht auf, Arian hätte gesagt, es gibt keinen schöneren Krieg als den Krieg für Gerechtigkeit. Ist die Gleichberechtigung der Frauen kein Ziel der Gerechtigkeit?»

«Allah liebt uns alle», sagte Babak, «auch euch Frauen.» Er lachte und stand auf. Ich atmete tief durch, zögerte noch einige Sekunden, dann stand auch ich. «Allah erlaubt Irrtümer, Frau Safureh», sagte ich, «wenn wir uns irren, dann lassen Sie uns irren.» Auch Zahra erhob sich, der Rücken kerzengerade – ein ewiger Filmstar. Nur die Älteste unter uns zauderte, kampferfahren und mit Narben übersät. Zu guter Letzt rollte sie wie aus innerer Qual die Augen zum Himmel und kapitulierte. Wir klatschten. Ich wäre am liebsten in Freudengebrüll ausgebrochen. «Der

Kampf wird bald Erfolg haben», sagte ich. Demnächst würden wir unseren neuen Rennwagen hier auf den Platz stellen, zwischen Männer und Frauen, und Nilu wäre von arroganten, erfahrenen Fahrern umringt, mit denen sie das Gaspedal durchdrückt, in einer Livesendung vor den Augen der ganzen Welt. Sie hatten allen Grund, sich vor ihr zu fürchten. «Nilu, ich liebe dich!», brüllte ich und pfiff. So fühlt sich die Freiheit an, dachte ich, ich liebe es. «Die Vorrunde ist annulliert», krächzte der Ansager nervös. «Eine Handvoll Unruhestifter im Publikum hat die nationale Sportlichkeit in den Schmutz gezogen», verkündete er, doch der Tumult der Menge überstieg das Volumen der Lautsprecheranlage. So etwas hat es noch nie gegeben, dachte ich. Es glich einem Sieg. Ich hielt Ausschau nach Nilus Vater, ob er auch da war? War er unten auf der Tribüne? Befand er sich im Stadion, um vor ihr zu salutieren? Ich fand ihn nicht.

Nilus Wagen stand am Rande der Rasenfläche, unter den Autos der Frauen. Sie schritt leichtfüßig darauf zu, zwischen applaudierenden Händen, ließ sich auf den Fahrersitz fallen, warf die Tür zu und fuhr langsam zur Startlinie. Sie hielt dicht neben den Wagen der Männer, die startbereit dort standen. Ihr Motor heulte auf, dann folgten die anderen, grollten donnernd und würgend auf der Stelle, als wollten sie das Getöse der Menge verstärken. Die Demonstranten räumten sofort die Bahn, und obwohl kein Startschuss zu vernehmen war, preschten fünf der Rennwagen los, und auch Nilufar Chalidian hob ab und setzte die Erde in Flammen.

18

◆

Das Publikum war noch immer übers Stadion verstreut, doch wir gingen zum Parkplatz hinunter und warteten am Hinterausgang auf Nilu. Sie kam im Trainingsanzug, mit verknitterter Jacke und Rucksack. Sie war blass und hatte dunkel eingesunkene Müdigkeitsränder unter den Augen. Ich versuchte, meine Verwirrung zu kaschieren. Wie konnte ich solche Makel an einer Person entdecken, die doch einen Moment zuvor von den Massen auf den Tribünen als vollkommen gefeiert worden war? Sie schaute mir ins Gesicht und begann zu lachen, die gesamte Ordnung um sie herum löste sich auf, die Welt geriet außer Kontrolle, und auch wir brachen alle miteinander in kindisches Gelächter aus.

Ein Auto hielt neben uns. Es war der Ansager, wir erkannten ihn an der Stimme. «Du bist nicht der Champion», sagte er zu Nilu, «du hast nur Staub aufgewirbelt. Das Problem mit den Frauen ist, dass sie nur heiße Luft produzieren und nach Titeln greifen, die nicht ihre sind. Sie degradieren die wahren Champions, die Leib und Seele hingeben, um die Islamische Republik stolz zu machen.» Das gab der Ansager erzürnt von sich und entfernte sich, ohne auf eine Antwort zu warten. Geschlagen. «Das ist alles?», lachte ich. «Wir sind nochmal heil davongekommen.»

Nilu führte uns zum Auto und setzte Frau Safureh auf den Beifahrersitz. Zahra, Babak und ich pferchten uns hinten hinein. Wir waren wie in einem Traum, segelten euphorisch über die Pfade der Stadt, und die gesamte Strecke über grölten wir aus vollem Hals «Sunny». Als wir den Golfclub Enqelab, den «Club der Revolution», erreichten, rannten wir wie die Verrückten über das riesige, verschlafene Gelände, kurvten die grünen Hänge hinunter, den Kugeln hinterher. Ich dachte, da bin ich nun, schlendere die Bahn des Lebens entlang auf der Suche nach einem weichen Rasenfleckchen, und plötzlich scheint mir, dass ich es endlich gefunden habe, ich habe Lust zu rennen, ich bin stark, und es stört mich überhaupt nicht, dass dicke Frauen im schwarzen Tschador mit eigenen Frauengolfschlägern uns misstrauisch anblicken und tuscheln, was für eine sonderbare Gesellschaft wir seien. «Die Welt ist komisch», sagte ich zu Nilu, und sie antwortete: «Die Welt ist nicht komisch, sie ist schön. Sie ist besonders schön, wenn es einem gelingt, sie zu beherrschen.» Frau Safureh fädelte Bälle in die Löcher ein, rannte mit stolz geschwellter Brust herum. «Sie müssen verstehen, mein Kind, ich bin ein Spielball der Natur. So lebe ich, als ein Spielball der Natur. Wer möchte denn schon die Welt beherrschen?»

Am nächsten Tag gingen wir wieder aus dem Haus, diesmal Zahra und ich allein. Die Metrolinie 1 zum Militärfriedhof im Südwesten der Stadt, Abteilung Märtyrer. Unterwegs hielten wir an, um mir in einem Laden von alten Leuten ein Hemd zu kaufen. Zahra bestand darauf, also wählte ich ein elegantes Stück, das in einer schmucken Schachtel mit einem blauen Seidenband verpackt war. Wir stiegen wieder unter die Erde, fuhren noch einmal dreißig Minuten in einem Waggon unter der Stadt entlang, bis wir an der Endstation an die verödete Oberfläche gelangten. Dann schritten wir den Sandstreifen einer stillen Straße ab, die zum Meer der Toten führte. Die Reihe junger Kiefern spendete kaum Schatten, und darunter konkurrierten die Blumenverkäufer um uns. Wir kauften drei große, weinrote Rosen von einem kleinen Mädchen, das mit seinem verschmutzten Regenmantel und einem zerlöcherten Wollschalfetzen wie mumifiziert wirkte. Zahra zeigte sich beeindruckt von den Neuerungen vor Ort – die Empfangshalle, von der aus die Leichenzüge starteten wie ein Direktflug ins Paradies, Lautsprecheransagen, der Farbmonitor mit den Namen der Verstorbenen, und die Besucher kletterten in einen klimatisierten Bus, nachdem sie Häppchen und Sandwiches in den Läden nebenan zu sich genommen hatten. Und alle waren sie streng weiß gekleidet. Vier Begräbnisse zur gleichen Zeit. Ein paar Tränen und ein bisschen Geschrei, Rufe zu Allah, und das war's, fünfzehn Minuten später war die Sache erledigt. «Was für eine Effektivität», rief Zahra aus, «wo findet man das sonst bei uns?» Aber wir weigerten uns, uns mit den Massen vor die Computerschirme zu stellen, um den Verstorbenen zu suchen. Zahra war der Überzeugung, dass es sich nicht gehörte, dass eine Witwe ihren Mann im Computer suchte, sie erinnere sich schließlich an jeden Stein in den Gräberalleen, sie würde uns allein hinführen. Wir gingen mit bemessenem Schritt, sie tastete sich voran, und ich trödelte hinterher. Es schien, als machten wir eine Expedition um die halbe Welt, ohne zu wissen, wohin. Schwarze Marmorplatten umschlossen uns, violette Blumen schwankten im Wind, und es herrschte eine Stille aus Flüstern und schlurfenden Füßen auf Kies- und Sandwegen. Aus einem Lautsprecher jaulte ein Gebet. Junge Palmen in Kindergröße standen an Plakaten des Vaters der Revolution mit blutfarbenen Flecken. Die zwergwüchsigen Grabwäscher, die sich von der hilflosen Großzügigkeit des Kummers ernährten, fragten Zahra: «Gute Frau, vielleicht gestatten Sie uns, Ihnen zu helfen?» Doch sie lehnte ab. Ihr gesamtes Leben würden sie hier verbringen, vielleicht hatten sie ihren Lebtag noch nie andere Gesichter als trauernde gesehen, oder sie hatten gelernt, die Trauer so exakt zu mimen, bis ihnen ein tragischer Ausdruck anhaftete, der danach verlangte, dass wir Mitleid mit ihnen und nicht mit uns selbst oder den Toten hatten.

Hundertdreiundsechzig Blöcke von Grabsteinen und Grabbauten. Vierzehn davon gehörten den Märtyrern der Revolution. Drei den Eltern der Märtyrer der Revolution. Ein Block war den Künstlern und Würdenträgern vorbehalten. Hundertzwanzig Blöcke den einfachen Bürgern wie uns. Fünfundzwanzig Blöcke für Verwaltungsbüros, Parkplätze und das Unterhaltungsareal, das auch Sportplätze, eine Konferenzhalle, zwei große Parks und eine Moschee beinhaltete. Hundertdreißig Leichen pro Tag. «So viele Liberale sind hier begraben», sagte Zahra bitter. «Wie können Leute ihr Leben freiwillig für eine Idee hingeben, und dann kommt die Idee und begräbt sich selbst zusammen mit ihnen? Getilgt sei ihr Name, diese Glücklichen, denen es vergönnt war, hier begraben zu werden und nicht als Gespenster weiter unter uns zu weilen.»

Schweigende Soldaten mit Baretten querten vor uns den Weg, nickten uns zu. Hin und wieder suchte ein Motorrad zwischen den Gräbern nach einem Gefallenen. «Die Politiker werden sich immer täuschen, Menschen werden immer sterben», murmelte Zahra aufgewühlt, «ein grausamer Krieg war das, wer bin ich schon angesichts dieses ganzen Meeres an Leichen? Ja, das ist der Krieg hier, der große Krieg.» Wir umrundeten die Steinparzellen der Gefallenengräber. «Der aufgezwungene Krieg», fuhr Zahra fort, «wie wir ihn nennen. Der Krieg mit einer Million Opfern. Der längste konventionelle Krieg im zwanzigsten Jahrhundert. Ein Krieg, der so begann, wie er endete, mit den gleichen Grenzen und Positionen beider Länder. Nichts hat sich geändert. Teheran stand unaufhörlich unter Raketenhagel und Sirenenalarm, Begräbnisse, lange Nächte, die Straßen erinnern heute noch daran, es ist überall zu finden, Trauer- und Heldenplakate zwischen Reklametafeln von Sony und Samsung, ein Land mit Todesfixierung und der Obsession, sich seiner Kinder zu berauben. Erinnerungen an jeder Ecke. Ein einziger Grabstein zu Ehren vierzehnjähriger Kinder, die Minenfelder säuberten, Leichen einsammelten, die in den Märtyrertod der Armee Gottes geschickt wurden, die weiter kämpften und fielen, auch als es nicht mehr nötig war, die Amok liefen, mit nichts als den Schlüsseln zum Paradies um ihren Hals in der Hoffnung, damit ihre Angst zu dämpfen. Ihre Eltern sind stolz, der Staat liebt sie, denn dank dieser Kinder sind wir frei von Besetzung geblieben. Sie haben sich selbst an uns verschenkt. Helden. Aber vielleicht liefen sie auch nicht wirklich Amok, vielleicht ist das Land nicht gänzlich unbesetzt. Doch so wird sich die Geschichte an sie erinnern. Verlorene Kriege einen das Volk. ‹Nationale Einheit – Islamische Vereinigung›, so lautet das Schild, das über den Friedhofstoren hängt. Die Liste der Toten war ungeheuer, acht Jahre lang. Wir kämpften allein. Und gegen uns: Saddams Irak und die Vereinigten Staaten, die ihn unterstützten, die Sowjetunion, Großbritannien, Frankreich, alle unterstützten ihn, so hat man uns erzählt. Und auch damals, unter dem Deckmantel der allgemeinen Aufregung, wurden Revolutionsgegner hingerichtet, in Massen. Mörderische Tage waren das, und kein Mensch begriff die Tiefe der geschlagenen Wunden. Als alle Männer an die Front zogen, blieb mir nur, eine Vase mit Rosen und Dahlien anzustarren, an Arian zu denken und mich selbst zu überzeugen, dass Öffentlichkeit keinen Zweck hat und in der Karriere keine Erfüllung liegt, mich nur Kinder noch glücklich machen könnten, sieh an, dachte ich, ich werde erwachsen, von Illusionen kuriert, während ich auf die Sirenen wartete und mich im Schutzraum vergrub. Arian schrieb immer Briefe aus dem Feldzelt, zwischen den Kämpfen, er schrieb: ‹Möge er mit Gesundheit gesegnet sein, dein Freund, der Schah, wie hat er dieses Volk doch dazu gezwungen, ihn zu exilieren. Allah möge sich erbarmen, was hat er über uns gebracht, der Verfluchte?› Und schau, er soll wirklich gesegnet sein, der Schah, in seiner letzten Ruhe», sagte Zahra jetzt, «denn zu seiner Zeit war es nicht so übel. Und all die Erbitterten, die uns die Illusion einbrachten, es könnte noch viel besser werden, nun, hier haben sie es, sollen sie stumm daran ersticken.»

An den Rändern eines schattigen Steinpfads erhob sich das schöne Grab irgendeiner Nadin, die in hohem Alter gestorben war, und auf der samtig grauen Marmorplatte über ihrem Leichnam stand mit herausgehobenen vergoldeten Lettern die Inschrift ihrer Familie: «Sie liebte uns alle, und die meisten von uns liebten sie.»

«Sieh mal», sagte ich zu Zahra, «das ist lustig», denn ich hätte so gern mit ihr zusammen gelacht, doch Zahra blieb ernst und mit sich beschäftigt, lobte nur die Aufrichtigkeit. «Nicht sehr typisch für dieses Volk von Heuchlern, alle Achtung.»

«Genug, Zahra, wir haben den Weg verloren, diese Nadin ist sicher kein Kriegsopfer und keine Heldin der Revolution. Wo ist Arians Abteilung?» Doch sie zog mich weiter hinter sich her. Beim Museum der Märtyrer, auf einer Holzbank, von der eine rote, von der Sonne aufgerissene Farbschicht abblätterte, drängte sich uns ein hageres Gesicht auf. Er sei zwar in der Tat professioneller Fürbitter, Experte in allen Klagen und Totengebeten, und es ermangele ihm, Gott bewahre, nicht etwa an einem Auskommen, aber für uns sei er dennoch bereit, als Wegführer zu dienen und uns zur richtigen Stelle zu bringen. Er hatte Zahra erkannt – Menschen mittleren Alters kannten sie noch. «Gnädige Frau», warf er sich in die Brust, «was soll ich Ihnen sagen? Die Menschen bei uns sind herzlicher als alle anderen auf der Welt. Hiermit stehe ich zu Ihren Diensten», sagte er und ging auf Abkürzungen über alte Pfade voran. «Das ist keine gute Zeit, an einem solchen Ort allein herumzuwandern», warnte er, «wir hatten hier nicht wenige Fälle von bewaffnetem Raub, in den abgelegenen Teilen haben unglückliche Familien teuren Schmuck verloren, der ein ganzes Leben wert war, in einer winzigen Sekunde der Unvorsichtigkeit. Man hat zwar Soldaten auf Patrouille geschickt, nur sind sie momentan mit der Verkehrsregelung auf den Parkplätzen beschäftigt, denn es ist sehr viel Betrieb, die Menschen sterben weiterhin. Und, gnädige Frau», beharrte er, «es ist überflüssig, dass Sie Rosen gekauft haben, schade um die Rosen, es ist unklug, solche Perlen der Schönheit auf einem Grab zu lassen, sie werden bloß von einem Drogensüchtigen aufgelesen, kaum dass Sie sich umdrehen. Nehmen Sie die wieder mit nach Hause und stellen sie in eine Vase, meine Gnädigste. Wissen Sie», wandte sich der Hagergesichtige an mich, «Sie, mein Junge, haben das Aussehen eines Filmstars, mit dieser Kakaohaut, Sie werden eines Tages den Ruhm Ihrer Dame erben.» Ich bedankte mich, vielleicht etwas erschrocken. Der frustrierte Hagere, der offenbar darauf wartete, dass ich mich erkundigen würde, ob er Erfahrung auf dem Gebiet habe, gab selbst die Antwort: «Ich habe in der Tat Erfahrung auf diesem Gebiet», und setzte erklärend hinzu, dass er sich schuldig bekenne, bisweilen religiöse Musik zu verfassen, während er auf Trauerkundschaft wartete, und er würde sich freuen, uns bei nächster Gelegenheit etwas zum Besten zu geben. Er singe nämlich des Öfteren, das heißt, vor der Revolution habe er gesungen, denn um zu singen, dazu müsse er rauchen und trinken. Wenn er nicht betrunken sei, könne er sich nicht von der Angst befreien, und dann würde nichts bei ihm herauskommen, also sei er einstweilen gezwungen, den Gesang auf Eis zu legen, es sei schließlich nicht angebracht, in der Islamischen Republik betrunken zu sein, speziell nicht bei einer staatlichen Arbeit wie der seinen.

Ich war abgelenkt, denn ein Horizont schwarzer Gewänder schloss sich mit einem Mal um uns, es schien, als seien alle außer uns strenggläubig. «Ja, das Volk liebt den Islam», schwadronierte der Hagere, «täuschen Sie sich nicht, das ist eine echte Liebe, die sich Ihnen hier offenbart. Es tut dem Volk gut, in der Religion verbunden zu sein. Und auch seine Ehren, der Präsident, wenn Sie mich fragen, hat sich die weitere Amtszeit, die er, Inschallah, demnächst antreten wird, aufrichtig verdient, denn wer versteht den Schmerz der Massen besser als er und drückt so wunderbar seine Verbundenheit aus?»

Ich fragte mit der gebotenen Vorsicht: «Aber was hilft seine Verbundenheit? Die Lage verschlimmert sich nur, kein Versprechen ist verwirklicht worden.»

«Nun, da haben Sie's, warum Verbundenheit eine der wichtigsten Eigenschaften eines Führers ist.» Er schien so zufrieden mit sich selbst und mit der Unterhaltung, dass er uns absichtlich kreuz und quer auf dem gesamten Gelände herumführte, und wir krochen ihm blind hinterher, ohne zu fragen, wohin. «Hier, sehen Sie, das bescheidene Grab des Ajatollah Talekani. Und rechts, das immens beeindruckende Grab von Ajatollah Chomeini, direkt unter Ihren Füßen ist die Stelle, an der die Revolution geboren wurde, hier hielt Ajatollah Chomeini am 1. Februar 1979 seine Rede, und wir haben den neuen Weg beschritten. Ich stehe jeden Morgen auf diesem heiligen Stück Boden und bin immer wieder so bewegt, als sei es das erste Mal», erzählte er mit dem verantwortlichen Eifer eines korrekten Touristenführers.

«Dem haben sie wirklich einen neuen Weg eröffnet», flüsterte ich Zahra zu, und wir verschluckten beide ein verstörtes Kichern.

«Das ist Block dreiunddreißig», fuhr der Mann mit seiner Tour unbarmherzig fort, «er wird dieses Jahr von der Verwaltung mit Bulldozern platt gewalzt. Hier liegt eine ganze Gesellschaft begraben, die zu Schahzeiten zu Tode gefoltert oder während der Unruhen hingerichtet worden ist, es gibt keinen Grund mehr, sich weiterhin an sie zu erinnern.»

«Das ist überflüssig», widersprach Zahra leise, «überflüssig und bösartig, Gräber auszulöschen», und sie hatte einen kühlen, wegwerfenden Tonfall, als ließe es sie eigentlich kalt, was mich zu der Vermutung veranlasste, dass bestimmt etliche ihrer Freunde aus der Vergangenheit hier begraben waren und zweifellos viele von Frau Safurehs Freunden, vielleicht sogar ihre Familie.

«Sie haben recht, gnädige Frau», sagte der Hagergesichtige, «ein Mensch schaut ein Grab an, und was sieht er? Ein Fenster. Ein Fenster wohin? Eine Reise, jedes Grab hier ist eine Reise für mich. Daher wird es Sie freuen zu hören, dass meine Berufskollegen eine Petition eingereicht haben, um die Bulldozer aufzuhalten. Ich habe eine eigene Petition, und ich würde mich freuen, Ihre Meinung dazu zu hören. Ich habe mich erst unlängst an die Mullahs gewandt, um sie inständig zu bitten, die Trauerbräuche neu zu überdenken. Schließlich handelt es sich um eine höchst grausame Sitte, eine Witwe für eine ganze Trauerwoche in ihr Haus zu verbannen, während sie Dutzende Gäste, vorgeblich Trauernde, unter dem Deckmantel des Islams bei sich im Wohnzimmer empfangen und bewirten muss. Sie sollen allein trauern dürfen. Diese aufdringlichen Besucher sollen sich damit begnügen, am vierzigsten Tag nach dem Verscheiden zum Grab zu kommen, ist dem nicht so? Es gibt Gebräuche, die nach einer Veränderung im Geist der Zeit verlangen.»

Zahra explodierte, als wären ihre Geduldreserven schlagartig aufgezehrt. «Guter Mann, bringen Sie uns zu Arians Grab und lassen Sie uns bitte in Ruhe», forderte sie ihn auf. Innerhalb weniger Sekunden standen wir ganz überraschend vor seinem Grabstein. Wir blickten einander an und trennten uns von dem Hagergesichtigen, natürlich nicht, ohne ihn zu bezahlen, denn wir wussten beide die Gebete nicht. Ein Fotograf für Begräbnisse und Gedenkzeremonien bot uns ebenfalls seine Dienste an, doch wir lehnten höflich ab. Und sosehr uns auch das Vor und Zurück in der Zeit erschöpft hatte und so viele erbitterte Kommentare wir unterlassen mussten – als wir endlich allein waren, sie und ich und die Marmorplatte, war Zahra gelöst, als lasse der freie Himmel sie vergessen, dass alle Kapitel ihres Lebens auf diesen Parzellen ringsherum verstreut waren und dass man auch sie eines Tages hier begraben würde. Für eine Weile bestand eine Nähe zwischen uns wie zwischen zwei erwachsenen Menschen. Sie sagte zu mir: «Kami, ich danke dir, mein junger Mann.»

«Wofür, Tante?»

«Ich war ein Schatten meiner selbst, bevor du gekommen bist.»

Ich fragte mich, ob das eine Zeile aus einem ihrer Filme war, und ob sie es dennoch so meinte, von Herzen? Es tat mir gut, das von ihr zu hören, ich hatte überhaupt so ein Gefühl, dass etwas Gutes in der Luft lag.

Zwei weißgestrichene Metallsäulen ragten vor uns empor, verkreuzten sich über dem Grabmal und trugen in ihrer Mitte das Bild, auf dem ich nun endlich selbst die Ähnlichkeit zu sehen vermochte, von der Zahra immer sprach. Wir hatten den gleichen Blick. Über dem Bild war eine verblichene Fahne an der Metalleinfassung befestigt, und darunter ruhte ein Koran auf dem Stein. In den ersten Jahren war Zahra zu Neujahr und gegen Frühlingsbeginn immer mit Jasminsträußen gekommen. Später, nachdem sie sich ein paar Gedanken darüber gemacht hatte, sah sie keinen Sinn mehr darin, sich weiter mit den spähenden Blicken auseinanderzusetzen, die nur Verachtung enthielten.

«Hast du gewusst, Kami, dass unser Arian drei Jahre in einer Anstalt für jugendliche Kriminelle verbracht hat?», fragte Zahra mit einem warmen Lächeln. «Das waren die Zeiten zweifelhafter Versuchungen, er hatte bunte Karnevalshemden, ein Lachen, als hätte er Drogen geschluckt, und die Geschmeidigkeit eines russischen Zirkuskünstlers – wie ich ihn geliebt habe!»

Es begann zu nieseln. Ich wollte sie umarmen, und sie flüsterte mir zu: «Hauptsache, du bist voller Hoffnung, solange du kannst», als fassten diese Worte all ihre Gedanken zusammen. Und um uns herum, neben parolenverzierten Plakaten, eingerissenen und vergilbten Nachrufen, starrte uns ein endloses Meer von Kinderporträts an, die Gesichter schon verblasst, gefangen hinter Glas, eine massenhafte Einsamkeit, die mich in Bann schlug. Schließlich sprang mir das Todesdatum des Gefallenen Arian Chazuri ins Auge. Zwei Jahre, bevor ich geboren wurde. So war es eingraviert. Wie konnte das sein? Ich erinnerte mich an jeden Augenblick jenes Tages, an dem er gestorben war. Wie meine Eltern zum Begräbnis aufgebrochen waren, mich allein zurückgelassen hatten, und an den Nachmittag mit dem kleinen Amir, dem Mistkerl, und an meine stillen Gedanken über den Tod. «Zahra, ich erinnere mich an den Tag», sagte ich zu ihr.

«Sicher erinnerst du dich», antwortete sie mit sanfter, vieldeutiger Stimme, als zwinkerte sie heimlich dabei, doch sie fügte nichts hinzu, sondern blickte wieder auf ihren Ehemann. Ich rang mit mir, ob ich weiterbohren sollte, denn ich wusste, sonst würde ich noch verrückt im Kopf vor lauter Grübeln, sogar die Möglichkeit, dass meine Eltern mein Alter gefälscht hatten, erwog ich, doch wieso hätten sie das tun sollen?

Es war bereits Abend. Das Gesicht des Präsidenten blickte uns von einem Hochglanzplakat entgegen, er zeigte seine Zähne. Was hatte er zu lächeln? Das weiß nur Gott. Das Licht wurde trübe und zog sich zurück, eine Sturzflut nahte, und wir gingen. Zahra sagte: «Ich liebe dich, mein Junge», und leichte Röte färbte ihre weichen Wangen, in Kontrast zu ihrem kühnen Blick. Auf der Rückfahrt, in der Metro, schwiegen wir.

Wir haben nicht genug Liebe für zwei Kriege

19

◆

Zwei Wochen vor Neujahr verschwand Babak.

Die Tage, bevor Babak verschwand, waren unsere glücklichsten. Schnecke kam häufig in die Stadt, und Babak erwartete ihn immer am Hauptbahnhof, wie ein verliebter Junge, saß dort ganze Abende unter den massiven weißen Steinsäulen. Soldaten rannten durch das Gebäude, kontrollierten Ausweise, durchwühlten Taschen. Sie wussten nicht, dass das wahre Geheimnis direkt vor ihrer Nase saß, auf einer wackligen blauen Plastikbank wippte und lächelte. Wenn Schnecke eintraf, drückte er seinen kleinen Homo in einer freundschaftlichen, unverdächtigen Umarmung an sich, kurz und knapp, dann zog er mit ihm ab, um die Dinge zu tun, die Paare eben tun, um dann mit ihm zusammen einzuschlafen. Auch Nilu und ich nahmen Schnecke in Beschlag. An seinen kurzen Urlaubstagen kam er zu uns in die Garage, beugte sich mit einem Glas kochend heißem Tee in der Hand über den Motor und spielte mit den Drähten. Half uns, einen alten Peugeot auszuschlachten, mischte Teile eines Rasenmähermotors darunter und strich mit den Händen erfreut über die neuen magnesiumlegierten Platten. «Der Wagen muss innerhalb von vier Sekunden von null auf hundert beschleunigen», gab Nilu die Anweisungen, während ich Bleistiftskizzen kritzelte, die Relation zwischen Ober- und Unterarmlänge der vorderen Aufhängung berechnete. Wir beide quasselten ohne Ende, und Schnecke schwieg. Er war ein Profi; Experte für Getriebe und sogar ein geübter Schweißer. «Du bist unsere Rettung, Schnecke», sagte ich, und er errötete. Er war systematisch. «So wenige Erfindungen wie möglich», forderte er immer, «keine Improvisationen. Vier Verbindungspunkte für den Rahmen. Die Achse muss absolut vertikal sein, sonst ist die Steuerung eingeschränkt.» Und schon hatten wir alle Teile in Reih und Glied, der Sieg war nahe.

Es waren schöne Tage. Am Sonntag, bevor er verschwand, saßen wir – Babak, Schnecke, Nilu und ich – in dem Café, wo sich die ausländischen Diplomaten tummelten, in der Lobby des Hotel Laleh, das Zahra und Frau Safureh immer noch Intercontinental nannten. Diese Diplomaten waren überzeugt, dass wir mindestens unsere halbe Seele dafür geben würden, um mit ihnen auf und davon zu fliegen, und dass wir alle ihre Anwesenheit schätzten, doch nein, ich sagte stolz zu ihnen: «Ich bin Iraner und bleibe Iraner, ich werde niemals eine Wahl haben, und das ist mir recht so.» Ich schloss mich der Tischgesellschaft der japanischen Botschafterin an und ereiferte mich: «Ein Leben mit solch ungeheurer Bedeutung wie hier werden wir nirgendwo anders bekommen. Ich werde natürlich manchmal unserer Realität müde, auch meiner Mutter werde ich manchmal müde, aber keine Chance, dass ich eine von ihnen deshalb austauschen würde. In welchem anderen Land sonst lebt und beschäftigt man sich den ganzen Tag mit existenziellen Fragen und versucht zu verstehen, warum man eigentlich zu ihm gehört? Das ist ein großer Vorzug», erklärte ich. «Wir haben eine größere Verantwortung als nur für uns selbst.» Solche Reden schwang ich. Schnecke war stolz auf mich, aber Nilu brachte ich in Verlegenheit; entschuldigend lächelte sie zum Tisch der Japaner hinüber.

Doch es waren schöne Tage. Die Stadt war eine endlos tobende Sendestation, und wenn Nilu bei mir war, hörte ich nur gute Nachrichten. Ich zog den kalten Stahlpanzer aus, zerriss die enggeknüpften Netze und schlüpfte heraus, wollte in einem unendlichen Strom von Gelegenheiten und Sensationen strudeln und fliegen, überallhin, wo es mich gerade hinzog. Ich hatte das Gefühl, die Welt hob ab.

Am Montag, bevor er verschwand, kehrte ich gegen Abend aus der Uni zurück. Babak stand mit Zahra und der alten Dame im Hausflur, um ein kleines, spiegelnd neues schwarzes Moped herum, und streichelten den gepolsterten Plastiksitz unter dem wachsamen Auge Mas'ud Nadschafians, der über den Treppenschacht von oben herunterspähte. «Was ist das?», fragte ich. Und Frau Safureh schwenkte eine Sahnetorte in die Höhe und schrie: «Geburtstag!» Babak setzte mir einen roten Helm auf und umarmte mich. Ich glaube, ich war traurig vor lauter Rührung. Ich hatte gar keinen Mopedführerschein, und mein Geburtstag war erst morgen – doch Zahra hatte es nicht mehr erwarten können. «Ihr seid verrückt geworden!», rief ich kopfschüttelnd. Es lag dicker, nasser Schnee in jener Nacht, die Verkehrsadern waren blockiert und die Kälte grimmig. Wir blieben in unserem Iglu eingeschlossen, bedienten uns bis zur Bewusstlosigkeit an harten Getränken und dummen Filmclips. Windböen prallten gegen den dunklen Bergkamm, der aussah, als sei dort die Welt zu Ende, rutschender Schnee erschütterte das kleine Balkonvordach und jagte Chamad, den Kater, in die Höhe, der mit einer Grimasse ohnmächtiger Wut von einem Versteck zum anderen hüpfte, Sofas und Teppiche zerkratzte. Chamad war ein dicker Winterpelz gewachsen, der noch mehr Lust machte, ihn zu knuddeln, er hatte keine Ruhe vor uns, war die Aufziehpuppe der Clubmitglieder. Zwischen Streicheln und Schnurren zischte Frau Safureh: «Eine kalte, böse Maschine ist dieser Kater.» Babak machte Fladenbrot warm, legte kratzige Wolldecken über unsere Knie, und Zahra schnüffelte den schwachen Geruch nach Wachs, das von den bunten Kerzen in kleine Kristallleuchter tropfte. Feine Eisnadeln wirbelten im Wind. Um Mitternacht hatte sich das Ganze bereits zu einer trüben, pulvrigen Schicht auf dem Balkongeländer gewandelt. Ich war nicht fähig, weiter auf eine Besserung des Wetters oder gar auf den Führerschein zu warten, ich musste die weiße Stadt auf dem Moped einweihen. Ich wartete, bis alle ins Bett gegangen waren, mummte mich in Schal und Handschuhe ein, fing Chamad ein, und so gingen wir zusammen hinunter zur Straße. Ich band einen kleinen Getränkekasten auf den Rücken des Mopeds, wickelte den Kater in alte Lumpen und setzte ihn hinein, damit er mitfuhr und durch die Plastikstäbe hindurch sähe, was er dort draußen versäumte. Mit den Zähnen klappern sollte er. Die Straße lag still und verlassen da. Ich ließ den Motor an, ich brannte darauf, und schoss los. Wir genossen die Stadt, belebend und kalt in dem schneidenden Wind, der die Gedanken schärfte.

Ich erinnere mich an meine Gedanken, denn ein paar Stunden später fanden wir Babak nicht mehr. Ich dachte, dass ich nach Hause fahren und mich an Herrn Ali Samimis Grab setzen sollte, dass ich den Geruch von Mamas Freitagmorgenfrühstück, einem Gericht aus Fleisch und Weizen, vermisste. Ich dachte, dass ich Nilu heiraten und nach den schlichten Regeln leben sollte, legal und offen wie alle. Ich beschloss, dass ich sie als Braut wollte, ganz in Weiß mit einer Krone. Merkwürdig. Immer hatte ich gedacht, dass Schirin meine Braut würde, Schirin aus dem Schulbus, die meinte, dass ich ein gefährliches Lächeln hätte, und immer sagte: «Gefährlich im guten Sinn.» Zu jener Zeit war ich aus den Detektivromanen bereits herausgewachsen und zu Büchern über gebrochene Herzen fortgeschritten. Ich hatte es satt, nur in meinem Inneren zu lieben, also beschloss ich, ihr zu gehören. Wir gingen einmal gegen Abend im Wäldchen spazieren, setzten uns auf zwei niedrige Felsenbrocken dicht nebeneinander und redeten. Es war schön. Bis mich eine kleine Schlange am Fuß erwischte, keine zehn Meter lange Anakonda, bloß eine glitschige Kreatur, vielleicht sogar noch jung, die sich aufrichtete, ihr Maul aufriss und schnell zubiss. Im dem Moment war es beängstigend. Doch nicht weniger beängstigend war es, als Amir Teimuri plötzlich aus den Büschen hinter uns herausstürzte, als habe er uns die ganze Zeit beobachtet, und mich anbrüllte: «Nicht bewegen!», und mit einem Stein auf den Kopf der Schlange einschlug, bis er völlig zerquetscht war. Danach führte er uns weg. Ich lehnte mich an seine rechte Schulter, die tote Schlange baumelte über der anderen, und so marschierten wir zur Straße. Den ganzen Weg über redete der Verrückte über Schlangen, die ihre Beute durch Erwürgen töten und jeden Atemzug des Opfers dazu nutzen, um den Würgegriff zu festigen, bis sich die Blutgefäße verschließen, das Herz stillsteht und der Puls aufhört. «Du hast großes Glück», sagte Amir, «das war eine Kobra, nur durch ein Wunder ist dir kein Spritzer von dem Gift in die Augen gekommen.» Der Schwachkopf plapperte, und als wir die Hauptstraße erreicht hatten und ein Auto anhalten wollten, wechselte Schirin plötzlich auf die andere Straßenseite und ging davon. Ich dachte zuerst, dass sie sich nur entfernte, um keine Aufmerksamkeit zu erregen. Doch sie ging, weil sie keine Lust mehr hatte, sich diesen Schwachsinn anzuhören. Amir versuchte mich aufzumuntern: «Vergiss es, das ist nichts für dich mit der da, die ist doch völlig verbogen, die Schlampe.» Am nächsten Tag fragte ich Schirin, ob sie denke, dass die Schlange vom Büro des Obersten Führers oder vom Propheten selbst geschickt worden sei, um uns beide von den Sünden der Lust fernzuhalten. Ihr gefiel der Scherz nicht. Ich fragte: «Bist du böse auf Amir?» Denn sie warf Amir ziemlich wütende Blicke zu. «Da brauchst du nicht böse sein», sagte ich, «er wollte doch nur aufpassen, aus Sorge.» Schirin winkte verächtlich ab, es war klar, dass es zu Ende war, doch ich blieb ihr das ganze Jahr treu, redete nicht mit anderen, betrachtete sie immer noch als mein Mädchen und dachte, wir würden erwachsen werden und heiraten.

In jenem Herbst in Anzali war schon ziemlich klar, dass Amir und ich keine Raumschifftrümmer finden würden. Sogar fliegende russische Spionageuntertassen streiften den Himmel nicht mehr, trotz des hartnäckigen Gerüchts von einem Leichnam, der in einem Testlager der Marinebasis eingefroren worden sein sollte – doch wir scheiterten bei dem Versuch, uns dort hineinzustehlen. Wir besaßen die Motoren eines Kühlschranks, einer Waschmaschine, eines alten Krankenwagens und etwas, das den Verdacht auf eine Lokomotive nahelegte, alle untersucht und geprüft, doch es gab keinen Beweis für irgendetwas Außerirdisches. Wir kletterten immer auf den Kontrollturm des Zivilflughafens, beobachteten mit einem Fernglas die Bewegungen verdächtiger glänzender Punkte am Himmel und entdeckten weder Raumschiffe noch Gott, doch wir weigerten uns aufzugeben. Amir war eigentlich bereit dazu. Ich sagte zu ihm: «Stell dir den Tag vor, diesen einen Tag, an dem wir ganz normal aufwachen, Nachrichten hören, und der Sprecher meldet mit tiefer, bebender Stimme, dass ein außerirdisches Raumschiff gelandet ist. Er verliest Notstandsanweisungen. Fordert auf, die Beherrschung zu wahren. Teilt neue Entwicklungen im 15-Minuten-Takt mit. Also, wie viele Überraschungen hat ein Mensch wohl im Leben? Mit zehn kennt er die Geheimnisse der Welt, alles was ihn in Erstaunen versetzen könnte, ist bekannt, das ist der Erdball, Nordpol, Südpol, das sind die Guten und die Bösen, die Berufe, die Beschäftigungen und hier die Optionen, die dir zur Verfügung stehen, bald wirst du Sex haben, anschließend Kinder, mehr brauchst du nicht erwarten. Und das war's. Der Tod vollzieht traurige Amputationen. Wir alle werden sterben, bevor eine ganze Menge Dinge passiert.»

«Aber warum ist es dir so wichtig zu glauben, dass Außerirdische existieren?», fragte Amir.

«Weil es einfach unlogisch ist, dass es keine gibt», antwortete ich eigensinnig. «Sie werden landen, und zwar ausgerechnet hier, und was werden sie über uns denken?»

«Dass wir geil sind», erwiderte Amir, «hauptsächlich, dass wir geil sind.»

Und dann wurde er religiös. Teilte mir das auf der Brücke mit. Der Schahriwar endete, und ich war derjenige, der fortging, allein. Ich musste Nilu heiraten.

Das waren die Gedanken, die ich hatte, als ich auf dem neuen Moped im verschneiten Teheran den Weg verlor. Als ich endlich zur Wohnung zurückfand, war ich immer noch nicht reif zum Einschlafen. Zahra lag zusammengesackt und besinnungslos im dunklen Salon, in der gleichen Stellung, in der wir sie verlassen hatten. Der Kater und ich schlüpften hinter ihr vorbei in mein Zimmer. Ich bekam Gänsehaut von der Stille, sogar das Schmelzwasser hatte aufgehört, vom Dach zu tropfen. Nur das schummrige Computerlicht flimmerte. Ich holte Eis aus der Küche, mit Schokoladen- und Erdbeersirup, eine Cola und Knabberzeug, und füllte mich damit ab, um meinen Körper zu beschweren, ihn müde zu machen und den Puls zu verlangsamen. Google war blockiert. Ein Fenster: «Das gewünschte Material wurde gemäß den Gesetzen und Statuten der Islamischen Republik zensiert. Wir entschuldigen uns, falls wir Ihnen damit Unannehmlichkeiten verursacht haben sollten.» Gelbe und orangefarbene Laubblätter stoben über die Seite. Ich aß weiter, während ich mir Filme auf naughtyamerica.com ansah, Lehrerinnen, die ihre pubertären Schüler auf den Klassenzimmertischen zum Sex verführten, und mir wurde übel vor lauter Porno und Schokolade. Auf der Website der Polinnen trieben sich nur Verzweifelte und Einsame herum. Die Polinnen traf ich nicht an. Ich hatte Sehnsucht. «Brauche dringend die Lippen eines Schwarzen», schrieb eine Holländerin. «Irgendwo ein geiles junges Mädchen, das jetzt durchgefickt werden möchte?», fragte ein älterer Berliner. Erschöpfte Zeilen von einem, dem es nicht gelungen war, sich für die Nacht einzudecken. Die ersten Ausläufer der Sonne färbten das nackte Fenster bereits bläulich, und ich warf mich über die ganze Breite des Betts, matt wie der Schnee, der draußen taute. Die Vögel erwachten, und ich war wie eine halbe Leiche. Trockener Donner. Herr Ali Samimi pflegte zu sagen: «Manchmal denkst du, dass du in der Routine gefangen bist, und erst wenn dir die Routine abhandenkommt, begreifst du, dass dir die Freiheit gestorben ist.» Um sieben Uhr morgens piepte eine Textnachricht, Amir hatte es nicht vergessen. «Junge, du bist um ein Jahr jünger geworden. Genieß es. Mit Liebe.» Ich hasste ihn. Und schlief wieder ein. Zehn Stunden schlief ich wie gelähmt. Ich versuchte, mich im Schlaf zu bewegen, die Stellung zu verändern, eine Hand herauszuziehen, die unter mir zerquetscht wurde, einen Fuß aus der Decke zu strecken, an die Luft, oder selbst tief atmend Luft zu holen, umsonst. Ich war ein Eisenklumpen, wie versteinert, als hätten Alkohol oder Drogen mich jeder Lebensäußerung beraubt. Am Nachmittag wachte ich entsetzt auf, mit einem abrupten Ruck und Kopfschmerzen. Zahra stand über mir. Sie hatte ein gleichmütiges, alltägliches Gesicht, doch sie sagte: «Ich habe keine Ahnung, wo Babak ist.» Babak war nicht mit den morgendlichen Leckereien von der Bäckerei gekommen. Babak war nicht aus dem Büro heimgekommen. Babak hatte keine Nachricht hinterlassen. Sie hatte bei ihm an die Tür geklopft, keine Reaktion erhalten, hatte Schnecke angerufen, doch das Telefon war abgestellt.

Es gab unbeantwortete Anrufe auf meinem Mobiltelefon. Nilu hatte es den ganzen Vormittag versucht, fünf Mal. Ich wählte. «Prinzessin», sagte ich, «es tut mir leid, ich habe geschlafen.»

«Du Nervtöter, wohin bist du verschwunden?»

«Babak ist weg.»

«Kann ich dich nachher nochmal anrufen? Ich bin gerade beim Motorsportverband, sie haben mich zu einem Treffen bestellt.»

«Ich mache mir Sorgen, Nilu, Babak ist verschwunden.»

«So richtig verschwunden?»

«Momentan ist er verschwunden.»

«Das wird sich regeln, mein Tschutschu.»

«Aber was kann man tun, Nilu?»

«Gar nichts kann man tun.»

«Und wenn er richtig verschwunden bleibt?»

«Manchmal verschwinden Schwule. Was kann man schon machen?»

«Aber wo könnte man nachforschen?»

«Im Moment nirgends, Kami, ich kann jetzt nicht reden. Ich liebe dich. Küsse.»

Zahra und ich gingen in den ersten Stock hinunter, klopften schwach an die Holztür, und dann steckte sie einen Schlüssel ins Schloss und drehte ihn langsam, als fürchte sie den Anblick, der sie in dem Apartment eventuell erwartete, ein Mordschauplatz mit Blutpfützen vielleicht? Drinnen war es eng wie sonst auch, aber dunkel. Wir hatten Angst, etwas anzurühren. Vielleicht würde Babak im nächsten Moment kommen und uns vorfinden, wie wir bei ihm herumschnüffelten? Er war verschämt, diskret und hysterisch. Vielleicht würden wir Schwulensachen finden, von denen er vorzog, dass sie nie jemand zu Gesicht bekäme? Vielleicht würde die Polizei kommen und nach Fingerabdrücken suchen? Dann wären wir die Hauptverdächtigen. «Man muss herausfinden, ob er heute Nacht hier geschlafen hat», flüsterte Zahra. Aber woher sollte man das wissen? Die Steppdecke war akribisch am Bettende gefaltet und geglättet. Sein Mobiltelefon war nicht da. Sein Rucksack war nicht da. Ich liebte den Geruch nach diesen bunten Kaugummikugeln. Ich wanderte in dem kleinen Raum umher, umringt von den Augen seiner fotografierten Helden, die mich bedrückt von den kalten Wänden herab anblickten. Es war wirklich eng bei ihm, dachte ich, ein Verschlag, man sollte mit siebenundzwanzig nicht so leben. Ich wollte nichts berühren, ging fast auf Zehenspitzen, suchte nach Spuren, Hinweisen. Hatte er begriffen, dass es passieren würde? War er verängstigt? Ich streckte einen mit meinem Hemdsärmel umwickelten Finger aus im Bemühen, keine Abdrücke zu hinterlassen, bewegte vorsichtig Türen und Schubladen, spähte hinein. Die Porträts, so erschien es mir, bei ihnen war das Leben einfach, ohne Komplikationen, alles klar, vielleicht war es das, was Babak an ihnen liebte, er wollte Gesichtern so nahe wie möglich sein, für die es einfach war. Kann ein Mensch, bei dem alles einfach ist, etwas Besonderes sein? «Was macht man, wenn ein Mensch verschwindet?», fragte ich mich laut. «Als Erstes meldet man ihn wohl als vermisst und hofft, dass sich das Rätsel aufklärt.»

«Aber woher denn!», rief Frau Safureh, die gerade eintrat, scharf und kämpferisch. «Er ist ein Homosexueller, er ist verschwunden, es ist völlig klar, was passiert ist, da gibt es kein Rätsel, und es wird nichts nützen, irgendeine Meldung zu erstatten.»

«Aber warum hat niemand etwas mitgeteilt?»

«Warum sollten sie eine große Affäre aus einer Bagatelle machen? Manchmal verschwinden Homos.»

«Man muss Schnecke benachrichtigen.»

«Und wenn es Schnecke war, der ihn ans Messer geliefert hat? Schnecke ist der Hauptverdächtige.»

«Das kann nicht sein! Vielleicht die Nadschafians?»

«Auch die Familie Nadschafian zählt zu den Hauptverdächtigen.»

«Wenigstens Babaks Eltern sollten wir es mitteilen. Hat er Familie?»

«Wer weiß? Von uns weiß es keiner.»

«Viel wissen wir nicht gerade über ihn, wenn man so darüber nachdenkt. Nehmen wir wenigstens einen Rechtsanwalt, Sie kennen doch bestimmt einen.»

«Kein Rechtsanwalt wird in diesem Stadium helfen, Kami», winkte Frau Safureh ab. «Du solltest dich nicht damit beeilen, uns alle als Feinde der Revolution zu kennzeichnen, es ist besser, Vorsicht walten zu lassen. Wenn sie Babak haben, werden sie auch auf uns kommen, das ist nur eine Frage der Zeit.»

«Aber was kann man tun?»

«Tief durchatmen.»

Noch immer ohne Führerschein stieg ich auf das Moped. Die beiden Frauen protestierten, doch die Welt umbrandete mich, die Straßen waren ein Labyrinth, und ich schlängelte mich eilig hindurch. Babak brauchte Hilfe, und ich strengte mich für ihn an, denn ich war sein Freund. Ich fuhr zum Schwarzmarkt, suchte Muhammad mit den verbotenen Büchern, fuhr im Zickzack zwischen den dichtgedrängten Gassen und den eingegrenzten Höfen, wie kleine Würfel aus bröckelnden Mauern. Die Blechtische, an die ich mich erinnerte, standen nicht an ihrem Platz, nur eine leere Gasse und nasse Mülltonnen. «Es ist wegen des Regens», erklärte ein zerlumpter Geigenspieler. «Der Junge mag keinen Regen, du findest ihn da hinten», sagte er und verwies mich an einen Laden für Arbeitskleidung in einem der Höfe. In dem schmalen Eingang saß Muhammad auf einem Schemel, rührte auf glimmenden Kohlen kochendes Wasser in einem rostigen Topf und summte mit gesenktem Blick, die Augen fast geschlossenen, ein altes Lied. «Muhammad, alles in Ordnung mit dir?»

«Manchmal», antwortete er, und dann sah er mich, erinnerte sich, und ein Lächeln stieg auf. Nicht kalt, nicht verächtlich, sondern ein sanftes, warmes Lächeln der Sympathie, als sei es ganz selbstverständlich, dass ich zurückkam. Als habe er auf mich gewartet. Er rührte und sagte: «Kaffee mit Hasch», auf der Gasse, am helllichten Tag, als provoziere er mit Absicht, und lachte, «das ist das große Geheimnis für ein ruhiges Leben.»

«Wo können wir etwas Heikles besprechen? Ich brauche Hilfe.»

Er führte mich zu seinem Zimmer, diesen gefangenen, überfüllten Raum mit den einhundertsieben Kerzen auf den Bücherregalen und dem wackeligen Eisenbett. Er zündete eine Kerze an, ganz zufällig gewählt, es war eine Duftkerze. Wieder war ich mir nicht schlüssig, ob er mich auf die schimmelnde Matratze legen wollte. Ich sagte: «Babak, mein Freund, ist verschwunden.»

«Aus welchem Grund?»

«Hat denn jeder, der verschwindet, einen Grund?»

«Es gibt immer einen Grund», stellte er fest.

«Ich weiß nicht, er ist eventuell schwul.»

«Manchmal kommen Homos zurück, manchmal nicht.»

«Was meinst du damit, manchmal nicht?»

Er zog einen Schemel ins Zentrum der Bücherwabe, stieg darauf, verpflanzte eine Kerze auf dem obersten Regalbrett und zog von dort ein Buch heraus, «Der Meister und Margarita». Dann schlug er es in der Mitte auf, blätterte, suchte irgendeine Seite, und reichte es mir. Es enthielt grünliche Seiten aus dünnem, rauem Papier, übersät mit Zeitungsausschnitten und Bemerkungen in einer hässlichen Handschrift. Das war eindeutig nicht Bulgakow. Ein Bild. Zwei Minderjährige. Die Augen mit Tüchern verbunden. Die Hände hinter dem Rücken gefesselt. Ein Seil zieht sich vom Himmel herunter, eng um den Hals geschnürt. Noch einen Moment und der Boden unter ihnen wird wegfallen. Der eine in einem eleganten, gebügelten Hemd in Leuchtblau, der zweite im weißen Polohemd. Die Köpfe sind gesenkt. Das Haar gestutzt, glänzend. Schmale Lippen. Knabenhafte Haut. Knabenhafte Größe. Hinter jedem ein Maskierter, der sie festhält, den würgenden Halsknoten straff zieht. Der eine mit Strumpfmaske, der zweite mit einer schwarzen Kafija, kaum sieht man die Augen herausspähen. «Wie alt sind die?», fragte ich.

«Siebzehn vielleicht», antwortete Muhammad.

«Wie kann man nur?» Ich war erschüttert.

«Mädchen ab neun, Jungen ab fünfzehn.»

Muhammad hielt eine dünne, zerknitterte rote Aktenmappe in der Hand und erklärte: «So ist das Gesetz. Wenn dein Freund einen Mann geküsst hat in einem Akt unbeherrschter Leidenschaft, werden sechzig Schläge über ihn verhängt. Wenn es ein Vorspiel gab, ohne Penetration, hundert Schläge. Wenn zwei Männer ohne Blutsverwandtschaft nackt unter einer Decke geschlafen haben, jeder neunzig Schläge. Und da, Teil vier, lies, Hinrichtungsmethoden, Kapitel zwei, Sodomie, Paragraph 108 bis 126, wenn eine Penetration bewiesen ist, aktiv wie passiv, erhalten beide das Todesurteil. Die Methode der Hinrichtung wird nach Ermessen des Richters gewählt.» Das erläuterte er so kühl, als wäre es eine Allerweltssache. Er las weiter. Zu viel Information. Ein unwillkürliches Zucken meiner Lippen und Augenlider signalisierte mir, dass ich kurz davor stand zu explodieren, doch ich beschloss, es mir zu verbieten. Ich suchte einen verschwundenen Homosexuellen, offenbar war er verhaftet worden, vielleicht lag er verletzt auf dem Boden eines Folterkellers, was nützte es mir da, in einem ausweglosen Dornendickicht herumzustochern? «Aber manchmal kehren sie nach Hause zurück», erklärte Muhammad, «kommen einfach zurück. Manchmal schon, manchmal auch nicht.»

Ich blätterte zwischen den Seiten des verkritzelten Buches. Ausgeschnittene Nachrichten. Die International Lesbian and Gay Association warnt: Iran, Mauretanien, Saudi-Arabien, Sudan, die Vereinigten Emirate, Jemen und Nigeria verhängen die Todesstrafe für gleichgeschlechtliche Beziehungen. Die Gruppe Pet Shop Boys widmen ihr Album «Fundamental» den zwei iranischen Jungen Mahmud Askari und Ajad Merhuni, die wegen des Vergehens homosexueller Beziehungen auf dem Platz der Gerechtigkeit in Meschhed aufgehängt wurden. Die London Times zitierte ein Parlamentsmitglied, Mohsen Jahawi, Vorsitzender der iranischen Delegation der internationalen interparlamentarischen Vereinigung: «Homosexuellen gebührt Hinrichtung oder Folterung, höchstwahrscheinlich beides. Solche Beziehungen sind gemäß dem Islam verboten, widersprechen der menschlichen Natur und unserer Bestimmung auf Erden. Homosexuelle unterstützen die Vermehrung nicht, Homosexuelle sind verantwortlich für Seuchen, Krankheiten, Aids.» Die Vorsitzende der britischen Delegation, die Parlamentarierin Ann Clwyd, betonte dem iranischen Kollegen gegenüber, dass seine Worte verstörend seien. «Verstörend», sagte sie. Präsident Ahmadinedschad verlautbarte, dass es im Iran keine Homosexuellen gebe.

Muhammad wollte mir seinen Drogenkaffee einflößen, er drückte mir ein Glas an die Lippen, doch ich schüttelte den Kopf. Wieso flüchtete er sich jetzt zu solchem Zeug, das uns beiden die Sinne betäuben würde? Ich brauchte ihn wach. Er sollte sich für mich anstrengen. «Nun, was soll ich tun?», fragte ich.

Er schob eine Jazzkassette in den alten Rekorder, warf sich der Länge nach über das Kissenlager auf dem Eisenbett, schloss die Augen und summte, es schien, als denke er nach, also schwieg ich, um nicht zu stören. Ich wartete. Verzweifelt setzte ich mich auf den Schemel, «Der Meister und Margarita» auf dem Boden, die Aktenmappe auf meinen Knien. Das Lied endete, danach kam noch eines, und ich versenkte mich in die Lokalisierung von Schlupfwinkeln zwischen den Zeilen der Statuten und Urteile. Man kann ihn da rausholen, dachte ich, man braucht einen Anwalt und öffentlichen Druck. Muhammad öffnete die Augen einen Spalt, beäugte mich und fragte: «Bist du immer noch da?»

Wieso erwartete er von mir, dass ich ginge? Erschrocken sagte ich: «Ich habe niemanden, der mir hilft.»

Er lächelte.

«Warum bist du so gleichgültig?»

«Das ist keine Gleichgültigkeit, einfach träger Optimismus.»

«Wieso? Wieso denn Optimismus?»

«Überbelastung», versetzte er.

Ich hatte das Gefühl, in einem Gespräch mit einem Taubstummen gefangen zu sein. Ich versuchte, zu ihm durchzudringen, doch es gelang nicht. «Kennst du Leute im Untergrund? Nicht in die mit den Orgien und Clubs, du kennst doch den echten Untergrund, den richtigen. Sie sollen mir sagen, was ich tun muss. Sie sollen uns unterstützen. Das ist eine Gelegenheit, für Gerechtigkeit zu kämpfen, für das Leben eines guten Menschen.»

«Weißt du, weshalb ich hier einhundertsieben Kerzen verteilt habe?», fragte Muhammad spöttisch.

«Ja, ich weiß, und ich weiß, dass ich nichts von den Kettenmorden gewusst habe, tut mir leid.»

«Du meinst, dass ein kompletter Untergrund von Freiheitskämpfern dasitzt und auf deinen verschwundenen Homo wartet?»

«Was soll ich denn machen, Muhammad, ich bin nun mal zurückgeblieben, ich habe von vielen Dingen, die passiert sind, nichts gehört, die Oppositionszeitungen sind geschlossen worden, niemand hat berichtet, ich war noch ein Kind. Es ist unlogisch, dass du Babak wegen meiner Unwissenheit nicht helfen willst.»

«Du denkst, dass jetzt, wo dein Homo verschwunden ist, ein kompletter Untergrund aufsteht und auf die Straße geht? Nach dreißig Jahren?» So schnauzte Muhammad mich an, überheblich und demütigend. Ich ließ ihn, denn ich brauchte Hilfe. Nilu hatte ja gesagt, dass Muhammad berühmt für seine Unduldsamkeit sei, auf seine wilde und eigene Art jedoch gutherzig und manchmal hilfsbereit. «Es gibt eine lange Schlange», sagte er dann.

«Von Schwulen?», wunderte ich mich.

«Von Leuten.» Er hob «Der Meister und Margarita» auf, legte mir das Buch auf den Schoß und blätterte bis zur ersten Seite zurück. «Lies, lies laut und von Anfang an vor.»

Eine unbeholfene, ausgeprägte Handschrift, die mit jähzorniger Hast kalte Informationsbrocken hingekritzelt hatte.

Oktober 2004. Ein dreizehnjähriges Mädchen namens Schila Izadi aus der Stadt Mariwan ist zum Tode verurteilt worden, nachdem sich herausgestellt hatte, dass sie von ihrem fünfzehnjährigen Bruder geschwängert worden war. Der Bruder wurde zu einer Prügelstrafe verurteilt. Der Richter übte Nachsicht mit ihm, während Schila das Kind im Gefängnis zur Welt brachte, von ihm getrennt und auf ihre Hinrichtung vorbereitet wurde. Das lokale Interesse war dürftig. Erst als die legendäre Rechtsanwältin Schirin Abadi sich einschaltete und der Welt von der Tragödie berichtete, erfolgte internationaler Druck. Das Gericht reduzierte das Urteil auf nur fünfundfünfzig Hiebe. Der Leiter des Jugendschutzzentrums warnte, dass sie nirgendwohin gehen könne, denn ihre fromme Familie habe sie wegen der Schande ausgestoßen, sie erhalte keine ärztliche Behandlung, und sie weine die ganze Zeit. Doch ihr Leben, das müsse gesagt werden, ist ihr vorläufig zurückgegeben.

Ich wollte sagen, siehst du, Muhammad, das ist genau, was wir brauchen, manchmal tut jemand etwas, und es glückt. Internationaler, öffentlicher Druck, hilf mir. Doch ich scheute mich, es auszusprechen.

«Hundertfünfunddreißig Minderjährige warten in den Todeszellen auf ihren Termin. Hast du das gewusst?», fragte er mich, «oder auch das nicht? Hast du hier gelebt und von nichts gewusst?»

«Ich habe es gewusst. Das heißt, allgemein.»

«Und was hast du gedacht?»

«Dass man Prostituierte und Frauen, die ihre Ehemänner ermordet haben, zu Tode steinigt, in Ausnahmefällen», bekannte ich und senkte den Blick.

«Und das war für dich in Ordnung?» Er blätterte für mich weiter. «Hier, da sind deine Prostituierten», schrie er mich an und befahl: «Lies!»

A'atekeh Radschabi, eine sechzehnjährige Prostituierte, wurde am 15. August 2004 am Stadtplatz von Neka aufgehängt. Die Anklage lautete auf unmoralisches Benehmen, unzüchtige Handlungen und Profanierung des Islams, zudem hatte sie einen Schuh nach dem Richter geworfen und ihre Kopfbedeckung vor ihm abgenommen, denn sie argumentierte, er müsse für sexuelle Handlungen bestraft werden und nicht sie. Der Richter nahm die Hinrichtung persönlich vor. Er legte das Seil um ihren Hals und sagte zu ihr: «Das wird dir eine Lehre sein.» Ihre Mutter wurde bei einem Verkehrsunfall getötet, als sie fünf war. Ihr Vater wurde drogensüchtig. Sie kümmerte sich um ihre achtzigjährigen Großeltern. Wurde als lebhaftes, intelligentes Kind beschrieben. Man sah sie jedoch häufig auf der Straße, sie trieb sich herum. «Die Zigeunerin von Neka» nannten sie das Mädchen.

Sie wurde wegen ihrer Anwesenheit bei einem unmoralischen Fest verhaftet und erneut, als sie man sie mit einem Jungen in einem Auto ertappte. Sie bekam hundert Hiebe. Das vierte Mal wurde sie verhaftet, als sie für ihre Großeltern gerade das Abendessen kochte, nachdem bei der örtlichen Polizei eine nicht unterschriebene Petition im allgemeinen Namen der Ortsbewohner eingegangen war, in der sie sich über den negativen Einfluss des Mädchens auf die Schülerinnen im Viertel beschwerten. Sie wurde verhört und gestand, wiederholte sexuelle Beziehungen mit einem einundfünfzigjährigen Mann unterhalten zu haben, der in der Vergangenheit bei den Revolutionsgarden gedient hatte, inzwischen jedoch Taxifahrer geworden war, ein verheirateter Mann mit Kindern. Gemäß dem Gesetz der Scharia ist es erlaubt, sexuelle Beziehung ab dem Alter von neun Jahren zu unterhalten, aber natürlich nicht, ohne verheiratet zu sein. Die Beziehung währte drei Jahre. Ihre Familie hatte kein Geld für einen Rechtsanwalt. Der ehrwürdige Richter erregte sich dermaßen über die dreiste Sprache des Mädchens, dass er sich selbst zum Obersten Gerichtshof begab, um das Urteil bestätigen zu lassen. In der Anklageschrift wurde ihr Alter mit zweiundzwanzig festgehalten, denn das Gericht beschloss, sich auf ihr reifes äußeres Erscheinungsbild zu stützen, doch in ihrer Geburts- und Sterbeurkunde stand sechzehn.

«Lies!», schrie Muhammad. «Du lebst in dieser Welt, also lies!»

Ajatollah Hussein Mussawi Tabrizi, Mitglied des Theologischen Seminars von Qom, sagt, dass die Philosophie hinter dem islamischen Bestrafungssystem dahingehend ziele, die Gesellschaft von Sünden zu reinigen, die Seelen vor verbrecherischer Neigung zu bewahren und vor einer Verletzung der Rechte des

Nächsten zu schützen. Es sei nicht obligatorisch, eine Steinigung bei Fällen von Sodomie zu verhängen, wenn die Beteiligten verheiratet sind, in solchen Fällen sei der Religionsrichter befugt, eine der vier Möglichkeiten zu wählen: Steinigung, mit gefesselten Händen und Füßen vom Felsen werfen, Erhängen oder Verbrennung – ganz nach seinem Ermessen. Er wolle zu bedenken geben, dass das Ersetzen einer Steinigung durch irgendeine andere Hinrichtungsart eine Verletzung der Rechte der Delinquenten darstelle, denn gemäß der Scharia habe ein Verbrecher die theoretische Möglichkeit, sich aus der Grube zu befreien.

Genug. Ich stand auf, um zu gehen. Wir gehörten nicht zu dieser Welt. Ich durfte mich nicht an unseligen Geschichten einiger Randexistenzen und Fehlschlägen aufhängen. «Danke, Muhammad», verabschiedete ich mich, «wir sehen uns.»

Er streckte mir die zerschlissene Aktenmappe hin. «Nimm das Gesetz mit. Wenn dein Homo nicht mehr nach Hause kommt, aber auch wenn doch, bist du eingeladen, an unseren geheimen Treffen teilzunehmen, jeden Freitag im alten Kino in der Kutscheh-Kustani-Gasse. Und pass im Internet auf, versuch nicht, blockierte oder verbotene Websites zu öffnen. Und lad dir eine Software runter, die die Spuren deiner IP-Adresse verwischt. Und korrespondiere nicht mit Leuten, die du nicht kennst, und falls doch, dann nur in einem gutbesuchten Chatroom, nie per Mail. Und wenn du keine Wahl hast, dann geh in ein Internetcafé, leg dir eine einmalige Adresse an. Benutz nie zweimal die gleiche Adresse.»

Ich verließ ihn auf dem kleinen Moped, das verloren zwischen den Straßen des geschlossenen Stadtdschungels navigierte, der feindselig und wild schien, jedoch ein Ende hatte. Im Norden erhob sich eine Gipfelkette, sanft umgeben von einer weißen Aureole. Dort endete die Welt. Ich liebte diesen Anblick, denn wenn alles verloren sein sollte, könnte ich über die Berge fliehen, nach Hause, und ganz neu beginnen. Herr Ali Samimi pflegte zu sagen: «Am wichtigsten im Leben ist das Talent, schlechte Erinnerungen auszuradieren oder sie in gute zu verwandeln.» Würde ich auch Erinnerungen wie diese verwandeln können? Ich würde zu den Schmetterlingen von Anzali zurückkehren, den kokettesten Geschöpfen, denen ich je begegnet war, zu den violetten Kleeblüten, zu einem Leben mit Pistazien und Salzgurken, Kebab und buttertropfendem Reis und dem Rauschen des Meeres, wenn Amir und ich uns spritzend hineinstürzten, um uns herum nichts als Sonne. Aber Herr Ali Samimi sagte auch immer: «Wir sind Gefangene in unserer Seele, es gibt kein Entrinnen vor der Reue.» Ich kehrte zur Wohnung zurück, vielleicht würde Babak wiederkommen. Wir saßen herum, die beiden alten Damen und ich, und warteten. Zahra hatte keine Lust, den Kater zu füttern, saß leblos da, mit erstarrten Wimpern, es schien, als blinzle sie nicht einmal. Ich sagte: «Schade, Tante, wenn du dem Kater ganz viel zu fressen geben würdest, dann würde er dick werden und mehr für Streicheleinheiten zu haben sein, er würde den ganzen Tag von dir auf den Arm genommen werden wollen, und das würde helfen, in solchen Tagen.» Frau Safureh und ich redeten und redeten. «Es wird nie mehr solche Tage geben, wie wir sie hier hatten, Kami», sagte sie. «Schluss damit, Frau Safureh», entgegnete ich, «man darf sich nicht dem Schrecken überlassen, es ist nur das, was es ist, nichts weiter. Wenn dieser Kampf zu Ende ist, werden wir stärker sein als vorher», versprach ich, und die alte Frau verdrehte geringschätzig die Augen. «Nein, mein junger Freund», entgegnete sie, «wir sind dressierte Tiere, und wenn dieser Kampf vorbei ist, werden wir noch dressierter sein.»

Wir warteten. Als ich es satthatte zu warten, fuhr ich zu Nilufar und wartete dort. Lange stand ich unter ihrem Wohnturm, bis sie auftauchte, mich sah und vom Parkplatz aus, vor Freude hüpfend, rief: «Mein Kami!», sodass es alle hören konnten. Sie umarmte mich fest, als wir uns in den Aufzug drängten. Doch ich war müde, all die Gedanken in meinem Kopf. Im Penthouse ließen wir uns auf den Teppich fallen und verschlangen einander. Unter ihren Händen entspannte ich. Sie sagte nicht, es wird ein gutes Ende finden, aber sie sagte: «Mach dir keine Sorgen.» Und sie sagte: «Komm, wir reden über fröhliche Dinge», packte meine Wangen, quetschte sie zusammen und rief: «Na los, erzähl mir was Fröhliches!» Sie zog einen Umschlag aus ihrer Tasche. «Geschenk, mein kleines Geburtstagskind, ein Abo für das beste Fitnessstudio der Stadt. Sieben Saunas, Swimmingpool, Jacuzzi.»

«Trainieren wir zusammen?», fragte ich.

Sie grinste. «Frauen von neun Uhr morgens bis drei Uhr nachmittags, Männer von halb fünf bis zehn.»

«Was für ein Spaß für Homos», lachte ich, «da kann man schlecht trennen.»

«Deine Stimme hat so viel Licht», sagte Nilu, während sie sich alle Mühe gab, mich mit Liebe zu erdrücken. Dann bestellte sie eine große Schachtel vom «Pizza Express» und öffnete dem Lieferjungen in einem dünnen weißen Hemd, das knapp die Unterhose bedeckte und durch das man die Brustwarzen sehen konnte, wenn man sich anstrengte, und ich prüfte die ganze Zeit über, ob es mir gelang, mich an Babak zu erinnern. Dann gingen wir ins Bett, und ich schlief tief ein.

Am Morgen fand ich endlich den Mut, zu ihr zu sagen: «Komm, lass uns mit deinem Vater reden. Er ist Parlamentsmitglied, er kann Nachforschungen anstellen lassen wegen Babak. Wenn ein Parlamentsmitglied nachforschen würde, wäre das eine Hoffnung.»

«Sicher, keine Sorge, ich werde mit ihm reden», sagte sie schnell. Und als sie sah, dass ich nicht sofort lächelte, flüsterte sie: «Du kannst ganz beruhigt sein, mein Tschutschu», und küsste mich. Ich wusste, alles würde wieder in Ordnung kommen.

20

◆

Der dicke Mas'ud Nadschafian saß nun fast ununterbrochen im Treppenhaus. Egal, wann ich kam oder ging, er war da, strickte einen orangefarbenen Pullover, langsam, stierte mich vorsätzlich feindselig an, brütete böse Pläne aus, misstrauisch und gierig auf Beute lauernd.

Mein Mobiltelefon klingelte. Ich antwortete. Schweigen. Lange schwere Atemzüge am anderen Ende, jemand versuchte, mich zu erschrecken. «Hallo, hallo», rief ich ungeduldig. Jemand hörte mir zu. Eine männliche Stimme voller Sicherheit und vielleicht auch Boshaftigkeit in der Stimme sagte mit hörbarem Grinsen: «Ich verstehe, junger Mann, ein Irrtum, wie schade.» Eine irritierende Formulierung. Er dehnte die Worte langsam, hatte seine Freude an der eigenen, anmaßenden Bassstimme, und dann schnaubte er in den Hörer und trennte die Verbindung.

In den Korridoren der Universität zeigte mir Mehramiz von der muslimischen Studentenvereinigung die kalte Schulter und warf mir während der Vorlesungen verstohlene Blicke mit vor Hass und Abscheu gerümpfter Nase zu. Er war ein Verbindungsmann, das wusste ich, wenn gegen mich also Verdachtsmomente auf subversive Umtriebe vorlagen, dann hatte das Sicherheitsministerium ihn bestimmt informiert. Sollte Babak in Haft sein, würde er beim Verhör garantiert zusammenbrechen, und dann würden auch wir einer nach dem anderen verschwinden. Wir alle waren verdächtige Elemente, Sittenverbrecher, Subversive, Konsumenten westlicher Korruption, Ketzer. Die Strafe würde auf dem Fuß folgen.

Ob sie mich schon beschatteten?

In den nächsten anderthalb Wochen war Zahra pausenlos krank. Sie stopfte sich wahllos mit Antibiotika voll, und ich betete darum, dass das alles nur psychosomatisch sei, denn wenn es das nicht war, konnte es sein, dass sie vorsätzlich infiziert worden war. Es waren schließlich zehn Jahre seit der Hinrichtung von Schriftstellern mittels einer Kaliumspritze vergangen, und in zehn Jahren hatten die staatlichen Wissenschaftler ihre Tötungsmethoden garantiert perfektioniert. Welchen Grund gab es schon, überflüssige Menschen wie uns am Leben zu lassen, die sich in den Gedanken verliebt hatten, man könne ein Loch in das Haupt der Herrschaftsstabilität bohren. Man konnte uns hier alle miteinander in aller Stille wegräumen. Am Donnerstag war auch ich erkältet, die Seuchentheorie schien konkreter denn je. Mein Herz sagte, gib auf, finde dich ab, warte auf Nachrichten von Babak, sei geduldig, lass die subversiven Gespräche in der Wohnung abkühlen und lebe dein Leben. Ich musste mich im Studium auszeichnen, etwas Großes werden, mächtig, dann könnte ich vielleicht Einfluss nehmen, nicht als ein törichter Junge, der Detektiv spielte.

Es gab Augenblicke, da wollte ich überhaupt nicht nach oben, da war ich bereit, auf den Traum von Macht und Einfluss zu verzichten, um einfach ein kleiner Mensch zu sein. Ich ging nicht mehr nach Anbruch der Dunkelheit allein zur Apotheke, trieb mich nach Sonnenuntergang nicht mehr auf der Straße herum. Ich ließ Beweise verschwinden, verwischte Spuren, erkundigte mich freundlich nach der Familie Nadschafian, sogar ein frommes Telefongespräch mit der Hotline für Gläubige führte ich. Ich surfte auf Regierungswebsites und Unterstützerkreisen der Partei im Internet, imprägnierte sie mit fertigen Fingerabdrücken – ein Musterbürger. Ich brach mit der Routine, wechselte Bus- und Metrostationen, verwirrte die Verfolger, bis ich selbst ganz durcheinanderkam, und bei allem, was ich normalerweise tat, verlangte ich von mir, das Gegenteil zu tun – Erkältung und Fieber? Ich nahm keine Tabletten. Eine Delikatessenprobe im Supermarkt? Auf keinen Fall probieren. Meine Bankfiliale? Am anderen Ende der Stadt. Ich verschleierte, verhüllte, vertuschte, versteckte. Ich ließ mich nicht dazu verleiten, neue Menschen in mein Leben zu lassen, weder online noch im richtigen Leben, nicht in der Bibliothek und nicht in der Uni. Jedes Licht, das im Salon flackerte, war ein Zeichen. Jeder Spiegel war ein potenzielles Versteck für Kameras, jede SMS wurde von mir mit Blick auf Polizeiermittler gesendet, die nur darauf warteten, mich zu Fall zu bringen. Und ich war leicht zu Fall zu bringen.

Manchmal schloss ich die Augen und hatte das Gefühl – ich spürte es regelrecht –, dass wir von Kettenrasseln und kreischenden Motoren erwachten, zum Fenster stürzen und Panzer sehen würden. Im Internet wären wilde Gerüchte in Umlauf, wir würden den Fernseher einschalten, wo sie traditionelle persische Lieder spielen. Höchst verdächtig. Ein verwirrter Sprecher würde uns mit wildem Blick vom Bildschirm entgegenstarren und mit dramatischer Stimme verkünden, dass eine Epoche zu Ende gegangen sei. Die freiheitlichen Kräfte, unter dem Befehl eines jungen, vielversprechenden Offiziers, verkünden in einstimmigem Ratschluss mit Exilführern und Intelligenz eine allgemeine Mobilmachung im Namen der Freiheit und Wiederherstellung. Wir alle seien in dieser Stunde der Prüfung zu höchster Verantwortung aufgerufen, die Herrschaft gehe in die Hände des Volkes über. Muhammad vom Schwarzmarkt würde dort sein, im Fernsehen, und mit dem neuen Führer tuscheln. Polizisten würden die Tür der Familie Nadschafian aufbrechen, alle in Handschellen abführen. Auch den fetten Jungen. Denn die Masse wäre reif und aufgeklärt genug, um die Last zu tragen und selbst zu wählen, das Denunzieren einzustellen. Die Masse würde zum Azadi-Platz strömen, johlend vor Aufregung. Frauen würden sich die Schals von ihren Köpfen reißen. Nilu und ich würden auf ein kaltes Panzergeschützrohr klettern und uns vor den Kameras küssen – unser Bild käme auf die Titelseiten der Zeitungen, vielleicht sogar weltweit, das Symbol für einen neuen Anfang. So würde meine Mutter am Zeitungskiosk, völlig überraschend, auf mich stoßen und vor Stolz weinen. Und Zahra würde am Telefon hängen, denn ein Filmproduzent würde sie anrufen, es hätte sich doch gelohnt zu hoffen. Und Babak würde aus dem Gefängnis zurückkehren, mit Narben übersät, aber stärker denn je. Ich würde ihm eine Arbeit bei «Reuters» besorgen. Nein, eher bei der Agentur «Rico Image Modeling & Tourism». Wir wollten jetzt keine Nachrichten, wir wollten Liebe. Er wollte einen Soldaten? Sollte er ihn haben, einen Friedenssoldaten der UN. Und der Unterricht an der Universität würde ausgesetzt. So wäre das, wenn sich alle vereinen, um das Land neu aufzubauen, wenn die Menschen sich neu erfinden dürften, wenigstens einmal im Leben.

So schlief ich ein, ließ mich von Zauberlösungen forttragen. Doch wie Herr Ali Samimi immer sagte: «Es gibt keine Zauberlösungen im Leben, es gibt überhaupt keine Lösungen im Leben.» Und Frau Safureh: «Es ist ohnehin alles vergänglich und völlig bedeutungslos, hör auf, Blödsinn zu reden.» Die Panzer der Revolutionsgarden würde niemand mit Blumengirlanden zum Halten bringen können, die Großmacht, die die Mullahs im Schutz des Krieges errichtet hatten, würde von keinen traditionellen Liedern auf den Plätzen der Stadt zu brechen sein.

21

◆

In der dritten Woche nach Babaks Verschwinden kam die Kirschblüte über Tokio, und Frau Safureh wies uns auf die Sakura-Festlichkeiten hin. Doch ich hatte es satt. Also ging ich morgens um halb sieben mit trüben Augen hinunter und klopfte an die Tür der alten Frau. Sie war in ein gepunktetes weißes Nachthemd und ein Tuch gehüllt. Ich schlüpfte herein und sagte zu ihr: «Schluss mit den Masken, ich will jetzt alles wissen, auch so stinkt die Situation zum Himmel.»

«Guten Morgen, Kami», antwortete sie mit ihrer gelassenen Stimme, «chubi, azizam? Geht's dir gut, mein Lieber?» Und sie ging, um Tee aufzubrühen.

«Wenn sie uns ohnehin einkreisen, was macht es Ihnen aus, etwas zu erzählen?», fragte ich. «Sie müssen es mir einfach erzählen.» Ich öffnete die Rollläden. Das versöhnliche Morgenlicht zeichnete den kleinen Salon weich. Rüstiger, als sie aussah, stieg sie auf einen Fußschemel, streckte eine Hand zum Bücherregal aus und reichte mir ein Buch. In der letzten Zeit war es kein gutes Zeichen, wenn man mir Bücher reichte. Ein Gedichtband. «Wie gesund ist es, sich von den schäumenden Wassern der Illusion forttragen zu lassen», zitierte sie. «Kamran Mahdis, ein gescheiterter Schriftsteller, kein Rettungsboot hat ihn aus den schäumenden Wassern seiner Uraltsünde und ihrer Strafe gezogen», sagte sie. Kamran Mahdis und Frau

Safureh Mahdis, Mann und Frau. «Das war's, was gibt es da zu erzählen?»

«Ich weiß nicht, ob ich alles verstehe oder überhaupt nichts.»

«Du und dein Computer werdet es am Ende schon verstehen.»

«Kommunist?»

«Die nationale demokratische Front.»

«Und Sie?»

«Alles Mögliche.»

«Ist er tot?»

«Tot.»

«Das tut mir leid, Frau Safureh.»

«Was gibt es da leidzutun? Die Dinge sind nun mal, wie sie sind. Wenn mein Tag kommt, werde ich diejenige sein, die sich entschuldigt.»

«Wofür werden Sie sich entschuldigen?»

«Nun, ich habe mich rehabilitiert», wich sie einer direkten Antwort aus, «ich habe einen Lebensunterhalt, Freunde, das Leben versinkt wieder in Routine. Wie gesund es ist, dass es keine andere Zuflucht gibt als die Routine, und dass wir keine Muße haben, um uns selbst zu betrauern, mein Lieber, was kann man schon sagen.» Sie atmete tief durch, ließ sich in die Tiefen des Sofas sinken. Ihr Handrücken sah ein bisschen wie eine verrottete Erdbeere aus, rau und natürlich, und ihre Augen waren riesengroß, drohten herauszufallen, die losen Lider hielten sich nur mühsam fest. Es schien, als sei sie in Wachträumen gefangen, selbst wenn sie über die Wirklichkeit nachdachte, oder vielleicht fand ihre gesamte Existenz ganz woanders statt. Ihr Gesicht zerfiel in unzählige Runzeln, als sie lachte. «Du bestehst darauf zu reden. Komm, wir setzen uns an die frische Luft», schlug sie ergeben vor, und wir gingen hinaus, setzten uns auf eine Bank in den Garten, umringt von Rosen und Dahlien, und eine weiße Sonne, von einer Dunstwolke verschleiert, trocknete den Tau auf den Pfaden. Und ich hörte zu.

Im Jahre 1921 verließen die Russen zum ersten Mal das Land. Auch die Briten gingen. Persien war eher aufgegeben als befreit. Es folgte der Militärputsch. Reza Chan ernannte sich selbst zum Kriegsminister. Zwei Jahre darauf zum Regierungsoberhaupt. Wieder zwei Jahre später zum Diktator. Nach weiteren zehn Monaten war er bereits König, der erste Schah der Pahlavi-Dynastie. Er wollte sein Volk nicht muslimisch haben, er wollte es westlich, in Anzügen. Einen säkularen Staat wollte er – auch zum Preis von Zwang und Unterdrückung und der Ausrottung von Traditionen –, eine starke Armee, Wehrpflicht und natürlich Verehrung seiner Person. Zu jener Zeit kam Frau Safureh auf die Welt, exakt in der Woche, in der der Schah das Ende von Persien und den Beginn des Irans verkündete. Sie wurde auf einem Gutshof im Norden als Tochter wohlhabender Eltern geboren, mit einer kleinen Armee von Bediensteten und bewaffneten Bauern, die hin und wieder mit dem eigenen Leib das Plündern nomadisierender Diebesbanden aufhalten mussten. Je schlimmer die wirtschaftliche Lage wurde, desto mehr häuften sich die Überfälle, und als junges Mädchen gesellte sie sich zu der bewaffneten Wachtruppe, die ihr Vater unterhielt. Die Verteidigung war schwerer denn je, doch sie war hart und kämpferisch, und im Alter von achtundzwanzig immer noch unverheiratet. Ihre Eltern starben, wurden in der Familiengruft am Ufer der Quelle beigesetzt, die am Rande der seit Generationen in Familienbesitz befindlichen Ländereien sprudelte. Ihre ältere Schwester ließ sich in Frankreich nieder, ihr Bruder studierte in Boston. Sie blieb allein zurück, doch sie fühlte sich wohl. Niemand steckte seine Nase in ihre Angelegenheiten, sie ritt auf Pferden, pflückte Früchte in den Obsthainen, legte sich zwischen den Johannisbrotbäumen auf den Boden. Bei der Volksabstimmung im Januar 1963 stieß sie zufällig auf den betrunkenen Fabrikarbeiter Kamran Mahdis. An jenem Morgen reiste Frau Safureh mit ihrem Diener zur Wahlurne, um sicherzustellen, dass er gegen die Weiße Revolution von Muhammad Reza Schah stimmen würde, denn ihr selbst war es natürlich verboten zu wählen. Zwar hatte sie nichts gegen eine konstitutionelle Monarchie mit individueller Freiheit und Wahlrecht für Frauen, und von ihr aus konnte der Schah den muslimischen Kalender und den Islam überhaupt ruhig streichen, er konnte gerne auch den Analphabeten Bildung aufzwingen, der Korruption einen Riegel vorschieben und sogar Unternehmen privatisieren, das machte ihr alles nichts aus, im Gegenteil, doch der Gedanke, dass er das Land neu verteilen würde, was hieß, es den rechtmäßigen Besitzern wegnehmen, um es den Händen der armen Bauern anzuvertrauen, löste ein Zittern in ihr aus. Furcht. Warum sollte das gesamte Familienerbe ausgerechnet in ihrer Generation zersplittert und ihr, die im Munde der Bauern das Mädchen der großen Herzen genannt wurde, genommen werden, ihr, die auf einer weißen Stute ritt, großzügig Früchte an sie verteilte und sich für ihr Wohlergehen interessierte? Sie hatte es wirklich nicht verdient, enteignet zu werden. Draußen vor dem Rathaus heftete sich ein Mann an sie, der Alkoholdunst verströmte. «Kamran Mahdis, der Witwer», stellte er sich vor. Und versuchte sie zu überreden, ihren Diener anzuweisen, überhaupt nicht zu wählen. «Boykottieren, am besten ist boykottieren», erklärte er. Denn Herr Mahdis, gleich Frau Safureh, unterstützte zwar weder die Weiße Revolution noch die

Agrarreform, doch ihm zufolge war es besser, sich völlig zu enthalten, denn die Abstimmung in diesem manipulierten Zirkus sei nur eine Unterstützung der amerikanischen Verschwörung, die darauf abzielte, die Diktatur zu festigen und die iranische Abhängigkeit vom internationalen imperialistischen Kapitalismus zu steigern. Ein Mann mit Wissen, dachte Frau Safureh.

Seit der Absetzung und Festnahme des demokratischen Ministerpräsidenten Mossadeq war Muhammad Reza Schah von derartiger Sicherheit erfüllt, dass er sich vom zurückgezogenen Weichling in den direkten Erben Kyros des Großen verwandelte, als trennten die beiden nicht zweitausendvierhundertachtzig Jahre. Er versprach, aus dem Iran ein Wunder der fortschrittlichen Welt zu machen, um jeden Preis. Und der Preis war schmerzhaft. Er schmerzte die wütenden Religionsgelehrten, das arme Volk ihrer Anhänger, die adeligen Grundbesitzer und – schlimmer noch – die Basarhändler, denn Muhammad Reza Schah hatte es satt, von ihnen abhängig zu sein. Er eröffnete neue Vermarktungsnetze, erließ Preiskontrollen, vergaß, dass es im persischen Reich noch nie empfehlenswert gewesen war, die Marktleute aufzubringen. Und vielleicht hatte Muhammad Reza ja recht – die Demokratie ist ein zu langsames Instrument, als dass man damit Veränderungen zum Guten herbeiführen könnte. Daher war er ein Diktator, und seine Savak-Schergen, die in den Folterkellern herumrannten, waren unter den grausamsten, die die Menschheit je kannte.

Also stand Kamran Mahdis auf den Stufen zur Wahlurne und blockierte Frau Safureh und ihren Diener mit seinem schwerfälligen Körper. Ihm war klar, dass der Mann ein Diener war, denn seine dürftige Kleidung sagte alles, doch er verstand nicht, was diese schöne Frau mit ihm zusammen machte, was sie überhaupt außerhalb des Hauses zu suchen hatte. Er war natürlich dafür, dass Frauen auf die Straße gehen durften, als liberaler Denker, der er war. «Wer sind Sie?», fragte er. «Eine streunende Hündin», gab sie ihm zur Antwort, und: «Mein Herr, bei allem Respekt, Sie werden mir lästig.» Da zog er sich zurück, verfolgte sie jedoch den ganzen Weg zurück bis zu ihrem Gut und ließ sich zu Füßen eines Baumes nieder, der zum Eingangstor blickte. In jener Nacht schrieb er ihr drei Gedichte. In der darauf folgenden wurde der Diener zum Militärdienst eingezogen, und in ihrer Verzweiflung erwog Frau Safureh, sich freiwillig für die Schulungstruppe zu melden, die ausgeschickt wurde, um die unwissenden Bauern in Lesen und Schreiben zu unterrichten. Sie war einsam. Und da tauchte dieser aufdringliche Amateurdichter mit seinem rötlich schimmernden Haar auf ihrer Schwelle auf und schlich sich in das demütige Herz der Frau Safureh. Sie heirateten auf der Wiese im Hof. Alle sagten, sie sehe aus wie eine vornehme Prinzessin, obgleich hinter ihrem Rücken getuschelt wurde, sie sei eine «Salita», das heißt, zu laut und ungebärdig, und über Kamran, dass er «lang daraz», langfüßig, sei, was unsensibel bedeutete.

Auf staatliche Anordnung hin wurden die Ländereien zu lächerlichen Preisen an die Bauern verkauft, eine Demütigung für das gesamte Geschlecht. Frau Safureh trennte sich von den Weinbergen und Maisfeldern, verkaufte das Pferdegespann, das sie so liebte, und betrachtete mit zögernder Hoffnung die sich verändernde Welt – Frauen im Parlament, in der Regierung, bei Gericht, Frauen fuhren sogar Lastwagen. Doch sie fühlte sich ausgeschlossen. An der Universität wurde sie nicht zugelassen, obwohl sie von frühester Kindheit an die Poesie von Firdausi und Hafez zu rezitieren wusste, Abstammung und Entschlossenheit besaß. Und jeder neue Anfang schien ihr plötzlich verloren. Sie versuchten, Kinder zu bekommen, doch es wurde nichts daraus. Was blieb ihr, außer einer kämpferischen Partei beizutreten und für Gerechtigkeit zu kämpfen? Die letzten gemeinsamen Winter brachten Frau Safureh und Kamran Mahdis in einer kleinen Wohnung am Monirijeh-Platz in Teheran zu. Sie liebte seinen Wagemut, seinen Leichtsinn, seinen Stolz. Er liebte an ihr, dass sie wild und natürlich war, ein trunkener Vogel ohne Flügel, dass sie sich nie von ihrem Wohlstand hatte lähmen lassen. Als es damit vorbei war, betrauerte sie das nicht, denn sie war mit ihm zusammen, mit dem gescheiterten Dichter.

Die drei Säulen der Weißen Revolution – Gott, Schah und Heimat – waren unterdessen neu definiert worden: Monarchie, Verfassung und Weiße Revolution. Gott war verschwunden. Muhammad Reza Schah erhob sich über die Götter. Sein Ende war nahe. Er legte eine neue Zeitrechnung fest, die nicht mehr bei der Hidschra, der Emigration des Propheten Muhammad von Mekka nach Medina, begann, sondern mit der Herrschaft Kyros des Großen. Das Jahr 1976 wurde zu 2535. An den Jahrfeiern für das iranische Königtum wetzte die Masse ihre Zähne, denn die Prunksucht der Zeremonien gegenüber dem beschämenden Elend des Volkes ließ keine andere Wahl als die Revolution. Im Untergrund gingen Kassetten von Chomeini von Hand zu Hand, mit Predigten und religiösen Gesetzen, mit Versprechungen auf eine bessere Zukunft. Das Volk ging auf die Straße, alles Bestehende wurde zerstört, ein neues Leben ausgerufen. «Wir dachten, wir würden das Gute bringen», sagte Frau Safureh. «Jetzt ist es zu spät, sich dafür zu schämen. Wir schlossen uns den Ajatollahs an, wir waren überzeugt, dass sie am Morgen nach der Revolution alle in die Moscheen zurückkehren würden, dass sie die Politik den Politikern überlassen würden. Wir waren sicher, dass unsere Philosophie so stark war, dass wir siegen würden. Kamran war so klug und so felsenfest überzeugt, dass es der Wirklichkeit nicht gelang, mit dem Tempo seines Intellekts Schritt zu halten; und sie explodierte uns mitten ins Gesicht. Vielleicht haben wir vor lauter Spitzfindigkeit und Romantik, Begeisterung und Theorien das, was dann folgte, selbst über uns gebracht. Es ist nicht viel nötig, dass sich ein Glorienschein in eine Würgeschlinge verwandelt. Das ist die Geschichte, mein lieber Kami.»

Was? War das alles? Aber wie starb er? Sie sollte sagen, wer genau ihn tötete, unter welchem Vorwand. Hatte man ihm eine letzte Bitte gewährt, wie in den Geschichten? Hatte er sich von ihr verabschiedet? Oder lag er vielleicht eine Woche in einem Abwasserkanal herum, und sie suchte ihn, ohnmächtig in der tobenden Menge, weil niemand damals die Muße hatte, Leichen aus der Kanalisation zu fischen? Und worin hatte eigentlich ihr Beitrag bestanden? Und überhaupt, wie sind Revolutionen, wie ist es, ein Teil der gärenden Straße zu sein? Waren sie organisiert, oder war alles spontan? Und wann begriffen sie, dass die Sache verloren war? War Kamrans Bild in der Zeitung? Wurde wenigstens das Bild der Leiche veröffentlicht, oder wollten sie es vertuschen, seine Existenz auslöschen? Wenn sich die Schleusen der Geschichten schon einmal geöffnet hatten, dann sollte sie jetzt alles herausfluten lassen. Hatte sie ihn gewarnt oder warf sie sich vor, ihn nicht gewarnt zu haben? Vielleicht hatte sie genau das gemeint, als sie sagte, sie sei diejenige, die sich entschuldigen müsse. Ich fragte nicht, fixierte sie nur mit einem forschen Blick. Und Frau Safureh beschloss die Geschichte. Am letzten Tag seines kleinen Lebens hatte sich Kamran mit ihr an einem geheimen Treffpunkt hinter der Abd al-Azim Moschee in Ray verabredet. Als sie kam, erwartete sie dort sein toter Körper. Tauben hüpften um ihn herum. Seitdem marterten sie die Schmerzen in der Nacht, und jede Illusion war ihr längst abhanden gekommen – so schloss sie und signalisierte mit einer knappen Handbewegung, dass sie am Ende angelangt war. Die Geschichte ließ mich mit meinen Gedanken zurück, und ich erinnerte mich, dass Herr Ali Samimi zu sagen pflegte: «Am schlimmsten ist es, sich nach dem zu sehnen, was man fast, aber am Ende doch nicht hatte.» Ich fragte sie: «Und was jetzt, was machen wir mit Babak und unserem Leben?»

«Mein lieber Kami, du willst einen Krieg der Welten. Aber eine Veränderung geht gemäßigt vor sich. Werden wir lang genug leben, um sie zu sehen? Ich weiß es nicht. Schließlich haben wir, die Alten, eine Menge gelitten. Wir haben so viel verloren, wir haben von unserem Geld jede Kugel bezahlt, die ins Herz unserer liebsten Menschen geschossen wurde, wir und all jene, die noch mehr gelitten haben. Ich möchte nicht weniger als du, dass diese Aasgeier davonfliegen, denen nicht einmal die Hand zittert, wenn sie eine Jungfrau hinrichten, da Jungfrauen ihrer Ansicht nach das Paradies vergönnt ist. Doch was wird danach geschehen? Was wird das Volk wählen? Bist du überzeugt davon, dass sie nicht noch Schlimmeres wählen? Wir müssen der Natur ihren Lauf lassen, wir sollten uns nicht einmischen. Wir können nicht noch einen Fehler begehen. Wir wollen uns nicht gegenseitig erschießen. Wir wollen nicht in fünf gegnerische Staaten zerfallen. Wir wollen nicht, dass die Amerikaner eingreifen, dass sie das Feuer eröffnen, denn wenn sie das tun, wird es nicht für uns und unsere Freiheit sein, sondern zugunsten ihrer eigenen Wirtschaft, kalter Profit, sogar in Afghanistan führen die kapitalistischen Schweine bereits Verhandlungen mit den Taliban. Es hat bei uns nur ein einziges demokratisches Regierungsoberhaupt gegeben, und nur für kurze Zeit. Die Amerikaner haben ihn gestürzt. Und nun bin ich alt, und wie es scheint, will ich nicht unvorbereitet Selbstmord begehen. Wir haben nur zwei Möglichkeiten: die Revolution oder das Schweigen. Eine Revolution ist zu gefährlich bei uns. Die Revolution ist wie eine Wassermelone. Du hast keine Ahnung, was drin ist, bis du sie aufschneidest. Und Freiheit? Man wird nicht innerhalb eines Tages reif dafür. Ohne die Grundlagen von Freiheit überlebst du sie nicht. Es würde eine Katastrophe geben.»

Ich versuchte trotzdem, ihr etwas entgegenzusetzen. «Demokratie impft man dem Körper weder von oben ein, noch zwingt man sie von der Seite her auf, sie muss von unten wachsen, wir werden irgendwann damit anfangen müssen.»

Sie erhob sich von der Bank, wandte sich zum Gehen, unterdrückte offensichtlich ihre Gefühle und sagte versöhnlich: «Wir sind ein zu totalitäres Volk, das ist das Problem, alles oder nichts, und süchtig nach Drama und Romantik.» Einige Sätze von Frau Safureh schlossen damit, dass dieses Volk irgendetwas zu viel und zu sehr war.

«Aber wir können doch nicht dasitzen und auf Debatten im Parlament statt auf Babak warten», erwiderte ich.

«Uns bleibt keine Wahl, Kami», sagte sie, «wir sind jetzt in Gefahr.» Sie zögerte einen Moment und fügte dann betrübt hinzu: «Er hätte eine Operation zur Geschlechtsumwandlung machen sollen, der Junge, schade, dass ich nicht längst darauf bestanden habe.»

In aller Ruhe begann ich, mir meine eigenen Gedanken zu machen, ob alles für den Fall, dass ich verschwinden würde;

bereit wäre, woran sich jeder Einzelne erinnern würde, die letzten Worte, die unbeendeten Gespräche, und wie schnell sie wieder zur Routine zurückkehren würden. Die meisten Bilder, die mein Gehirn überfluteten, waren mir peinlich – ein grauenhafter Tänzer auf Hochzeiten, das würden sie von mir im Gedächtnis bewahren. Ich ging die Bilder auf meinem Computer durch und löschte zur Sicherheit die unschmeichelhaften Aufnahmen. Würde Amir um mich trauern? Innerlich hatte ich mich mit meinem Schicksal abgefunden.

Wir saßen in der Wohnung, hofften auf Ergebnisse der Nachforschung seitens Nilus Vater. Wir wandten uns nicht an die Polizei, suchten auch nicht nach Schnecke, sondern warteten – und dann kehrten wir ins Leben zurück.

22

◆

Wir begannen wieder zu leben, denn die Tage vergingen, keine Strafe traf uns, und wir verschwanden nicht. Und je näher ich Nilu kam, desto immuner fühlte ich mich. Ich hängte mich an sie, und sie war wie ein endloser Seufzer der Erleichterung. In der vierten Woche seines Verschwindens kehrten Gedanken zurück, die nichts mit Babak und den Schergen der Revolution zu tun hatten.

Eines Tages begleitete ich Nilu zu einem Treffen mit einer Journalistin aus Paris, die um ein Interview mit ihr gebeten hatte. Es handelte sich um eine lautstarke junge Frau mit einem voluminösen Notizbuch, die uns am Rande einer verlassenen Straße an den Hängen des Berges erwartete – eine romantische Szenerie für das Titelbild des Magazins. Ein kleines Tuch hielt schief und nachlässig ihr Haar zusammen, es war offensichtlich, dass sie mit den Gesetzen des Landes nicht vertraut war. Der eifrige Fotograf, den sie dabeihatte, stellte Nilu mitten auf den Asphalt und brachte sie in Position. Er schwankte bezüglich der Winkel, murmelte in gebrochenem Englisch etwas von Licht und Schatten, bis er sie in eine leicht geneigte Haltung drapiert hatte, ihr Kinn fasste und ihr Gesicht gerade nach vorn ausrichtete. Danach bat er sie, sich an ein windschiefes Straßenschild zu lehnen – «Vorsicht Kurven». Hinter ihr erhob sich ein leichter Staubwirbel, und eine verrostete Eisenstange markierte den Rand des Abgrunds. Der Fotograf schoss mit Blitzlicht, denn seiner Ansicht nach sei es sonst zu grau, und Nilu warf schüchtern aufreizende Blicke in die Kameralinse, sie überließ sich gehorsam den Händen der Profis.

«Nilufar, könnten Sie uns sagen, ob das nur der Anfang ist?», fragte die Französin, schlug das Notizbuch auf und wippte nervös mit dem Stift, als habe sie es eilig davonzukommen.

«Was meinen Sie damit?», fragte Nilu höflich zurück, und auf einen fremden Betrachter wirkte sie sicher erfahren und selbstsicher, doch ich nahm ein leichtes Zucken an ihr wahr; ein besonderer Anblick, Aufregung an ihr zu entdecken.

«Werden demnächst größere Dinge geschehen?», spitzte es die Journalistin zu.

«Ich hoffe», antwortete Nilu abgelenkt, sie war auf die Aufnahmen konzentriert, und man merkte, dass die Posen ihr nicht ganz behagten. Der Fotograf nahm ihr die Kopfbedeckung ab und sagte: «So ist es viel besser.»

«Wovon hängt das ab?», drängte die Journalistin. «Wer wird entscheiden, ob das nur der Anfang ist und ob noch größere Dinge geschehen?»

«Die Leute. Irgendwann werden sie sich entscheiden müssen, welches Leben sie wollen.»

«Würden Sie das präzisieren?»

«Ich ziehe es vor, über Autorennen zu reden», entschuldigte sie sich freundlich, eine Spur errötend. «Ich bereite mich auf die Formel 3 vor, danach auf die Formel 1, so sieht der Plan aus.»

Als Nilu von ihrer Planung sprach, schien es, als verliere die Journalistin das Interesse. «Es soll ein Porträt werden», erklärte sie, «eine Lebensgeschichte, wir wissen schon alles andere, es ist nicht nötig, mehr als ein paar Sätze von Ihnen zu zitieren.»

Der Fotograf wollte sie in einem feuerfesten Rennoverall ablichten, er holte seine Tasche aus dem offenen Kofferraum und zog einen roten Overall in ihrer Größe heraus.

Wieso plötzlich Formel 1? Wir hatten unsere erste einsitzige Rennmaschine noch nicht mal fertig, sie spuckte schwarze Wolken und hustete, hatte sich noch keinen Millimeter bewegt, und schon war es Nilu nicht mehr genug? Sie langweilte sich schnell. Neue Ideen schwirrten ihr durch den Kopf, und sie zermürbte die Journalistin damit. Einen Profiwagen von Ferrari plane sie, sieben Vorwärtsgänge, maximale Geschwindigkeit 350 km/h mit einer Beschleunigung von 100 auf 200 km/h in zweieinhalb Sekunden, 900 PS und 19 000 Umdrehungen pro Minute. Der Preis: acht Millionen Dollar. «Ja, wir werden das Geld mobilisieren», erklärte sie, «wir werden es zusammenbringen, keine Sorge.»

Und ich machte mir erst Sorgen, als ich begriff, dass ich gar keine so große Lust dazu hatte. Zehntausende würden ihr zujubeln, und sie, die Kleine, würde sich auf der Bühne aufbauen wie eine Märchenheldin, alle betören. Und sie würde natürlich siegen und mit einer Medaille dekoriert werden. Sie war das volle Leben, und ich war grau und tot.

Der Fotograf knipste energisch weiter. Ich setzte mich neben ihn auf einen Stein. «Ich habe einen Freund, der Fotograf ist», erzählte ich ihm, «er ist sehr talentiert, er würde gut zu einem französischen Magazin passen, aber er ist vor kurzem verschwunden, vielleicht weil er ein bisschen schwul ist. Wir haben es schon aufgegeben, nach ihm zu suchen.» Die Journalistin spitzte die Ohren. «Ich meine, auch wenn Homos manchmal verschwinden, was klar ist, steht es uns zu, wenigstens zu erfahren, wohin sie genau verschwunden sind, oder nicht?»

Die Franzosen beeilten sich, Mitgefühl an den Tag zu legen, und baten um Einzelheiten.

«Das ist unklug», sagte Nilu erschrocken und gab mir ein warnendes Zeichen.

«Vielleicht kann uns internationaler Druck helfen», rief ich zu ihr hinüber.

Sie ließ ihre Fotopose im Stich und kam zu mir. «Das wird dich in Schwierigkeiten bringen, Kami. Und es wird auch Babak gefährden. Es ist unklug, in diesem heiklen Stadium einen Aufstand gegen die juristische Instanz anzuzetteln. Warte.»

Die Franzosen versprachen, nicht darüber zu schreiben.

Eine angenehme und merkwürdige Woche folgte. Jeden Tag um zehn Uhr morgens entführte Nilu mich klammheimlich aus der Uni, und wir versuchten, bei frischem Melonensaft zu lernen, auf einer Bank gegenüber dem Hof des Museums für moderne Kunst im Japanischen Garten. Am Mittag spielte ich Handball mit ihren Freunden, während sie vom Rand aus über mich wachte und mich anfeuerte. Danach schleppte sie mich in ein Kopftuchgeschäft, um mit mir über Farben zu beratschlagen. «Meine Schwester, achte auf den Schal, mein Bruder, achte auf deine Augen, die Kopfbedeckung ist ein Schutz für die Frau.» Eine ganze Stadt hielt uns beschäftigt, erstickte uns mit seiner gewürzdurchsetzten Luft, lag uns mit Stil zu Füßen: das Teppichmuseum, der Laden mit den ausländischen Büchern, Ketab Sara, die Antiquitätenhändler, die Kupfer- und Bronzekrüge. Eine Stadt voll charmanter Charaktere, höflich und gelackt, die sich schnell erhitzten und explodierten, den Daumen mit einer unanständigen Geste in die Höhe streckten und fluchten. Wir beendeten die turbulenten Tage mit einem schnellen Abendspaziergang auf den Bahngleisen, die uns hinaus in die Stille führten. Wir liebten die entlegenen Gesichter dort, runzlig und staunend, schritten zwischen ihnen hindurch. Nilu ging schweigend voran, ich, einen Schritt hinter ihr, starrte die roten Lichter der Signalampeln an, den verschwimmenden Schein, wenn schwere, alte Züge uns in Treibstoff- und Metallwolken verdampfen ließen, alte Waggons, die die ganze Geschichte durchquert hatten und anscheinend nicht die Absicht hatten, jemals anzuhalten. Am Ende des Wegs kletterten wir auf den Turm des Schrankenhäuschens und küssten uns. Wortlos saßen wir dort oben und atmeten. Wie auf einem Baumhaus in der Kindheit. Nilu half mir, mit der «Teheran Times» Englisch zu üben. Auch den «Guardian» hatte sie abonniert. Es war angenehm, den Geruch des Zeitungspapiers zu inhalieren wie ein junges britisches Paar, das Gefühl zu haben, wir seien hier in London (was machte es da schon, wenn die Ausgaben mit großer Verspätung eintrafen und die Bilder zensiert waren?). Die Tage vergingen schnell, und am Donnerstagmittag um zwölf, wenn die Banken schlossen und das Wochenende begann, donnerten wir mit dem Moped die Startbahn auf dem neuen Flughafen entlang, dicht am Zaun, und an ihrem Ende streckten wir uns auf den blendenden Leuchtplanken aus wie sterbende Schmetterlinge, fast an dem Punkt, wo die Räder des abhebenden Flugzeugs das Eisentor zu streifen schienen, wir verstopften uns die Ohren und brüllten, während Nilus schwarzer Schal mit den Maschinenflügeln abhob. Das war so befreiend, wie aus einem Raumschiff zu fallen.

«Vielleicht stürzen wir uns vom Bungee-Kran im Eram-Park? Es muss eine Hürde geben, damit es Glück gibt», erklärte Nilu und ließ ihre Unterhose bis zu den Knien hinunter. Sie stand vor mir in einem orangefarbenen, verführerischen Unterhemd und flehte mit glühenden Lippen um Berührung. «Auch Revolutionäre brauchen Ferien», sagte sie, «du bekommst alles, was du dir wünschst, mein Kami, schließ die Augen und schwebe, aus der Vogelperspektive wird alles so viel besser aussehen, du musst einfach den Kopf ausschalten.» Sie würde eine Freundin mitbringen, sagte sie, wir würden einen Dreier machen, Partnertausch, uns selbst auf Video aufnehmen und es ins Netz stellen. Wir würden nicht nachgeben. Sie liebte ihr Leben wie einen Krieg.

«Nein, ich will nicht so sein, und selbst wenn ich wollte, ich kann nicht.»

«Tanz für mich, ich flehe dich an.» Unwillkürlich wollte ich ihre zarten Finger ergreifen, wenn sie sich aus dem schwarzen erstickenden Ärmel schlängelten, dankbar zusehen, wenn sie den Umhang ablegte und ein dünnes Mädchen mit kurzem Rock und schwarzen Strümpfen und mit einem blauen Pullover offenbarte. Die Liebe machte mich froh und traurig zugleich, sie war für mich das Licht und die süße Hoffnung, die kühle Brise für die Seele, der verbotene Zauber.

«Mein Tschutschu», flüsterte sie, «mein kleiner Kami.»

«Ich möchte dich heiraten», sagte ich zu ihr.

«Was willst du?», fragte sie verblüfft.

«Heiraten. Ich möchte dir gehören.»

«Du willst mich nicht wirklich heiraten, deine romantische Ader überwältigt dich.»

«Ich will, ganz sicher. Ich muss wissen, dass es für immer ist, dass es nicht im nächsten Moment vorbei ist.»

«Ist das ein Grund zu heiraten?»

«Und ich muss auch wissen, dass es legal ist. Ich habe nicht die Kraft, die ganze Zeit illegal zu leben.»

«Wann willst du heiraten?», fragte sie. «Geht es auch in ein paar Jahren?»

«Geht auch.»

Ich liebte sie nicht mehr als sonst an jenem Abend, tatsächlich glaube ich, dass ich sie sogar weniger liebte, doch ich hatte Angst, sie zu verlieren, also sagte ich das Erstbeste, was mir in den Sinn kam. «Ich will mit dir alt werden, Nilu, plötzlich wär ich gern schon alt mit dir, dass wir fünfzig Jahre vorwärtsspringen und hier zusammen auf der Straße spazieren gehen, ein schwaches, langsames Greisenpaar, von mir aus zittert mir sogar die Hand vor lauter Krankheiten, und ich sabbere eklig, und selbst wenn wir die Hässlichsten und Ältesten im ganzen Viertel sind, aber wir würden wissen, dass wir schon alles durchgemacht und überlebt haben. Soll man mich bemitleiden, das spielt keine Rolle, denn mir wird es gutgehen. Das ist das Leben.»

Sie lachte. «Es ist echt anstrengend, mit dir zusammen zu sein, Tschutschu. Wenn du nicht lernst, weniger verträumt und naiv zu sein, wirst du mit einem Happen verschluckt.»

Vielleicht ist sie zu pragmatisch für mich, dachte ich. Und ich dachte, man kann unmöglich leben, ohne jemanden zu lieben; ich brauchte sie. Ich sagte es: «Ich brauche dich.»

Sie bestellte ein Untergrund-Take-away: Drogen und Alkohol. Ein Gramm Koks für hunderttausend Tuman, für mich.

«Nein, Nilu, Schluss damit, ich möchte klar denken können.»

«Hör auf deinen Körper. Manchmal muss man ein wenig nachhelfen, um natürlich zu sein. Man muss alles erleben, bevor die

Welt alt wird oder explodiert.» Sie reichte mir den weißen Stoff. Ich fühlte mich geschützt, weil ich mit ihr zusammen war. Also probierte ich es.

Ich warf mich auf den Rücken. Wach und Klar. Sie legte Ohr und Wange auf meinen Bauch und starrte versonnen vor sich hin. «Sollten wir jetzt komische Sachen denken?», fragte ich und wartete darauf, dass etwas passiert. Ich küsste sie schwach auf die Lippen. Sie ließ die zögernde Berührung fast eine Ewigkeit andauern, fasste mich sanft an den Hüften, hielt ihren Körper ganz still, lose, bis ich den Kopf nach hinten dehnte, lange Atem holte und ihn auf einen Schlag wieder ausstieß. «Das ist Steinigung. Für uns beide. Für eine solche Droge kann man gesteinigt werden.»

«Ist das erregend, dass es Steinigung ist?»

«Nein, es ist beängstigend.»

«Aber es ist keine Steinigung, Stockschläge vielleicht, im schlimmsten Fall, mach dir keine Sorgen. Auf Drogen steht keine Steinigung.»

«Gefängnis? Was ist eigentlich härter?»

«Keine Ahnung, wir schlagen nachher im Gesetz nach», sagte sie, und ich dachte, vielleicht läuft mir das Hirn leer, die letzten Gedankenfetzen entfleuchten mir, und ich hielt an, nichts ging mehr in mir vor. Wir starrten in die Luft, eine lange Weile, warteten auf die Wirkung, auf die komischen Gedanken. Unsere Haut war heiß. Ich ergriff ihre Hand fest umklammert.

«So viele Dinge liebe ich an dir», sagte Nilu.

«Ausgerechnet jetzt sagst du das? Ich werde nie wissen, ob du es echt so meinst. Ich weiß nicht mal, ob ich mich daran erinnern werde.»

«Nein, ich schwöre es.»

«Was gibt es an mir zu lieben?»

«An dir?» Sie war erfreut über die Frage. «Soll ich einfach die ganze Liste aufzählen?»

«Außer den peinlichen Sachen», sagte ich auf eine Art, als wollte ich gerade diese hören.

«Du bist ganz braun und warm. Ich liebe es, dass du klein bist. Und du hast so eine scharfe Nase und solche Augen, die in alle Richtungen schießen, als hättest du erst vor einer Minute entdeckt, dass du sehen kannst. Mir kommt es vor, als wollten deine Lippen die ganze Zeit küssen. Deine Haut ist so glänzend, so leuchtend, dass du ganz und gar aus Licht und Schatten und Blitzen zu bestehen scheinst. Dein ganzer Körper. Nicht nur das Gesicht. Wo immer man dich auch berührt, bist du weich, du bist weich in den Ohren, zum Beispiel, wirklich. Ich liebe die kleine Kerbe, die du über der Oberlippe hast. Genau genommen deinen ganzen Mund, jemand hat dir da eine wellenförmige Linie hingemalt, die sich überall auf- und abkräuseln und sich verkrümmen kann, sodass ich dir immer an den Lippen ablesen kann, was du fühlst.»

«Das klingt für mich aber eher wie eine ziemlich hässliche Beschreibung!»

Sie lächelte und fuhr fort. «Ich liebe es, dass du listig bist, und du hast diese klitzekleine Verzerrung in deinen Grübchen, die das verrät, damit sich niemand täuscht. Ich liebe es, dass du nicht verdorben worden bist.»

Ich fühlte mich geschmeichelt. Und wartete auf die Wirkung der Droge. Und ich hatte überhaupt keine Angst, war befreit und zuversichtlich, fühlte mich wie jemand, der ein behütetes, abgeschirmtes Paarleben führt, ein ruhiger kleiner Staat von zwei Menschen, sie und ich, die nichts mit dem zu tun hatten, was außerhalb geschehen mochte, unabhängig von Gesetz und Menschen waren. Ich ließ meine Finger tief in sie hineingleiten, spürte, wie sie sich wand unter meinen Händen, außer Kontrolle. Bis sie gelöst war.

«Spürst du schon eine Wirkung? Denkst du irgendwas?», fragte ich Nilu.

«Nein. Du?»

«Sollten wir komische Sachen denken?»

«Es würde dir guttun, an komische Sachen zu denken.»

«Woran denkst du?»

«Ich habe keine besonderen Gedanken in solchen Augenblicken.»

«Vielleicht sollte man an Tiere denken?»

«Erwarte nicht, wie ein Koalabär hier an die Decke zu schwingen, Kami, das passiert nicht bei diesem Stoff.»

«Ich glaube, ich denke an Ameisen. Ich glaube, das ist das Erste, das mir in den Kopf kommt. Ameisen. Denkst du auch?»

«Nein. Warum Ameisen?»

«Ameisen sind etwas Merkwürdiges. Es gibt eine Königin in jedem Staat. Und es gibt Männchen, die eine Sekunde nach dem Hochzeitsflug verenden. Und es gibt eine komplette Kolonie von Arbeiterinnen, Millionen Arbeiterinnen, die keine Flügel haben, sich nicht vermehren können, und die ihr ganzes Leben in Sklaverei verbringen. Die Königin füttern, die Männchen der Königin füttern, den Bau säubern, das Terrain erweitern und die Feinde bekämpfen. Sie schuften nur, das ist alles. Stell dir die kämpfenden Heere vor, die Fühler, die tasten und sich über den Geruch verständigen. Der Geruch markiert den Essenspfad oder eine Gefahr, sogar die Erregung der Liebe. Kannst du sie vor dir sehen?»

«Das hat nichts mit dem Stoff zu tun, Kami, du erfindest einfach was.»

«Wie dumm und unlogisch es ist, dass es überhaupt ein solches Geschöpf gibt. Es ist traurig.»

«Wenn dich Ameisen traurig machen, denk an ein fröhliches Tier. Es gibt viele fröhliche Tiere, Kami.»

«Eine kriechende Ameise, die unter den Lasten in die Knie geht. Eine kleine Ameise in einer Reihe von Milliarden gehorsamer Soldatinnen. Sie hat nichts Besonderes an sich, aber versuch sie mal mit einem Wasserstrahl im Küchenbecken wegzuspülen, und du wirst sehen, wie sie sich mit zwei eigensinnigen Vorderbeinen am Abflusssieb festklammert und kämpft, sich mit letzter Hoffnung festhält, darum fleht, auf der Erdoberfläche zu bleiben, nur damit sie weiterarbeiten kann bis zum Tod. Warum? Was veranlasst sie dazu?»

«Bist du sicher, dass du Ameisen meinst?»

«Eine Frau aus Masuleh, nicht weit von meiner Heimatstadt, hat ihren Mann und beide Kinder bei einer Überschwemmung verloren. Sie ist völlig allein, hat keinen Grund zu bleiben. Die Welt zieht sie in das Abflussloch, und sie krallt sich mit den Fingernägeln fest, will mit ihren dürftigen Kräften weitermachen. Warum? Wer hat jemals gesagt, es sei edler Heldenmut, sich festzuhalten und weiterzumachen? Das ist es absolut nicht. Mich ekelt dieser Trieb an, Überleben um jeden Preis.»

Nilu richtete sich ein wenig auf, besorgt, legte sich mit ihrem ganzen Körper auf mich und ihre Lippen an meine. «Aber du und ich, Kami, wir werden hervorragende Gründe haben, wenn wir uns am Abflusssieb festhalten und darum kämpfen, oben zu bleiben. Wir haben massenhaft Gründe.»

«Das wirklich Sonderbare ist, Nilu, wenn du und ich und alle

Menschen von hier verschwinden würden, wir allesamt von der Erdoberfläche getilgt würden, würde der Planet sich weiter auf seiner Bahn bewegen. Aber wenn die Ameisen und die Insekten sich aus dem Staub machen würden, würden die ökologischen Systeme zusammenbrechen und ganze Gattungen wegfallen, ausgelöscht werden. Was sagt uns das?» So fragte ich. Ich hatte die Freiheit, die allerdümmsten Dinge der Welt zu fragen. Und die Freiheit, mich auf dem Balkon auszuziehen und zu brüllen, dass ich die Freiheit hatte – nackt gegenüber der Stadt. Und ich war dermaßen wach, dass ich gar nicht verstand, wer denn überhaupt je im Leben schlafen muss, und ich war scharfsinnig und wusste, wir würden siegen, Babak, Nilu und ich.

Und um drei Uhr morgens flogen wir durch die verödeten Straßen. Die Digitalanzeigen über den roten Ampeln blinkten grün, während sie die Sekunden rückwärts zählten – meistens warteten wir nicht. Wir trafen Muhammad in einem alten, aufgegebenen Keller im Industriegebiet, der in einen Club umfunktioniert worden war für Menschen, die unter der Erdoberfläche leben wollen, so wie wir. Nilu tobte auf den Tischen, während eine Reihe von Leuten ständig in den Klokabinen ein- und ausmarschierten. Ich sah mit dem eigenartigen Jungen vom Schwarzmarkt vom Rand aus zu. Wir brüllten einander ins Ohr. Muhammad, wie immer wenn er befangen war, musste den Zauber ruinieren. «Sei nicht zu begeistert», schrie er mir ins Ohr, «in drei Jahrzehnten wird die Welt ohnehin dunkel sein.»

Er tat mir leid, er ist ein gejagter Mensch, dachte ich und sagte, dass sich die Menschen manchmal gerade an der Schwelle des Abgrunds ändern, wenn es also jetzt eine Krise gebe, würde es danach besser werden.

«Unterschätze nie die Fähigkeit der Menschen, dich zu enttäuschen», erwiderte Muhammad, legte sich auf die Bank und kniff die Augen zusammen, während schmerzhafte Falten seine Stirn durchschnitten. Grüne Lichter tobten um uns herum.

«Nein, ich glaube immer noch an die Menschen», antwortete ich, «an alles, was sie hier geschaffen haben, wir sind das Volk, das der Menschheit die Grundfreiheiten des Menschen gebracht hat, am Ende wird etwas passieren.»

«Des Menschen? Wir?», lachte er. «Und das wird uns in eine Welt führen, die ganz und gar gut ist? Du bürdest dem Menschen diese Aufgabe auf? Sehr optimistisch.»

Er war betrunken. Ich fragte ihn: «Sag mal, Muhammad, warum haben die Menschen in der freien Welt deiner Meinung nach aufgehört, Kinder auf die Welt zu bringen? Ich meine, wenn in Europa die Geburtenrate sinkt, heißt das, dass sie so egoistisch sind, dass sie kein Interesse daran haben, für ein Lebewesen außer ihnen selbst zu sorgen? Oder vielleicht im Gegenteil, sind sie so sehr Nicht-Egoisten, dass sie kein Interesse daran haben, ein Kind in eine Welt ohne Zukunft zu setzen? Ein Kind zu haben, nur um zu sehen, wie dein Abbild nach dir weiterexistiert, dir im Alter hilft und sich nachher an dich erinnert, vielleicht ist gerade das der überheblichste Egoismus? Was ist denn eigentlich der Grund, Kinder zu kriegen?»

Muhammad gab vor zuzuhören, doch er hatte keine Ahnung, was ich gesagt hatte. Seine Pupillen rutschten weg, ertranken in seinen rotgeränderten Augen.

Am Mittag, als ich in Nilus Penthouse erwachte, fand ich sie zusammengekauert im Wohnzimmer, in ihr Mobiltelefon versunken. Sie drückte mit einer Fingerfertigkeit auf die Tasten, die mich schwindlig werden ließ, und ich fragte: «Was ist los?»

«Man chubam, mir geht's gut.»

«Wem schreibst du?»

«Ich schreibe nicht. Ich lösche. Ich ziehe es vor, das Telefonverzeichnis auswendig zu können. Es gibt keinen Grund, dass ich damit herumlaufe.» Sie trommelte mit beiden Daumen auf das Gerät ein, auch während sie mich für einen kurzen Moment anblickte.

«Warum?», wunderte ich mich.

«Weil es nicht sehr schwierig ist.»

«Aber wozu die Mühe?»

«Es ist verantwortungslos, mit einer Liste von allen Personen, die ich kenne, herumzulaufen. Man kann nie wissen, wer das Ding einmal in die Hände kriegt.»

«Was ist los, Nilu? Wovor hast du Angst?»

«Ich habe keine Angst, keine Sorge, Tschutschu, das sind nur Vorsichtsmaßnahmen.»

Auf dem Tisch lag ein Exemplar des französischen Wochenmagazins, das mit der Post gekommen war. Meine Prinzessin auf dem Titelblatt, mit offenem Haar, im Staubwirbel auf der verlassenen Bergstraße, und einem provozierenden Lächeln. Die Überschrift lautete: «Demnächst in der Formel 3: Die Staubkönigin Nilufar Chalidian entfacht eine Revolution.»

23

◆

«Eine wichtige Nachricht, gefährlich und dringend. Bitte an alle weiterleiten. Passt gut auf, in den letzten Tagen wurde eine Mail herumgeschickt, die das Bild eines Mädchens mit einer Zahnspange enthält, das eine gegrillte Aubergine isst. Daneben taucht ein angeblicher Link zu einer kaukasischen Kochwebsite auf, doch das ist eine Falle, in der sich ein Killervirus verbirgt, der euren Computer zerstört.»

«Guten Abend, Katzendompteuse Niwoscha aus Nordteheran. Erlaube mir, dir zu schreiben, was ich an Katzen liebe: Sie haben die Seele eines raubgierigen Panthers, gefangen im weichen Körper eines Plüschtiers. Was ist ihnen von ihrer Seele geblieben außer dem hochmütigen Dschungelschritt? Es ist ziemlich frustrierend für ein Tier wie eine Katze, so voller Triebe und Bestrebungen, sich so sehr bewusst zu sein. Und auch eingeschränkt. Hallo? Bist du wach, Dompteuse? Bist du überhaupt da?»

«Aber sicher, lieber Brandon. Dir auch einen guten Abend.»

«Stell dir ein Kleinkind vor, das sich allein auf den Straßen der Stadt herumtreibt, zwischen den Strecken der Untergrundbahn, sich entsetzt umschaut, denn es wird verfolgt und gehasst – wie soll man da kein Mitleid haben? Und schließlich ist eine Katze irgendwie merkwürdig, sie will ihr Territorium mit keiner anderen Katze teilen, doch wenn keine andere in der Gegend ist, ist auch niemand zum Kämpfen da, und es ist langweilig, bedeutungslos, sie geht ein.»

«Was bedrückt deine Seele, Brandon, dass du zu einer so traurigen Schlussfolgerung kommst?»

«Man muss gestehen, Dompteuse, dass das wenige an Vernunft, das Chamad, der Kater, noch hatte, sich entschieden verabschiedet hat. Jedes Klingeln an der Tür, jedes Niesen sprengt ihn in die Höhe. Seine Ohren sind gespitzt, auch wenn er döst. Manchmal sehe ich, wie sie sich aufrichten, als hätte er irgendein bedrohliches Geräusch wahrgenommen, ein Wagen der Revolutionswache zum Beispiel. Er dreht die Ohrmuscheln nach vorn oder zur Seite und manchmal vor und zurück, in einem Hundertachtziggradwinkel, wie Antennen. Und dann schießt er im Amoklauf los und versteckt sich in einem seiner Schlupfwinkel.»

«Lieber Brandon, der Kater ist bedroht. Es ist seine Natur. Lasst ihm seine Ruhe. Lasst ihn auf dem Kühlschrank ruhen. Lasst ihn euch beobachten aus der Höhe seiner eigenen sicheren Zufluchtsorte. Er braucht Sicherheit. Wenn er ins Zimmer kommt, ignoriert ihn. Richtet keinen direkten Blick auf ihn.»

«Aber warum, Dompteuse? Wovor muss er denn Angst haben?»

«Er hat eine einzige Angst, stärker als alle anderen – seinen Platz zu verlieren.»

«Und da ist noch ein Problem, Dompteuse. Er hat einen empfindlichen Magen. Er darf nichts fressen außer der trockenen Diätnahrung vom Tierarzt für kleine Katzen. Sogar Pastrami verursacht ihm Durchfall. Er springt in die Badewanne, damit es meine Tante leichter hat, es wegzuspülen, oder wirft eine Blumenvase um, um alles unter Wasser zu setzen und es zu verbergen. Der Tierarzt hat ihm zwei Sorten Antibiotika verschrieben, was meiner Tante sogar gefällt, denn wenn Chamad sie schluckt, streicht er ihr innerhalb weniger Minuten benommen um die Beine und schmiegt sich an sie. Für zwei oder drei Stunden blüht ihre Beziehung auf, plötzlich ist er wie ein Baby, das sich in ihren mütterlichen Armen zusammenrollt und die Augen schließt. Er geht zu allen, die in die Wohnung kommen, will hochgehoben werden und sich vergewissern, dass ihn alle lieben.»

«Sehr schlecht.»

«Ja, du kannst dir natürlich vorstellen, dass Chamad es gar nicht mag, so unkontrolliert berauscht zu sein und beschmust zu werden, und daher mag er die Antibiotika nicht. Die Einspritzung der Flüssigkeit in seinen Rachen jeden Morgen und Abend ist zu einer grausamen Operation geworden. So langsam hasst er uns, und er hasst die Spritze. Während der Prozedur stößt er das Geheul eines Panthers in Not aus. Zahra schreit ihn verzweifelt an, das ist zu deinem Wohl, du undankbares Stück, das ist für dich, du dummer Hund. Da Chamad gelernt hat, sich zu den Zeiten der Spritze in Acht zu nehmen und uns alle mit seinen raffinierten, flinken Ausweichmanövern unter die Sofas fertigmacht, bleibt uns keine andere Wahl, als ihn hungern zu lassen, die meiste Zeit tagsüber, und im erforderlichen Moment den einzigen Köder auszuwerfen, der den Kater an die Angel kriegt – Pastramistreifchen. Nur für den Geruch. Denn er darf das ja nicht fressen. So ist das. Am Ende möchte Zahra, dass es ihm gutgeht und er nicht denkt, sie sei der Feind, also jagt sie ihm die ganze restliche Zeit hinterher und versucht ihn einzufangen, um ihn zärtlich zu streicheln, damit er ihre Liebe spürt, damit ihm nicht nur grausame Erinnerungen an sie bleiben. Die Jagd auf ihn macht ihn allerdings nur zu einem Verfolgten, dessen Territorium von einer bösen, gestörten Frau beherrscht wird.»

«Das Problem, Brandon, ist, dass wir alle nur Stille wollen, und uns alle nur vor der Stille fürchten.»

Was gibt es Neues in den Nachrichten?

«Die zivile Fluggesellschaftsorganisation freut sich mitteilen zu können, dass die Flugzeiten ab sofort den Gebetszeiten angepasst werden, um es den Reisenden zu ermöglichen, vor ihrem Abflug gemäß Anweisung des Obersten Führers zu beten.»

Prada News berichtet: «Ein hoher Teheraner Polizeioffizier wurde gestern verhaftet, nachdem er in einem örtlichen Bordell in Begleitung von sechs Prostituierten erwischt wurde. In den letzten vier Jahren hatte der Offizier Aktionen zur Verbesserung der Moral von Jugendlichen angeordnet, die verbotene Beziehungen pflegten, Kleidung und westliche Frisuren trugen, die nicht den Werten des Islams entsprachen, war an Razzien in Friseurgeschäften beteiligt, in Cafés, die Internetservice anbieten, und in Tonstudios mit subversiver Musik. Ein Sprecher des Justizministeriums teilte mit, dass der Verhaftete mangels Beweisen auf freien Fuß gesetzt, aber dennoch seines Postens enthoben wurde.»

Eine Umfrage der Universität Cambridge ergab, dass Medizinstudenten am häufigsten ihre Bettpartner wechseln. Amir, der Schwachkopf, versäumte etwas.

«Ich frage mich, Dompteuse, was meine Aufgabe im Leben ist. Ich habe keine Ahnung.»

«Wer fragt sich denn so etwas, du naiver Tropf?»

«Ich weiß nicht, es ist mir peinlich, es zuzugeben.»

«Du bist hübsch, wenn du verlegen bist, mach weiter so.»

«Ich weiß nicht, vielleicht habe ich die Unverschämtheit zu hoffen, dass sich jemand erinnern wird, dass einmal ein Mensch namens Kami beziehungsweise Brandon gelebt hat? Klingt das so schlimm, wie es sich für mich anhört?»

«Wenn du meine Meinung hören möchtest – um auf das Gute zu hoffen, muss es schlimm genug sein. Manchmal ändern sich die Dinge nicht, auch wenn es eine Menge Gründe dafür gäbe, dass sie sich ändern.»

«Polinnen, seid ihr noch wach? Ich wurde gebeten, euch vor einer kaukasischen Kochwebsite zu warnen.»

Keine Antwort. Das Internet ist keine besonders tolle Erfindung, dachte ich.

24

◆

In der fünften Woche war Tagundnachtgleiche, der Winter endete. Es kam unser Neujahr – wir sollten nur gute Gedanken denken, schöne Worte sagen und gute Taten tun. Seit dreitausend Jahren war Nouruz die Tradition unserer antiken persischen Religion. Man hat versucht, sie zum Erlöschen zu bringen, doch sie hat überlebt. Denn dieser Tag ist das Fest des Lebens für uns, ein Symbol für Ende und erneute Geburt, für die Natur, die zum Leben aufersteht, für den Sieg des Guten über das Böse. Die Festlichkeiten der Mullahs dagegen sind in Tod gehüllt.

Doch in Zahras Wohnung gab es keine Festtagsstimmung und keinen Frühlingsduft. Der Frühling war zwar gekommen, aber es war, als wäre nichts geschehen. In den Nächten starrte ich auf die Straße hinunter und wartete auf Babak, auf ein Zeichen, dass er zurückgekommen wäre. Und ich sehnte mich nach einem Nouruz mit Amir, zu Hause in Anzali. Ich hätte meine Tasche gepackt und wäre hingefahren, wenn Bakak nicht verschwunden wäre.

Wenn der Vorabend des Tschahar-schanbeh suri, des letzten Mittwochs im Jahr, in Anzali kam, entfachten wir immer Lagerfeuer auf den kleinen Inseln aus Sand und Erde, die in den Ecken des Viertels noch übrig geblieben waren. Wir hüpften über die kleinen Flammen, sprangen und schrien: «Gib mir deine schöne rote Farbe und nimm mein Gelb. Nimm mir kranke Blässe, die

Angst, gib mir Mut!» Das ist der Brauch. Und das Feuer entzündet das Licht für das ganze Jahr, erleuchtet uns den Weg in die Frühlingstage. Wir zählten immer unsere Feuersprünge, Amir Teimuri und ich, und brachen jedes Jahr einen neuen Rekord. Meine Mutter kochte ihr Mahi dudi, den grauenhaftesten geräucherten Fisch in der Provinz Gilan. Und die Alten erzählten von den Geistern der Ahnen, unseren Vorvätern, die sie in solchen Nächten heimsuchten. Wir rannten durch die Straßen, trommelten auf Bratpfannen, trieben den unglücklichen Mittwoch und den harten regnerischen Winter aus, klopften an Türen und verlangten Süßigkeiten, aßen Gebäck und kandierte Früchte, denn diese süßen Dinge haben die Eigenschaft, Wünsche wahr werden zu lassen. Und am dreizehnten Tag des ersten Monats strömten alle Familien in die Parks, besuchten die alten Leute, warteten mit Speisen und Getränken auf, verteilten Geschenke und verwöhnten die Arbeiter mit großzügigen Spenden. Das war unser Fest. Die Ajatollahs sehen darin ein minderwertiges Überbleibsel aus finsteren alten Tagen, einen Götzendienst.

In der Großstadt schrubbten die Hausfrauen schon seit etlichen Tagen die Böden. Ein scharfer Geruch nach Reinigungsmittel wehte aus jeder Richtung. Es war noch immer bewölkt, gelegentlich verschneit, doch in der Zwischenzeit konnte man Teppiche über Balkonen hängen sehen, Staubwolken, die in die klare Kälte aufstiegen, und an den Straßenecken abgestellte alte Möbel, die darauf warteten, dass der Namaki mit einem Lieferoder Pferdewagen kam. Die Basare waren ein einziges Gedränge, alle kauften neue Kleider, Spielzeug und Elektrogeräte. Bunte Lichterketten strahlten und blinkten fröhlich, und Plüschtiere tanzten am Eingang der Geschäfte, verführten zum Eintreten.

Zahra pendelte in der Wohnung zwischen matter Lustlosigkeit

und nutzlosen Energieausbrüchen hin und her. Als ob die langen, untätigen Tage auf dem Sofa ihre sämtlichen Kräfte gespeichert hätten, bis sie urplötzlich, ohne jede Vorwarnung, ausbrachen. Sie tobte herum. Hielt inne. War fröhlich. War traurig. Gab sich mit dem Kater ab, entfernte Staubschichten von den Fotoalben, räumte grundlos die Regale um und stöberte in dem grenzenlosen Dachspeicher, dessen zersplitterte Holztür seit Jahren kein Mensch mehr geöffnet hatte und in dem sich nichts befand, das es wert gewesen wäre, ihn überhaupt zu betreten. «Es ist schrecklich traurig, dass Babak immer noch vermisst ist», sagte sie, «aber wir sind davongekommen, das ist ein schwacher Trost.»

Nilu lud mich zum Festessen im Haus der Familie Chalidian ein. Es war ein bedeutender Augenblick für mich, und obwohl ich wusste, dass ich nicht in der richtigen Stimmung war, meinen Charme für den ersten Eindruck auf so wichtige, reiche Leute einzusetzen, obwohl ich zu schwach und verstört war für ein so großes Ereignis, entschloss ich mich, keinesfalls abzulehnen – meine Sorgen durften meine Liebe zu Nilu nicht beeinträchtigen. Auch für Babak konnte es nicht schaden, wenn ich mich mit einem Mitglied des Parlaments anfreunden würde, der gewisse Fäden ziehen könnte. Wenn jemand unsere Frühstücksrunden mit dem Gebäck vom Argentina-Platz zurückbringen könnte, dann war es doch wohl der Parlamentsabgeordnete. Die wichtigste Aufgabe bei diesem Neujahrsessen war, fröhlich zu wirken, das wusste ich, die Menschen lieben die Gesellschaft lächelnder Gesichter.

Um siebzehn Uhr dreißig stand Nilu mit Tüten teurer Geschäfte in der Tür, um mich abzuholen. Warum muss sie die ganze Zeit Armani und Gucci tragen?, dachte ich, gab ihr aber die liebevollste Umarmung, zu der ich imstande war. Sie holte ein weißes Baumwollhemd mit Knöpfen aus einer Geschenkverpackung und zog mir eine neue Leinenhose mit Ledergürtel an. Ich war verlegen, aber nicht beleidigt. Schmeichelhaft, wie wichtig ihr der Abend war. Sie durchwühlte meinen Schrank und holte eine Lederjacke heraus, die ihr gefiel, steckte mich hinein und half mir sogar, die passenden Socken auszusuchen. Dann drapierte sie mir noch eine schwarze Kafija um den Hals, die unter meinem Hemd herausschauen würde. Wir küssten Zahra zum Abschied, kraulten dem Kater die Schnauze und gingen – wie ein aufgeregtes Paar zu seiner Hochzeit. Das Herz schlug mir in der Brust, als würde es von Stromschlägen erschüttert. Im Auto hielten wir uns an den Händen, streichelten einander pausenlos, und ich sagte: «Danke, danke, dass du bei mir bist.» Aber Nilu schwieg bedrückt.

Das Wohnzimmer in der weitläufigen Villa blickte auf den Swimmingpool und den Obstgarten hinaus. Die Unterwasserbeleuchtung verteilte ihre Lichter mit einem sanften gelben Schimmer über das Fenster. Versilberte Regenrinnen hingen von den weißgekalkten Außenwänden neben den alten italienischen Holzfenstern hinunter, die von einer mediterranen Pergola beschattet waren. Nilus Mutter, eine kerzengerade, feine Frau in einem orangefarbenen, gepufften Kleid, eilte auf mich zu, drückte meine Hand, lächelte mich warm an. «Ich freue mich sehr, dich zu treffen, lieber Kami.» Sie legte mir zart eine Hand auf die Schulter und führte mich zum Tisch im Salon, auf dem die traditionellen Festzutaten dargeboten wurden: Weizen und Gerste, ein Goldfisch im Aquarium, dünne, brennende Kerzen vor einem kleinen Spiegel, Essig, da Wein verboten war, verzierte Eier für Fruchtbarkeit, Knoblauch, ein Tellerchen mit Münzen, Äpfel sowie sieben Sorten Gewürze und Kräuter. Auch ein Koran lag auf der weißen Tischdecke. Ein alter Diener bot mir getrocknete Früchte und Nüsse an, die auf seinem Tablett in kleinen Kupferschälchen angeordnet waren, Pistazien, Mandeln, Datteln, Feigen, Aprikosen und Rosinen. Nilus Vater setzte sich ans Klavier. Er bemerkte mich, kam aber erst, um meine Hand zu schütteln, als er sein Stück beendet hatte. Ein netter Mann, jedoch knapp und sachlich. Er sagte: «Willkommen in unserem Haus», und damit hatte es sich. An den Wänden des Esszimmers hingen Ölgemälde von Landschaften in kräftigen Farbtönen und eine alte Kuckucksuhr mit Goldornamenten. Überall standen Vasen mit Tulpen. Wir umringten den Tisch, und Nilus Vater sprach einen Segen. «Liebe Familie, das ist das Fest des Lebens und der Weisheit. Leben haben wir. Und von unserer Weisheit hängt es ab, dieses Leben. Mehr denn je brauchen wir diese Weisheit, in der Zeit, in der wir leben.»

Wir waren insgesamt dreizehn Personen, mit Nilus Großeltern mütterlicherseits, ihrem Bruder, ihren beiden verheirateten Schwestern mit ihren Ehemännern und zwei Neffen. Ich aß Hühnersuppe mit Nudeln und eine Menge trockene, harte Kekse, getränkt mit Zucker und Honig, und schwieg. Sie redeten glühend über Politik, erzürnten sich alle über die Wohnungsnot. Es ist ihnen anscheinend wichtig, das Gefühl zu haben, sensibel gegenüber dem Leiden der Schwachen zu sein, dachte ich. «Schaut euch an, was hier passiert», ereiferten sich die Schwestern, «eine Wohnung zu kaufen ist schlicht unmöglich für diese armen Normalbürger.»

«So viel Armut und Leid», regte sich Nilus Bruder lautstark auf, «dabei gibt es so viel Geld in diesem Staat, Erdöl, Kohle, Chrom, Kupfer, Eisen, Erz, wir sind echte Glückspilze – alles gibt es. Ein reicher Staat, aber eine ungerechte Verteilung. Wir, die Reichen, haben einen solchen Überfluss, dass es gar nicht genug Straßen für unsere ganzen Autos geben kann. Aber unter uns ist die Mittelschicht verschwunden, die Leute arbeiten sechzehn Stunden am Tag, zwei Jobs gleichzeitig, und es gelingt ihnen trotzdem nicht, den Kopf über Wasser zu halten. In den Dörfern im Norden sind im letzten Winter Menschen erfroren, weil die Gasversorgung unterbrochen war.»

«Der Preis für ein Barrel Rohöl ist auf fünfundvierzig Dollar gefallen», warnte der Großvater, «die Armen werden den Preis dafür zahlen müssen.»

«Die monatlichen Ausgaben für Nahrungsmittel haben sich dieses Jahr bereits verdoppelt», stellte der Abgeordnete fest, «und wir feiern das Leben.»

Was versuchten sie zu sagen? Ich begriff nicht, schließlich gehörte Nilus Vater der Partei des Präsidenten an, und seitdem die an der Regierung war, waren die Reichen immer reicher geworden und die Armen immer tiefer gesunken, und die Partei war immer noch an der Macht, oder? Also was führten sie hier auf?

Ich hatte Angst, Nilu in Verlegenheit zu bringen, daher blieb ich stumm. Auch sie schwieg fast den ganzen Abend. Als ein Dienerpaar den Tee servierte, erinnerte sich ihr Vater an mich, wandte sich direkt an mich und fragte: «Für wen stimmst du bei den nächsten Wahlen, mein junger Freund?»

«Ich habe mich noch nicht entschieden», erwiderte ich mit fester Stimme.

«Bist du auch besorgt über die Gleichgültigkeit der jungen Leute? Ist denn keiner von den Kandidaten in den Augen der Jugend würdig genug? Wird keiner eurer Ansicht nach etwas ändern?»

Ich zögerte einen Moment. Dann überkam mich der Mut, und ich sagte mit gedämpfter, ehrerbietiger Stimme: «Vielleicht wird es eines Tages schlimm genug sein, und dann werden die jungen Leute ihre Gleichgültigkeit verlieren.»

«Komm mal mit, mein Freund.» Dem Anschein nach zufrieden legte er mir den Arm auf die Schulter und nahm mich mit in sein Arbeitszimmer. Eine Wand aus großen roten Ziegeln, die anderen drei mit Büchern bedeckt, und eine gemütliche türkische Ecke – eine Nische wie in einem Hamam, mit einem türkisen Polstersofa, dicken Zierkissen und einem kleinen gurgelnden Wasserbecken. Stille Lichter glitten an dünnen Aufhängungen von der hohen Decke. Es herrschte eine warme Atmosphäre. «Die Wahrheit ist», sagte er, «dass die Gleichgültigkeit der Jugend eine Krankheit ist, die sich überall auf der Welt ausbreitet. Nicht nur bei uns, auch in Amerika und unter seinen Anhängern in der westlichen Welt.»

«Ich hatte einen Freund», antwortete ich, «einen Wassermelonenverkäufer, der immer sagte, dass sich die Welt in einen wurmstichigen Kürbis verwandelt, denn eine Welt, in der die Jungen gleichgültiger und konservativer als die ältere Generation sind, ist eine Welt, die jeden Geschmack verloren hat. So sagte er.»

«Du wirst überrascht sein zu erfahren, Kami, dass dieses Erlahmen, diese Apathie ausgerechnet aus naivem Optimismus geboren wurde. In den neunziger Jahren dachte Amerika, das Ende aller Kriege sei gekommen. Die Sowjetunion war zerfallen, es gab keinen Faschismus, keinen Kommunismus mehr, in ihren Augen war nichts mehr da. Die Amerikaner erzählten sich selbst, dass die Schlacht um die Geschichte nun mit ihrem Sieg entschieden worden sei, es würde kein Rivale mehr aufstehen, niemand sie mehr herausfordern, es gebe keine Alternative mehr zur kapitalistischen Ideologie, ihrem Werte- und Regierungssystem. Sie wollten glauben, dass jetzt alle Kontinente die Demokratie wählen würden, ein McDonald's der ungebremsten Freiheit. Und wenn der Krieg vorbei war, konnte man sich ja ausruhen, friedlich in einen trügerischen Individualismus abtauchen, nur sich selbst dienen, dem eigenen Geld, sich von endlosen Vergnügungen absorbieren lassen.» Er schenkte mir ein Glas heißen Cidre ein, seufzte und fuhr fort: «In anderen Teilen der Welt, anscheinend auch bei uns, wurde die Loslösung der Jugend aus düsterem Pessimismus geboren; kämpfende Völker würden sich ewig bekämpfen, korrupte Politiker für immer korrupt bleiben, die Menschen würden Verbrechen begehen, die Armen verhungern, und was hat es für einen Sinn, zu Wahlen oder auf die Straße zu gehen, zu diskutieren, Reden zu schwingen, Artikel zu schreiben – nur um vor einem schwarzen oder blutenden Fernsehbildschirm traurig zu werden, wenn sich nie etwas ändert? Ihr jungen Leute, ihr seid die Krise der Welt, ihr speist eure Energien nicht mehr in den Existenzantrieb ein, eure wilden, skeptischen Impulse, die es hier seit Anbeginn der Menschheit gab und die schmerzhaftesten Katastrophen und schönsten Gedanken gebaren, und die – daran ist nicht zu rütteln – die Kraft sind, die die Menschheit vorantreibt.»

Ich dachte, merkwürdig, ein Parlamentsabgeordneter denkt genau das Gleiche wie Herr Ali Samimi vom Wassermelonenstand, er drückt das Ganze nur umständlicher aus. «Für wen sind Sie, Herr Chalidian?», fragte ich.

«Ich bin nicht für die Globalisierung, wie du bereits vermuten kannst», lachte er. «Ich bin für eine Bewahrung der Kulturen. Ich bin für die Fähigkeit der Welt, sich selbst neu zu erfinden, aufzubauen und zu zerstören, Massenmorde an Minderheiten zu verüben und danach große Hoffnungen zu hegen, denn das ist der Kreislauf der menschlichen Natur. Er lebt vom Feuer der Kämpfe und vom kontinuierlichen Atem des Wandels. Und du und ich versuchen alles in allem das Beste zu tun, für uns selbst und für unsere Nächsten, um etwas zu bewirken, zu überleben und uns von den Stürmen erregen zu lassen, die uns jeden Morgen von neuem überraschen.»

Meinte er, dass wir alle, um uns lebendig zu fühlen, kämpfen müssten? Ich war mir nicht schlüssig. Und was besagte es eigentlich, dass auch Muhammad vom Schwarzmarkt das Gleiche wie der Abgeordnete Chalidian zu denken schien? Und wenn er hinter all den Dingen, die er gesagt hatte, wie der Bewahrung der Kulturen und der Versöhnung mit der Natur der Welt, wirklich stand, was machte er dann in dieser Regierung, die jeden verfolgte, der seiner eigenen Natur folgte, und jeden, der anders war? Wie opportunistisch konnte ein Mensch sein? Er klopfte mir wieder auf die Schulter und führte mich zurück in den Salon. Ich wusste, gleich würde unsere Zeit auslaufen, also holte ich Luft und sagte: «Ich weiß nicht, ob Nilu es Ihnen erzählt hat, oder ob Sie überhaupt Zeit für solche Bagatellen haben, aber ich habe einen Nachbarn, der verhaftet worden ist. Ich habe schon lange Zeit nichts von ihm gehört, und ich würde ihm wirklich gerne helfen.» «Nachbar» sagte ich. Es gelang mir nicht, «Freund» zu sagen.

«In welcher Angelegenheit?», erkundigte er sich.

«Vielleicht verdächtigt man ihn irrtümlich, dass er Männer liebt.» Ich war verloren und befangen, hatte Angst, dass Nilu böse werden würde. «Haben Sie einen Rat für mich?»

«Kein Zweifel, manchmal verschwinden Homosexuelle, mein

junger Freund», entschuldigte er sich mit beruhigender, tiefer Stimme. «Wenn du mir seinen Namen aufschreibst, werde ich gerne versuchen, etwas herauszufinden.»

Ich war glücklich. Er reichte mir einen Füllfederhalter und einen kleinen gelben Zettel. Ich notierte, Babak Tiban, und kehrte froh in den Salon zurück.

Später tobten Nilu und ich wie kleine Raubtiere in ihrem alten Schlafzimmer, das so geblieben war, wie es war, im Rosa eines heranwachsenden Mädchens, noch ohne jede Spur von Rebellion. Doch der Sex war wie ein Kampf oder ein Wettstreit, sie warf mich gegen die Tür, ergriff meinen Kopf, küsste mich glühend, quetschte mich, zerdrückte meine Lippen, bewegte sich übertrieben und fragte dann: «Wer kann uns aufhalten, Kami?» Ich zog sie aus, und sie holte eine Tüte Gras aus der obersten Schublade ihres alten Schreibtischs, rollte einen Joint, steckte ihn mir zwischen die Lippen, und ich zog daran. Sie ließ ihn von ihr zu mir wandern, wieder und wieder, und ich hatte ein extrem starkes Empfinden von Zusammensein, obwohl ich kein besonderes Gefühl im Körper, Kopf oder Blut hatte, auch nicht besonders erregt war. Ich streichelte ihr Gesicht, ihr glattes, schimmerndes Haar, sie flehte, es solle nie aufhören, doch es endete sehr schnell, und wir blieben umarmt auf dem Teppich liegen. Ich dachte, wir haben eine Kinderliebe, ich werde mich nach diesem Gefühl immer sehnen, wenn ich an sie denke. «Ich möchte das ganze Leben mit dir nackt bleiben», sagte ich und lachte plötzlich auf, «narkotisierte Kälber, das sind wir.»

«Magst du ihn?», fragte sie.

«Den Joint?»

«Meinen Vater.»

Ich hatte mich noch nicht entschieden, doch ich nickte. «Ich hoffe, er wird mir mit Babak helfen.»

«Das hoffe ich auch», antwortete sie.

«Ich habe mit ihm geredet. Er erinnert sich wohl nicht daran, dass du etwas zu ihm gesagt hast. Aber jetzt weiß er es, er hat es notiert.»

«Du hast mit ihm geredet?», fragte sie aufgebracht. «Wieso redest du mit ihm über so etwas?»

«Warum bist du denn böse?», erschrak ich.

«Sag mal, Kami, bist du verrückt geworden? Das ist nicht fair, ihn da hineinzuziehen, ihn und seine Karriere, und dass du von mir verlangst, ihn zu gefährden», schimpfte sie. «Babak hat das Spiel gespielt und den Preis gekannt, wir alle wissen, was der Preis unserer Spiele ist, jeder von uns muss für sich selbst zahlen. Man muss nicht die anderen umbringen.»

Es fühlte sich an wie ein Faustschlag. Ich dachte plötzlich, nicht ihren Vater furchtet Nilu wegen Babak zu gefährden, sondern sich selbst. Nur sich selbst und ihre Karriere. Sie war berechnend. «Aber dein Vater hat gesagt, er würde helfen», wandte ich ein.

Sie lachte. «Hast du noch nicht begriffen? Mein Vater weiß, was man sagt, und wann man es sagt. Er ist ein Überlebenstyp. Wie viele Menschen sind deiner Meinung nach bereit, für andere Menschen ein Risiko einzugehen? Willkommen auf der Welt. Das ist die hässliche Wahrheit.»

Lieber hätte ich gezittert, doch ich erstarrte. Ein Haufen Glasscherben war ich, aber ich sammelte die Bruchstücke ein und zog mich an. Ich rang innerlich mit mir, ob ich zu diskutieren anfangen sollte, doch ich wusste, ich hatte keine Chance ihr gegenüber.

Ich ging zum Parkplatz hinunter wie ein Hund, der durch den strömenden Regen wandert. Ich stieg ins Auto, und sie folgte mir und ließ den Motor an. Sie sagte etwas kühl: «Es ist in Ordnung, dass du so ein liebenswertes Küken bist, unter der Bedingung, dass es vorübergehend ist, das kann nicht so weitergehen.» Dann verstummte sie. Während der gesamten Fahrt schwiegen wir, wollten herausfinden, wer als Erster umfallen würde, wer wütender wäre. Als sie sich dem Argentina-Platz näherte, waren ihre Augen nass, und ich dachte, das ist ein Trick, sie muss die Nacht als Siegerin beenden. Alles nur Spiele bei ihr, ging mir durch den Kopf, aber mir war traurig zumute. Tränen flossen ihr über die Wangen, also sagte ich: «Wenn ich mich getäuscht haben sollte, dann tut es mir leid.» Sie bremste neben Herrn Nadschafians geschlossenem Kiosk. Ihre Augenbrauen zogen sich zusammen. Sie ließ die Hände zwischen die Knie fallen und schnaufte tief. Plötzlich schluchzte sie. Ihre Haarspitzen wurden von der Tränenflut durchnässt, die ihr Gesicht überströmte. Ein schmales, langes Gesicht, wie ein schwächlicher Vogel, und rote, kummervolle Augen. Ich erschrak. «Alles wird gut, Tschutschu», sagte ich, «nichts hat sich geändert, wir haben einander. Was ist denn los mit dir? Du bist Nilufar, die Stärkste von allen.» Ich versuchte zu strahlen, mit meinen Handflächen ihre Wangen zu glätten, ihren Hals, ihre Finger mit Küssen zu überschütten, eine Hand auf ihr Herz zu legen, das Klopfen zu spüren und ihren Kopf an mich zu ziehen, sodass ihre Tränen auf mich tropften, dass sie wusste, ich war da, ich gehörte ihr. «Es wird alles gut mit uns», versprach ich und wedelte um sie herum wie ein besorgtes Hündchen, das den verletzten Leib seines Besitzers ableckt. «Ich will dich nicht verlieren», sagte ich. Sie stieß einen langen Seufzer aus. «Was ist los mit dir?», fragte ich.

«Alles ist so kompliziert», flüsterte sie.

«Aber das ist gut, wenn es kompliziert ist», antwortete ich, und ein Teil von mir war froh zu sehen, dass sie eine so zerbrechliche Seite hatte. Sie brachte ein kleines Lächeln zustande, nahm meine Hand und drückte sie. Wir kippten die Sitze nach hinten, lagen fast auf dem Rücken und hielten uns an den Händen, ich lächelte, und sie schwankte zwischen Lächeln und Tränen. Als die Straße menschenleer war, küssten wir uns. Ich liebe es, dass sie plötzlich verletzlich ist, dachte ich.

Um halb drei Uhr morgens kletterte ich zuversichtlich die Treppen hinauf. Zahra war mit den Blumentöpfen beschäftigt, als ich hereinkam. «Bist du verrückt, Tante?», fragte ich.

«Wir werden offenbar alle verrückt», antwortete sie. Sie begann «Moon River» zu pfeifen, und die Töne, die zwischen ihren Lippen herausdrangen, klangen wie ein ganzes Philharmonicorchester in dem stillen Zimmer, mit Saiten- und Blasinstrumenten, sogar der verschlafene Kater stand auf, starrte sie mit schräggelegtem Kopf an und spitzte die Ohren. Zahra schenkte uns einen Whisky in hohe Longdrinkgläser ein. Ich lachte: «Wieso Whisky, hast du keine Nachrichten gehört, Tante? Einundzwanzig Personen sind letzte Woche in Schiraz und Qom an Alkoholvergiftung gestorben.»

«Na ja», kicherte sie, «wenn ich trinke, riskiere ich vierundsiebzig Stockschläge, ein Jahr Gefängnis, den Strick und Tod durch Vergiftung, was kann besser schmecken? Arian und ich saßen jeden Abend hier, und er fragte mich, was ist heute Gutes passiert? Draußen türmten sich die Leichen, aber wir, wir suchten uns jeden Abend etwas, das gut war. Auch als es bereits unerträglich wurde und wir uns weder daran gewöhnen noch damit abfinden wollten, sogar dann gab es immer gute Dinge. Etwas Neues, das ich gelernt hatte, etwas, das mich bewegte, etwas, das mich zu einem besseren Menschen machen würde. Und jeden Morgen fragte Arian, was wird es heute Gutes geben? Er meinte das wirklich so, nicht zynisch. Eine Sache reicht aus, erklärte er immer. Und das hatte zur Folge, dass alles leichter war, aus dem Bett kommen, aus dem Haus gehen, es schien, als sei alles in Ordnung.»

«Ich weiß, dass es in Ordnung kommen wird», sagte ich, «etwas wird sich bessern, etwas wird gut, ich spüre es tief in meinem Bauch. Aber was? Keine Ahnung.»

«Also was sollen wir uns für dieses Jahr wünschen, mein lieber Kami?», fragte sie, und ich antwortete: «Ein gutes Ende, nur ein gutes Ende.»

«Du wirst zu schnell alt, das ist beunruhigend.» Sie schwieg einige Augenblicke, und dann sagte sie: «Jung sein und verliebt sein, Kami, das ist alles, was du jetzt brauchst.»

«Ich bin jung, und ich bin verliebt.» Ich hätte eine Flut von Worten ausschütten können, doch ein einziger, ganz anderer Gedanke hielt meinen Kopf besetzt: Niemand wird Babak helfen. Ich bin stark genug, ich möchte ein guter Mensch sein, also werde ich ihm allein helfen.

Zahra atmete schwer und murmelte mit einem Lächeln: «Diese Welt ist nicht für uns», und schlief auf meinen Knien ein.

25

◆

Am Morgen nach dem Neujahrsfest nahm ich Zahra mit auf die Polizeiwache. «Was haben wir zu befürchten?», fragte ich. «Wenn sie uns hätten verhaften wollen, hätten sie das längst getan, es ist Zeit, Antworten zu verlangen.» An einem Schalter im Vorraum bat uns ein höflicher Polizist um unsere Ausweise, er erkannte den ehemaligen Star nicht. Die Generation, die sie noch kannte, verschwand zusehends. Zahra zog unwillig ihre Brieftasche heraus. «Wir sind hier in der Sache eines Herrn Babak Tiban», erklärte ich.

«Und worum geht es?», fragte der Polizist.

«Er ist verschwunden.»

Er blätterte Listen durch, schaute in Aktenordner, hackte gewaltsam auf die Tastatur des Computers ein. «Bei mir ist kein Babak Tiban verzeichnet.»

«Manchmal verschwinden Homosexuelle», mischte sich Zahra entschlossen ein, «ich weiß, ich weiß. Aber Babak ist ein Mensch, der uns teuer ist, wenn Sie Angaben über den Prozesstermin machen könnten, würden wir gerne hingehen.»

«Absolut verständlich, meine Dame, aber es ist kein Homosexueller verschwunden, und einen solchen Babak haben wir nicht bei uns.»

«Sind Sie ganz sicher?»

«So sicher wie der zwölfte Imam.»

«Der Prozess für einen solchen Homosexuellen, wo würde der denn normalerweise stattfinden?», beharrte Zahra hinterlistig.

«Im Saal seiner Ehren des Richters Zare'i höchstwahrscheinlich, nicht weit von der Japanischen Botschaft, in der Straße des Schahid Ahmad Qassir, ja, die Bukareststraße. Aber wie gesagt, meine Dame, sogar dieser kurze Gang bleibt Ihnen erspart, denn es gibt keinen Babak Tiban bei uns.» Der Polizist lächelte freundlich.

«Und ein solcher Homosexueller», fuhr Zahra unbeirrt fort, «wäre es plausibel, dass er im Evin-Gefängnis festgehalten würde?»

«Nein, meine Dame, haben Sie die Nachrichten nicht gehört? Das Gefängnis, in dem alle Gegner des Islams hingerichtet wurden, ist bald ein teures Luxushotel, nichts zu machen, zu teuer, das ist der Preis des Fortschritts, der Lauf der Welt», lächelte der Polizist angeregt, zufrieden, dass er uns eine solche Neuheit erzählen konnte.

«Wo verwahren Sie dann die Häftlinge?», fragte Zahra mit mühsam gezügeltem Zorn.

«Theoretisch, wenn Sie einen so abartigen Jungen hätten, der es sich von hinten besorgen lässt, wäre es möglich, dass Sie ihn im Gohardascht-Gefängnis finden, meine Dame, in Karadsch. Aber wie gesagt, ein Babak Tiban existiert nicht in unseren Listen. Ich könnte Ihnen helfen, eine Vermisstenanzeige aufzugeben. Sind Sie die Mutter des Ketzers?»

«Nein, die Vermieterin. Er ist schon seit einem Monat abgängig.»

«Wir könnten natürlich kommen und Beweise für sein Verschwinden sammeln, ein paar Kisten beseitigen, Sachen, die neuen Mietern möglicherweise Unannehmlichkeiten bereiten könnten.»

«Nein, nicht nötig», beschied sie ihn knapp.

«Es gibt keinen Grund, weshalb die Wohnung leer stehen sollte, es spricht nichts dagegen, sie zu vermieten.»

«Ich danke Ihnen», zischte Zahra. Wir verließen die Sackgasse und wandten uns der belebten Straße zu. Was nützte es, wenn wir uns weiter offen mit einem subalternen Polizisten herumschlugen, zwecklos seinen Ärger provozierten? «Denkt daran, meine Jungen», sagte Herr Ali Samimi immer, «wer darauf bedacht ist, die kleinen Gesetze zu befolgen, dem fällt es leichter, die großen zu brechen. Wer eine Revolution plant, benimmt sich besser höflich.»

Am gleichen Abend nahm ich an einer Untergrundsitzung von Muhammads Studenten im alten Kino im Jusef-Abad-Viertel teil. Die Türen wurden von innen mit Stahlriegeln versperrt. Fünfzehn junge Leute saßen im Kreis, ziemlich zerzauste und trübäugige Typen, schlampig um der Ideologie willen. Gute Kinder, die sich selbst zu überzeugen versuchten, dass sie böse seien – und wichtig. Und sie ordneten sich den Regeln von Disziplin und Zeremoniell unter. Zuerst erging das Rederecht an Titin: «Freunde, das Kommunikationsministerium hat den Internetprovidern befohlen, die Surfgeschwindigkeit in Privathaushalten auf 128 kb/s zu begrenzen, um die Pornographie zu bekämpfen. Schnelle Netzverbindungen werden ausschließlich an Universitäten und autorisierten Unternehmen verfügbar sein. Was noch? Der stellvertretende Generalstaatsanwalt von Teheran hat die Polizei angewiesen, den populären Energydrink ‹Sexy 1› vom Vergnügungsmarkt einzuziehen, da er sich als gefährlich lusterregend erwiesen habe. Was noch? Ein Neujahrsgrußschreiben von unserem Exilfreund, dem Studenten Ahmad Batebi. Nachdem er bei Demonstrationen am 18. Tir 1999 fotografiert worden war, wie er sein mit dem Blut seines verletzten Freundes beflecktes Hemd schwenkte, wurde er der Anstiftung zum öffentlichen Aufruhr angeklagt und zum Tode verurteilt. Danach wurde das Urteil, infolge internationalen Drucks, zu fünfzehn Jahren Gefängnis abgemildert. Er wurde gefoltert, sein Kopf in eine Kloschüssel voller Exkremente gedrückt, ihm wurde gesagt, dass seine Mutter tot sei, und jede Berührung mit Tageslicht vorenthalten, des Öfteren veranstaltete man für ihn auch vorgebliche Hinrichtungen, das alles über neun Jahre hinweg. Als er aus dem Gefängnis in ärztliche Behandlung überstellt werden sollte, floh er über die Grenze in den Irak, von dort nach Österreich, und momentan schreibt er uns aus den Vereinigten Staaten, wo er politisches Asyl und eine Fernsehshow erhalten hat. Unser Freund bittet, dass wir uns alle im Gedenken an die ewige Tapferkeit der Kameraden vereinigen, die unter Foltern ermordet wurden, und wünscht jedem von uns eine Reise übers Meer, um – und sei es nur für einen Augenblick – die Freiheit zu riechen und zu atmen. Bewegend. In den nächsten Tagen wird er Bilder von seinem Mobiltelefon schicken, die über seinen Fluchtweg Aufschluss geben. Auch die beiden Sportler Puria und Puja Fazel Elahi, die bei der Verteilung von Flugblättern für Redefreiheit festgenommen wurden und mit der Unterstützung von Menschenrechtsaktivisten der Haft entkamen, werden uns in Kürze ein Grußschreiben und nützliche Ratschläge für die Organisation zusenden.»

«Gute Arbeit, Titin», lobte Muhammad. «Sehr schön. Und was ist für nächste Woche geplant?»

Die Aktivistin Lulu las vor. «Übermorgen werden wir uns sofort nach Sonnenuntergang am Enqelab-Platz treffen und uns vor den Toren der Universität aufstellen, eine stille, gewaltfreie Versammlung, unter Beteiligung von fünf weiteren Untergrundgruppen. Das ist zum Gedenken an den Studenten Akbar Muhammadi, der an einem Hungerstreik in seiner Haftzelle starb, in der auch er seit den Demonstrationen 1999 festgehalten wurde. Sein Bruder Manutschehr befindet sich noch im Gefängnis.»

Aufregung machte sich unter den Anwesenden bemerkbar. Die Aktivisten werden gebeten, mit leichten, flachen Fluchtschuhen zu erscheinen und keine Ausweise oder Adressbücher dabeizuhaben. Ich stand auf, zog meinen Stuhl hinter mir her, zu Muhammad hinüber, und ließ mich neben ihm nieder. Ich flüsterte ihm direkt in seine Ohrmuschel. «Das wird hier gemacht? Gedenkdemos? So sieht euer Protest aus?»

Muhammad klopfte mir auf den Rücken, schnalzte mit der Zunge und hob autoritär seine Stimme. «Freunde», verkündete er, «wir haben heute einen Gast bei uns, wir begrüßen Kami Soheil aus Bandare Anzali, der erst kürzlich nach Teheran gezogen ist. Ich sage im Namen von uns allen, dass wir uns freuen, ihn dabei zu unterstützen, sich hier zu akklimatisieren. Kami möchte der Gruppe etwas sagen.»

Ich erhob mich, das Gesicht lief mir rot an, meine Ohren glühten, ich war stark beunruhigt, vielleicht eine Demütigung zu erleiden. Genug, lass den Unsinn, flüsterte ich mir im Kopf zu, das ist der Augenblick der Wahrheit, für Babak bin ich bereit, mich demütigen zu lassen. «Danke, dass ihr mich als Gast aufgenommen habt, ich habe einen Freund, er ist verschwunden, ich muss ihn retten, ich muss ihn aus den Verliesen des Bösen herausholen, ich brauche eure Hilfe.» Das war alles, was ich sagte.

Lulu bat höflich: «Erlaube mir kurz, dich zu korrigieren, Kami, bei uns hier reden wir nicht in solchen Begriffen. So etwas wie das Böse gibt es nicht. Wenn du das sagst, machst du es dir leicht, und ihnen auch, denn das besagt, dass es eine solche Eigenschaft gäbe, die nicht kontrollierbar ist, und daher hätte es auch keinen Sinn, sie zu bekämpfen.»

«Wenn es kein Böses gibt, was ist dieses ganze Böse dann?», fragte ich.

«Nichts Böses wird im Namen des Bösen gemacht», mischte sich Muhammad ein, «es gibt zwei Sorten von Nicht-Bösem, die Menschen irrtümlich für böse halten. Im Allgemeinen handelt es sich um die gerechtfertigte Sorte, die Menschen oder Gruppen angreift, die es so gut meinen, dass sie den Weg aus den Augen verlieren. Ihrer Auffassung nach haben sie alle Gründe der Welt, um das zu tun, was du das Böse nennst, um uns allen damit Gutes zu bringen. Denn das Gute zu bringen ist dermaßen frustrierend, dass es einen wahnsinnig machen kann. Das ist die eine Sorte. Und die zweite Sorte ist eine psychische Störung. Es ist die Krankheit eines verwundeten Menschen, den die Welt verraten hat. Aber das Böse an sich existiert nicht, also sag das nicht.»

«Und was soll es mir helfen, es nicht zu sagen?»

«Der Großteil der Lösung liegt im Verständnis, du musst verstehen.»

Zur Hölle, jetzt bringen sie mich mit Wörtern um den Verstand, dachte ich wütend, und ich wusste nicht, ob ich brüllen oder lachen sollte, denn mir fiel Herr Ali Samimi ein, der mir ins Ohr zischelte, mich vor Kunden in Acht zu nehmen, die er besonders hasste. «Vor allem, Kami, wahre Abstand von diesen klugen Köpfen», sagte er, «je klüger ein Mensch ist, desto unvernünftiger ist er, je mehr Verständnis, desto größer die Illusion.»

Die Erinnerung an seine Worte stimmte mich milder. Denn Herr Ali Samimi pflegte auch zu sagen, dass wir nicht genug Liebe für zwei Kriege haben. Ich wusste, er hatte recht, und ich hatte jetzt schließlich nicht gegen Muhammads studentische Untergrundgruppe zu kämpfen. «Werdet ihr mir helfen?», fragte ich.

«Welche Hilfe erwartest du?», kam es aus allen Richtungen.

«Schwule verschwinden manchmal.»

«Mach dir keine Sorgen», erklärte Muhammad zufrieden, «wir werden Erkundigungen für dich einziehen. Wir haben Leute in den Gefängnissen.»

«Ich möchte, dass wir demonstrieren. Ich will, dass seine Richter begreifen, dass ein öffentliches Interesse an ihm besteht, dass es jemanden da draußen kümmert, dass sie besser keinen Brand entfachen und ihn laufen lassen.»

Muhammad gebot mir mit einer Geste Einhalt. Er stand auf, schritt langsam zur Tür, trat in den Vorraum hinaus und schaute von dort ungeduldig zu mir hinüber, wartend, dass ich nachkäme. Er war der Führer, der Kommandant, ich der Rekrut, der gescholtene. Ich folgte ihm.

Die Zöglinge verlasen unterdessen, auf seinen Befehl hin, Gedichte, eine Versfolge, die melodisch im Hintergrund lief. «Gazelle der Wüste, erfreust dich an den offenen Weiten, brauchst kein Wasser, liebst salzige Blätter und mondkalte Nacht, doch du kennst keine Rast, deine Füße sind leicht, der Raubtiere viele, dein Rücken ist braun, weiß dein Fuß, groß sind deine Ohren, deutlich erklingt die Stimme deines Todes.»

Muhammad blickte mich zornig an, als hätte ich alle Grenzen der Unverschämtheit überschritten. «Es gab Studenten, die demonstriert haben», sagte er leise und verachtungsvoll zu mir. «Die Polizei hat eine Zeitung geschlossen, also gingen sie demonstrieren. Es erschien ihnen nicht einmal gefährlich, denn es gab damals einen gemäßigten Präsidenten, der ebenfalls glaubte, dass man Zeitungen nicht schließen dürfe. Sie wollten einfach ihre Unterstützung für ihn ausdrücken, für die Gemäßigten gegenüber den Konservativen. Du warst damals zehn Jahre alt. Haben deine Eltern es ihrem Jungen erzählt, oder wollten sie dich schützen? Als die Nacht kam, brachen vierhundert als Studenten getarnte Basidschis und Ansare Hisbollah in die Wohnheime ein, die junge Menschen von Balkonen aus dem dritten und vierten Stock nach unten auf die Steinplatten warfen, Knochen und Gelenke zerschmetterten. Sie fackelten Zimmer ab. Schleiften Studenten über den Boden. Mordeten. Polizisten in Uniform standen am Rand und sahen zu. Sechs Tage lang. Dutzende verschwanden. Dreihundert wurden verletzt. Tausend verhaftet, geschlagen, gefoltert, und wer von den Verhören zurückkehrte, hatte mit Narben übersäte Beine von den Eisenketten. Wer kann mit leeren Händen demonstrieren, ohne eine Waffe, gegenüber solcher Übermacht?»

«Du entschuldigst, Muhammad, aber was soll es mir helfen, herumzusitzen und mich an den romantischen Geschichten der Vergangenheit aufzugeilen? Und was werden mir die Erkundigungen helfen, die du im Gefängnis einziehen willst? Es wird zu spät sein.»

«Weißt du, was am Tag nach dem Aufruhr passiert ist, Kami? Zehntausende Anhänger der Konservativen und des obersten geistigen Führers marschierten in einer organisierten Machtdemonstration durch die Straßen, neue, harte Gesetze wurden im Parlament verabschiedet, und das war's dann. Das Volk vergaß, das Volk ging zur Urne, wählte die Konservativen, und die Liberalen verschwanden in der Versenkung. Aus und vorbei. Das

Volk will nur Rente und Rache. Das Volk liebt sture Versprechen und Gewalt. Das Volk liebt es, alle, für die es etwas besser werden könnte, die ein bisschen klüger oder anders sein könnten, leiden zu sehen, Mister Kami.»

«Du musst dich entscheiden, Muhammad, wenn wir Freiheitskämpfer sind, dann lohnt es sich, für die Freiheit von jemandem aktiv zu werden, den man noch retten kann. Was macht ihr denn sonst überhaupt?»

«Wir erinnern uns. Wir sind hier, gemeinsam, und erinnern uns. Wir vereinfachen die Geschichten, denn was nicht einfach war, war einfach nicht, und wir gedenken und hoffen, dass sich außer uns noch jemand erinnert, und dann wird wenigstens rühmende Anerkennung unsere Gräber wärmen, Kami, denn etwas zu verändern, momentan, ist unmöglich.»

Ich spürte, dass es nichts mehr zu sagen gab, ich verabschiedete mich nicht einmal, holte nur tief Luft, drehte mich um und ging. Muhammad blieb, wo er war, und machte weiter mit seiner Tirade. «Der Tag wird kommen, an dem die Studentenbewegungen zum Leben auferstehen werden. Die Revolutionswächter werden auf sie schießen, doch sie werden kämpfen, mit bloßen Händen. Und dann wird die Armee in die Städte einmarschieren und auf die Revolutionsgarden schießen. Der Tag wird kommen, an dem wir alle überraschen werden. Der schwarze Vorhang wird sich heben. Aber nicht jetzt, noch nicht, der Gestank der Gräber ist noch zu frisch, mach deine Nase auf.»

Ich entfernte mich.

«Hab kein Mitleid mit dem Staat», schrie er mir nach, «hab Mitleid mit dir selber. Auch deine Demokratien werden zusammenbrechen, alles wird einstürzen, die tiefste Finsternis der Weltgeschichte liegt noch vor uns, die Welt ist immer in Bewegung, erfinde was Neues.» Und ich dachte bei mir, wie verrückt kann ein einziger unglücklicher Mensch sein. Mein Zorn verrauchte. Ich kehrte in die Wohnung zurück und dachte, alles löst sich immer mehr auf.

Am nächsten Morgen klopfte ein freundlicher Polizist an Zahras Tür, um Beweise aufzunehmen, er verlangte nach dem Hausbesitzer. «Das bin ich», erwiderte sie unwillig, denn wieder hatte sie, zweifelsohne, einen jungen Mann vor sich, der den Star nicht erkannte. Er komme in der Sache des Vermissten, erklärte er, er habe eine kleine Bitte; ob sie so gut sein könne, ihm die Tür von diesem Tiban aufzusperren, damit er sie nicht etwa aufbrechen müsse.

Wir gingen hinunter zu dem Apartment, wir hatten kaum eine andere Wahl. Der junge Mann in der dunklen Uniform ging hinein und hinaus, hängte sämtliche Fotografien von der Wand, nahm Bücher und Hefte, einen Terminkalender und sogar einen Waschbeutel mit. «Was sollen das für Beweise sein?», schnaubte Zahra aufgebracht. Ich dachte im Stillen, wenigstens verlangt man nicht von uns, beim Schleppen der Kisten zum Streifenwagen zu assistieren. Der Polizist schlug ein Fotoalbum auf, blätterte gemütlich darin und sagte: «Wie merkwürdig, schauen Sie mal, wie schwul der Vermisste mit fünf, sechs, sieben und mit zwölf aussieht. Kokett, lächelt wie eine Frau, und dann plötzlich kommt man zur Mitte des Albums und bumm! Ab da ist er plötzlich verändert. Ein Hochstapler.» Er klemmte sich das Album unter den Arm, griff nach der letzten Kiste. Bevor er jedoch abzog, entfernte er noch schnell das fröhliche Holztäfelchen mit der Aufschrift «Familie Tiban» von der Tür und versiegelte es ebenfalls in einer Beweistüte.

«Was für ein Beweis ist denn das Schild?», fragte ich verwundert.

«Hier wohnt überhaupt keine Familie», murmelte der Polizist, halb belustigt, halb sympathisierend mit dem Bedauernswerten. Und vergeblich versuchte er mit der Handfläche den dünnen Staubabdruck über dem dunklen Spion wegzuwischen, an der Stelle, wo nun das Schild verschwunden war. Dann bedankte er sich höflich und ging.

Ich beschloss, in der kleinen Wohnung zu bleiben. Ich schleppte Chamad mit, Muhammads rote Gesetzesmappe sowie geschmuggelte Bierflaschen und einen Kassettenrekorder mit guter Musik. Ich wanderte in dem kleinen Raum umher, berührte alles, was man berühren konnte, strich über Hemden, schnüffelte an Parfüm, legte mich auf die Laken, wälzte mich mit dem Kater in dem kleinen Bett. Im Bad fand ich einen Schrank, aus dem ich Schaufel und Besen nahm, kehrte Staub vom Fußboden auf, holte einen Eimer und einen Putzlumpen und schüttete einen Strom lauwarmen Wassers im Raum aus, produzierte Bäche und Pfützen. Es tat mir gut. Ich stellte Stühle hinauf, rollte kleine Läufer zusammen, polierte Spiegel. Ich onanierte auf dem Sofa. Mit einem Mal überfielen mich abergläubische Vorstellungen, und ich räumte alles wieder an seinen Platz, dachte, ich drehe durch, ich muss mich beruhigen. Ich rief Nilu an. Sie antwortete nicht. Ich rief noch einmal an. Keine Antwort. Viermal hintereinander rief ich an, machte mir Sorgen, doch die Sorgen waren zu einer Routine geworden, gegen die nichts zu machen war. Ich schlug die Aktenmappe auf, sagte zu Chamad, dem Kater: «Du und ich werden es selber studieren, von Anfang bis Ende, wir werden Babak da herausholen.» Er rollte sich ein, und ich las ihm vor.

Erste Seite. Das islamische Strafrecht. 497 Paragraphen, 103 Änderungsergänzungen. Prügelstrafe. So bestimmt es das Gesetz: Hundert Schläge sind die Strafe für Unzucht zwischen einem Mann und einer Frau, die nicht verheiratet sind, das heißt für sexuelle Beziehungen zwischen Ledigen. Hundert Schläge für lesbische Beziehungen. Das heißt, bei den ersten drei Malen. Denn eine Frau, die zum vierten Mal dabei ertappt wird, erhält das Todesurteil. Siehe Paragraph 127 bis 134 respektive lesbische Frauen. Achtzig Schläge für falsche Beschuldigungen und Hetze. Achtzig für Trunkenheit.

Steinigung. So bestimmt es das Gesetz: Jeder Stein bei der Steinigungszeremonie hat groß genug zu sein, um zu verletzen, doch nicht so groß, dass er mit einem oder zwei Würfen tötet. Der Tod muss Leiden beinhalten. Siehe Paragraph 104. Wenn es dem zum Tode Verurteilten gelingt, aus der Grube zu entkommen und zu flüchten, ist er frei und sein Urteil aufgehoben. Ich hob den Kopf von den Seiten, fasste erklärend für den Kater zusammen, fragte ihn: «Ist dir auch aufgefallen, mein lieber Chamad, dass das unlogisch ist? Einen Mann, der gesteinigt wird, graben sie nur bis zu den Hüften ein, also kann er sich befreien, wenn er sich anstrengt, während man eine Frau bis zur Brust eingräbt, ihre Hände also auch in der Erde feststecken. Wie soll sie sich da selbst herausziehen und fliehen? Siehe Paragraph 102. Wo sind hier die Frauenorganisationen, die gegen Diskriminierung protestieren? Und auch gegen Paragraph 93 sollten sie wirklich protestieren, denn die Steinigung ist auch während ihrer Menstruation erlaubt, ebenso im Falle einer kranken oder kränklichen Frau. Vergiss es, mein lieber Kater, reg dich nicht auf, so ist unser Leben, du wirst dich freuen zu erfahren, dass China mehr Menschen hinrichtet als wir, dann kommen wir, und nach uns Pakistan, Saudi-Arabien und die Vereinigten Staaten von Amerika. Alles in allem befinden wir uns in guter Gesellschaft. Nein, nicht die Religion ist schuld, weder die Religion noch der Glaube. Wenn es eines gibt, das die Geschichte jenseits allen Zweifels bewiesen hat, schon seit den Tagen, in denen man durch Zerquetschen unter einem Elefantenfuß hingerichtet wurde, ist es, dass die Menschen grundsätzlich so sind, hier und überall, zum Teil ganz unverhüllt, zum Teil im Geheimen. Und manche sitzen in Cafés, denn momentan sind sie noch nicht an der Reihe, getötet zu werden oder zu töten. Zwanzig Kilometer entfernt von ihnen wird jemand zu Tode getrampelt, haargenau jetzt, und bei ihnen schmeckt der Kaffee heiß und süß. So sind wir alle. Wir brauchen den Geruch von Zerstörung in der Luft. Gib uns eine Utopie, und wir werden rebellieren.»

Am Mittag lag ich im Halbschlaf auf Babaks Bett. Ein Anruf von Nilu weckte mich. Sie klang angespannt. «Alles in Ordnung mit dir?»

«Ja.»

«Mach keinen Unsinn.»

«Wer macht hier Unsinn?» Ich schwieg, denn ich war verschlafen.

«Ich liebe dich.»

«Du bist irgendwie komisch.»

«Das geht vorbei.»

«Wo bist du?»

«Ich kümmere mich um ein paar Probleme, keine Sorge, ich rufe an, wenn ich kann, pass auf dich auf, Kami.» Schweigen. Ich war zu verschlafen, um beunruhigt zu sein. Doch ich rüttelte mich wach und wählte wieder ihre Nummer. «Der von Ihnen gewünschte Teilnehmer ist zurzeit nicht erreichbar.»

Wem wurden die Träume gestohlen?

26

◆

Am Vierzehnten des Monats Farwardin, zwei Wochen nach Neujahr, weckte ich Zahra um sechs Uhr morgens. Wir zogen uns schnell an, obwohl noch Zeit war. Sie hüllte sich in Schwarz, und ich fuhr in das weiße Baumwollhemd und die Leinenhosen, die Nilu mir gekauft hatte. Zahra öffnete die Sprossen der Rollläden. Fütterte den Kater, schaltete die Zeituhr des Warmwasserboilers aus, die Wettervorhersage hatte überraschend brennende Sonne angekündigt. «Willst du heiße Milch?», fragte sie. «Willst du Tee mit Minze?» Und dann saßen wir auf den Küchenstühlen und warteten, spähten alle paar Sekunden auf die Uhr. «Was hast du am Nachmittag für Pläne, mein lieber Kami? Bis Mittag wird alles vorüber sein, es ist wichtig, dass du Pläne machst.» Ich schwieg.

Um sieben klopften wir an Frau Safurehs Tür. Die alte Dame trug ein graues Ensemble, wie der Regenmantel eines Detektivs in einem alten Film, mit einem blütenweißen Kopftuch, glatter gebügelt denn je. Sie war mit dem Einpacken von Sandwiches beschäftigt, bat uns zu warten. Wir warteten. Jedes Sandwich wurde in Papier eingewickelt, jedes Papier in ein Plastiktütchen. Sie stieß ein gezwungenes kurzes Lachen aus. «Kami, ich zerstöre dir den Planeten mit dem ganzen Plastik», sagte sie und klang verlegen wegen ihres künstlichen Lachens. Sie schichtete die Sandwiches in einen Korb. Ihre Hände zitterten vor Aufregung. «Kommt, wir gehen hinunter, meine Lieben, keine Sorge, wir werden kein Problem haben, ein Taxi zu bekommen.»

Neben den Briefkästen am Eingangspfad wartete Amir Teimuri auf uns, er hatte sich herausgeputzt, sah aber schäbig und angeschlagen aus, mit einem grauen Rucksack, klein und vollgestopft. Er strengte sich an, seinen Blick nicht von mir abzuwenden. Doch er schwieg. Ich lächelte ihn verzweifelt an. Er nickte den Frauen höflich zu, versuchte mir eine Umarmung aufzuzwingen und hielt mich weiter am Nacken, während wir zusammen auf den Gehsteig zusteuerten. Wir hielten ein Taxi an. Eine junge Fahrerin, ganz in Schwarz gekleidet. «Wohin möchten Sie bitte?» Zahra führte Frau Safureh vorsichtig auf die Straße, öffnete ihr die Tür. Amir schlug verlegen die Augen nieder. Er musste nichts sagen, ich begriff. Es war ihm unangenehm, sich in einen solchen Wagen, Frauen und Männer gemischt, hineinzuzwängen. Er bedeutete mir, lass, Kami, das ist unwichtig an einem solchen Tag, doch mir war wichtig, dass er sich wohl fühlte. Vielleicht sollte er am Fenster sitzen, überlegte ich, und ich in der Mitte, als Puffer zwischen ihm und Zahra, dann würde er keine direkte Berührung mit ihr haben. Genügte das? Nein, das ist nicht genug, dachte ich, es wird ihn stören, dass ich mit ihr in Körperkontakt bin in seiner Gegenwart. Und wenn er vorne säße? Da hatten die beiden Sitze genügend Abstand voneinander, um eine zufällige Berührung zwischen ihm und der Fahrerin zu verhindern. War das genug? Nein, das war nicht genug, es war nicht fair, ihn einer solchen Unannehmlichkeit auszusetzen, denn die Fahrerin war nicht unattraktiv. War Frau Safureh unattraktiv genug? Eine alte Frau, annähernd vergleichbar der Mutter seiner Großmutter, und wenn Zahra vorn sitzen würde und Frau Safureh neben mir, wäre das in Ordnung?

Ich bestand darauf. Also wechselten wir das Taxi, nahmen einen Wagen von der alten Sorte, in dem der durchgängige Vordersitz für drei reichte. Amir und ich quetschten uns neben den Fahrer. Die Frauen breiteten sich hinten aus. Frau Safureh fiel ein, dass ihr Mann, der verblichene Dichter, in solchen Augenblicken gerne ein bekanntes arabisches Sprichwort zitiert hatte. «Die Welt ist wie eine Gurke, sagte er immer, einmal in deiner Hand und einmal in deinem Hintern.» Und Zahra gab zurück, dass ihr Mann nun kein Dichter gewesen sei, aber in den dunkelsten Stunden zu sagen pflegte: «Gott wird uns für alles verzeihen, denn dafür ist er da.» Eigentlich habe er das irgendwie von einem deutschen Dichter gestohlen oder so ähnlich, sie erinnere sich nicht oder wisse es nicht mehr, aber es spiele ja auch gar keine Rolle. Wir bahnten uns langsam den Weg zwischen den Spuren der Schnellstraße nach Tadschrisch, und am al-Quds-Platz, zwischen den Luxusgebäuden, den Berg hinauf. Der Stau war unerträglich, doch wir ertrugen ihn. Die Minuten weigerten sich vorzurücken, und ich hatte keine Kraft, etwas zu sagen. Ich stellte meine Gedanken ruhig. Das Taxi ruckte in holprigen Sätzen vorwärts. «Das Jahr entschwindet schnell», sagte der Fahrer, «der Tag der Islamischen Republik ist schon vorbei, der Tag der Natur auch, bald ist der Jahrestag Chomeinis, die Lautsprecher werden wieder heulen, uns mahnen, traurig zu sein und uns drei Tage nicht zu rasieren, und dann kommt schon der Sommer, Allah sei gesegnet.» Amir legte eine warme Hand auf meinen Handrücken. In den Nachrichten wieder ein Terroranschlag in Indien. Frau Safureh bemerkte, dass die jungen Gläubigen zu geil seien, das sei das ganze Problem, Sex mit Jungfrauen im Paradies wollten sie, daher die Selbstmordattentate. Sie legte die Stirn in Falten und knurrte zornig in sich hinein. «Letztendlich bin ich ein umgänglicher und angenehmer Mensch, Allah liebt uns schließlich, oder nicht? Was könnte er an uns nicht lieben?» Zahra entgegnete erzürnt: «Nun, was soll sich der Mensch mit Fragen abgeben, die nicht in seiner Macht stehen, lassen wir das.» Und das Radio spielte.

Die Staus lösten sich auf, aber die alte Frau verlor die Geduld. Sie mochte eigentlich generell keine Taxis, wie sie erklärte, ein Gemeinschaftstaxi kann man vielleicht noch in Betracht ziehen, diese weißen mit dem orangefarbenen Streifen. «Man steht am Randstein, schreit dem Fahrer, der das Fenster immer offen hat, das Ziel zu. Wenn er in die Richtung fährt, hält er. Einfach bequem. Auch die blauen oder weißen Taxis mit dem blauen Streifen, die eine feste Route haben, sind bequem. Aber die mit dem schwarzen Streifen, die für Privatfahrten, die sind der blanke Raub. Und überhaupt, man kann sich vier Fünftel der Beförderungskosten sparen, wenn man einfach mit dem Bus fährt. Und fünf Fünftel, wenn man aufs Fahrrad steigt. Reine Entscheidungssache.»

«Aber an einem solchen Tag ...», grollte Zahra.

«Ja, an einem solchen Tag, natürlich», stimmte Frau Safureh zu. «Da bleibt nur ein Spezialtaxi.»

Die Schotterstraße am Rande des Dschamschidieh-Parks war leer. Auch der Parkplatz. Der Morgen eines besonders verschlafenen Wochentags. Das Taxi hielt zwischen den großen grünen Müllcontainern, und wir stiegen aus. Wir streckten die Glieder, strichen Hemden und Kleider glatt, marschierten zu dem Platz. Am Wegrand, hinter einer Absperrungskette der Polizei, parkte ein einsamer weißer Lieferwagen. Die Schiebetür wurde zur Seite gezogen, und Nilufar war zu sehen. Sie saß im Tschador da, höflich, lauschte den Worten eines dürren, bärtigen Mannes. Ihre Hände lagen in Handschellen. Sie sagte etwas zu ihm, doch wir hatten keine Möglichkeit, es zu hören. Zwei Männer in Zivilkleidung reichten ihr die Hand, halfen ihr behutsam auf den Asphalt. Sie stieg aus, sie fassten sie von beiden Seiten an den Armen, führten sie einen kurzen Pfad entlang. Zwei Reihen junger, bewaffneter Soldaten säumten den Weg, wie ein Todeskorridor, und jeder von ihnen hätte alles auf der Welt dafür gegeben, um bei ihr zu sein, der ihre zu sein.

Ich war es. Vielleicht gab es noch eine Reihe anderer, die ihr gehörten, und ich wusste es nur nicht, doch ich war wirklich der ihre. Ich senkte den Blick. Doch Nilufar senkte ihn nicht. Sie hatte so einen merkwürdigen Ausdruck, nicht einmal erschreckt oder geschlagen. Sie gewahrte uns auf einem kleinen Rasenpolster hinter der Absperrung. Sie lächelte mir zu, und mein Bauch zog sich ohnmächtig zusammen, ich fühlte mich schmutzig. Sie schnitt eine Art Grimasse, versuchte etwas mit den Augen zu sagen, doch sie sprach nicht, schrie nicht. Sie sollte schreien! Wir würden sie doch hören, wenn sie nur schreien würde! Versuchte sie zu sagen, dass alles in Ordnung war mit ihr? Versuchte sie zu sagen, dass sie nichts bereute? Dass sie nicht böse war? Sie runzelte die Stirn, machte ein paar zarte Gesten mit dem Kopf, anscheinend versuchte sie, uns zu beruhigen. Vielleicht lächelte sie sogar eine Spur, schließlich waren wir für sie gekommen, wir alle waren für sie gekommen. Und sie hatte das Spiel letztlich mitgespielt, das hier war Teil des Spiels, vielleicht war es das, was sie zu sagen versuchte. Ich wollte ihr noch ein paar Augenblicke länger in die Augen sehen, doch ein weiterer Mann näherte sich, verhüllte den letzten Fleck, der von ihrem Gesicht noch sichtbar war, mit einem schwarzen Stoffstück, bedeckte auch ihre Augen. Nur ein winziger Spalt blieb übrig, ihre roten Lippen, damit sie atmen konnte. Er sagte kein Wort. Musste nichts sagen. Jeder erledigte seine Aufgabe. «Schließ die Augen», flüsterte Zahra mir zu, «entzünde deine junge Phantasie und schwebe davon. Finsterer kann es nie mehr für dich werden. Fasse Mut.»

Nilu biss sich auf die Lippen. War das ein Zeichen von Traurigkeit?

Wir stiegen den Pfad hinauf. Es gab keine Menschenansammlung. Ein leerer Rasen. «Wo ist die Menge?», fragte Zahra. «Niemand ist gekommen, um zuzuschauen.» Und Frau Safureh antwortete, dass sie niemals, noch nie in ihrem ganzen langen Leben in dieser Republik ein so eigenartiges Schauspiel erblickt habe, als seien alle Regierungsstellen verwirrt gewesen und hätten sich nicht entscheiden können, ob sie die Zeremonie im Dunkeln, hinter verschlossenen Türen durchführen wollten, oder lieber auf offener Straße in aller Öffentlichkeit, und ob das Mädchen ein Symbol war, das von den Dächern gestürzt werden musste, oder eine Feder, die von selbst im Nachtwind eines geschlossenen Gefängnishinterhofs davongeweht würde. Es gab schon viele solche Fälle, aber nie habe es eine derartige Verwirrung gegeben.

Ein Ordner bat das nichtexistente Publikum, sich in Geduld zu üben, in wenigen Minuten würde man beginnen. Er hatte dunkle Haut und einen ergrauenden Schnauzer, ein rundes, aufgedunsenes Gesicht, große Ohren, Flaum auf der Glatze und eine kurze, blaue Regenjacke, die nicht zu verbergen vermochte, wie ihm der Bauch über den Hosenbund quoll. «Bei diesem Abschaum», verkündete er, «muss nicht einmal aus dem Koran gelesen werden.» Und drei zufällige Passanten scharten sich neugierig um ihn. Wo waren ihre Eltern? Wo waren die Schwestern und ihr Bruder? Nicht da. Ein Kranwagen fuhr seinen langen Arm in den blauen Himmel aus, und wir warteten. Tödlich versteinert unter der Sonne.

Nilufar wurde im Dschamschidieh-Park hingerichtet, an einem Kran vom Felsen über die Stadt gehängt, mit lichtlos verhülltem Körper und schwarz verdeckten Augen. In den letzten Augenblicken schien es, als lasse die Blindheit sie weniger am Leben festhalten. Es schien, als sei ihr loser Leib mager und kränklich, ein fragiles, zerbrochenes Skelett, an dem die Hände mit schamhaft gequälter Bewegung herabbaumelten. Ein dünnes schwarzes Stück Tuch wehte leicht im Himmel, und kein Lächeln lag auf ihren Lippen, es war traurig für sie zu gehen. Sie liebte das Leben, obwohl es vielleicht besser für sie gewesen wäre, sie hätte es nicht so sehr geliebt. Und ich betete für sie, dass es schnell zu Ende sein würde, dass sie keine Angst zu haben brauchte. Es sei denn, sie wollte, dass es langsam zu Ende ginge, um noch ein paar Sekunden Leben zu atmen.

Nilufar wurde hingerichtet wie in einem schäbigen Schmierenstück. Ohne Gefühlsausbrüche, mit Zuschauern, die von der Beiläufigkeit des Dramas enttäuscht waren. Kein Aufruhr. Nichts Besonderes, bloß ein gewöhnlicher leichter Wind, charakteristisch für die Berge, und die übliche dichte Lärmwolke, die von der Stadt unten aufstieg, die ihrem Leben nachging mit Ambulanzen, Gehupe, Motordröhnen. Nicht der stürmisch bewegende Tod eines Propheten oder Messias. Nur der Tod eines Mädchens, das etwas anderes war, das mein war. Hätten wir zusammen eine Viertelstunde vor dieser Einsamkeit gehabt, dann hätten wir Selbstmord begangen, lächelnd umarmt. Doch allein Selbstmord zu begehen, ist mir offenbar nicht gegeben. Also stand ich unter der Leiche, die von oben herabfiel, und wollte schreien, sie ist mein.

Bin ich schuld? Ist es plausibel, dass ich schuld bin? Sehen alle in mir den Schuldigen? Ist meine Schuld geringfügig oder teilweise oder eine Schuld, ohne die das alles nicht passiert wäre? Und als Schuldiger, soll ich hingehen und bitten, dass man mich neben ihr aufhängt? Ist es mir, als Schuldigem, erlaubt, Angst zu haben, dass sie Namen preisgegeben hat und bald auch ich hier stehen werde? Vielleicht war eine Frau wie sie generell nicht dazu bestimmt, das Alter zu erreichen, redete ich mir ein. Vielleicht ist das ihre Geschichte. Und ich bemühte mich, die leuchtenden Erinnerungen zu verscheuchen. Wir beide am Strand des Kaspischen Meers. Ziehen uns aus und lachen. Es war zynisch, daran zu denken, wie glücklich und unschuldig wir waren. Und wie erhaben. Und nun, innerhalb eines Moments, waren wir nichts. Aber wie war das möglich? Wie war das passiert? Was war schiefgegangen? Ich betete darum, dass meine Sinne abstumpften. Dass die Soldaten stumm würden. Die Polizisten nicht mehr atmeten. Amir legte eine Hand auf meine Schulter, behütete mein Gleichgewicht, ein Kompass im Sturm. Und Frau Safureh schüttelte sanft ihr runzeliges Gesicht und sagte: «Wir sind Menschen, wir fallen manchmal, das ist Teil davon, zu fallen, lässt Allah denn nicht zu, dass die Menschen fallen?»

«Gott möge dem Schah verzeihen», antwortet Zahra, «er war ein besserer Herrscher.» Sie wollte mich in die Arme nehmen, doch es war unmöglich, sich mitten im Park vor den Soldaten, Sittenpolizisten, Geheimagenten und freiwilligen Helfern der Revolution zu umarmen. «Es ist eine Schande, in dieser Zeit zu leben», sagte sie, danach räusperte sie sich. Ich legte mich würgend ins Gras. Hier im Park hatte mir Nilu in unserer ersten gemeinsamen Nacht die Hand auf den Oberschenkel gelegt. Einen Tag davor hatte sie mich auf der Treppe der Fakultät noch «Soheil» genannt, und plötzlich war sie fünfhundert Stufen mit mir den Berg hinaufgeklettert, bis hierher. Warum? Sie hatte sich an meinen Arm gehängt zwischen den schwarzen Felsen, ließ mich an alle Dinge denken, die ich keinesfalls tun durfte, um das, was zwischen uns begann, nicht zu zerstören. Müde Gitarren spielten für uns nach Mitternacht nahe dem kleinen Amphitheater. «Wonach strebst du, Nilufar Chalidian?», hatte ich gefragt. «Wenn du ins Bett gehst in der Nacht, bevor du einschläfst, was hast du vor Augen? Einen Mann? Kinder? Einen Bürojob? Was willst du eigentlich werden oder sein?»

«Muss man das im Voraus entscheiden?», hatte sie gefragt.

«Es muss nichts Spezifisches sein», hatte ich erklärt. «Ich und mein bester Freund aus Anzali zum Beispiel haben beschlossen, Erfahrungssammler zu sein.»

«Keine Zeit dazu», hatte sie erwidert, «die Erfahrungen muss man jetzt sammeln.»

«Warum jetzt?», hatte ich mich gewundert. «Und was geschieht danach?»

«Danach hinterlassen wir der Welt die schöne, sexy Erinnerung an uns und schließen uns ein», hatte sie gesagt. Und ich war erschrocken. Sie spürte es und lachte. «Chosch baschi! Be happy!» Und ihr Akzent klang nach Hollywood. «Zu viel Sauerstoff hier oben», hatte sie sich beschwert, worauf wir gingen.

Amir setzte sich neben mich auf den Rasen, ergriff meine Hand und drückte sie fest, und ich sagte zu ihm: «Pass nur auf, gleich hängen sie uns auch auf.» Und er schloss die Augen und biss sich auf die Lippe, legte sich zurück, drückte seine Wange ins Gras und schwieg. Ich machte auch die Augen zu. Ich stellte mir ein Erdbeben vor, ein globales, es liegt ein gewisser Trost darin, sich endlose Zerstörung auszumalen, Berge von zerschmettertem Beton, menschenverlassene Städte, eingebrochene Brücken, Totenstille. Ich liege auf den Trümmern, ein erbärmliches Häufchen Überlebender ist in der Ferne verstreut, die Luft besudelt von Staub und sich ankündigendem Leichengestank. Will ich aufstehen? Will ich auf meinen Beinen stehen und auf eine kühle Brise warten, atmen, mich neu aufbauen? Nein. Ich betete darum, dass ich wollte, doch ich wollte nicht. Ich wollte, dass ihr schlaffer Körper herabgeworfen und auf mich fallen würde. Ich machte ihre Finger aus, die am Himmel herauslugten, die Finger, die mir den Hals gestreichelt hatten, die Brustwarzen und den Bauch, die bald erkalten, nie wieder warm werden würden. Wie erleichternd wäre es für mich gewesen, wenn ich geglaubt hätte, dass etwas dort auf sie wartet, wenn ich gewusst hätte, dass sie etwas sieht, einen weißen Korridor von Leben vielleicht durch den schwarzen Stoff hindurch, der sie in der Sonne verschmoren ließ.

Ich lag da, rettungslos, und hoffte, sterben zu wollen.

Einen Moment, bevor sich alles zerstreute, wollte Zahra trotz allem eine Zeremonie. Sie führte uns ans Ufer des künstlichen Sees, und wir versammelten uns um sie auf den nachgemachten Antiksteinplatten. Sie zog einen kleinen Zettel aus ihrer schwarzen Ledertasche und las vor. Es waren Verse von Firdausi:

«Es schliff dies Weltjuwel ein Meister ohnegleichen,
den Name, Zeichen und Gedanken nicht erreichen,
zu dem des Menschen Wähnen nimmer sich erhebt,
und dessen Hoheit über allen Thronen schwebt.
Des Menschen Weisheit kann sein Wesen nicht benennen,
denn wir benennen nur die Dinge, die wir kennen.
Und selbst, wer Worte schleifen kann wie ein Juwel,
der mühe sich nicht ab, sein Mühen schlägt doch fehl.»

«Die Welt ist jetzt kleiner, salam und auf Wiedersehen», so pflegte Herr Ali Samimi zu sagen, wenn jemand starb. Nehmen wir mal an, man teilte ihm mit, Allah erbarme sich, der arme Herr Behram vom Pistazienstand ist bei einem Bootsunfall von uns gegangen, so sagte er, einen warmen Gruß an Allah, ama-to gaidam, fick deine Tante, und das half ihm, das Ganze leichter zu nehmen. Obwohl er auf dem Markt arbeitete, verfluchte Ali Samimi niemals Familienangehörige – außer bei Todesfällen. Es gab Samstage, an denen sich über einen halben Meter Schnee auftürmte und es uns nur mit Mühe gelang, die Hütte zu erreichen. Herr Ali Samimi hatte es nicht gern, wenn der Markt geschlossen war, er mochte den Winter nicht. Dann kamen wir zu ihm und spielten mit ihm Dame. Unser Volk ist das beste auf der Welt im Damespiel. Auch im Backgammon sind wir nicht übel. Als wir im letzten Winter an einem Morgen ankamen, sagte Herr Ali Samimi: «In Bälde, Kinder, könnt auch ihr meine Tante verfluchen, meine Zeit ist gekommen, chalas.» Amir fing zu weinen an. Ali Samimi strich ihm über den Kopf und sagte zu ihm: «Wieso denn Tränen, Kinder, keine Sorge, das ist gut, das ist ganz ausgezeichnet, sowohl für mich als auch für die Welt», und es lag nicht der leiseste Anflug von Lüge oder Zweifel in seinem Gesicht. Ich musterte ihn mit interessiertem Misstrauen, denn ich dachte, dass eine solch totale Akzeptanz, die ihren Ursprung in absolutem Glauben hat, Neid und Befremden auslöst, und ich hatte keine Ahnung, ob man sich fragen sollte, woher die Kraft stammte oder die Schwäche, die ihn dazu brachte, sich an eine solche Hinnahme zu klammern. Amir weinte, und ich freute mich, dass er der Schwache in unserem Bund war – denn ich fragte mich häufig, wer ist der Starke? Bin ich es noch? Ich suchte nach Beweisen und fand sie auch.

Ali Samimi machte uns eine Erbsensuppe heiß, und die ganze Zeit war die Stimme seines Todes deutlich zu vernehmen. Ich dachte, ich sei sehr hungrig, aber ich musste entdecken, dass dem nicht so war. Dennoch blieben wir den ganzen Abend mit ihm zusammen, damit er nicht vor Kälte allein erfrieren würde. Danach vergingen Wochen, sogar Monate, und Herr Ali Samimi starb nicht, alles war völlig normal. Ich wollte fast schon, dass er starb, und ich war enttäuscht, dass nichts passierte, denn die Erwartung schmerzte. Er hatte uns vorbereitet, ich hatte mich damit abgefunden, und nun wollte ich es hinter mir haben, wollte wissen, dass auch nach seinem Tod bei uns alles wunderbar weitergehen würde, ohne ihn.

Er starb am Frühlingsende. Meine Mutter half mir, ein großes Begräbnis für ihn zu organisieren mit einer Prozession respektabler, schwarzgekleideter Herren, einer riesigen Trommel, einem Chor und einer bunten Lichterkette, wie er es wirklich verdient hatte.

Nilufar würde kein Begräbnis mit schwarzgekleideten Herren haben, die eine mit dunklem Stoff bedeckte Bahre trugen. Keine große Trommel würde für sie geschlagen werden. Und auch kein Chor und keine bunten Lichter und keine Band in einem riesigen Tanzclub, wie es so gut zu ihr gepasst hätte. Nichts würde sie haben. Ein kleines, schäbiges Loch würden sie für sie ausheben, lustlos, vielleicht sogar mit Verachtung, Hass und Ekel. Sie würden den kümmerlichen Leichnam dreimal schütteln und in die Erde werfen, den Kopf voraus, dann den Rest, und auch die, die dachten, sie würden sich immer und ewig an sie erinnern, würden sich immer weniger erinnern, bis sie sie vergessen hätten.

Zahra und Frau Safureh betrachteten mich mit zusammengekniffenen Augen und schmalen Lippen, erfahren, gaben mir zu verstehen: Kein Mensch beschuldigt dich, alles in Ordnung, Ehemänner sterben, Liebe stirbt, das ist der Lauf der Menschheit, du hast Zeit zu genesen, alle Zeit der Welt, und letzten Endes wird es schön sein, sich zu erinnern. Ich stand vor ihr, ein letzter Blick. Sie hing zusammengesunken, leicht schwebend in der Luft, und ich dachte nicht mehr an ihr Leiden oder daran, was sie alles versäumte – ich dachte an mich selbst.

Der Morgen war im Handumdrehen vorüber. Es nahte der Mittag. Junge Soldaten eilten zu ihren Transportern, der Park leerte sich. Nur zwei alte Wächter wurden zurückgelassen, um den reglosen Kran und das Seil zu beaufsichtigen, das noch stundenlang leicht pendeln würde, für neugierige Zufallspassanten, die die Strafe für die Sünde noch nicht gesehen hatten. Wir drängten uns wieder zusammen in ein altes Taxi und fuhren zum Restaurant Nayeb am Kadsch-Platz. Die Frauen dachten, es sei besser zusammenzubleiben, denn was sollte man an einem solchen Tag schon anfangen? Sie dachten, dass Nilu sicher gewollt hätte, dass wir uns nicht der Trauer ergaben. Aber was spielt es noch für eine Rolle, was Nilu gewollt hätte? Doch Zahra beharrte darauf. «Wir machen eine Tradition daraus, wir werden uns jedes Jahr hier treffen, wenn der Frühling kommt, beim besten Kebab in der Stadt, über einer wunderbaren Tischdecke in beruhigender Pfirsichfarbe, neben den luxuriösen Wanduhren, mit den Obern in ihren Westen, Statuen, leiser Musik, stilvoll. Zu ihrem Gedenken. Es wird alles zu ihrem Andenken sein. So muss unsere Trauer aussehen», sagte sie, «wir werden uns hinsetzen und lächeln und die schönsten Geschichten über Nilufar aufrollen.»

Wir setzten uns an einen Seitentisch, Weingläser wurden mit klarem Mineralwasser gefüllt. Blumendekorationen hellten die Tische auf, ruhige Beleuchtung und Kohlen im Kamin, die blaue

Flammen emporzüngeln ließen. Wir saßen lange Zeit dort, aßen langsam. Doch keiner von uns vermochte zu reden. Ringsherum waren das Lachen der Gäste, müßige Plaudereien zu hören, und bei uns vernahm man kaum ein leises Klirren der Porzellanteller.

Manchmal geschehen die Dinge nicht so, wie du sie gedacht oder gefühlt hast. Manchmal ist nichts in Ordnung, und manchmal wird nichts gut.

27

◆

Danach lebten wir weiter.

28

◆

Einst hatten wir einen demokratischen Ministerpräsidenten. Das Volk liebte ihn. Er kam immer im Bademantel zu den Sitzungen im Madschles, weinte, fiel in Ohnmacht, schlief vor den Kameras ein, er war dramatisch und ein Aufschneider. Er führte die Staatsgeschäfte von seinem Bett aus, berief diplomatische Treffen im Liegen ein, gehüllt in bestickte Roben aus Kamelhaar. Er glaubte, dass Könige die Politik den Abgeordneten der Öffentlichkeit überlassen müssen. Kein Wunder, dass Schah Muhammad Reza ihn nicht ertrug. Er war ein Symbol der Unabhängigkeit, des Nationalismus, der Rehabilitation, unserer Chance. Er dachte auch, dass der Iran das Recht habe, die größte Raffinerie der Welt in die eigenen Hände zu nehmen, die zwar auf unserem Territorium stand, jedoch von der britischen Regierung kontrolliert wurde. Er täuschte sich. Wir hatten nicht einmal das Recht, einen Blick in die Abrechnungsbücher zu werfen. Als er beschloss, sie zu nationalisieren, sie den Engländern wegzunehmen, kam die gesamte Wirtschaft ins Rutschen, denn britische Kriegsschiffe verhängten eine Seeblockade, und die internationale Krise und der Boykott trafen den nationalen Geldfluss empfindlich. Doch das Volk unterstützte ihn, seinen demokratischen Ministerpräsidenten – die Kommunisten, die Nationalisten und die Fundamentalisten, alle standen begeistert auf seiner Seite, weil sie keine Marionetten mehr an der Regierungsmacht wollten. Muhammad Mossadeq war der letzte demokratische Ministerpräsident.

«Amazon und das nationale Sicherheitsarchiv der Vereinigten Staaten von Amerika sind stolz, Ihnen fünfzehn Dollar und fünfundvierzig Cent sparen zu können, was einunddreißig Prozent unter dem Verbraucherpreis bedeutet, und Ihnen für nur vierunddreißig Dollar fünfzig – oder sogar für nur einunddreißig Dollar neunundneunzig, wenn Sie sich mit einem gebrauchten Exemplar zufrieden geben – die Sammlung der Geheimdokumente anzubieten, die ein Licht auf die amerikanisch-britische Gemeinschaftsoperation zur Stürzung des iranischen Ministerpräsidenten wirft: ‹Mohammad Mosaddeq and the 1953 Coup in Iran›, eine neue, prachtvoll gebundene Sammelausgabe von Mark J. Gasiorowski und Malcolm Byrne. Drei Leser haben bereits eine 5-Sterne-Bewertung abgegeben. Frei Haus. Momentan in der Amazon-Bestseller-Liste auf Rang 193 816.»

Die New York Times. Eine Enthüllung. «Die Geheimschubladen der Keller des Nachrichtendienstes öffnen sich, streng geheime Dokumente kommen ans Licht: Die Intrige, die Operation Ajax zum Sturz der iranischen Regierung: So wurde ein junger Mann vom CIA, Spezialagent Kermit Roosevelt, Enkel des 26. Präsidenten Theodor ‹Teddy› Roosevelt, mit einem Koffer mit einer Million Dollar Inhalt losgeschickt, um das vereinte demokratische Regime im Iran zu stürzen. Die komplette Spionageaffäre, Stunde für Stunde, in Stephen Kinzers erhellendem Buch, ‹All the Shah's Men›. Im Paperback sparen Sie vier Dollar und achtundsiebzig Cent, zweiunddreißig Prozent unter dem Verbraucherpreis. Begeisterte Kritiken. Das Staatsministerium in Washington hat Bedauern geäußert.»

Schnecke hatte recht gehabt. Es waren die Amerikaner. Und Zahra hatte recht, wir waren ein zu romantisches Volk. Und zu totalitär. Und zu geil. Und süchtig nach Dramen. Und gesättigt an narbenschlagenden Revolutionen, wie Frau Safureh zu Recht gesagt hatte. Und auch Muhammad vom Schwarzmarkt hatte recht, und Amir hatte recht. Eine Menge Leute haben häufig recht, aber was besagt das schon?

29

◆

Wir lebten weiter. Zahra öffnete die Rollläden des Balkons. Schaltete alle Lichter ein. Verteilte Süßigkeiten im Salon. «Wir werden uns konzentrieren», sagte sie, «diszipliniert und reif sein, denn Unglücke lassen uns reifen. Wir werden das ganze Leben mit Nilu zusammen sein, und das Leben wird sich bessern. Denn Nilu ist für das Volk gestorben, das sie geliebt hat. Und das Volk wird das noch schätzen.»

Frau Safureh nickte zustimmend. «Ja, Nilu ist für die Freiheit gestorben.» Und sie durchstöberte das Internet, doch es ließ sich kein einziger Bericht über den Kran an diesem Morgen finden. Bei Google waren die gewünschten Websites blockiert. Keine Spur. «Ihr irrt euch», entgegnete ich, «Nilufar ist gestorben, weil sie das Leben liebte, und Babak ist verschwunden, weil er es nicht liebte, in Lüge zu leben.»

Zahra sorgte sich um mich. Amir bat sie um Erlaubnis zu bleiben. «Würdest du auch an Deck der Titanic dermaßen höflich sein?», fragte sie verwundert und holte ihm ein frisches Handtuch, eine neue, noch verpackte Zahnbürste und ein Kissen. Er richtete sich in meinem Zimmer ein. Packte den kleinen Rucksack aus und verkündete, er würde nicht gehen. Den größten Teil des Nachmittags blickte er mich an und schwieg. Er zog jedes Mal die Augenbrauen hoch und ließ den Kopf hängen, wenn ich den Blick erwiderte. Als fühlte er sich selbst schuldig oder fürchtete, ich würde einen Feind in ihm sehen. Aber ich war so überlastet mit Gefühlen, dass ich nichts mehr fühlte. Auch keine Wut. Nur den Schatten des Krans spürte ich, wie er zwischen meinen Augen von einer Seite zur anderen schwebte, rüttelte und klopfte im Innern meines Hirns.

Um sechs Uhr abends erklang ein müdes Klopfen an der Tür. Vielleicht waren es die Gorillas der Basidschis, es war mir egal, sollten sie mich über den Boden schleifen, mir die Rippen brechen und mich zu Tode prügeln. Frau Safureh machte auf. Muhammad trat zögernd ein, entschuldigte sich für seine Machtlosigkeit. Nicht im Namen des Untergrunds, nur in seinem eigenen Namen. Letztendlich war er ein schwacher, verträumter Junge, wieso sollte ich von ihm erwarten, das Durcheinander auf der Welt zu lösen. «Ich weiß, wie sehr du sie geliebt hast», tröstete ich ihn, und meine Stimme zitterte.

Muhammad setzte sich auf den kleinen Schemel, der für die Fernbedienung vorgesehen war. Er hörte sich sachlich, aber verloren an. Er sagte: «Vielleicht wird dich die Gewissheit trösten, wir haben Nachforschungen angestellt.»

Frau Safureh bedeutete ihm zu sprechen, schloss die Balkontüren und setzte sich dann zu uns, in den Schaukelstuhl, hing gierig an seinen Lippen. Muhammad wand sich, machte ein unglückliches Gesicht. «Was ist das Problem?», drängte sie ihn. Er deutete an, dass er sich nicht ganz wohl fühlte. Amir stand schnell auf und wollte das Zimmer verlassen, doch ich blieb beharrlich. «Er ist mein bester Freund», sagte ich, «er geht nirgendwohin, du kannst offen reden.»

«Alles ist sehr schnell passiert», berichtete Muhammad. «Fast ein Standgericht, kein Schauprozess, es war vorbei, noch bevor etwas durchgesickert ist.»

Wir scharten uns näher um ihn. Zahra begann zu weinen, ausgerechnet jetzt, auf einmal. Sie schloss die Faust um ein Taschentuch, drückte es an die Wangen und fing das stetig wachsende Rinnsal auf. «Was war die Anklage?», fragte ich. «War es die Protestkampagne, die sie hineingeritten hat?»

Muhammad zögerte. «Es war von vornherein aussichtslos», erwiderte er dann. «Nachdem sie in die Liga der Männer durchgebrochen ist, haben sie die Überwachung verschärft. Als das französische Magazin herauskam, konnten sie schon nicht mehr zulassen, dass sie weiterhin den Staat vorführte und die jungen Leute rebellisch machte. Nilu hat es gewusst, sie spürte, dass sich die Schlinge zusammenzog. Sie geriet in Panik. Also rief sie einen Renntrainer aus Texas an, bat darum, zum schnellstmöglichen Termin in die USA zu fliegen. Als sie bemerkte, dass die Geheimdienstagenten sie Tag und Nacht beschatteten, geriet sie so unter Druck, dass sie sich noch tiefer verstrickte, an einen amerikanischen Diplomaten wandte und um ein Dringlichkeitsvisum für politisch Verfolgte bat. Das war an dem Tag vor Nouruz, die Zeit lief ihr davon. Die Amerikaner wiesen sie höflich ab, es sei keine gute Zeit, um sich in die inneren Angelegenheiten der iranischen Regierung einzumischen.»

«Sie hat mir nichts davon erzählt», sagte ich erschüttert.

Muhammad schwieg.

«Soweit es dir bekannt ist», fragte Frau Safureh schamlos, «haben sie die Ärmste gezwungen, auch Namen preiszugeben?»

Die alte Frau und Zahra hefteten flehentlich ihren Blick auf Muhammad.

«Sie hat sofort gestanden. Alkohol, Drogen, unzüchtiges Verhalten, ungesetzliche Beziehungen, Lasterhaftigkeit in der Öffentlichkeit und unentschuldbare Ehrverletzung der Umma durch Verleumdung des Islams. Es ist nicht sonderlich schwierig, jemanden solcher Vergehen anzuklagen, wenn es gewollt ist, und Nilufar hat kapituliert. Aber Namen hat sie keine genannt.»

«Wie kann es sein, dass ich nichts gemerkt habe?», stieß ich mit Entsetzen hervor.

«Sie war eine so starke Kämpferin», erklärte Zahra, «das gibt es doch nicht, dass sie so schnell aufgegeben hat.»

«Sie tat das, was für ihre Familie gut war», sagte Muhammad ergeben. «Sie wollte ihren Vater nicht in Verlegenheit bringen, ihren Schwestern nicht das Leben verderben. Sie entschied sich dafür, keinen Einspruch zu erheben und keinen Aufruhr auszulösen.»

«Welcher Vater lässt zu, dass seine Tochter sich selbst umbringt?», schäumte Zahra.

«Er hat getan, was für die Familie gut und richtig war. Er traf die Wahl, seine Familie zu schützen. Die Enkel. Um ihnen eine Chance zu geben, hier weiterzuleben. Er sagte sich von ihr los. Welche Wahl hatte er sonst?»

«Es liegt ein kleiner Trost darin, es wenigstens zu wissen», seufzte Frau Safureh. «Ein geschlossenes Kapitel ohne nagende Fragezeichen.»

«Wir werden eine Versammlung abhalten», verkündete Muhammad, «wir werden zu ihrem Andenken demonstrieren.»

Ich ging in die Küche, allein, lehnte mich an das Spülbecken und versuchte zu weinen.

Nilufar starb, weil sie glücklich war, und Babak verschwand, weil er traurig war. Nilufar dachte, sie sei geschützt, doch der Schutz war eine Illusion, ein Staat muss unberechenbar sein, sonst verbreitet er keinen Schrecken. Babak liebte die Menschen, doch er wusste, dass die Menschen ihn hassten, es war der stumme, unabänderliche Hass der Masse, was sollte man dazu noch sagen? Er wollte sein, was er war, so wie er geboren war, ein unmöglicher, ewig junger Babak, ein bloßes, pulsierendes Herz, das war nichts, was er beherrschen konnte. Nilufar wusste, wie weit sie den Bogen spannen konnte, sie beherrschte es, nicht über den Punkt hinauszuschießen, an dem es kein Zurück mehr gab. Sie tat es dennoch. Sie wollte ihre schöne, sexy Erinnerung hinterlassen und gehen. Also ließ sie die Erinnerung zurück. Und ging. Babak war traurig, aber dennoch lebendig und voller Freude. Nilufar strahlte Glück aus, aber sie wurde traurig aufgehängt.

Muhammad hat die ganze Zeit recht gehabt, dachte ich, es besteht kein Grund, dass die Welt nicht untergehen sollte, es gibt keine Logik. Es gab ein Jahrhundert der Illusionen, ein knappes Jahrhundert aufgeklärten Denkens. Sogar das Böse bemühte sich, sich als aufgeklärt zu gerieren, was es neue Blüten treiben ließ. Für ein Jahrhundert war die absolute Freiheit die perfekte Lösung für alle Probleme, der Existenzzweck, wer betete sie nicht insgeheim an? Doch damit ist es vorbei. Sie versinkt schon, und weshalb sollte jemand dem Beachtung schenken? Vielleicht ist es besser, das Böse enthüllt sein Gesicht und steht uns direkt gegenüber, damit wir wissen, wer wir sind. In meinen Augen würde niemals ein so glühendes Feuer brennen wie das, das ich in den Pupillen des Zeremonienwächters im Dschamschidieh-Park sah, als er um den Kran herumhüpfte. Der Zeremonienwächter würde gewinnen.

Frau Safureh suchte, auf BBC, CNN, die Stimme Amerikas in Persisch. Kein Bild, kein Wort, keine Website, die von Nilufar Chalidian gehört hätte. Wie konnte das sein? Wie war es möglich, sich damit abzufinden?

«Nun, uns wird es nicht mehr vergönnt sein, glücklich zu sein», schnaufte Zahra aus den Tiefen ihrer Brust.

Amir stellte sich neben mich. Und auch Muhammad trat näher. «Ich kann dich rausschmuggeln, Kami, mein Freund, wir haben Leute für solche Sachen, es ist nicht gut für dich, in diesem Land zu bleiben.» Das sagte er und heftete mitleidig seinen Blick auf mich.

«Befindet sich Kami in unmittelbarer Gefahr?», fragte Zahra. «Wie lautet die Anklage?» Und es klang ganz natürlich.

«Man kann nie wissen, Frau Chazuri», entschuldigte sich Muhammad. «Aber mehr als die Polizei beunruhigt mich Kami. Verlassen Sie sich auf mich, ich kann die erkennen, für die es nicht gesund ist, jetzt hier zu leben, denn es ist nichts zu machen, nicht alle sind stark genug für dieses Spiel.»

«Nein, danke», hielt ich ihn auf, «ich bleibe.»

Frau Safureh durchquerte mit wenigen Schritten den Salon, die Augen neugierig aufgerissen. Sie packte Muhammad ungehemmt am Ärmel, drückte ihm beinahe ihre kühnen Lippen auf und fragte kaltblütig: «Sag mal, so ganz nebenbei, junger Mann, wie genau holt ihr Leute hier raus? Und wohin eigentlich?»

30

◆

So kam es, dass wir noch in der gleichen Nacht das Leben unserer undurchsichtigen und eigenwilligen alten Dame in zwei alte Koffer packten, die außer einem kurzen Besuch des al-Hamidia-Markts in Damaskus noch nie etwas von der Welt gesehen hatten. Wir packten sie mit ihr, denn wie viele Gelegenheiten, ihre Träume zu verwirklichen, hatte eine alte Frau wie sie noch, und welches Recht hatten Zahra und ich schon, sie aufzuhalten, nur weil es für uns etwas weniger leicht war ohne sie? Das Leben zerrann uns zwischen den Fingern und auch das Herz, doch Frau Safureh hatte anscheinend noch ihre letzte Chance auf ein gutes Ende. Alles, worum sie je für sich gebeten hatte, war ein gutes Ende. Schon seit Jahren übte sie sich darin; lernte die Namen von Hauptstädten, Flaggen und Münzen auswendig, bereitete sich auf die Rolle einer Weltbürgerin vor, und nun war es so weit. Also taten wir so, als freuten wir uns.

Ein letztes gemeinsames Mahl in der Nacht. Hastig aßen wir Schüsselchen mit Körnern in Milch auf dem Rand von Frau Safurehs durchhängendem, altem Holzbett sitzend. Ringsherum lauter Haufen, zusammengeknüllte Kleider und verknitterte Stoffe – und schwere Entscheidungen. Man konnte unmöglich alles mitnehmen, nur neunundzwanzig Kilo waren erlaubt, der Rest würde zurückbleiben. Zahra sagte: «Alles geschieht so schnell in letzter Zeit, wenigstens hat man uns diesmal eine

Gelegenheit zum Abschied gelassen. Das ist nie selbstverständlich», tröstete sie sich, «man muss dankbar für die kleinen Gnaden sein.»

Der Ölofen färbte das Zimmer orange, ein Gefühl von Ende lag in der Luft. Die alte Frau versprach, Ansichtskarten aus Japan zu schicken. Und Zahra bat sie, nichts zu schreiben, was entlarvend oder subversiv wäre, damit nicht auch wir am Kran im Dschamschidieh-Park endeten. Behutsam fragte ich, warum sie meine, dass die Japaner einer älteren Frau wie ihr erlauben werden, sich bei ihnen niederzulassen. «Wegen der negativen Geburtenrate», antwortete Frau Safureh umgehend und führte aus, dass es in Japan an Menschen fehle, dass die Bevölkerung regelrecht schwand. Mir schien, dass die Japaner eher Robotern den Vorzug vor Menschen wie uns geben würden, und eine Ausländerin im hohen Rentenalter würde im Kampf gegen die sinkende Geburtenrate kaum von Nutzen sein, aber wie auch immer, vielleicht würde sie als politischer Flüchtling anerkannt werden, wenn sie sich als ehemalige Richterin des Obersten Gerichts, ein Opfer der Revolution, präsentierte. Frau Safureh war immerhin eine kommunikative, sozialisierte Person. Ich stellte sie mir schon im Kimono vor, wie sie neue Freunde empfing in ihrer japanischen Wohnung, zwischen Papier- und Holzwänden und geflochtenen Strohmatten auf dem Boden. «Unser Leben ist eine Tragikomödie, meine Freunde», sagte sie, und es entfuhr ihr ein glückliches Glucksen. «Manchmal ist es eine mitreißende Telenovela, manchmal eine armselige, billige Seifenoper, und wenn es ihnen gelingt, dich zu überraschen, liebt dich jemand da oben offenbar.» Sie blickte mich betreten an, schuldbewusst, dass sie glücklich war. «Verzeih mir, mein Kami», sagte sie und streckte die Hand nach mir aus. Vor lauter Stürmen erscheint einem der Hurrikan nur noch wie ein ganz normaler langweiliger Herbstwind, dachte ich.

Es blieben noch zwei Stunden bis zum Eintreffen des Wagens, der sie wegbringen würde. Wir machten Balkon und Fenster dicht, löschten die letzten Lichter, zogen sogar den Kühlschrankstecker heraus und verließen die Wohnung. Bald würde ein Fremder hier schlafen. Wir stiegen zur endgültig letzten Unterhaltung in die Wohnung hinauf, die unser Club gewesen war, setzten uns um den Computer herum, der den beiden bis vor nicht allzu langer Zeit wie der Anfang der größten Revolution aller Zeiten erschienen war, wie die Botschaft einer sprudelnden, brodelnden Generation, die die Welt einfach auf den Kopf stellen musste. Frau Safureh liebte ihn immer noch, berührte mit einem ihrer mageren Finger den Bildschirm, um zu sehen, wie sich helle Wellen darauf ausbreiteten. Ihre wahre Zuflucht war dieser Bildschirm gewesen. Bis zur allerletzten Minute bat sie Amir und mich, ihr alles vorzulesen, was es zu wissen gab, Japanisch für Anfänger, ein Japanführer. Die Zahl vier symbolisiert den Tod, neun drückt Schmerz aus, es lohnt sich also wirklich nicht, im neunundvierzigsten Stockwerk zu wohnen. Wenn du einschläfst, darfst du den Kopf nicht nach Norden betten, ein nördlich ausgerichteter Kopf ist Leichen vorbehalten. Und die Matratzen sind zu hart, denn die Japaner sind als Menschen bekannt, die das Leiden schätzen. Man sagt, es gibt keine Kriminalität dort. Das heißt, es gibt die grausamen Yakuzakämpfer der Unterwelt, aber keine kleinen Verbrecher, auch eine alte Frau wie sie kann in der Nacht durch die finstersten Straßen gehen. So sagt man. Und ich dachte, wer wird sich um ihr Begräbnis kümmern, wenn sie stirbt, in Japan. Niemand, der sie wirklich liebt.

Wir gingen die Treppen hinunter, passierten die Glastür und

standen am Rand des Bürgersteigs, versuchten einen Schlusspunkt zu setzen. Ich fragte: «Haben Sie einen letzten Tipp, den Rat einer alten Frau fürs Leben?»

«Hör auf, alle glücklich machen zu wollen», erwiderte sie auf der Stelle.

«Was wollen Sie damit sagen?»

«Nimm die Last der Welt von deinen kleinen Schultern, du versuchst, allen das Leben zu richten, alle zufriedenzustellen. Das ist eine zu schwere Verantwortung. Lass los. Wirf das Joch ab. Nichts wird jemals alle glücklich machen.»

Die Familie Nadschafian tauchte mit einem Mal von hinten auf. Sie traten zu uns. «Unser schmerzlich empfundenes Beileid», sagten die Herrschaften. Wir bedankten uns höflich. «Es schmerzt uns tief», insistierten sie und überhäuften Frau Safureh Mahdis mit Abschiedswünschen. Ihr dicker Junge, Mas'ud, begann zu weinen. Saß auf dem Bürgersteig und heulte. «Es wäre besser, hier keinen Lärm zu machen», bemerkte ich. Doch die Eltern versuchten nicht, ihn zu zügeln.

Ein silberner Jeep hielt. Die Tür war bereits geöffnet. Ich fühlte mich leichenhaft, wie ein lose pendelnder Kadaver. Ich starrte die alte Frau an, und sie versuchte, mich aufzuheitern. «Du wolltest einen Rat? Hier, da hast du einen: Frauen, das ist alles, was wichtig ist, entdecke, was sie wollen, und gib es ihnen, ganz und gar.» Sie grinste. Und dann legte sie mir eine alte Fotografie in den blassen Tönen von einst in die Hand, sie und ein grauhaariger Demonstrant, der den Kopf senkte, ein bekümmertes, leicht hasenschartiges Lächeln verschluckte. «Mein gescheiterter, trunkener Dichter», erklärte sie und platzierte sich auf den Hintersitz neben drei schweigende junge Sonderlinge. Vorne saßen zwei Fluchthelfer, die sich sehr bemüht hatten, wie aus den

Sechzigern entsprungen auszusehen oder wie Franzosen vielleicht, mit wirrem Haar und romantisch. Der Motor ratterte weiter, und Frau Safureh suchte nach etwas, um das Ende zu besiegeln, einen Satz, der uns von ihr bliebe, der uns an sie erinnern würde. Durch den Spalt des Fensters sagte sie: «Schafe gehen zur Schlachtbank, aber ein Mensch weiß, wann er fortzugehen hat», und dann erschrak sie, denn es war unpassend, dass sie uns das als ihre letzten Worte hinterließe, also korrigierte sie sich und verkündete: «Die Welt wird sich weiterdrehen, mein Kami.» Das war's. Die Laute zerfielen im Pfeifen des Winds, als sie in Richtung Argentina-Platz davonbrausten.

Um ein Uhr nachts reiste Frau Safureh nach Japan ab. Oder wenigstens bis zur Grenze. Sie nahm ihre Kaufurkunde für die Parzelle auf dem Mond mit, die ihr zwei Straßen von Tina Turner entfernt reserviert war. Zahra fiel ein, dass auch Babak einen Stern hatte, sie hatte ihm ja einen gekauft, in einer Zwerggalaxie, fünfzig Millionen Lichtjahre von hier, mit Aussicht auf ein Windrad, das im Dunkeln leuchtete und genau wie die Milchstraße aussah. Wo war das Dokument hingekommen? Sie wurde wütend, steigerte sich in Hysterie. «Wir suchen es morgen», versprach ich.

Ich zündete mir eine Zigarette an. Ich ertränkte mich in Koffein. Hart wie eine Leiche, flach auf den Rücken geworfen, lag ich auf dem Bett. Ich atmete schnell, kurze Atemzüge, knapp an Luft. Amir lag neben mir auf dem Teppich. Jetzt, wo wir allein waren, klappte ich zusammen wie ein sterbender alter Mann. «Was soll ich tun?»

«Erinnerst du dich an unsere letzte Schabe jalda zusammen?», fragte Amir lächelnd und schnaufte mühsam. «Erinnerst du dich? Wir gingen zu deiner Großmutter, es regnete ununterbrochen, aber die Küche war voller Melonen aller Art, Trauben, Honig und Granatäpfeln. Das Fest hatte noch nicht begonnen, aber du hattest schon den Appetit verloren vor lauter Tellerchen mit Adschil, den ganzen Rosinen, getrockneten Feigen und Kürbiskernen. Der Magen drehte sich dir die ganze Nacht über um, aber das war gut, es half, denn wir hatten uns geschworen, bis nach Sonnenaufgang wach zu bleiben. Alle waren da, drängten sich um den wackligen Holzhocker, über den deine Großmutter eine dicke Wolldecke gehängt und darunter ein Kohlebecken gestellt hatte. Deine Mutter schaltete ein Befeuchtungsgerät ein, dein Großvater erzählte Witze, die überhaupt nicht lustig waren, und wir haben nur gegessen und gegessen. Bis du einen Gedichtband von Hafez auf den Tisch gelegt und gesagt hast, Tradition ist Tradition, da gibt's keine Abkürzungen, und von jedem von uns verlangt hast, einen Wunsch abzugeben. Dann hast du das Buch mit geschlossenen Augen irgendwo zufällig aufgeschlagen und ein Gedicht vorgelesen, um den Zeilen Ratschläge und Hinweise darauf zu entnehmen, auf welche Art sich die Wünsche verwirklichen würden. Um die Zypressen im Hof herum waren bunte Stoffbänder geknüpft. Und ich habe gesagt, ich hoffe, dass ich Kinderarzt werde. Denn zu dieser Zeit dachte ich, das würde ich werden. Erinnerst du dich, Kami? Und du hast zu mir gesagt, was vergeudest du deine Wünsche an etwas, das du sowieso problemlos erreichen wirst? Aber mir fiel nichts anderes ein. Als du an die Reihe kamst und alle auf deinen Wunsch warteten, hast du gesagt, du wünschst dir, kühn zu sein. Und bist errötet wie ein kleines Mädchen im Tschador. Deine Mutter wurde zornig, jetzt komm, red keinen Blödsinn. Du meine Güte, Kami, du brauchst nicht kühn sein, sei offener und umgänglicher, das ist es, was du brauchst, und die Welt wird dich anlächeln. Und dann verbesserte sie sich schnell und sagte, aber sei jedes Mal misstrauisch, wenn sie dich anlächelt, nicht kühn und nicht naiv. Dein Großvater, den das alles nicht kümmerte, deklamierte, der wahre Morgen wird nicht kommen, bis die Nacht von Jalda gegangen ist. Und wir haben auf dem Teppich gerauft, und alle um uns herum schauten uns amüsiert zu.»

Amir schloss die Augen. Chamad, der Kater, schlich um ihn herum, schnupperte an seinem Gesicht, ließ ihn nicht einschlafen. Amir erinnerte sich, und eine nasse Furche gefror auf meinen Wangen. Ich wollte sie nicht wegwischen. Es war mir recht zu wissen, dass sie dort war. «Was soll ich tun?», fragte ich.

«Schließ die Augen und kehr nach Hause zurück», sagte er. «Versuch, dich an die Strömung des weißen Flusses zu erinnern. Kletter auf die Benzincontainer. Mach die Augen zu und sehe uns, wie wir uns einen Weg durch das Schilfrohrdickicht bahnen, rot vor Anstrengung, in den uralten Wasserkanal pinkeln, mit dem lahmen, windschiefen Boot trudeln, das Floß, das du mit Müll gepolstert hast. Gleich ist Schanbeh-Basar, mit dem Fischgestank. Jeder Fisch hundert Kilo. Riechst du es? Und Tumult. Gedränge. Die Fischer sitzen auf gelben Liegestühlen auf der Mole. Die krummen Brücken spiegeln sich im Wasser. Wir rennen den ganzen Tag mit Cheetos-Packungen mit dem orangefarbenen Panther herum, die du nur wegen dem Los immer weiter gekauft hast. Die Lichter gehen an auf der Promenade, als es dunkel wird. Du siehst die Senkkugeln der Fischernetze. Und die dunklen Felsen, die roten Blechbaracken, denk an uns dort, wenn die Nacht am finstersten ist, kurz vor der Dämmerung, wie wir vor und zurück gehen, Anlauf nehmen und dann barfuß ins kalte Wasser rennen, nur um zu wissen, dass wir dazu fähig sind, es gibt nichts, wozu wir nicht imstande sind, du und ich. Spätnachts. Wir haben das Boot auf die Reifen mitten im Schilfmeer gelegt und sind eingeschlafen.»

«Ich wäre wirklich gerne kühn», sagte ich.

Amir lachte leise. «Dann sei kühn, ich werde dich weiter lieben, auch wenn du kühn bist.»

«Hör auf, so zu reden», fiel ich wütend über ihn her, «hör auf, alles die ganze Zeit schönzureden. Sag harte Worte zu mir, aber sag die Wahrheit. Was soll werden?»

«Ich weiß es nicht.»

«Mir bleiben zwei Möglichkeiten. Entweder ich löse mich vollkommen, streiche alles, was mich kümmert, oder das Gegenteil, mit meiner Wut bis zum Ende gehen, kämpfen wie ein bemitleidenswerter Idiot, und wissen, dass die Chance besteht, völlig umsonst zu sterben, mich aber mit mir selbst im Reinen zu fühlen, das ist der Preis, bei Allah, ich hab's wenigstens versucht, habe auf mein Herz gehört. Nur diese zwei Möglichkeiten gibt es. Denn so weitermachen wie jetzt, so zu leben, Amir, zu wissen und nichts mit dem Wissen anzufangen, nur mit diesem Wissen dazusitzen und verzweifeln, das ist unmenschlich.»

«Dann nimmst du also den Kampf auf?», fragte Amir und lächelte, ohne Geringschätzung, fast mütterlich.

«Vielleicht», antwortete ich und gab ihm ein Lächeln zurück.

Er schlang seine Arme fest um mich. «Die Freiheit zu rebellieren und bestraft zu werden, die wirst du immer haben», sagte er, «damit eilt es nicht.»

«Im Moment fühle ich mich wirklich ein bisschen revolutionär», flüsterte ich, «der Teheraner Frühling, klingt gut, nicht?» Eine Menge guter Leute werden hier am Vank-Platz sterben, wenn die Revolution kommt, dachte ich. Das wusste ich und nahm es hin. Doch vielleicht kämpfte ich auch bloß darum, jemand zu sein, der ich nicht war.

Amir schlief ein. Und ich döste, wachte auf, döste wieder. Mondsplitter brachen durch. Ich hoffte, dass die Sonne bald aufgehen würde. Bob Dylan jaulte die ganze Nacht.

Manchmal in Anzali stellte ich mir vor, wir seien alle Russen, Überbleibsel der Besatzung. Herr Ali Samimi liebte es, uns von der Besatzungszeit zu erzählen, wie die Prinzessin Aschraf Pahlavi, die Zwillingsschwester des Schahs, sich an den Toren des Kremls einfand, auf Stalins groben schwarzen Tisch schlug und mit Nachdruck verlangte, dass die Rote Armee abziehen solle. Der große Kommunist war so verzaubert von der Leidenschaft der kühnen Rednerin, dass er, wie man sich erzählt, stehen blieb, lächelte und zu seinem herben Gefolge sagte, oh, hier haben wir endlich einmal eine mutige und wahre Patriotin, da könnt ihr etwas lernen. Er zog sich am Ende zurück, allerdings nicht wegen der Prinzessin, sondern weil die Amerikaner mit einer Eskalation drohten, doch in Herrn Ali Samimis Version war es ganz allein die junge Prinzessin, die siegte. Er sagte immer: «Diese vernagelte Dickköpfin, Gott behüte sie.» So sagte er immer, mit Bewunderung in seiner Stimme, und dann seufzte er und predigte uns: «Nur zwei Möglichkeiten hat ein Mensch in seinem langen Leben, zu kämpfen oder sich zu ergeben, und was auch immer er beschließt, Hauptsache, er weiß es sich gut zu erklären, am wichtigsten im Leben ist, dass er es gut begründen kann.»

Samimi ist überhaupt nicht der Name eines Wassermelonenverkäufers, dachte ich, als ich so versteinert dalag. Es ist der Name eines Intellektuellen, eines Aristokraten vielleicht. Seltsam. Vielleicht war er halb Russe, vielleicht sogar ein Spion, vielleicht hatte er seine Besitztümer verloren, der Arme, oder vielleicht aus eigener Wahl beschlossen, zum Mark abzusteigen, ernüchtert. Doch vielleicht ließen meine Erinnerungen wichtige Einzelheiten aus? Ich spürte, wie ich zappelte, am Kran hing, im Wind zwischen Leben und Tod schwebte. Sogar so kann man schlafen. Keine Illusionen mehr.

Wie es sich für einen angehenden Revolutionär gehört

31

◆

Der Frühling endete. Ich dachte, man müsse die Wahrheit bewältigen und weiterleben. Welche Art Leben wollte ich nun für mich? Ich wusste es nicht.

Es gab kleine Siege. Die Regierung versprach, eine vorläufige Aufhebung der Hinrichtungen durch Steinigung zu erwägen. Ein religiöser Entscheid, unter Vermittlung des Ministeriums für Religion, bestimmte, dass es keinen Hinderungsgrund für eine Frau gebe, mit Männern in einer Sportart zu konkurrieren, solange keine Körperteile entblößt würden und kein Körperkontakt bestehe. Die neue Rennfahrerin Farideh Habuschi trat im Azadi-Stadion an – umarmt vom Gebrüll der Masse. Und Frau Safureh schickte eine Postkarte von sich mit einem Roboter. «Ich bin in Japan, ganz und gar, ihr könnt mir glauben, ich schwöre es.» Aber wie konnte man sicher sein? «Viele hier in Japan interessieren sich für mich, schätzen meine außerordentliche Lebensgeschichte, die von uns allen. Darin liegt ein Trost. Ich habe eine Wohnung in den Türmen Tokios und einen jungen Roboter. Eines Tages werden sie sich gegen uns alle erheben, diese Roboter, aber vorläufig ist es bequem. Er ist eine Art Haushaltshilfe und auch mein eigener kleiner Freund. Hättet ihr das geglaubt?» Man konnte es unmöglich wissen. Aber was spielte das schon für eine Rolle.

In den kleinen Stunden der Nacht schlief Amir bei mir im

Bett. Und ich balgte mich mit dem Kater. Duschte mich ständig. Simulierte eine Menge falscher Identitäten im Internet, korrespondierte mit Fremden über nichts, glaubte von ganzem Herzen, dass ich nicht ich sei, sondern ein Kampfpilot aus Jugoslawien, ein Reptilienspezialist aus Brasilien, Besitzer einer Muffin-Ladenkette aus North Carolina, der sich im Gefolge einer nicht aufgeklärten Mordaffäre auf den Fidschis versteckte. Wer ist schon Megalomane genug, um als er selbst zu schreiben, und wer hat die Stärke dazu? Nicht einmal mich im Spiegel anzuschauen vermochte ich. Ich war ein kleiner, dunkler Mann mit eingesunkenen Augen und verkrümmten Händen. Das Lächeln breit, aufgeblasen, falsch. Und in meinem Bauch tobte ein Vulkan. Auch in den Fingern. Nächte mit Porno. Nächte der Konspiration. Nächte der Wahrheit. Und ein heulender Lärm stieg über der Tastatur auf, drang durch all meine Glieder, durch die immensen Ströme von Worten, die ich schluckte.

Ajatollah Karimis Website für Heiratsvermittlung und Sexologie:

«Sehr verehrter Ajatollah Karimi, seid gegrüßt, ich habe eine sehr gute Bekannte. Ich möchte, dass sie weiter meine Bekannte bleibt. Nur wie? Heiraten können wir nicht, weil ihr ältester Bruder, der sexuelle Beziehungen mit ihr unterhielt, es uns verboten hat. Ich würde gerne wissen, ob wir zu adoptierten Geschwistern werden könnten, sodass es uns das Gesetz erlauben würde, in der Öffentlichkeit ohne Bedenken freundschaftlich miteinander umzugehen. Ich danke Ihnen sehr in Erwartung Ihrer dringend erforderlichen gelehrten Antwort.»

«Hochverehrter Ajatollah Karimi. Ich bin ein einunddreißigjähriger Mann. Ich habe im Chatroom eine vierundfünfzigjährige persische Frau getroffen, die auf den Virgin Islands wohnt.

Sie belästigt mich nun am Telefon und per Mails, bietet mir immense Geldsummen an, wenn ich einwillige, mit ihr zusammen zu sein. Ich bin versucht, denn die Summen sind wirklich ungeheuer. Wenn ich mich verführen lasse, wäre dies eine entschuldbare Tat?»

«An alle Welt, ich muss wieder ein Mädchen spüren», verkündete ich auf Facebook, ging zu Fuß in den Norden der Stadt, um mit Niwoscha zu schlafen, der sechzehnjährigen Katzendompteuse, und ekelte mich vor mir selbst. Ich ging nicht mehr zur Uni. Die Vormittage verbrachte ich im Bett, Amir in der Moschee. Die heißen Nachmittagsstunden verbrachten wir zusammen, unter der Motorhaube des paralysierten roten Peykans. Wir rannten von einer Werkstatt zur anderen, kauften Ersatzteile, drangsalierten Schrottsammler, bis das erste Stottern unter der Motorhaube zu vernehmen war. Ich schrie zum Balkon des letzten Stockwerks hinauf: «Zahra! Die ganze Welt kann mich mal, wir haben's geschafft!» Eine Frau mit dunkler Sonnenbrille spähte übers Geländer zu uns hinunter, lächelte gleichmütig. «Alle Achtung, Kinder», sagte sie und zog sich wieder zurück in ihr Schneckenhaus. Sogar Herr Nadschafian zeigte sich enttäuscht angesichts ihrer Gleichgültigkeit.

Eine Woche und drei Tage ließen wir den Peykan nicht in Ruhe. Am Ende beugte sich der Motor unter dem Druck des Gaspedals und ließ ein Röhren los. Energieströme fluteten die rechteckige Schachtel, schwappten durch die Treibstoffschläuche, kletterten die dünne, rostige Antenne hoch, flammten aus den eckigen Scheinwerfern auf. Der Oldtimer vibrierte auf dünnen, instabilen Rädern, bettelte darum, loszupreschen, der Winterschlaf war vorüber. Ich muss Zahra irgendwohin mitnehmen, dachte ich, aber wohin? Ich hatte keine Ahnung. «Wohin, Zahra?»

«Ich bin kaum fähig, mich selbst zu ertragen», antwortete sie und zappte weiter zwischen den Billigkomödien der sieben Regierungsprogramme hin und her. Sie starb vor Langeweile und flüchtete sich zu den wilden Tieren von National Geographic. Eine traurige Geschichte aus Japan: Das Frühgeborene der Makakenäffin Marulius war gestorben. Wochenlang trug sie den leblosen Körper des Jungen weiter mit sich herum, schleppte ihn überall mit hin. Die Parkaufseher stahlen die Leiche, begruben sie und hofften, die Mutter würde es vergessen und darüber hinwegkommen. Doch Marulius' Zustand verschlimmerte sich nur, laut jammernd suchte sie weiter nach ihrem toten Jungen, Tage, Wochen, Monate, bis zum bitteren Ende. Ihr Stamm konnte ihren Schmerz nicht lindern.

«Warum bestrafst du dich?», fragte ich sie.

«Warum bestrafst du dich?», gab sie die Frage zurück. «Du musst dein Studium abschließen. Du musst irgendeinen Weg einschlagen, Arbeit suchen. Schick Bewerbungen. Es gibt hier ein Peugeot-Werk außerhalb der Stadt, das wäre gut für dich.» Damit kroch sie wieder in die Küche zurück.

Zahras kriechender Gang in die Küche wurden begleitet von tiefen Seufzern von Selbstmitleid. Sie verstrich die Marmelade, langsam, beschmierte jedes Eck der Brotscheibe, langsam, bis das Brot darunter nicht mehr sichtbar war. Dreißig Jahre hätten Zahra eigentlich daran gewöhnen müssen, uninteressante Brotscheiben langsam mit Marmelade zu bestreichen, aber nein. Für die meisten Menschen ist Langeweile eine Lebensart, doch im Gegensatz zu ihnen hatte Zahra etwas ganz anderes gekannt. Sie hatte einen Lebenszweck gehabt. Am Ende würde sie sterben, anonym. YouTube würde sich erinnern, gesegnet sei Allah, aber die Menschen würden sie vergessen. Sie würde fortgeschwemmt wie die Ameise in der Küchenspüle, keine Angst war jemals stärker gewesen als diese, und sie hatte sich für sie erfüllt. Auch in mir hauste diese Angst. Ein Mieter in einem Wohnblock zu sein. Ein Balkon auf eine graue Straße hinaus. Ein Kühlschrank, eine Einkaufsliste. Hüttenkäse, Milch, ein Brotring, zehn Eier, weißer Reis, Mehl. Menschliche Masse, die entsteht, sich vermehrt, sich versklaven lässt und krepiert. Hätte ich nur ein Einkaufslistenleben gewollt, wie leicht hätte es für mich sein können. Doch Einkaufslisten machten mich traurig.

Auch am Dritten des Monats Ordibehescht ging ich nicht in die Universität. Ich stieg auf das Moped und fuhr zum Stand der verbotenen Bücher. «Was gibt's Neues?», fragte ich lustlos. Und Muhammad zündete eine Wasserpfeife an, legte sich auf eine Matte und streckte die Hand nach einem offenen Band aus. «‹Wenn zu viele Dinge geschehen, mehr als du ertragen kannst, hast du die Wahl anzunehmen, dass nichts Besonderes passiert, dass sich dein Leben im Kreis dreht wie ein Plattenspieler. Und dann, eines Tages, wirst du dir bewusst, dass das, was du für einen Plattenspieler gehalten hast, glatt, eben und einheitlich, in Wirklichkeit ein Strudel war, ein Wirbel.› Saul Bellow», sagte Muhammad.

Ich wurde wütend. «Verschone mich mit deinen Sprüchen», fauchte ich und stieg wieder auf das Moped. Das Fereschteh-Viertel. Die Mariamstraße. Ich kletterte die steinernen Stufen zum Tor des Turms hoch. «Sobh be-cheir», sagte ich zu dem Wächter, «guten Morgen», und wandte den Blick ab, schlüpfte hastig durch die rosa Doppeltüren in den Aufzug. Ich drückte auf die dreißigste Etage. Mit hämmerndem Herzen stand ich vor der Tür des weißen Penthouses. Leise Violinenklänge glitten aus dem Lichtspalt unter der Tür über die Schwelle, gefolgt von einem Konzert und dem ansteigenden Lachen eines kleinen Mädchens, eines Babys vielleicht. Ich lauschte, als trennte uns die Tür, die einmal Nilu gehörte, nicht. Dann kletterte ich auf dem Moped die engen Gassen den Berg hinauf. In dem schattigen Dorf steckte ich den Schlüssel in das Stahlschloss des Eisenrollladens. Er ging in die Höhe. Ich schaltete die Kupferlampe an. Das Werkzeug war noch da, auf dem Boden der Werkstatt verteilt, doch es herrschte ein schreckliches Durcheinander. Metallsplitter und Holzbruchstücke, Chemikalienpfützen. Zigarettenstummel. Jemand hatte gewühlt, unser Rennauto befand sich jedoch noch an seinem Platz. Die Fahrertür stand offen, und ich setzte mich auf den Ledersitz. Ich verband drei Drähte miteinander, stellte einen Fuß auf das Gaspedal, ließ den Motor an. Ein langes Aufbrüllen erschütterte die Wände. Dann verstummte es. Ich hörte, wie Benzin ausströmte und auf den Boden plätscherte, anschließend einige Sekunden nichts, und dann ein kleines Aufblitzen, orangefarbene und blaue Fünkchen tanzten vor mir, zankten sich über dem bloßliegendem Motor. Eine kleine Flamme züngelte hoch. Ich versank im Sitz, starrte sie an, hohl, hypnotisiert. Das Gehirn sagte zu den Beinen, raus, hebt ein Knie und noch eins, setzt eine Fußsohle auf den staubigen Boden und dann die andere, tragt den Körper zur Küchennische, wo der Feuerlöscher steht. Löscht die Flamme. Das Gehirn sprach es, und ich hörte es. Doch ich blieb erstarrt vor der kletternden Flamme sitzen. Eine kleine Funkenexplosion schlug eine Feuerbrücke zum Rand des blauen Sofas. Zu den Farbbüchsen. Zu dem wollenen Teppichvorleger. Näherte sich dem Campinggaskocher, verzehrte die «Grundlagen des Bremssystems». Leckte vom Sofa zu den Deckenholzbalken empor. Doch ich konnte fühlen, wie ich Nilus Kopftuch abnahm, sie anblickte wie einen weißen, traurigen Schwan, mit beiden Händen durch ihr Haar fuhr. Sie auf das Sofa legte, ganz langsam, und wir hörten zusammen zu atmen auf. Ich versuchte vergeblich, mich an ihre letzten Worte zu erinnern.

Der Mittag des Tages, an dem sie verschwand. Ihr Telefon war wieder abgeschaltet. Ich sehnte mich nach ihr und langweilte mich, also fuhr ich los, um sie zu suchen. In der Werkstatt. Der Rollladen war heruntergelassen. Ich fand sie allein, untätig, dasitzen. Sie war erschrocken, als sie mich sah. Ich erschrak, als ich sah, dass sie erschrak. «Was ist los, Tschutschu?», fragte ich. Ich erinnere mich nicht daran, was sie antwortete. «Aber warum ist dein Telefon abgeschaltet?» Ich schaltete die Stereoanlage ein. Ein Klavier spielte, ein Stück von Fereydun. Ich schloss die Fenster, es wurde dunkel. «Fragst du mich, wie's mir geht?», sagte ich. «Glücklich wie ein Pimmel auf dem Landsitz von Hugh Hefner», gab ich die Antwort und stürzte mich auf sie. Ich bedeckte sie mit Küssen, ich streifte ihr die schwarzen Lederstiefel ab, die mit merkwürdigen Schnallen zusammengehalten waren, zog ihr die schwarze Strumpfhose und die schwarze Unterhose aus, legte ihre weichen Fußsohlen um mich.

Sie lächelte, doch ihr Blick war erloschen. Das aufgelöste Haar, der erloschene Blick – bemerkte ich es? Ich erinnere mich nicht. «Die Schminke ist ziemlich japanisch», sagte ich zu ihr und lachte. Sie legte ihre Handflächen schlaff auf meine Hüften und dann auf meinen Hintern. Wir schliefen zusammen, doch im Kopf hörte ich Herrn Nadschafians Gebetskoloraturen wie eine anschwellende Tonspur. Kurze, beschleunigte Atemzüge, ich schnappte nach Luft, ein sonderbares Herzklopfen dröhnte mir im Ohr, ließ meinen Hals schwellen. Ich war müde, doch ich glühte wie Lava. Ich glitt aus ihr hinaus. Sie lag auf dem Rücken, neben mir, starrte an die Decke, in Gedanken versunken. Ich glaube, ich dachte, sie sei friedlich ruhig, denn sie legte die Hände über ihre Brust. Sie redete, aber ich kann nicht rekonstruieren, was sie sagte. Ein milder Lichtstrahl stahl sich durch den Spalt zwischen Werkstatttür und Boden. Ich setzte mich nackt auf den Motorhaubendeckel, betrachtete sie. Ein Ventilator drehte sich, ich ließ den Wind zart über mich pusten. Ich lehnte mich zurück. Seufzte und sagte: «Diese Sache mit Babak bringt mich dazu, mich zu ändern, Nilu.» Ich erinnere mich nicht, was sie antwortete. «Wir sind keine Kinder mehr, Nilu, wir müssen uns darum kümmern, was wirklich wichtig ist.» Ich erinnere mich nicht, was sie sagte. «Dreißigtausend Menschen auf der Welt sterben täglich an Hunger, und ich bin imstande, ab zwei Uhr morgens vor einem Spielzeugladen im Schnee in der Schlange zu warten, um der Erste zu sein, der eine Sony PlayStation 3 kauft, zu einem Preis, der ganze Familien am Leben erhalten würde. Ich muss mich ändern.» Ich brühte Kaffee auf. Ich war befangen. Das Kännchen leerte sich schnell. Sie redete. Stimmte sie mir zu? Sagte sie etwas, das einen Hinweis enthielt? Ich weiß es nicht. Ich bemühe mich, aber es gelingt mir nicht, mich zu erinnern. «Was hättest du lieber, Tschutschu? Flügel oder Wurzeln?», fragte ich lachend und kreiselte wie eine Feder im Raum. Ich erinnere mich nicht an ihre Antwort. «Denn wenn ich Flügel hätte, würde ich wohl wie eine Taube immer den Rückweg zum Nest suchen. Ich hätte keine andere Verwendung für Flügel», sagte ich. Nilu zog sich an. Ein schwarzer Minirock, darüber ein langer schwarzer Mantel. Ein violettes Kopftuch hielt ihr bauschiges Haar zusammen. Ich zog mich ebenfalls an. Auf der Gasse trennten wir uns. Ich erinnere mich nicht an ihre letzten Worte, es macht mich ganz wahnsinnig, wütend, ich verfluche mich selbst, doch ich kann mich nicht erinnern. Sie entfernte sich in ihrem meerblauen Ferrari und ich auf dem Moped. Ende.

Brennende Balken stürzten von der Decke. Das Feuer hatte alle Ecken des Raums erfasst. Schmolz die Plastikbecher. Ließ das Glas zerbersten. Ich stand auf. Ruhig. Gleichmütig. Ich ging, trat auf die Straße hinaus, schritt mit kühlem Kopf die schattige Baumallee entlang. Ich hörte das gefräßige Knistern des Feuers hinter mir, doch ich blickte mich nicht um. Ich dachte an nichts. Ich stieg auf das Moped. Eine Textnachricht an Amir. «Komm zur Wohnung», schrieb ich. Ich stülpte den Helm auf meinen Kopf. Ballte die Faust um den Gasgriff.

In der Wohnung packte ich eine Tasche, verabschiedete mich von Zahra. «Wir gehen auf und davon.»

«Wieso geht ihr auf und davon?»

«Wir werden Zigeuner.»

«Wie, Zigeuner? Ihr müsst zur Routine zurückkehren», sagte sie, doch ich wusste, sie verstand.

Als Amir eintraf, gingen wir zum Peykan hinunter. Das Blech glühte, ebenso die Sitze und das Lenkrad. Wir ließen die misstönende Hupe blöken. Der Motor hustete. Eine Bewegung, die Räder drehten sich auf der Stelle, fühlten im Kriechgang vor, und dann brüllte der Motor mit der Gewissheit auf, dass er leben wollte, brach nach vorne aus wie ein Fohlen. Amir navigierte uns zur Schnellstraße, aus der Stadt heraus. Zuerst langsam, dann schneller, und dann rasten wir los und wurden beide in die weißen Lederimitatsitze gepresst. Meine schwarzen Fingerabdrücke von der Nacht mit Babak waren immer noch da. Wir öffneten die knirschenden Fenster, um die dunklen Asphaltwolken zu inhalieren, während wir auf und davon fuhren. Ohne Telefon. Ohne Computer. Nur das alte Radio, das Lieder von Schahiar Ghanbari spielte, und Amir sang, also sang ich auch ein bisschen.

Der Peykan galoppierte durch Ebenen mit Palmen, Akazien und Wermut. Ich war wie eine Schlange, die ihre Haut abwirft, ließ die verrottete Hülle hinter mir. Dreißig Provinzen. Eine Expedition quer durchs Land mit einer Conga-Trommel aus Nussholz und zwei Schlafsäcken. Das war unser Land: Sanddünen und Salzseen. Eine Wüstenei von Wasser und eine Salzwüste. Morastige Sümpfe, Reis und Weizen, Weintrauben und Tee, Nüsse und Tabak, Baumwolle, Rüben, Zuckerrohr und Mais. An den steilen Abhängen verkauften Wanderhirten Milch und Häute, Schaf- und Ziegenwolle. Ochsen und Maultiere pflügten, ein Land der Wölfe und Füchse, Leoparden, Hirsche und Gazellen, Bergziegen, Wildschafe und der Nebelschwaden der Flüsse. Und Millionen Bauern. Es ist ihr Land. Die Mittagssonne thronte über uns, Möwenschwärme, und Amir betete wispernd auf seiner Matte. Ich legte mich rücklings auf die Motorhaube, wartete auf ihn, dehnte mich, absorbierte Sonnenstrahlen und Gedankensplitter.

Nacht. Wir marschierten mit Jacken und Wollmützen, suchten kleine Hütten, wärmten Erinnerungen auf. Gute Menschen kochten uns Dizi, ein fettes Hammelgericht im Tontopf mit Kräutern und frischem Brot und Kaschke bademdschan, Auberginen in Joghurtsauce. Glühende Basaltsteine reinigten uns von Giften, eine Natursauna in einem in Dämpfe gehüllten Zelt. Wir schliefen am Strand ein. Schlichtheit als Heilmittel.

Tage verstrichen. Wir standen eng beieinander am stürmischen Meeresstrand an einem Felsen, wir wurden vom Sprühregen der Wellen überschüttet, die sich im Hafen der Insel Hark brachen, einer der größten fünf der Welt. Wir standen auf den Ruinen des alten Persepolis. Und auf den Erdölfeldern in Chuzestan. In den Seidenwebereien der Wüstenoase in Kaschan. Auf den Teppichen von Schiraz. Und am Naksche-Dschahan-Platz in Isfahan – seit 1612 tost dieser Platz, der siebenmal größer als die Piazza San Marco in Venedig ist. «Das ist nicht das Land von Zahra Chazuri aus Teheran», sagte Amir, «und weder deines noch meines.»

An einem Feld gelber Narzissen, die sich als Schattenrisse im letzten Licht abhoben, zündeten wir ein Lagerfeuer an. «Wie kommt es, dass dich die Freiheit nicht neugierig macht?», fragte ich. «Hast du keine Neugier in dir? Bist du nie in Versuchung, nicht einmal ein bisschen? Du versäumst so viel von der Welt, deine einzige Freiheit ist die Befreiung davon, selbst Entscheidungen treffen zu müssen.» Amir lächelte. Und schwieg.

Am nächsten Tag, in der Wüste, trafen wir einen Nomaden mit dem Gesicht einer Raubkatze, der sagte: «Passt auf, dass ihr nicht eine Überdosis Ödnis erwischt. Die Ödnis ist die Freiheit.»

Ich antwortete: «Ich glaube, es entspricht mir gerade, ein Nomade zu sein.»

«Pass auf», schalt er in vaterlichem Ton, «nicht jeder ist reif genug, ein Nomade zu sein.»

Eine Decke von Nebel und Sand überzog die gequälte Landschaft, der Weg war ausgewaschen und staubig, also nahmen wir den Nomaden mit zu der kleinen Stadt Aran, und von dort ins Herz der Dürre, Kilometer von Nichts und flacher Leere, wie Ölfarbe in grob geriffelter Leinwand versackt, und der rußige Abgasschweif des wiederauferstandenen Peykans.

«Was quält dich?», fragte der Nomade.

«Gar nichts quält mich», stellte ich mich unschuldig, «ganz im Gegenteil.» Und ich lachte.

Er war beleidigt, zog ein Löffelchen aus seiner Teeausrüstung, legte es auf den heißen Sand und sagte: «Nimm an, du bist ein Körnchen, das nur zwei Dimensionen der Existenz zu sehen vermag, Länge und Breite, nur die ebene Fläche, keine Höhe, keine Tiefe. Und hier lege ich dir nun auf die Fläche ein Löffelchen, was siehst du dann, Herr Körnchen? Du siehst zwei Punkte, nur zwei Punkte, den Kontakt des Griffs und den des Schäufelchens. Ich verrücke den Löffel, schiebe ihn nach rechts und nach links, vor und zurück, und was siehst du, Herr Körnchen? Zwei verbindungslose Punkte, die sich immer in die gleiche Richtung bewegen, immer im gleichen Abstand. Wie ist das möglich, fragst du dich, warum sollten sich beide mit so genauer Übereinstimmung bewegen? Wie kann das sein? Was wollen sie? Du hast keine Ahnung. Du misst, du zerbrichst dir den Kopf, machst Versuche und erfindest Erklärungen, aber du hast keine Ahnung und wirst nie eine haben. Die dritte Dimension bleibt dir verborgen. Der Löffel, der Zweck des Löffels, meine Hand, die den Löffel bewegt, nichts davon existiert für dich. Und ich und dein Freund stehen über dir, sehen drei Dimensionen, und kichern, sind stolz auf uns, da, du bist das minderwertige Körnchen, das nicht weiß, was sich vor ihm verbirgt und nur uns offensichtlich ist. Aber wir sind selbst blind, denn die Fülle der Dimensionen bleibt auch uns verborgen. Vielleicht ein Dutzend, vielleicht unzählige. Es wird uns nie vergönnt sein, sie zu sehen, nicht dir, nicht uns, Erklärungen werden wir keine erhalten. Beim Leben Allahs, warum sollte es nicht viel mehr Dimensionen geben? Natürlich gibt es sie, und es ist bekannt.» Er nahm einen Schluck Tee. «Was willst du? Nun, was willst du?»

«In welcher Hinsicht?» Ich war verwirrt.

«Im Leben, was willst du im Leben?»

«Ich weiß nicht», erwiderte ich beschämt, «ich kann es nicht sagen.»

«Sag es ihm, Kami, sag's», drängte mich Amir neugierig.

«Ich weiß nicht. Ich möchte ein guter Mensch sein, zum Beispiel», sagte ich und versuchte auszumachen, ob sie mich belächelten. «Ich will mich selbst hin und wieder fragen, ob es zwingend nötig ist, dass ich lebe, und eine Antwort darauf haben, mit der ich im Reinen bin. Ich will einen Weg gehen, den nur wenige gegangen sind. Ich weiß, dass sich das wie ein Klischee anhört, aber das ist, was ich wirklich denke, das will ich, wofür sollte ich mich schämen.»

«Ein Säugetier sucht nach Bedeutung», sagte der Nomade, «nach Bedeutung sucht es und nach Akzeptanz. Nicht du hast das erfunden. Aber wenn du auch Trost suchst, wird dir das helfen. Suche Trost und lebe die Geschichte, die für dich geschrieben wurde, mit Liebe. Akzeptiere sie, und es wird dir gutgehen.»

«Die Geschichte?», fragte ich.

«Die Geschichte, die für dich geschrieben wurde. Sie ist geschrieben, fertig und besiegelt. Es wird es dir leichter machen zu wissen, dass sie besiegelt ist.»

«Und deiner Meinung nach habe ich keinerlei Wahlmöglichkeit, nach rechts oder links von der Geschichte abzuweichen?», fragte ich erzürnt.

«Wenn du von der Geschichte abweichst, von deiner Bestimmung, wird dir Allah einen Prügel auf den Kopf hauen.»

In der Bruthitze auf dem Weg zur Seidenstraße trafen wir einen Tierarzt im Anzug, der eine streunende Kuh jagte, auf die er einen Betäubungspfeil abgeschossen hatte, der sie aber verfehlte. Die Kuh war geflohen. Er schrie uns zu: «Helft mir, ich muss sie retten, sie wird hier verhungern, wenn ihr mir nicht helft.»

«Wie können wir helfen?», fragten wir.

«Sie einfangen. Hier wird sie nichts zu fressen finden, man muss sie wegbringen, einen Hof für sie finden. Unterernährung, Austrocknung, Hitzschläge, Wunden, so viel Leid», holte er aus, «und sie hat auch eine Depression, die Kuh, sie ist schockgeschädigt. Aber ich werde sie wieder auf die Beine bringen.» Die Kuh entkam ihm, doch der Veterinär verzweifelte nicht. Er schoss einen Pfeil nach dem anderen ab. Schließlich wurde sie getroffen, humpelte, stolperte, schlief ein. Und was jetzt? Wie wollte er sie überhaupt von hier wegschleppen? «Ein Lastwagen», sagte er. Aber wie hebt man einen derartig riesigen Fleischklotz auf einen Lastwagen? So weit hatte er noch nicht vorausgedacht. Doch es war wichtig, es zu versuchen. Er wollte sie retten. Er streichelte ihr den Hintern, striegelte ihr Fell, damit sie sich wohl fühlte, während sie schlief. Holte eine Erste-Hilfe-Tasche für Kühe heraus, zog eine Spritze auf. «Passt mal auf, wie es aussieht, ist das ein männliches Rind, keine Kuh, ein ernsthafter Stier von gewaltigen Ausmaßen.» Der Tierarzt verband ihm das Maul. «Er wird durcheinander sein, wenn er die Augen aufmacht, vielleicht sogar aggressiv. Wir werden uns bemühen, es ihm zu erleichtern.»

«Wozu soll das gut sein?», fragte ich. «Wozu die Mühe?» Man wird ihn schließlich einsperren und schlachten, dachte ich, in einer Woche würde er auf einem Teller liegen. Was sollte diese Naivität? Man würde ihn bei vollem Bewusstsein schächten, wozu sollte man sich hier damit abplagen, ihn zu retten?

«Für das Gefühl», antwortete der Tierarzt, «ich tue kleine gute Dinge für das Gefühl. Allah wird die Kuh von hier aus schon weiter behüten.»

«Aber es ist ein Stier», korrigierte ich.

Im scharfen Licht des Sonnenuntergangs, auf der versengten,

gegerbten Erde, hievten wir den Hintern des betäubten Stiers auf einen ländlichen Schaflaster. «Die Tiere sind mit uns hier gefangen, begnadet mit Sinnen, die wir schon verloren haben, sie hören die Stimmen, die wir nie hören werden, schau sie an, und du wirst die Spiegelung deiner Gefühle sehen», so sagte der Tierarzt im Anzug. Und er vergalt es uns mit einem Geschenk, einem Damespielbrett mit hundert Quadraten und vierzig Steinen.

Wir blieben allein zurück. Um halb eins in der Nacht gab es kein Brennholz mehr für das Lagerfeuer, doch den Mond gab es. Und durch das offene Fenster des Peykan verlautbarte das alte Radio Nachrichten. Ob wohl wirklich extraterrestrische Raumschiffe am Himmel über der Stadt Rascht in der Provinz Gilan gesichtet wurden? Der Bäckereibesitzer und seine Frau berichteten gegen Abend von Außerirdischen mit großen Katzenaugen, die unschuldige Bürger betäubten, verschleppten und einer intensiven körperlichen Untersuchung unterzogen. «Im Rahmen der Bemühungen, Dienstleistungen und Ansprache für die Bevölkerung zu verbessern, sind die Bürger der Islamischen Republik ab sofort eingeladen, sich direkt an das Büro des Präsidenten der Republik zu wenden und Textnachrichten über Mobiltelefone oder E-Mails zu schicken. Oder weiterhin die Nummer 111 zu wählen, wie es bisher bereits Usus war», hieß es. «Und nun zu einer guten Nachricht – ein parlamentarischer Sonderuntersuchungsausschuss hat alle Zeichentrickfilme, die im Verdacht stehen, imperialistische, homosexuelle oder alkoholistische Tendenzen einzuschleusen, für ungesetzlich erklärt.»

«Erinnerst du dich an den japanischen Jungen?», fragte ich.

«Er war Italiener», erwiderte Amir.

«Meine halbe Kindheit war ich völlig fasziniert von ihm. Marco, der seine Mutter suchte, die nach Argentinien zum Arbeiten gegangen war. Weißt du noch? Und Pinocchio, und der kleine Nils, dieser dumme schwedische Junge, der sich in einen Zwerg verwandelt und es mit den Wildgänsen zu tun kriegt? Und die tschechischen Puppen, Pat und Mat, die zusammen wohnten, die beiden waren garantiert schwul, sie waren ja keine Brüder, was waren sie also sonst? Der oberste Führer würde sie aufhängen. Und Hannah, das Mädchen auf dem Bauernhof. Und Inspektor Gadget. Es war zu schnell vorbei für uns.»

«Das wird heute schon nicht mehr angeschaut», erwiderte Amir, «heute sind die Zeichentrickserien pädagogisch. Über diesen Jungen von den Basidschis, Hussein Fahmida, der erste Selbstmordmärtyrer der modernen Geschichte. Dreizehn war er, die Welt wird sich noch lang nach uns allen an ihn erinnern, sogar nach Zahra Chazuri und nach Ahmadinedschad.»

Es war nett, dass Amir mich provozierte und auch sich selbst. Wir waren noch immer wir. Wie früher, wir hatten nichts eingebüßt. Ich blickte in seine Augen, tief, hinter der dünnen, verbogenen Brille. «Duste-man, mein Freund, wie soll ich mich mit allem, was passiert ist, abfinden?» Ich fragte ohne Polemik, ich wollte wirklich Trost finden in irgendeiner Bedeutung, die diese bitteren Dinge, die geschehen waren, vielleicht haben mochten. «Schau, jetzt höre ich zu, ich will zuhören.»

In Anzali überprüfte ich oft, wie verschieden wir waren, Amir und ich, wer der Stärkere von uns beiden war. Er hatte fünf Brüder und sieben Schwestern, ich nur zwei Brüder und eine Schwester. Die Liebe in meiner Familie war auf weniger Personen verteilt, umarmte und stärkte mich, so dachte ich immer. Meine Familie hatte zwei Großelternpaare, ein größeres Haus und zwei Autos, Amir nicht. Abgesehen von der Familie, was hatte er überhaupt? Fast niemand in Anzali kannte ihn, bemerkte seine Existenz überhaupt. Er hatte ein Gesicht, das keine Neugier erweckte. Wenn wir nicht für ihn da wären, ich und die Familie, wie sollte er jemanden finden, der den Mangel ausfüllte? Er brauchte mich, er hatte Angst, mich zu verlieren, er war abhängiger von mir als ich von ihm. Das war ein Trost. Doch wenn Amir so abhängig war, mich so sehr brauchte, wie war es passiert, dass wir uns auseinanderdividiert hatten, und wie kam es, dass ich nun hier mit ihm auf einem Entwöhnungstrip war, dass ich davon abhängig geworden war, dass er auf mich aufpasste? Was hatte ihn plötzlich zum Stärkeren von uns beiden gemacht?

Er brühte Kaffee auf. Zog süße Datteln aus seiner Tasche, die wir in der Provinz Sistan gesammelt hatten. Legte das Damebrett auf den Sand. Und verteilte die roten und weißen Spielfiguren auf dem starren Spielkarton.

Ich sagte: «Hilf mir. Babak ist ausgelöscht. Verschwunden. Nicht die Erde hat ihn verschluckt. Und trotzdem werden wir nie etwas erfahren. Ein Mensch hat es nicht verdient, ausgelöscht zu werden, ohne dass wir jemals irgendetwas wissen werden. Was hast du zu sagen? Wirst du sagen, dass Babak ein Ungläubiger, ein Sünder war? Sagen, dass Babak krank war? Haben Triebe, Gefühle in deinen Augen keinerlei Wert? Triebe schädigen die Gesellschaft und haben daher keinen Platz? Wirst du sagen, dass die Menschen immer ihr eigenes Bestes wollen, aber nicht immer verstehen, was das Beste für sie ist? Oder willst du mir sagen, dass ein Mensch, wenn er allein, absolut frei ist, zur Niederlage verurteilt ist, weil ein einzelner Mensch am Ende stirbt, vergeht, und nur wenn wir zusammen sind, eine vereinte islamische Gesellschaft, haben wir eine Chance? Aber eine Chance wozu, Amir? Zur Utopie?» Ich fragte, Amir und die Landschaft blieben stumm. Er verrückte den ersten Stein, einen roten, auf dem Spielbrett. «Dann wirst du mir schließlich sagen, dass wir uns nicht ausgesucht haben, wer wir sind, auch unsere Gesetze nicht. Wenn man die Absichten des Gesetzes nicht versteht, hebt das seine Existenz nicht auf, das wirst du mir sagen. Du wirst mir sagen, dass wir das sind, schiitische Muslime, die Herde des Propheten, und das ist alles, wir haben nicht das Recht zu wählen, zu entscheiden, Fragen zu stellen. Nun, sag es.» Amir betrachtete mich mit einem intensiven und konzentrierten Blick, doch er rührte sich nicht. Er wollte nicht streiten. Er wartete darauf, dass ich spielte. Also spielte ich. Zog mit einem weißen Stein nach vorn. «Du schweigst lieber?», fragte ich. «Vielleicht denkst du, dass du und ich nicht einig sein müssen. Aber ich will mit dir einig sein. Überzeuge mich, antworte mir. Lass es mich wenigstens versuchen. Das wird es mir leichter machen.» Er blieb stumm. Ein paar Kamele mit dunklem Fell querten den Pfad neben uns, und ich flüsterte plötzlich, als würden sie uns belauschen. «Ich kenne die ganzen Schlagwörter, Amir. Du wirst sagen, dass du aus freiem Willen deine Wahl getroffen hast, dass du beschlossen hast, die gesamte Menschheit als ein System zu sehen, in dem es eine natürliche Ordnung gibt, und die hat Gründe und Logik, das hast du dir zu glauben gewählt. Du wirst sagen, dass die Logik dir nicht immer einsichtig ist, dass du nicht alles verstehen kannst, aber es gibt Gründe, unsere Existenz hat ihren Weg, und es liegt ein Trost darin, dass wir eine Rolle haben, und wenn wir von der Rolle abweichen, ist nicht nur keine positive Rechtfertigung mehr für unsere Existenz gegeben, sondern eine negative, wir versündigen uns an unserem Beitrag, Gutes zu tun – Fruchtbarkeit. Du wirst sagen, dass Babak Tibans Wahl die natürliche Ordnung bedroht. Womit bedroht sie sie, Amir Teimuri? Damit, dass sie eure Babymaschine aufhält? Womit, um

Allahs willen, hat er euch bedroht?» Amir senkte den Blick und biss sich auf die Lippe, er hoffte, ich würde aufhören, doch er hielt mich nicht auf. Ich lag auf der Seite aufgestützt, schaute in die schwarze Wildnis, suchte nach Sternschnuppen und schob meine weißen Steine über das Brett. «Und Nilu? Was soll ich denn fühlen, nach Nilu?»

Amirs Augen waren groß und nass. Glänzten mit einem weißlichen Rand. «Es tut mir leid.»

«Ich weiß nicht, welches pervertierte Hirn sich ausgedacht hat, dass sie das verdient hat. Und ich weiß nicht, weshalb ich es verdient habe, sie vor meinen Augen zu verlieren. Sie hat sich vor mir voll und ganz entblößt, bis zum Ende, sich hingegeben und zugelassen, dass ich ihre zerbrechlichsten Seiten in den Händen gehalten habe, damit ich sie behütete. Ich habe sie nicht behütet. Ich bin schuldig. Und ich werde nie mehr eine andere Liebe in meinem Leben haben. Das tut weh. Wenn du mir eine Antwort geben würdest, Amir Teimuri, irgendeine einfache Antwort, die mir helfen würde zu verstehen, was dein kleiner Kopf wirklich glaubt, wäre es so viel leichter für mich. Ich kenne euch, kenne eure Reden. Du wirst mir sagen, dass es in jedem Menschen ein bisschen von allem gibt, ein wenig von guten Trieben und ein wenig von schlechten Trieben. Und jeder Mensch kann seinen Gefühlen freien Lauf lassen und schwach werden, die Richtung verlieren. Wenn es einmal begonnen hat, wird es reißend, erfüllt die Welt mit Gesetzlosigkeit und ist nicht zu stoppen. Das ist die Gefahr. Das zerreißt die Seelen von Kindern, zerstört Familien, lässt provozierende Fahnen schwenken. Das bringt nur Kummer. Das wirst du sagen. Ich kann nicht daran glauben. Ich darf nicht an einer solchen fanatischen Angst kleben.»

Amir starrte wieder auf das Spielbrett. Verrückte Steine. Er war betroffen. Spielte mit sich selbst. War sowohl rot als auch weiß. Und auch die Berge waren rot, verdunkelt von den kleinen Stunden der Nacht.

«In Ordnung», sagte ich, «du hast es vorgezogen, schwach zu sein. Es gibt Gebote, das macht es dir leichter, du hast beschlossen, sie zu befolgen, sie alle, und zu fürchten, wenn du im Kleinen sündigst, wirst du im Großen erst recht scheitern. Und es macht es leichter für dich, dich daran zu erinnern, dass du Vorfahren hast. Du hast einen heiligen Koran, und auch wenn du ihn nicht ganz verstehst, weißt du, er wird dich behüten, auch das macht es leichter. Es steht darin geschrieben, dass es Dinge gibt, die ihr hasst und die Allah liebt, und es gibt Dinge, die Allah hasst und die ihr liebt, die ihr nicht wisst und Allah weiß. Du hast gewählt, du hast dich dazu verpflichtet, die Ungläubigen zu bekämpfen. Wie gelangt ein Mensch dahin, bis in seine tiefste Seele mit solcher Seelenruhe überzeugt zu sein, dass er die Gerechtigkeit gefunden hat, dass es einen Grund für seine Existenz gibt? Du willst dich an dem Glauben erfreuen, dass der Prophet ein makelloses Leben führte, das wir nachahmen müssen, und das ist ein Trost. Du liebst den Islam, du liebst es, dass der Islam auf seine Fahne die Treue zu seinen Söhnen, zur Gemeinschaft geschrieben hat. Schon allein die Absicht, Allah zu dienen, schenkt Gnade, nicht die Tat oder ihre Wirkung, wirst du zu mir sagen. Die Wahrheit befreit dich, wirst du sagen. Das hast du gewählt. Aber Nilu, warum hat meine Nilu vor ihrem Ende keine einzige Chance verdient, für einen Versuch, sich selbst zu heilen? Darauf hast du keine Antwort, wirst du sagen, wir haben uns die Gesetze nicht ausgesucht, wir haben gewählt, daran zu glauben. Das ist alles.» Das sagte ich, ergeben und geschlagen.

Stille. Auf dem Spielbrett waren meine weißen Steine allein

übrig geblieben, nur die feindliche rote Königin war noch da und näherte sich einer Sackgasse. Ich zauderte. Amir ergriff meinen Stein, ließ ihn zwei Quadrate hintereinander überspringen. «Wenn man gehen kann, muss man gehen», zitierte er die Regel, nahm seine letzte Königin vom Brett und streckte sie mir zum Zeichen der Kapitulation hin. Er lächelte, ein bittender Versuch, ich solle glauben, dass alles gut werde. Und ich fragte, ob seiner Meinung nach auch mir, wie Nilu, wie Babak, das Gesetz keine zweite Chance zugestehen würde. Ich wollte ihn nicht provozieren. Ich wollte ernsthaft die schlichten Dinge vereinfachen. Der Mensch will Vergebung.

Am nächsten Tag fastete ich.

32

◆

Der Schahriwar ging dahin.

Wie es sich für einen angehenden Revolutionär gehört, wohne ich mit Amir in einer verlotterten Herberge im Schah-Abdul-Azim-Viertel, über dem Café «Kastanienbaum». Wir schlafen in einem großen Zimmer, eine Reihe mit sieben Eisenbetten in einem schmalen Raum, der wie ein Korridor wirkt. Daneben der Duschsaal – eine Batterie von Wasserhähnen, darüber ein Spiegel, schlampig aufgehängt, und zahlreiche kalte Handtuchhaken in Reih und Glied. Unten in der Eingangshalle gibt es ein Arbeiterlokal, das ich mag.

Um fünf Uhr morgens wecke ich Amir, und wir stürzen uns in die Kälte. Auf der Straße blättert der Verputz von den Mauern. Blaue Glühbirnen baumeln improvisiert an Drähten, die zwischen den Dächern gespannt sind, noch leuchten sie. Der jüdische Schlachter, Gabriel Hamami, schwemmt Seifenwasser von der Schwelle seiner Metzgerei. «Gott zum Gruß, Herr Hamami», winken wir ihm zu. «Ach», ruft er uns zu, «wenn die Menschen nur wüssten, wie sehr der Schöpfer sie liebt, würden sie ihm nachrennen wie brüllende Löwen.»

«Amen», antworten wir darauf und brüllen wie junge Löwen. Und wir lachen einander an, denn überall, wo wir auch hingehen, wird uns anscheinend der verflossene Herr Ali Samimi vom Wassermelonenstand verfolgen, in allerlei Gestalten und

Verkleidungen, wird uns Einsichten schenken, über uns wachen. Die Höfe sind von Zäunen und Mauern umgeben, Lehm und schmale Ziegel. Eisentüren.

Gebet. Am Vormittag bin ich in der Universität, technische Optik, Berechnungsmechanik, Roboterbau, atomare Technik. Versuche den ganzen Stoff aufzuholen, den ich versäumt habe. Gebet. Am Mittag führen wir Touristen kreuz und quer durch die Stadt, das ist nett und ein guter Verdienst. Gebet. Am Abend sind wir im theologischen Seminar, interessant. Manchmal faste ich, dann bin ich viel konzentrierter, kann besser bereuen. Gebet. In der Nacht im Zur-chaneh, einem traditionellen Sportstudio, Ringkampftraining auf antiken Teppichen zu lautem Trommelschlag, ich mag die Leute. Gebet. In wohlig beruhigender Dunkelheit kehren wir in unsere Gasse zurück, zu der Herberge. Durch das Fenster kann man dichtgedrängte weiße Türme sehen. Flugzeuge heben ab, zehnspurige Straßen warten nur darauf, dass wir mit dem Moped losdonnern. Einmal in der Woche sehen wir das Spiel unserer Mannschaft im Azadi. Und spätnachts internationalen Fußball auf Kanal drei, bei Cashewnüssen und Eis, Dinge, die Mama auf die Palme bringen. Amir hat sich in Medizin immatrikuliert, und ich suche Arbeit in der Hightech-Branche. Nächste Sommerferien fliegen wir nach Malaysia.

Donnerstags besuche ich am Nachmittag Zahra. Ich kaufe Fleisch am Argentina-Platz sowie eine Tüte mit ofenwarmen, frischen Schirini, das Gebäck, das Babak immer mitbrachte. Ich stehe an der Tür, sie öffnet, «durud azizam», sagt sie mit einem mütterlichen Lächeln, «Hauptsache, es geht dir gut», und führt mich zu den Sofas im Salon. Sie kocht mir Reis und Choreschte Karafs, Sellerie und Rind mit Zwiebeln, Minze und frischem Limonensaft. Es schmeckt etwas fade bei ihr, ist aber essbar. Im

Hintergrund ein Konzert von Schadscharian oder Farschid Dschahandideh, ruhige Saiteninstrumente. Auf dem Balkon wächst eine Zwergpalme. Zahra verbringt den Großteil des Tages in ihrem Schatten, als sei sie ganz woanders, in einer Muschel, gefangen in ihrem eigenen Leben, und die übrige Welt kann sich ruhig aufhängen – und man kann es ihr nicht übelnehmen. Ihre Uhr ist schon vor langer Zeit stehengeblieben. Sie stützt sich aufs Fensterbrett, mit dumpfem Blick durch die dunkle Sonnenbrille, stirbt in den Sonnenstrahlen vor sich hin. Oder verrottet vor nationalen Unterhaltungsshows, dem Wissenschaftskanal, dem Studienkanal, den Programmen für Heim- und Hobbyhandwerker, der ewige, nie endende Müll.

Ich sage zu ihr: «Sobhaneh, nahar, scham? Frühstück, Mittag-, Abendessen? Ist das alles? Und was ist sonst noch geboten im Leben?»

«Ich habe Zeit zu leben», erwidert sie gereizt, «das heißt nicht, dass ich gelangweilt bin. Im Radio haben sie gesagt, dass wir in den letzten drei Jahren nur sechzig Tage ohne extreme Luftverschmutzung hatten, ich deventiliere hier in aller Stille. Und die Inflation steht bei siebenundzwanzig Prozent. Ich habe eine Katastrophenversicherung abgeschlossen. Und die Krähen toben auf dem Dach herum wie immer und lassen einen nicht schlafen. Die Schädlingsbekämpfer sind ratlos, und die Taubenjäger haben sich geweigert, sich mit Krähen abzugeben. Die Krähe ist ein rachsüchtiges und gewalttätiges Tier.»

Chamad hat gelernt, mit ihr zu kuscheln. Er rollt sich zusammen und schnurrt. In der Dunkelheit, wenn Zahra von ihrem kurzen Sprung in den Park zurückkehrt, ist sie dankbar dafür, dass er da ist, dass er für sie die Einsamkeit und die graue Düsterkeit des alten Gebäudes erträgt. Das Problem mit Chamad ist nur immer wieder, dass um ihn herum alle brünstig sind; Brunstkämpfe werden überall ausgetragen, die ganze Welt ein einziger Sexkrieg – und ihm ist es nicht vergönnt mitzumachen. Und das Problem mit Zahra ist, dass sie den ganzen Tag über Katzen redet, in allem sieht sie etwas, das mit Katzen zu tun hat. Manchmal ist er traurig, ihr Kater. Warum ist er traurig? Es macht sie verrückt. Warum nur? Ich habe keine Antwort für sie. «In seinen Augen werden wir niemals alt», sagt sie, «er wird es nicht schaffen, uns alt werden zu sehen, er hat ein Ticket für fünfzehn Jahre bekommen, er wird alt werden, spüren, wie er schwächer wird, er wird nicht verstehen, was ihm geschieht, aber verstehen, dass es zu Ende geht und dass wir ihn überleben. Er wird gehen.»

«Das wird erst in fünfzehn Jahren passieren», versuche ich sie aufzumuntern, «es ist noch Zeit, und auch wir werden älter, es ist ein tröstlicher Gedanke, dass wir alt werden», aber Zahra bleibt beunruhigt. «Mach dir keine Sorgen, er ist glücklich, seine Bedürfnisse sind gestillt, Essen, Wasser, Notdurft, Territorium. Kontakt mit seinen Artgenossen? Er hasst den Kontakt mit seinen Artgenossen. Nichts zu machen, das ist seine Natur.»

In den schlimmen Tagen, in ihrer wirren Verzweiflung, hat Zahra zwar erwogen, Chamad im Kinderwagen zum Spazierengehen mit nach draußen zu nehmen, doch dann fürchtete sie sich doch davor, was man über sie sagen würde, denn hier und da sind Passanten unterwegs, die sie erkennen, immer noch, sogar Bewunderer gibt es, wenn man dem Internet glauben darf. «Das Wichtigste ist, man behält mich schön und bei Verstand in Erinnerung.»

Chamad blickt uns an, duldsam – wie ist er nur bei diesen Verrückten gelandet? Ich betrachte ihn, er starrt mich an, seine gewundenen Bewegungen, seine menschliche Haltung, seine Müdigkeit. Ich hebe ihn hoch, die berauschende Macht, eine Katze hochzuheben, verzaubert mich, die Atemzüge zu spüren, ein lebendiges Wesen. Er besitzt eine Persönlichkeit, er mustert mich, leicht neugierig, leicht erschreckt, leicht liebevoll. Ich bin fasziniert von seinen Entscheidungen. Er schwankt, wo er sich niederlässt, wann eine gute Zeit für die tägliche Katzenwäsche ist. Er knickt die Vorderpfote ein, leckt sie ab, spült sie mit seinem Speichel. Wenn er ein Bein ausstreckt oder die Augen bewegt, hat er nicht die geringste Ahnung, weshalb. «Also wie geht es dir, Tante?», frage ich. «Wie hältst du durch?» Sie lächelt leicht. Sie schaut zur Schale mit den Bonbons hinüber, zu dem kleinen Bild von Abadan, sie und Arian, scheue Kinder am Meeresstrand, neugierige Augen, groß vor lauter Glück, die wissen wollen, welch schöne Überraschungen die Zukunft noch für sie bereithält. «Als er aus dem Krieg zurückkehrte», sagt sie, «war er nicht mehr ganz beieinander. Ich war erschöpft vom Zuhören, ich konnte es nicht mehr ertragen. Er verkam. Die Narben waren seine ganze Welt. Er verschwand, kam zurück und verschwand wieder, barmherzige Polizisten brachten ihn im Morgengrauen zu mir zurück, häufig betrunken, unter Drogen oder weinend, sie lasen ihn an dreckigen Ecken in kriminellen Gegenden auf. Ich tat mir selbst leid, dachte, ich sei an der Grenze des Wahnsinns, log mir etwas vor, es gelang mir nicht einmal, Mitleid mit ihm zu empfinden, bis er starb», klagt sie.

«Aber warum passt das Datum auf dem Grabstein für mich nicht zusammen?», frage ich unumwunden.

«Ich habe es gefälscht, Kami.»

«Warum?»

«Auch als er starb, wobei man vielleicht sogar sagen muss, Selbstmord beging, sogar da dachte ich nicht an ihn, sondern ich dachte, wenn er im militärischen Teil begraben würde und ich die Witwe eines Kriegshelden wäre, vielleicht gäbe es dann eine letzte Chance für mich, mich selbst wiederzubeleben, Arbeit zu bekommen, aus Erbarmen und Respekt. Eine Chance, die lächerliche Geschichte unseres Lebens umzuschreiben, wenn das Opfer, Arian, ein heldenmütiges Ende hätte. Wie könnte man mich beschuldigen? Oder doch, eigentlich kann man mich beschuldigen. Ich sammelte die Reste der abbröckelnden Kontakte, die ich hatte, investierte alles in die Organisation des Begräbnisses und die Fälschung der Dokumente. Ich brachte Arian in das falsche Grab eines glorreich Gefallenen der Umma, der islamischen Nation. Und ich bat um Kriegswitwenrente, damit die Lüge ihre Wirkung entfaltete, sein Andenken mir eine neue Karriere eröffnen könnte, die sich niemals realisieren, jedoch immer erhoffen ließ. So war ich, klammerte mich an jeden Strohhalm einer bemitleidenswerten Illusion – Hauptsache Comeback. Wie erbärmlich. Und es war alles umsonst.»

«Man darf sich festklammern, denke ich, auch eine Ameise hält sich am Siphon fest, bettelt um jede noch so winzige Chance, um nicht vom Strom davongespült zu werden. Es ist mir wichtig, keine Angst davor zu haben, eine Ameise zu sein, keine Angst zu haben aufzustehen, zu essen, zu arbeiten, sich zu vermehren, zu schuften, zu verlöschen, zu sterben, sogar manchmal zu lieben. Denke ich.»

«Aber die Trauer ist das tiefste und demütigendste Gefühl im Repertoire des Herzens, der Verlust kann dich reifen lassen, und er kann dich auch zu Tode verrotten lassen, der Mensch muss eines davon wählen. Ich habe es nie geschafft, mir eine Wahl zu erlauben.»

Unten schlüpft ein schmaler Korridor ins Getöse der Bukareststraße, die orangefarbenen Bäume werfen Schatten über den belebten Bürgersteig, auch die spitze Bronzehaube des Sternenturms, sechzehn Etagen blauschwarzes Glas, ragt dunkel über uns. Viele Farben hat die Dunkelheit. Ich sage zu ihr: «Zahra, ich hoffe, du verstehst, es fällt mir nicht leicht zu sagen, warum ich das verlassen habe, was ich verlassen habe.»

«Ich will auch nicht, dass du irgendetwas sagst, mein Lieber, das ist völlig in Ordnung», antwortet sie.

«Ich wollte, die Dinge wären anders gewesen, aber ich habe keine Wahl.»

«Schon gut, mein Junge, sag nichts.»

Ich wollte gerne, aber ich bin nicht stark genug.

Neue Familien leben jetzt in dem Gebäude, das unser Puppenhaus war. Im zweiten Stock wohnt ein junges Paar am Anfang seines Weges, das nie von Babak Tiban gehört hat. Im Erdgeschoss wohnt ein Paar mittleren Alters mit drei Kindern, sehr nett, nie von einer Frau Safureh gehört. Sie zahlen pünktlich. Erkundigen sich nach dem Befinden der Hausbesitzerin. Mehr weiß sie nicht, und mehr will sie auch nicht wissen. Auch sie wissen nichts, und das ist gut so. Sie haben von Nilufar Chalidian gehört. Als sie existierte, haben sie sicher von ihr gehört. Danach haben sie vergessen oder nie daran gedacht, sich zu erinnern, keine Fragen gestellt. Sie leben.

Es ist kalt, aber der Himmel ist tiefblau, der Regen verspätet sich dieses Jahr. Ein starker Wind treibt die flockigen Wolken. Bald werden wieder graue Morgen kommen, und danach werden Massen von Schnee vom Gebirgskamm gleiten, und unten werden neue Knospen sprießen. Erinnerungsfetzen kommen mir manchmal unwillkürlich hoch. Ein französischer Abend in unserem Club im dritten Stock, Chansons auf YouTube, fast so romantisch wie auf einem Plattenspieler, Frau Safureh, wie sie im Takt auf einen Schemel trommelt. «Bald kommt wieder die Pest der Feiertagszeit, wie jedes Jahr», seufzte sie. Die Zentralheizung lief lange Tage und Nächte durch, nur von den häufigen Stromausfällen unterbrochen. Die Smogwarnungen kamen und gingen, die Alten wurden aufgerufen, zu Hause zu bleiben. Zahra sagte zu mir: «Du hängst zu viel deinen Gedanken nach.» Und Babak schwang sie mit einem strahlenden Lächeln herum, es schien, als fühlte er sich selbst berühmt, als ein Star, hier, da tanzte er mit einer Legende, der größten von allen. Sie wirbelten durch den ganzen Raum. Und ich schälte Orangen mit der alten Dame, die ihre morschen Beine hochlegte. «Je mehr du versuchst, eine Veränderung zu erreichen, desto mehr zermalmt dich diese Stadt, Kami, versuch es erst gar nicht, akzeptiere die Wirklichkeit mit Liebe», sagte sie, lachte und verfiel wieder in ihre Lügen, ihre Tage am Obersten Gerichtshof. «Jetzt ist nicht die Zeit für Träume», äußerte Zahra höchst diplomatisch taktvoll, doch Frau Safureh verteidigte sich: «Das sind keine Lügen, meine Liebe, das sind Geschichten, manchmal hat der Mensch mehr als die Wahrheit verdient.» Babak verkündete: «Ich liebe die Freiheit.» Zahra erwiderte: «Du liebst sie gerade dann, wenn sie verboten ist.» Und sie fügte hinzu: «Sie passt nicht für jeden, diese Freiheit, nicht jeder kann damit umgehen, denn die Kontamination durch die Freiheit ist manchmal schwer zu ertragen.» Nilu stand vor der Tür, um mich abzuholen. Sie streichelte mich, küsste mich, berührte mich vor den Augen aller. Sie nahm das Kopftuch ab, schüttelte ihr langes, lebendiges Haar aus, wollte das rebellische Mädchen sein, das ich liebte. Ich streckte ihr die Hand hin, sie umschloss sie mit der Faust. Sie wisse gar nicht, was sie mit dieser ganzen Freiheit anfangen solle, lachte sie. «Ich liebe dich», sagte ich zu ihr. «Beweis es», verlangte sie grinsend. Nun, hiermit beweise ich es, antworte ich mir jetzt selbst.

Es sind nur wir drei übrig, Zahra, ich und der Kater. Wir haben kapituliert, aber wir leben, trinken Tee und lächeln häufig verlegen. Was schmerzt und was tröstet, ist im Prinzip das Gleiche. Der tragbare Computer steht wie immer auf der Holzkonsole unter dem Fensterbrett. Ich lasse rasch die Hand über die schwarze Tastatur gleiten. Ich hoffe, Zahra ist glücklich mit ihm. Sie sagt: «Nimm ihn ruhig mit, Kami, ich komme wirklich auch ohne ihn zurecht, was brauche ich einen Computer?»

«Nein danke», erwidere ich, «momentan nicht.»

Ich bin sicher, wenn ich anfange, Wände niederzureißen, Rahmen zu sprengen, Konventionen zu torpedieren, falle ich. Ich will nicht fallen. Es gibt immens viel Schönheit um mich herum, gute Menschen, es gibt ein Leben, das man leben kann, und es ist immerhin ein Leben, nicht mehr und nicht weniger. Ich liebe mein Land, akzeptiere es mit offenen Armen, was nicht besagt, dass ich Nilu weniger liebe, nicht einmal, dass ich mich selbst weniger liebe. Ich verspüre Reue, eine Menge, aber das ist in Ordnung.

Zahra stellt das Radio an. Die Sieben-Uhr-Nachrichten, das Parlament hat einen Gesetzesvorschlag ratifiziert, der die Todesstrafe für Internetverbrechen verhängt, was die Provider und Blogschreiber mit einschließt, die Korrumpierung und Ketzerei ermutigen. Die Teheraner Polizei hat am Nachmittag im Rahmen einer langfristigen Kampagne zur Eliminierung von Satellitenschüsseln eine Razzia in Wohngebäuden im Nordwesten der Stadt durchgeführt. Der Chef der Verkehrspolizei warnt Busfahrer vor einer gelockerten Handhabung der Moralvorschriften – es muss am Straßenrand angehalten und den Passagieren ermöglicht werden zu beten, strengstens auf die Geschlechtertrennung geachtet sowie den Frauen untersagt werden, hinter dem Fahrer zu sitzen. Bei Übertretungen wird dem Fahrer die Zulassung aberkannt. Unterdessen will die Regierung außerordentliche Sicherheitsmaßnahmen in Hinblick auf den Tag der Studenten einleiten. Mehr als zweihundert Studenten wurden in den letzten eineinhalb Jahren unter dem Vorwurf subversiver politischer Aktion verhaftet. Die Regierung wird voraussichtlich morgen ihren Plan zur Bekämpfung der Arbeitslosigkeit vorstellen, nachdem die Arbeitslosenrate im Kreis der Universitätsabsolventen die Zwanzig-Prozent-Marke überschritten hat. Auch die Anzahl Jugendlicher, die aus finanzieller Not eine Niere spenden, klettert stetig nach oben, meldet der Leiter der Organisation zur Unterstützung Nierenkranker. Und damit zu den erfreulichen Nachrichten. Der Autohersteller Saipa hat sein neues, sparsames Modell «Miniatur» vom Band gehen lassen, mit dessen Massenproduktion bereits in den nächsten Wochen begonnen werden soll. Präsident Ahmadinedschad hat angewiesen, den ersten Wagen im Namen der Islamischen Republik der iranischen Karatemeisterin Helen Sepahi als Geschenk zu überreichen, die von einem internationalen Wettkampf in Tokio ausgeschlossen wurde wegen ihrer Weigerung, ihren Schleier abzulegen.

Ich gehe freundschaftlich, mit einer großen, erdrückenden Umarmung. Zahra streicht mir übers Haar und wendet sich dann dem Salon zu, berührt Gegenstände, Bücher, Fotoalben. Ihre Augen blicken durch die Wände, sie schaut mich nicht an. Sie mag keine Abschiede. «Fe'lan», sage ich zu ihr, «bis bald, wir sehen uns kommenden Donnerstag wieder.» Bis dahin wird sie sich wieder im Winter ihres Herzens, in ihren Erinnerungen einschließen.

Ich stehe auf der Straße. Der Himmel ist still, blassgoldenes Licht. Eine Abendsonne ergießt sich über die baumbestandenen Bergflanken. Der klare, glänzende Schein beruhigt die Eichen-, Buchen- und Lindenhänge, stärkt die Obstgärten mit den Kirschen, Pfirsichen und Birnen. Ich werde das Universum nicht retten, die Last der Welt liegt nicht auf meinen Schultern. Ich werde nicht alle glücklich machen und will auch nicht, dass alle mein sind. Keine erlösende, aber auch keine erdrückende Verantwortung. Das Licht schmilzt, ich gehe und gehe, ein verschwommener Mond steigt auf. Die Stadt verliert sich im Nebel, flickt gebrochene Herzen mit der Harmonie angenehmer Routine, ein matter Wind trödelt durch die verwinkelten Gassen. Schöne Tage hatten wir hier, alles in allem. Bewölkt und verschneit und schön. Wir waren glücklich hier.

Morgen – Freitagsgebet mit dem Obersten Führer auf dem Universitätsplatz. Was schmerzt und was tröstet, ist im Prinzip das Gleiche.

Epilog

◆

Letzten Winter, am Flughafen von Madrid, grübelte ich, ob Chamad, der Kater, seine Existenzberechtigung hat. Es war ein Zwischenstopp auf dem Flug nach Südamerika, und ich machte mir Gedanken, inwieweit seine Figur für die Geschichte wichtig ist. Als ich mich im Flugzeug nach Lima auf meinem Platz niederließ, trat eine Stewardess zu mir und fragte höflich, ob ich vielleicht, wenn ich gestatten würde, damit einverstanden sei, das heißt, wenn es mich nicht stören würde, neben einer Katze zu sitzen. Ich blickte sie misstrauisch an und nickte. Sie stellte einen Käfig neben mich, in dem ein pummeliger sibirischer Tiger saß. Er gehörte einem russischen Diplomaten, der in Lima stationiert war. Der Kater hieß Art. Er rollte sich benommen in seiner Leinendecke zusammen, gab keinen Laut von sich, rührte sich nicht, musterte mich nur aus weit geöffneten Augen – der Diplomat und seine Frau erklärten, dass die Erziehung von Katzen im östlichen Uralgebirge streng sei und sich bewährt habe – und dass noch irgendein Beruhigungsmittel im Spiel sei. Als die Kabine verdunkelt wurde, holte ich die narkotisierte Fellkugel aus dem Käfig, und wir schliefen zusammen ein – ich habe ein Beweisfoto davon –, ich hoffe, dass man dafür kein Bußgeld zahlen muss. Die Welt bemüht sich redlich, Zeichen zu setzen und Antworten zu liefern, wenn ein Mensch zu schreiben versucht.

Vor dreieinhalb Jahren lernte ich die ersten Iraner meines Lebens kennen. Es begann im Internet. Ich bin nicht sicher, ob ich noch weiß, warum ich mich eigentlich an sie wandte. Ich mache das ab und zu: «Suche Freundschaft» mit einem Menschen, der keinerlei Grund hat, mein Freund zu sein. Ich schlüpfe, unter dem Schutz eines Freundschaftsnetzwerks, in seine Fotoalben, dringe in aller Stille in sein Haus ein, beobachte ihn beim Essen mit der Familie, im Büro, im Urlaub, in der Bar, am Strand, wie er aufwacht und einschläft. Ich lerne seine diversen Blicke kennen, weiß, wie viele verschiedene Menschen er umarmt und auf welche Art. Alle Gestalten in seinem Leben sind etikettiert, und ich klicke mich durch die Namen. Sie schreiben, er antwortet – was er denkt, was er mag, wie seine Laune heute Morgen ist. Er hält sie auf dem Laufenden, die Leute lieben das. Und ich wandere dort herum, und auf merkwürdige Art und Weise wird daraus wirklich manchmal eine Freundschaft. Wenn ich Freundschaft mit Palästinensern suche, willigen die wenigsten ein. Bei Ägyptern ist die Offenheit gegenüber Israelis gleich null. Die Syrer haben keinen wirklichen Zugang zum Internet. Aber als ich es bei Iranern versuchte, reagierten sie ausnahmslos positiv. Ihre Fotos sahen aus, als wären sie gleich am nächsten Straßeneck aufgenommen. Nachts überschütteten sie mich mit einer wilden Flut von Konversationen innerhalb eines Paralleluniversums, das im Prinzip genau wie unseres aussah, nur mit schärferen Farben. Und mit jedem Bild, jeder Geschichte offenbarte sich ein kleines Detail von diesem anderen Stern, ein Mond, der in einer benachbarten Umlaufbahn kreist.

Zwei Jahre lang korrespondierten wir, die Iraner und ich. Illegale Freunde. Der Gedanke, dass die Welt uns verbietet, uns zu treffen, machte mich wahnsinnig. Ich versuchte, etwas zu lernen:

Sprache und Slang, Musik, Straßennamen, Parks und Restaurants. Und Gesetze. Denn im Iran muss sich ein Mensch zahlreiche Verbote im täglichen Leben merken, Gesetze und Religionsvorschriften wachsen aus dem Boden und verschwinden wieder. Frauen dürfen nicht singen, aber in einem Chor schon. Es ist ihnen verboten, Motorrad zu fahren, aber Fahrrad fahren dürfen sie. Auf Homosexualität steht der Tod, aber eine Operation zur Geschlechtsumwandlung wird vom Staat geradezu ermutigt. Welcher Mensch wäre ich wohl an einem solchen Ort?, fragte ich mich. Also schloss ich die Augen und versetzte mich an einen dunklen Ort. Was würdest du tun, wenn man dir deinen Staat stiehlt? Würdest du aufstehen, dich erheben in dem Wissen, dass du fallen wirst? Würdest du im Untergrund kämpfen oder demonstrieren? Würdest du dich zur Religion bekehren, das heißt, kapitulieren? Vielleicht ist die Freiheit ja zu schwer zu ertragen? Normalerweise schreibe ich, um mir ein Leben zu erschaffen, das mir nie möglich ist. Schreiben ist für mich, es zu leben, und so schreibe ich, statt zu leben. Also warf ich mich hinter den schwarzen Vorhang und wanderte herum. Wie tief ist der Abgrund, der zwischen uns klafft?, fragte ich mich. Doch ich gewöhnte mich bald daran, denn der Iran weiß, wie er dich daran gewöhnt. Und Menschen gewöhnen sich an alles – Gesetze, Unrecht, Diskriminierung – und versinken in Gleichgültigkeit, schwimmen im Strom ihrer trügerischen Privatsphäre, nennen das Leben. Als ich begriff, dass die Ähnlichkeit die Verschiedenheit bei weitem übertraf und gar kein Abgrund klaffte, senkte sich eine dunkle, quälende Wolke über mich, die jedoch immer wieder auch von Lichtstrahlen und Hoffnung durchbrochen war, je nachdem, was ich sehen wollte.

In den folgenden Monaten interviewte ich Freunde, Journalisten aus Frankreich und Deutschland, übertrug ihnen Missionen jenseits des schwarzen Vorhangs. Sie fotografierten Gesichter für mich, besuchten Partys, auch im Untergrund, trugen Zeugnisse zusammen. Ich sah Filme, las Bücher, lernte Lieder, sammelte Karten. Und ich surfte ohne Ende im Netz; wird das Internet die Welt verändern, oder wird es uns nur gestatten, der Welt zu entfliehen? Ich suchte Antworten im Iran, denn eine virtuelle Welt inmitten eines dunklen Lebens ist viel weniger ein Gegensatz, als man normalerweise annehmen würde. Ist es eine Öffnung für die menschliche Phantasie oder hauptsächlich Ablenkung? Kann es ein Regime erweichen? Kann das Netz zensiert werden? Und welchen Gebrauch werden die Unterdrückten davon machen? Was würde passieren, wenn sie es als Waffe im Dienst der Freiheit benötigten? Die Menschen werden bleiben, wie sie sind, wie sie seit der Steinzeit waren. Die Technologie wird nur ihre Waffen wechseln.

Das Manuskript nahm allmählich Form an, doch es gähnte immer noch ein leerer Raum. Ich wusste, wir müssten uns treffen, die Iraner und ich, in Fleisch und Blut. Keine Exilanten, keine Flüchtlinge, keine Juden, sondern durchschnittliche junge Leute. Das Innenministerium in Teheran stellt keinen Pass an Bürger aus, die nicht in der Armee gedient haben, es sei denn, man ist zu Studienzwecken an einer offiziellen Einrichtung eines anderen Staates eingeladen. Wer ausreisen will, benötigt in vielen Fällen eine Rückkehrbürgschaft, die er nicht aufbringen kann. Und die meisten Länder der Welt erschweren zunehmend die Ausstellung eines Visums für Bürger der Islamischen Republik. Dennoch gelang es uns, ein Treffen zu arrangieren, meinem Freund und mir. Ich wartete auf der anderen Seite des Erdballs auf ihn, im hinterletzten Zimmer eines Hotels, das sich als verdächtig dunkel und still herausstellte, und die Überwachungskameras, die aus irgendeinem Grund die Korridore kontrollierten, ließen mich Verdacht schöpfen: Vielleicht werde ich vom Mossad überwacht? Vielleicht sieht der iranische Geheimdienst in mir den Mossad? Vielleicht hatte ich niemals einen solchen Freund, alles war Illusion und Täuschung? Er verspätete sich um vier Stunden, und die schlimmsten Szenarien rasten mir durch den Kopf. Um ein Uhr nachts gab ich auf und versuchte vergeblich zu schlafen.

Um ein Uhr dreißig riefen sie aus der Lobby an. Ich ging hinunter, und da stand er, zerknirscht, erklärte, dass er eine russische Touristin im Flugzeug kennengelernt habe. Das Eis schmolz augenblicklich. Wir umarmten uns. Wir gingen raus, um am Strand herumzuwandern, tranken in einer Bar, kein Mensch hätte vermutet, dass wir von den verschiedenen Seiten der Front kamen – unser Geschmack in Sachen Literatur, Musik, Film, sogar Kleidung war identisch. Ich fragte ihn: Mit welchen Fernsehsendungen bist du als Kind aufgewachsen? Er antwortete: Mit Marco, dem italienischen Jungen, der seine Mutter rund um die Welt sucht. Ich auch. Gegen Sonnenaufgang setzten wir uns mit Flaschen ans Wasser. Er prüfte meine Fortschritte im Persischen, und ich die seinen in Hebräisch. Er schäumte über vor Neugier, denn Israel war all die Jahre für ihn nur eine gelbe, gewalttätige Wüste mit Dauerkrieg gewesen. Und er war in meinen Augen all die Jahre nichts als ein dunkler Umhang. Auf dem Rückweg ins Hotel fragte ich ihn: Wie sind diese Untergrundpartys bei euch eigentlich möglich? Wie blind ist das Regime? Im Gegenteil, erwiderte er, wir sind die Blinden. Die religiösen Führer sehen uns gern als narkotisierte Kälber, die Politiker wollen sicherstellen, dass wir etwas Dampf ablassen, bis wir älter werden, uns ausliefern, es satt haben zu rebellieren, und mit unserem Lebensunterhalt ausgelastet sind. Die Zügel lockerlassen und anziehen, so spielen sie mit der Jugend, und es gelingt ihnen, uns ruhig und friedlich zu halten. Die Fragilität der Freiheit, die Leichtigkeit, mit der sie geraubt werden kann, der Fuß, der das Individuum mit Füßen tritt – wenn Geschichte, Politik und Ideologie aus der Mode kommen, gibt es niemanden mehr, der auf Posten steht, um vor ihnen zu schützen. Er erzählte, und ich dachte an mich selbst. Diese Ähnlichkeit ist erschreckend, aber auch schön. Eine Woche verbrachten wir zusammen, und dann trennten wir uns, ohne zu wissen, für wie lang oder ob für immer.

Im vergangenen Jahr arbeitete ich noch beim Fernsehen, in einer Führungsposition bei «Keschet». Mein Buch «Wenn es ein Paradies gibt» erschien in den USA und in Europa, wenig später wurde mit seiner Übersetzung ins Chinesische, Koreanische und Portugiesische begonnen. Die Verfilmung des Buches unter dem Titel «Beaufort» öffnete uns die Türen zur Oscar-Verleihung. Anlässlich dieser Erfahrungen hatte ich gehofft, den Mut zu finden, das Büroleben aufzugeben und mich ganz dem Schreiben zu widmen. Doch der Mut tauchte nicht in der Euphorie der roten Samtteppiche und des Champagners in Los Angeles auf, sondern eine Woche später, als ich mich auf dem Weg von London zur Universität Leeds zu einem Treffen mit zwanzig Studenten befand. Zweieinhalb Stunden sowohl hin als auch zurück in einem leeren Zugabteil kamen mir damals sehr seltsam vor. Es waren Tage, an denen ich jede Sekunde für mich mehr oder weniger in Begriffen von Gestehungskosten und Nutzen gegenrechnete: Eine Stunde in der Gesellschaft von zwanzig Studenten bedeuteten sechzig Minuten, die sechshunderttausend ungeduldige Fernsehkonsumenten versäumten, die wie Gewichte auf unseren Schultern saßen und uns in ihrer Umarmung erstickten. Würden wir nur eine Sekunde aufhören, an sie zu denken, wären sie weg. Und wen sollten wir dann noch beeinflussen? Doch ich fuhr allein mit dem Zug und aß feuchte belegte Brote. Mit einem kleinen Rucksack und einem Heft. Meine Schultern lockerten sich, und plötzlich fühlte ich mich so wohl, dass ich beschloss zu kündigen. Als ich in Leeds eintraf, im Galeriegeschoss der alten Bibliothek, tuschelten zwei Studenten aus Teheran miteinander, die zu dem Vortrag kommen wollten. Die Welt setzt Zeichen, dachte ich, wenn ein Mensch eine Geschichte erzählen möchte.

Es vergingen drei Monate, und ich war völlig frei. Ich schrieb im Hof meines Hauses, umgeben von Obstbäumen und Sommerwinden und dem Kater David. Ich schloss immer die Augen, öffnete sie wieder und entdeckte, dass ich dort war, an einem farbenfrohen Ort, nicht weit vom Argentina-Platz. Ich war Kami. Ich musste es sein. Im Dschamschidieh-Park, bei den Untergrundpartys, im Prügelstrafenkeller des Gerichtsgebäudes in der Bukareststraße, die ihren Namen längst zu Schahid-Ahmad-Qassir gewandelt hat. Eine verwirrende und fordernde Freiheit lastete auf unreifen Schultern, verschlug mich in die dunkelsten Ecken. Ich geriet in den Sog eines Volkes, das romantisch und totalitär ist, von Narben übersät und süchtig nach Drama. Jeder dort sitzt auf einem Stuhl, der nicht für ihn passt, genau wie hier. Und die säkulare Mehrheit, die an der Zuneigung zu Tradition und Einfachheit leidet, hat sich zum größten Teil schlicht an die Zwänge des Lebens gewöhnt – und so passiert es, dass neunjährige Mädchen in die Todeszellen geschickt und Frauen wegen Ehebruch gesteinigt werden. Ich schlief immer in Tel Aviv ein und erwachte am Platz der Freiheit, war vom Verbotenen angezogen wie ein stumpfsinniger Falter, und ich hatte Angst, der zu sein, der ich bin, wie ich geboren wurde, und dann betete ich, mich mit einem roten Peykan zu einem Zelt in der Wüste davonzumachen – und dass die Dinge einfach wären.

Mir scheint, naiv betrachtet, wenn jeder Israeli die Freundschaft eines Iraners suchen würde, der keinen Grund hat, sein Freund zu sein, um ein paar Fragen zu stellen und sich selbst dort vorzustellen, wäre unser Leben ein bisschen weniger gefährlich.

Es gibt tatsächlich Rennfahrerinnen im Iran. Laleh Seddigh ist die Königin, eine einunddreißigjährige Doktorandin, Dozentin an der Universität und aktive Frauenrechtlerin, die viel Freiwilligenarbeit leistet. Auf Bildern sieht sie aus wie ein zartes Mädchen mit einem blauen Schal, «die kleine Schumacher», so nennt man sie. Am Ende eines hartnäckigen Kampfes brach sie das dreißigjährige Verbot und wurde in einem Rennen mit Männern zugelassen, das sie gewann und zur Legende machte. Zu meinem Bedauern habe ich sie nie getroffen. Ich habe für mich die zwanzigjährige Nilufar Chalidian erschaffen. Sie basiert kein bisschen auf der Gestalt von Laleh Seddigh, von der ich nichts außer dem Bild kenne, das in den Medien von ihr gezeichnet wird. Chamad dagegen fußt ganz entschieden auf David, meinem eigenen Kater, und auch ein bisschen auf Kima, die er dieses Jahr adoptiert hat. Die drei verbindet nicht nur das rötliche Fell. Alle übrigen – menschlichen Figuren – sind reine Fiktion. Auch der Film «Schaidas Leiter» existiert nur im Roman. Das Feuer am 20. August 1978 löschte das Rex-Kino in Abadan während der Vorführung des Films «Die Gazelle», ein Film des legendären Mas'ud Kimiayi. In den folgenden Monaten wurden einhundertachtzig Kinos verbrannt oder geschlossen. Die persischen Wörter ebenso wie die Namen in diesem Buch wurden so zuverlässig und originalgetreu wie möglich übertragen.

Schreiben ist für mich eine Gelegenheit, mich in Erfahrungen zu flüchten, die ich versäumt habe oder nicht machen durfte, an Orte, die ich nicht sehen konnte und möglicherweise nie sehen werde, zu Menschen, die mir verwehrt bleiben – und dabei prüfe ich mich selbst, wie mein Leben mit ihnen, in ihrer Haut, aussehen würde.

Einen Monat nach Beendigung des Buches kamen die Wahlen im Iran. Die Untergrundstadt erzitterte, schwappte für einen Augenblick an die Oberfläche. Ich schrieb meinen Freunden dort: Riskiert nichts. Doch sie waren stark genug, anders zu denken. Ich schrieb über sie und dachte an mich selbst hier.

Tir 1388 – Juli 2009 – Tamuz 5769

MIX
Papier aus verantwortungsvollen Quellen
FSC® C083411

Das für dieses Buch verwendete FSC®-zertifizierte Papier *Schleipen Werkdruck* liefert Cordier, Deutschland.